亚洲研究丛书·北京外国语大学世界亚洲研究信息中心系列

亚洲研究丛书

北京外国语大学
世界亚洲研究
信息中心系列

神猴：印度"哈奴曼"和中国"孙悟空"的故事在泰国的传播

Monkey God : the Indian Hunuman and the Chinese Monkey King in Thailand

〔泰〕谢玉冰　著

（จรัสศรี จิรภาส）

社会科学文献出版社

SOCIAL SCIENCES ACADEMIC PRESS (CHINA)

印度百姓膜拜的哈奴曼及其主人

情深似海：史诗《罗摩衍那》中浪漫感人的主仆情怀

流传两千多年的伟大罗摩携其助手神猴与十头王鏖战的画面

印度史诗《罗摩衍那》中刻画的神猴对罗摩和悉多表示忠诚的场景

泰、印神猴哈奴曼变出携带武器的六臂

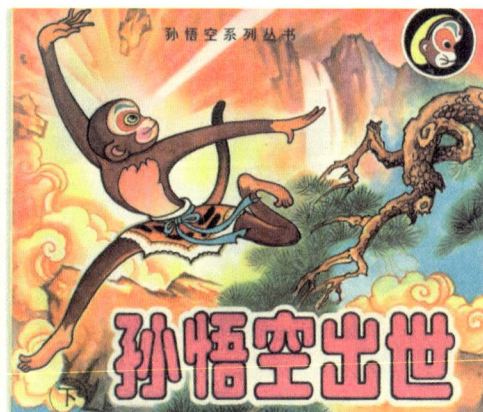

印、中神猴出世及显示出惊天威力

《拉玛坚》不仅是泰国本土著名传说，也体现出泰国百姓的
生活状况及高超艺术水平

泰国哈奴曼神通广大，变化多端，大则变为巨猴

泰国哈奴曼神通广大，变化多端，
小则能钻进莲花茎

泰国"妖猴"哈奴曼淘气的一面

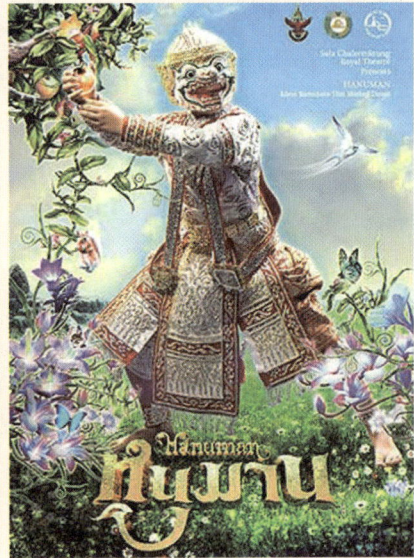

泰国孔剧有关哈奴曼故事的精美海报

闻名世界的泰国孔剧表演《拉玛坚》

闻名世界的中国戏剧表演《西游记》

泰国庙宇壁画上的《西游》（Sai-you）故事　　泰国南部合艾县的大圣庙门楣和门框

泰国几尊特别的"行者爷"塑像

编辑委员会

总　序

　　世界亚洲研究信息中心，英文名称 Information Center for Worldwide Asia Research（简称 ICWAR），是北京外国语大学与韩国高等教育财团共同建立的学术研究机构，成立于 2007 年 12 月 3 日，是目前世界范围内以"亚洲研究信息汇总"为主题的科研机构。中心通过编辑出版学术刊物《亚洲研究动态》，资助亚洲研究领域的课题研究项目、著作出版项目，建设亚洲研究学术信息数据库，开展学术交流活动，选派北京外国语大学优秀学者赴韩国交流学习，建设与完善中心中英文学术网站等多种途径，依托北京外国语大学讲授 74 种外国语言的优势，汇总世界各国亚洲研究的有关动态和学术成果，构建学术资源网和信息数据库，搭建全球亚洲研究信息平台，为所有从事亚洲研究的学者与机构提供信息服务，促进世界范围内亚洲研究的发展与繁荣。

　　资助亚洲研究学术著作是中心科研资助项目主要类别之一，中心每年评选立项资助出版 2~3 部由北京外国语大学在编教师主持的亚洲研究领域的专著、编著、译著和论文集。自 2013 年起，中心与社会科学文献出版社合作，由该社承担中心资助的学术著作的出版工作，在该社出版的所有学术著作列入"亚洲研究丛书·北京外国语大学世界亚洲研究信息中心系列"。

　　"亚洲研究丛书·北京外国语大学世界亚洲研究信息中心系列"的推出，是对中心学术著作出版资助项目成果的有效整合和集中展示。希望经过若干年的努力与发展，"亚洲研究丛书·北京外国语大学世界亚洲研究信息中心系列"能够形成规模性系列丛书，以期为亚洲研究各领域的专家学者，以及社会各界的读者朋友搭建学术交流平台、提供有益的参考与借鉴，为弘扬亚洲文化、繁荣亚洲学术研究做出贡献。我们衷心感谢社会科学文献出版社为"亚洲研究丛书·北京外国语大学世界亚洲研究信息中心系列"的顺利出版所付出的努力！

郭棲庆

北京外国语大学

世界亚洲研究信息中心副主任

张西平

北京外国语大学

世界亚洲研究信息中心学术委员会主任

2016 年 7 月 6 日

序

记得大约是 20 世纪末吧，我们到泰国几所高校做学术访问，在华侨崇圣大学见到了本书作者谢玉冰。玉冰当时是该校人文学院中文系系主任，与我在北师大的身份相当，因此建立系际学术交往的会谈就在我们之间展开。在会下的闲聊中，她告诉我，她大学选的是中文专业，后来又到台湾"中国文化大学"继续攻读中国语言文学，以论文《〈西游记〉在泰国的研究》获得硕士学位。当她得知我们新建的世界文学与比较文学专业即将招收博士研究生的信息后，表达了希望到我们专业继续攻读博士学位的强烈愿望。考虑到她从小就接受了中泰两种文化的熏陶，经过大学与硕士阶段的培养，又奠定了相当稳固的专业基础，还有很好的英语水平，我私心以为，她已大致具备了攻读比较文学专业博士学位的基本条件，于是便鼓励她积极备考。就这样，玉冰在 2000 年考取了我的博士研究生。

入学之后不久，学生们首先面临对博士阶段的研究方向做出选择的问题。当时，在《西游记》与外国文学的关系这个领域里，比较文学界正热衷于孙悟空形象的原型研究，玉冰对这个问题似乎也比较感兴趣，但是经过仔细考量之后，我们最终还是放弃了这个视角。因为，当时的讨论虽然比较热闹，但实质上仍旧是以往几种观点的重复。众所周知，胡适曾提出这个形象乃是从印度神猴哈奴曼演变而来的观点，是所谓的"进口说"；但鲁迅认为这个形象源自本土的"无支祁"，是所谓的"本土说"；后来季羡林先生则提出这个形象主要来自印度史诗《罗摩衍那》，同时又沾染了某些"无支祁"传说的色彩，是内外两种形象的混合，是所谓的"综合说"。时人的研究虽然力图深入，但是始终未能超越这三种基本观点，因此，倘没有新材料的发现，要想从这个角度有所突破实在不是一件容易

1

的事。玉冰虽然对这个问题已有一定的研究，但要想发现新材料又谈何容易！经过反复商讨，玉冰毅然放弃这个视角，转而将孙悟空形象置于中、泰、印三种文学的大背景中，重点探讨这个形象在泰国的传播与影响，同时对《西游记》、泰国《拉玛坚》、印度《罗摩衍那》三部文学作品中的三个猴子形象做平行研究。这两个视角无疑是国内学界较为生疏的。确定了这样一个视角，玉冰的博士阶段研究就具有了立得住的基础，也就具有了一定的学术价值。

此后数年的博士研修中，玉冰除认真修完了博士阶段要求的课程外，还多次往返于中、泰、印之间，利用她在外语方面的优势，用力搜寻、爬梳资料，最终完成了《印度"哈奴曼"和中国"孙悟空"故事在泰国的流传》的博士论文，论文完成后，我们邀请来自泰国文学界、中国比较文学界的专家组成答辩委员会，对论文做了严肃认真的审核，答辩委员会对论文的学术价值给予了充分的肯定。

获得博士学位之后数年过去了，在繁忙的教学授徒之余，玉冰对其博士论文做了精心修订。现在提交出版的书稿具有了更加清晰的线索:《罗摩衍那》中的哈奴曼在泰国的流传与接受、《西游记》中的孙悟空在泰国的流传与接受、中泰印三个神猴的比较研究。这里既有影响研究与接受研究的结合；又有影响研究与平行研究的交织。通过这样的比较研究，三个猴子形象间的关系虽然未必有十分明确的结论，但其间的种种联系与可能性一定会对未来的研究提供更多的探索余地。玉冰的研究以其广度与深度超越了前人，正是在这里显示了其填补空白的作用。

我祝贺玉冰这部著作的出版，也祝愿她的学术生涯有更加辉煌的未来。

刘象愚

北京师范大学文学院与外国语言文学学院原院长

中国比较文学学会副会长、中国外国文学学会理事

2015 年仲夏多伦多客居中

前　言

　　两大东方文明古国——印度和中国的古典文学中都有代表性的"神猴"。印度神猴是约 2500 年前产生的著名史诗《罗摩衍那》中的文学形象，名为"哈奴曼"。他神通广大、力大无比、性格威严，其形象不仅深深扎根于本国民众心中，还流传到许多国家和地区，在风俗习惯、社会文化及思想领域产生着影响，其覆盖面几乎达到半个地球。另一个东方大国——中国的代表性神猴"孙悟空"，随着 16 世纪 70 年代产生的著名神话小说《西游记》而"出生"。他法术多端、神奇莫测、智慧超群。两部著作成型历史源远流长，在流传的过程中经过不同文化地区和不同民族的许多"雕琢"，积淀了东方国家丰富多彩的民俗风情和民间文化元素。泰国位于中南半岛西南部，介于印度半岛与中国之间，这种特殊的地理环境使其地处南亚文化圈和东亚文化圈的交汇处，长期以来受到两大东方文化古国的交叉影响，吸收了较多的印、中两国文学艺术传统。印、中神猴故事亦以民间口头方式流传到泰国，并深受泰国百姓的喜爱和推崇。

　　在早期造船技术还不发达的时代，中印文化交流主要通过途经中国西北及中亚地区的陆上丝绸之路进行，玄奘取经即是一例。后来随着造船业、航海业的发展，海上丝绸之路成为中国与东南亚、南亚地区经济与文化交流的主要通道。泰国即位于海上交流的交通要冲和十字路口，在印、中两个文化中心的交流过程中起到了中介的作用。随着经济交流的日益繁荣和发展，原本在印度和中国民间广泛流传的哈奴曼和孙悟空的故事也随着印度人和华人移民进入泰国，落地生根，开花结果。《罗摩衍那》和《西游记》与宗教密切相关。泰国拥有的特殊的宗教文化环境为哈奴曼和孙悟空故事在泰国的流传提供了肥沃的土壤。起源于印度的南传上座部佛教（小乘佛教）发展成为泰国国教；中国及汉字文化圈的大乘佛教也随着庞大华人社会的存在而在泰国发挥着持久的影响力。泰国是个自由开放的社会，允许不同文化在这里生存与发展，这也为这些文化之间的相互影响提供了有利条件。

之所以从泰国的角度探讨和研究哈奴曼与孙悟空，这与笔者的文化立场有关。泰国特殊的地理和文化条件为两国神猴故事的流传和变异提供了肥沃土壤。首先，作为《罗摩衍那》在泰国的变种《拉玛坚》，泰国人无论是从文本还是从社会方面都接触良多，对其在泰国文化中的地位有切身体会，因此作为向国外传播泰国文化这一重要因素，笔者自觉有义务和责任。其次，有关《西游记》在泰国的流传情况和泰国民间信仰中的孙悟空的研究在中国和泰国一直比较欠缺，作为一个长期研究神猴孙悟空故事在泰国流传情况的泰国人，笔者自1994年以来在收集与研究《西游记》泰译本方面做了大量工作，对这部文学作品在泰国社会中的影响比较熟悉。因此，从笔者的本土文化立场出发来研究这个课题更为合适，而且对于从中国的角度研究中、印神猴关系这一课题，也可以提供一个新的视角。笔者在本书中将这两部分加以扩展和深入，加入了多方面的材料，希望能为中、泰广大研究者提供参考。

《罗摩衍那》、《拉玛坚》和《西游记》分别是印度、泰国和中国重要的文学作品，有许多专家以不同的研究方向和视角加以探讨，因而可供参考的材料相当丰富广泛。中泰两国研究印度史诗《罗摩衍那》或印度研究中国名著《西游记》的资料都相当丰富，"中、印两国神猴故事"和"印、泰两国神猴故事"的比较研究都有专家探索过。不过，由于中国研究泰国文学作品《拉玛坚》的学者并不多，相关参考资料非常有限，而且仅有的少量文献也往往是从中国学者的研究角度出发的。迄今为止，对"中、泰两国神猴故事"以及"中、印、泰三国神猴故事"的综合比较研究还不多见，泰国研究中国文学的学者往往把目光仅仅放在《三国演义》上。所以无论查询泰国或中国有关介绍"中国文学在泰国流传"的研究成果，《西游记》似乎一向是被学者或读者忽略的作品。[①] 而且，以往的研究也都稍

---

① 参见王丽娜《〈西游记〉在国外》，江苏省社会科学院文学研究所编《西游记研究》，江苏古籍出版社，1984；郑明娳：《西游记探源》，文开出版事业股份有限公司，1981。书中介绍了《西游记》在国外的许多版本，除了日本和西方国家的各种各样的版本以外，东亚与东南亚国家的版本，尚有韩国、马来西亚以及越南版等，但缺少泰译版本的资料。

嫌笼统，没有对文本进行较为详细的对照比较。如此大范围的细读比较是困难的，但细比为揭示出三国神猴之间特殊的传承关系提供了可能性，从而可以较为清晰地显现出一个文学形象在多国之间相互影响的轨迹，以及不同文化间的对比吸收和改造的复杂面貌。

笔者认识到，要在这一研究领域有所突破，首先要在资料和信息方面有新的拓展，因而考察收集了《罗摩衍那》在泰国和中国的流传版本、印度的哈奴曼形象与信仰状况、《拉玛坚》在泰国流传的文本与口头版本、《拉玛坚》在泰国的社会影响状况、《西游记》在泰国的各种译本及卡通版本、在泰国流传的《西游记》影视作品、各地齐天大圣崇拜状况等材料。为了开辟一个研究三国神猴的新视角，并能得到最新的资料和信息，笔者选择了民间文学田野作业的方式进行实地调查，并采用了比较文学的影响研究和平行比较研究的方法对所得的材料进行分析研究，同时还进行问卷调查。现将所收集和调查的资料按时间顺序排列如下。

第一，以笔者1992~1995年撰写的硕士论文《〈西游记〉在泰国的研究》作为本书参考和收集资料的出发点，从现已收集到的《西游记》各种泰文译本、卡通版本，笔者硕士论文第四章"《西游记》中'齐天大圣'在泰国的流传情形"及所调查过的台湾地区和泰国的"孙悟空崇拜情形"入手，再重新收集并深入调查研究。通过造访泰国全国重要文库（图书馆）、出版中国文献的出版社，以及访问季羡林和卡汝那·谷沙拉塞等中国和泰国学者取得相关资料。对于《西游记》在泰国流传的方式不仅注重文本流传，还考虑其他方面的流传，如影视媒体的传播等，其中以采访专门引进中国内地和香港节目的泰国电视台第三频道有关负责人为主。

第二，泰国神猴来源于印度神猴，除了从《罗摩衍那》在泰国和中国的流传版本着手研究外，为了更深入了解神猴的产生地及其对原产国社会文化的影响，笔者专门于2002年3月10~20日到印度神猴哈奴曼流传较为广泛的古城——瓦拉那西采访及收集资料。笔者认为，只有通过实地考察，体会和了解当地风土人情和民间信仰的状态，才能真正了解神猴信仰的渊源所自和流变情况。

第三，《西游记》在泰国流传的方式比较特殊。从调查研究中发现"孙悟空崇拜"是独立的，与《西游记》故事的流传并没有很大关系。考虑到上述情况，笔者不得不另辟蹊径，从流传路线和方法入手进行更加详细的调查。这部分资料所花的调查和收集时间稍长，主要可分为三个阶段。

（1）1993~1995年，主要调查的地区是台湾地区和泰国中、南部的合艾及也拉府地区。

（2）2001~2003年，主要调查的地区是泰国中、东北部以及南部的普吉岛地区。

（3）2003年底主要调查的地区是中国大陆，其中选择福州、泉州和厦门为重点。对于"孙悟空崇拜"的调查，选择中国南方作为调查区域的原因是：首先，中国南方是信仰孙悟空的中心地带，也是孙悟空崇拜流传较广泛的地区；其次，无论台湾地区还是东南亚地区祭祀孙悟空活动的主要来源都与南方的福建和广东有关；最后，许多研究孙悟空崇拜的学者都认为福建地区是比较重要的线索，同时有可能是该活动的源头。

第四，2012~2016年，再次通过田野调查方式并结合互联网检索，获取最近十几年来《西游记》文本及齐天大圣崇拜流传进展的信息。

本书从民间流传和文本流传两个方面入手，以两个神猴在泰国社会文化中的影响为线索，以相互交流的现状为重点，对印度哈奴曼、泰国哈奴曼以及"中国哈奴曼"——孙悟空三者进行比较研究，以期找到他们形象演变的轨迹。全文将泰国神猴故事和《拉玛坚》文本作为比较研究的中心，按照神猴形象在泰国形成和发展的先后顺序进行探讨。

第一章，研究印度哈奴曼在泰国的流传。哈奴曼在原产国印度被供奉为神，与文学作品《罗摩衍那》联系紧密。而《罗摩衍那》在泰国的流传过程中已逐渐演变为泰式《罗摩衍那》——《拉玛坚》，哈奴曼早已脱胎为泰国本土文学作品《拉玛坚》中的同名神猴"哈奴曼"，在泰国社会中取得了脱离文本的独立地位，已融入泰国的社会文化中，更为大众化，更有普遍性，脱去了"神衣"，其对泰国社会文化的影响也发生了质的变化。本章主要探讨与介绍《拉玛坚》或"哈奴曼故事"在泰国流传的起源、流传的方式与版本以及其影响的各个方面，同时分析哈奴曼形象在泰国的传播方式。

第二章，集中探讨"孙悟空故事"或"中国神猴——行者"在泰国的流传。孙悟空在中国也被供奉为神，与《西游记》联系紧密，在泰国社会中同样取得了脱离文本的独立地位。由于中国神猴来得较晚，所以在泰国的表现和影响与"哈奴曼"大为不同，成为泰国民众崇拜的"行者爷"，继续享受着神位祭祀。该章按流传或传播的主要路线依序介绍。第一条线路是早期华人带来的"齐天大圣"或者"大圣爷"的崇拜，泰国民间不但不予排斥，还将之融入泰国当地的传统信仰之中，进而奉为"大圣佛祖"，更成为泰国百姓所熟悉的"行者爷"（Zhaopo Hengjie）。其在泰国流传的第二条路线是有文献记载的《西游记》泰译本的各个版本——《西游》（Sai-You），其中连环画《西游》最受欢迎。最后，影视媒体的传播也带来了很大影响，使泰国百姓能够直观地见到他们喜爱的中国猴王形象。

第三章，从外部的影响研究进行内部的文本细读。通过对《罗摩衍那》、《西游记》及《拉玛坚》三个神猴故事文本的比较分析，从故事内容对照、故事框架比较、故事情节分析等方面，进行一一对应的列比，着力于细致的整理和统计，总结其异同，通过考察三国文本的演变过程，从而更好地说明神猴故事之间的关系。

第四章，泰、印、中神猴形象的平行比较。探讨了各个神猴形象之间的异同之处，分别从神猴的身份、神猴的外形和习性、神猴的品德和性格、神猴的禀赋和本领等方面，对三国神猴形象进行平行比较。

第五章，在上述外部和内部研究的基础上，总结三国神猴在泰国社会文化中的地位和影响。从两个矛盾的显现进行考察，其一是印、中神猴在泰国社会流传后角色和地位出现的反差；其二是三国神猴故事文本的交叉与独立显示出的复杂源流关系。

在比较研究中有一些问题必须先做说明。

首先，尽管一般读者都认为孙悟空是中国的"猴王"，同样，印度、泰国哈奴曼也应该是印、泰两国的猴王，但通过考察印、泰两国的文本我们发现，这两位猴主人公的身份并非"猴王"，一位是猴国积私紧陀的猴王须羯哩婆的大臣，另一位是阿优塔雅城的王子拉玛的士兵。所以本书将《罗摩衍那》中的人物"哈奴曼"称为"印度神猴"（或印度哈奴曼），将《拉玛坚》中的"哈奴曼"称为"泰国神猴"（或泰国哈奴曼），另将《西游记》中的孙悟空或行者称为"中国神猴"，将三个国家的文学作品中的主人公——“猴”统称为三个神猴。

其次，《拉玛坚》与《西游记》之间的关系比较复杂，一些中国学者认为《拉玛坚》来源于《西游记》，可是某些泰国学者却认为《西游记》故事是对《拉玛坚》故事的再讲述。同时，泰国民众对两部作品的主人公“哈奴曼”和“孙悟空”的关系的认识也含混不清，比如有些泰国人称“孙悟空”为“中国哈奴曼”，而泰国华人则叫“哈奴曼”为“泰国孙悟空”。笔者发现原本独立的两个人物——哈奴曼和孙悟空，以及两个独立的文本——《拉玛坚》和《西游记》，它们之间的关系似乎并不像以往认为得那么单纯，属于两个单独的故事，两部名著和两个神猴之间其实存在千丝万缕的联系。为了厘清这些复杂的关系，笔者选择继续深入研究《西游记》文本，并以对应的泰国名著——《拉玛坚》作为比较的对象，揉进《拉玛坚》口头流传的一些版本元素。同时由于研究这两本中、泰文学作品的关系牵涉第三国的文本——印度史诗《罗摩衍那》，所以笔者决定将这三部作品作为本书研究探索的范围。当然主要的研究对象还是三个国家的神猴故事。

最后，书中涉及众多译名。《罗摩衍那》中的人名和地名采用人民文学出版社 1980~1984 年出版的季羡林译本中的名称。关于《拉玛坚》及各种泰国民间和宫廷版本中的泰文专有名词，以往中国文献在翻译时，不是音译，就是意译。当发现许多泰文专有名词无法意译时，译者只好用音译方式。可是在用中文音译时，有时无法找到与原文对应的最贴切的音，使泰国读者阅读译文时常常很难马上联想到原文。为了方便中泰两国读者，本书在涉及比较重要的部分，如书名、人名、某些特殊的地名，或经典性的诗句时，依据一般文献中较为通行和普遍流传的译法译出，同时根据泰文发音做了修正，并附上泰文原文。另外，由于一些泰文的专有名词已经在中国和海外普遍流传，广泛使用，如“拉玛坚”“拉玛”等词，笔者仍按照原来的译法。

由于时间和篇幅有限，本书可能无法得出非常成熟的结论，但材料的搜集、整理和对照工作相信也是有意义的，希望能够对这一课题的进一步研究有所推动。此外，由于本人水平有限，书中错讹之处在所难免，恳请大家批评指正。

目 录

亚洲研究丛书·北京外国语大学世界亚洲研究信息中心系列

1

图目录

亚洲研究丛书·北京外国语大学世界亚洲研究信息中心系列

表目录

第一章
印度神猴"哈奴曼"故事在泰国的流传与接受

导言　本书所指狭义与广义的《拉玛坚》和专有名词译法

　　神猴"哈奴曼"是个著名的形象,但大多数人只知道哈奴曼是个印度的神猴,只是印度史诗《罗摩衍那》中的一个人物形象。哈奴曼的故事最早出现在大约 2500 年前口头流传的古印度史诗《罗摩衍那》之中。经过几个世纪的增减删补,哈奴曼的故事随着罗摩的故事在公元前 1 世纪被整理加工并收进英雄神话史诗《罗摩衍那》之中,从而获得了文本形式。随着《罗摩衍那》对世界文学产生巨大影响,哈奴曼逐渐成为世界文学人物长廊中一个光辉灿烂的形象。而对于历史文化及宗教背景最早可追溯至古印度的泰国来说,《罗摩衍那》乃至哈奴曼的地位和影响可就不仅限于文学了,其流传和接受的途径也复杂得多。

　　本章主要就哈奴曼由印度神猴向泰国神猴转变的过程以及哈奴曼在泰国流传的现状进行介绍和研究。由于哈奴曼的转变与表现是和《拉玛坚》的成书过程紧密联系在一起的,或者说是包含在其中的,所以本章的主体部分围绕《拉玛坚》在泰国的流传过程展开。

　　由于《拉玛坚》在泰国的流传情形纷繁复杂、程度深、范围广,为了便于大家清晰理解,在本章中笔者将内容以如下顺序进行介绍:第一节和第二节先介绍早期的泰国民间如何看待《罗摩衍那》,接着探讨"拉玛坚"或"哈奴曼故事"在泰国学界中梳理研究的发展史。第三节,在积累前人研究成果的基础上,对泰国拉玛故事的形成提出新的设想。第四节,对泰国民间流传的文献和各种版本以及拉玛一世王版以外的其他版本进行梳理和介绍。而对于泰国目前最完整、通用的版本拉玛一世王《拉玛坚》，同时也是本书研究的主要对象，将在第五节专门介绍。除了见诸文学和文献当中的哈奴曼故事，哈奴曼还在泰国的民间文化、表演艺术、语言名物等各个方面有着多重表现，发挥着广泛的影响。这一部分内容将在第六节中介绍。

在开始介绍之前，有一些概念需要说明。《拉玛坚》在泰国最成熟最普遍流传的文本是泰国皇室编修的剧本，但除剧本之外，在各个历史时期和不同地区，又流传着各种不同版本的"拉玛故事"，这些拉玛故事也被统称为《拉玛坚》。本章的主要研究对象——泰国神猴哈奴曼的故事基本包含在拉玛故事当中，但又有一定的独立性，甚至可能有不同于拉玛故事的独立的传播演变途径，不过故事内容和人物关系又并未完全脱离拉玛故事的限制。为了叙述的需要，本书涉及泰国的拉玛故事和哈奴曼故事的，统称作《拉玛坚》。所以提到的"拉玛坚"一词，有狭义和广义之分。狭义的"拉玛坚"就是指泰国拉玛一世王组织编写的剧本《拉玛坚》，广义的"拉玛坚"不但指包括哈奴曼故事在内的各种版本的拉玛故事及其片段，也包括与原本的拉玛故事无关的哈奴曼故事。本书在没有做特殊区分的时候，所说的"拉玛坚"或"拉玛故事"是取其广义。

另外，泰国《拉玛坚》里出现了很多与《罗摩衍那》相同的人物、地名，不过为了分辨《罗摩衍那》和《拉玛坚》是不同版本，甚至是不同于中国流传的某些民间版本，本章在介绍《拉玛坚》中的专有名词时，将尽可能以泰语发音翻译。而对于两个主角"拉玛"和"哈奴曼"，名称早已通用，且原发音已接近泰文，本书也就不改动了。

第一节　从《罗摩衍那》到《拉玛坚》

《罗摩衍那》对泰国思想文化领域的影响多得不胜枚举，但是有一个特殊的现象值得注意，即截至曼谷王朝之前，从来没有发现过完整的《罗摩衍那》的泰文版本。直到曼谷皇朝时代，泰国才拥有比较完整的《罗摩衍那》书面文本，但这并非《罗摩衍那》的全译本，而是按照原文节译或改写的剧本。尽管泰国一向注重对印度梵文和巴利文的研究，泰文本身也借用了不少梵文和巴利文，但为何连《罗摩衍那》这样一部影响巨大的著作都没有完整的泰译本呢？笔者认为原因可能有三：一是《罗摩衍那》开始传入东南亚是用口头说唱的形式，这种传播是零散的、片段的，而不是瓦尔米基（Valmiki，即蚁垤）书面版本的直接引进。① 所以传入时间虽早，影响虽广，却没有产生泰译本的条件。二是从《罗摩衍那》以口头说唱的方式进入泰国以来就被泰国人民换了名字，叫作"拉玛故事"或"拉玛坚"②，所以在泰国几乎人人都知道"拉玛坚"，却不一定有多少人了解《罗摩衍那》。三是泰国曼谷皇朝拉玛一世王主持编写了《拉玛坚》诗体剧本，主要沿用了《罗摩衍那》的故事情节，并且比较完整，全诗共 50286 句，是泰国所有诗体的经典文学名著中篇幅最长的一部，到目前为止还没有其他文学作品可以超过它。有了这样的剧本，是否再翻译《罗摩衍那》就显得不那么必要了，因为在很多人看来，再翻译也只是一本重复的《拉玛坚》（剧本）。因此，说到印度史诗《罗摩衍那》对泰国社会的影响，也就基本等同于《拉玛坚》（广义）在泰国社会的地位和影响；说印度史诗《罗摩衍那》向泰国文学作品《拉玛坚》的转变过程，也就是在说《拉玛坚》在泰国自我发展的过程。在这一过程中，民间口头流传是最初的方式，并且是贯穿古今的主线。13 世纪前后，素可泰王朝为了宣传王权神授的思想和印度小乘佛教文化而有意引进《拉玛坚》，这对其在泰国的发展起到了重要的作用，但这一时期并没有留下《拉玛坚》的书面文献。

《拉玛坚》最早可以考察的书面形式是阿优塔雅时代零散的"孔剧"剧本。"孔剧"的主要题材来源，则是《拉玛坚》流传的各种文本。就是说"孔剧"其实就是以舞剧形式表演的《拉玛坚》。"孔剧"乃至舞蹈艺术在泰国古代社会和国家生活中起着非常重大的作用。在阿优塔雅时代，泰国人将"孔剧"的舞蹈运用于国家的各个重要仪式中，如国家的庆典、国

---

① 在当时，梵文的《罗摩衍那》是宗教经典，而且梵文最难学，所以它的流传比较晚，并且当时东南亚国家早已深受拉玛故事的影响。

② "拉玛坚"一词是梵文"Ramakirti"的音译，是从"拉玛的令誉"演化而来的，这个语音接近印地语"Ram"，中文音译"罗摩"，而泰国人则音译为"帕拉牟"或"拉玛"，同时将《罗摩衍那》称为《拉玛坚》（Ramakian），泰国民间习惯称作"拉玛故事"或"拉玛传"。"拉玛坚"一词在未成书之前，也被民间使用。

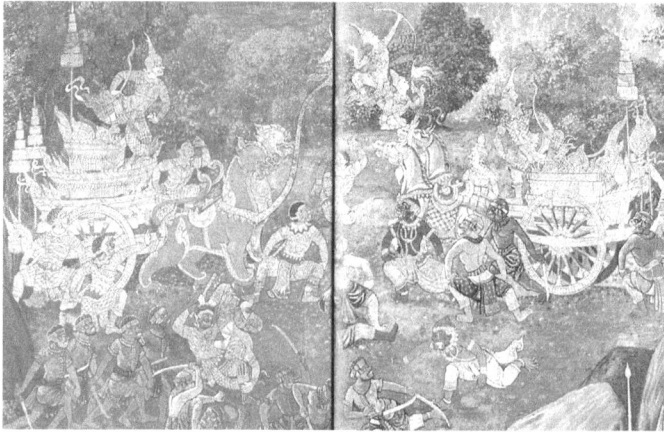

图 1-1　帕拉牟（拉玛）与托斯甘作战

Characters in Ramakian Notebook, Saengdaed Publishing Co. Ltd., 2001

王登基典礼、阅兵式和重要节日（像水灯节、传统赛船节等）的庆祝活动，以及发现并捕获大象以后所举行的欢庆仪式。在这些仪式和庆典上，国家会举办一些娱乐活动，其中戏剧和舞蹈是必不可少的。另外，宫廷中若出现灾祸事件或其他不祥之事，当事人也会以传统艺术的形式来表示认罪或祈求消灾。① 这样一来，从泰国史籍中很多有关重要传统仪式的文献资料里多少都能考察到《拉玛坚》在泰国的来龙去脉。而在泰国传统舞蹈史料中，也可以发现不少与《拉玛坚》有关的记载。这反过来也说明书面版本的《拉玛坚》主要是因当时国家各传统仪式的需要而产生并流传的。到了曼谷王朝时期，在拉玛一世王的主持之下，在以往《拉玛坚》剧本的基础上，搜集参考了其他民间口头流传的拉玛故事，创作了泰国有史以来篇幅最长、艺术成就最高的古典文学作品——拉玛一世王剧本《拉玛坚》。此后，虽然泰国官方对《拉玛坚》又进行了多次修订、重编，民间也一直进行着活泼多样的再创作，但变化不太明显，可以说，到了拉玛一世王剧本阶段，《罗摩衍那》已经基本完成了向泰国《拉玛坚》的转变。

　　在这一过程中，泰国人民不仅在《罗摩衍那》的基础上创造了本国的

---

① 详见〔泰〕素拉棚·维纶腊《曼谷王朝的泰国歌舞之演变 1782~1934》，朱拉隆功大学出版社，2000，第16~21页。

伟大作品《拉玛坚》，而且一代代不断地传承、补充，在官方与民间创作的交互影响下，《拉玛坚》渐渐成为本民族传统文学和文化的奠基之作。

第二节　《拉玛坚》源流研究成果综述

《罗摩衍那》故事流传至东南亚，据说经历了好几百年，演变成《拉玛坚》的过程非常复杂。在泰国，今人能够对《罗摩衍那》与《拉玛坚》的来源问题大致有一个清晰的了解，主要得益于泰国历史上几位专家孜孜不倦的研究。以下按先后顺序介绍一下几位学者对该问题的研究成果。

一　对《拉玛坚》来源的最初研究和奠基之作——拉玛六世王的观点

古代泰国人一直以为《拉玛坚》是在泰国产生的 [①]，或许有的人听说过《罗摩衍那》的名字，却也一直认为它就是《拉玛坚》的故事，因而并不关心两部作品的关系。直至 1913 年，拉玛六世王开始倡导研究《拉玛坚》的来源，其研究方法是针对在印度流传的各主要版本进行比较。比如用瓦尔米基的梵文本《罗摩衍那》、杜勒西达斯（Tulsidas）的印地文本《罗摩功行之湖》（Ramacaritamanasa），以及印度婆罗门教零散流传的有关拉玛故事的小集《扑拉那》（Burana） [②] 等类似的书籍，与拉玛一世王《拉

图 1-2　拉玛六世像

[①] 主要是因为泰国许多地方名称采取《拉玛坚》中的地名和人名，民间则认为此故事是本土的。参见〔泰〕沙田沟谁《拉玛坚的器材》，班纳刊出版公司，1972，第 267 页。

[②] 倡导信徒们信仰他们的神之类的书。

5

玛坚》剧本和其他早年在泰国流传的相关拉玛故事做了平行比较，并考察《罗摩衍那》在印度的起源、演变和流传情况。最后他编写了一本书叫《拉玛坚之渊源》（บ่อเกิดรามเกียรติ์）①，专门介绍了资料的收集、整理及研究心得等成果。书中提出，泰国拉玛故事应该没有受到杜勒西达斯的《罗摩功行之湖》版本的影响，两个版本的许多故事情节差别太大，因此他判定杜勒西达斯的版本影响《拉玛坚》的机会甚微。② 《拉玛坚》应该有"三个源头"：①瓦尔米基梵文版《罗摩衍那》；②婆罗门教的《毗湿奴往事书》（Visanu Burana）或印度有关罗摩故事的小集；③有关哈奴曼的部分除了来自瓦尔米基的《罗摩衍那》，还取材于印度《哈奴曼戏剧》（Hanuman Nataga）。③ 前面两个源头，拉玛六世王有比较肯定的判断。至于第三个源头，书中没有着重强调，这是因为拉玛六世王对印度《哈奴曼戏剧》也未曾寓目，仅仅由于《拉玛坚》中有些故事情节找不到来源而对其印度渊源做了猜测。而这些部分正是"孔剧"表演中比较流行的关于哈奴曼事迹的内容。这些故事情节被命名为"八部哈奴曼"（แปดชุดหนุมาน），包括：① "献戒指"（ชุดถวายแหวน）（哈奴曼将戒指献给悉达）；② "漂浮的女尸"（ชุดนางลอย）（苯伽陔化身成悉达的尸首）；③ "跨海大堤"（ชุดจองถนน）（拉玛为渡海建跨海大堤）；④ "'莫卡萨'箭"（ชุดโมกขศักดิ์）（功帕甘为求"莫卡萨"箭更具神威而祭祀它）；⑤ "'婆马斯'箭"（ชุดพรหมาสตร์）（因陀罗期为求"婆马斯"箭更具神威而祭祀它）；⑥ "三队魔军"（ชุดสามทัพ）（十头魔王托斯甘、穆拉帕兰、萨哈迪查三军）；⑦ "烧圣水"（ชุดหุงน้ำทิพย์）（梦托为使战死的阿修罗复生而举行烧圣水仪式）；⑧ "献猴"（ชุดถวายลิง）（哈奴曼和翁空骗取托斯甘师父的信任，把哈奴曼引见给托斯甘并假装投靠托斯甘，终于找到托斯甘心脏藏匿之处）。④ 拉玛六世王研究该书的观点，不光倡导当时的学者应关注本土文学的渊源，同时指出将所整理的资料作为读书爱好者的参考目录或范文。可以说

---

① 参见曼谷王朝拉玛六世王《拉玛坚之渊源》，月亮出版社，1941。
② 拉玛六世王认为杜勒西达斯的《罗摩功行之湖》一书中的内容偏于宗教信仰，在叙述内容的时候并不如叙述文学的写法那般文雅，如果读者没有先了解梵文本的《罗摩衍那》就不那么容易读懂印地文的版本，同时还认为梵文本的《罗摩衍那》是研究的主要典范，不用再详细地探讨印地文的版本了。曼谷王朝拉玛六世王：《拉玛坚之渊源》，月亮出版社，1941，第120~121页。
③ 或季羡林教授所谓"哈奴曼传奇"。
④ 〔泰〕沙田沟谁：《拉玛坚的器材》，班纳刊出版公司，1972，第146页。

在泰国《拉玛坚》研究领域中，这本《拉玛坚之渊源》是主要的奠基之作。

二　对拉玛六世王研究成果的继承与发展——沙田沟谁

文学家、历史学家沙田沟谁（เสฐียรโกเศศ）（本名：帕亚阿努曼蜡查通，พระยาอนุมานราชธน）沿着拉玛六世王的足迹——"拉玛坚来源"，继承了其研究任务。基本的研究方法与拉玛六世王差不多，即收集有关《拉玛坚》题材的资料。不过其收集整理分析的资料比拉玛六世王更为广泛，并非专对印度流传的几种主要语言的《罗摩衍那》版本，还尽可能地收集了印度各个地方、宗教及方言的不同版本，泰国阿优塔雅时期历代文学作品的记录、地方传说，甚至收集了泰国邻近的东南亚国家的"拉玛故事"，最后将所有的资料编成一本用于研究《拉玛坚》的工具书，叫作《〈拉玛坚〉研究资料汇编》（或直译《拉玛坚的器材》，อุปกรณ์รามเกียรติ์），于 1932 年首次出版。[①]

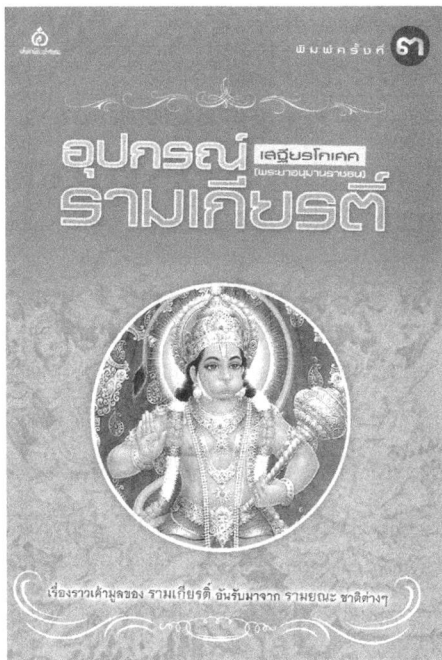

图 1-3　沙田沟谁《拉玛坚的器材》（又名《〈拉玛坚〉研究资料汇编》）封面（萨雅牟出版社，2007，作者藏书）

沙田沟谁认为《罗摩衍那》不仅在印度流传甚广，对印度的周边国家也产生了一定的影响，这些国家都拥有各自的《罗摩衍那》故事。无法肯定地说《拉玛坚》是从哪一本《罗摩衍那》演变过来的，要考证它的由来必须要将其故事情节逐段分析。[②] 据沙田沟谁的考证与归纳，认为《拉玛坚》不是直

---

① 该书曾于 1932 年、1952 年、1972 年多次印刷，最新版由萨雅牟出版社 2007 年出版发行。沙田沟谁为泰国的文学、语言、历史、民族文化做出了很大贡献，其所有著作版权目前由"沙田沟谁基金会"拥有。

② 〔泰〕素拉棚·维纶腊：《曼谷王朝的泰国歌舞之演变 1782~1934》，朱拉隆功大学出版社，2000，前言。

接从瓦尔米基的《罗摩衍那》来的，而是来源于其他东南亚国家或印度南方和东方地区《罗摩衍那》的版本，如泰米尔族、孟加拉族的版本等。他提出几个值得注意的地方来证明此想法。首先，瓦尔米基的梵文版仅在印度上层流传，范围不是很广。只不过印度人认为《罗摩衍那》是一部很重要的经典著作，谁听了就等于行善积德，所以乐于将其翻译成不同地方语言的版本，比较有名的是印地语、孟加拉语和泰米尔语的《罗摩衍那》。其次，泰国流传的版本没有按照原先印度《罗摩衍那》版译名，而是其他名字，比如《拉玛坚》或马来西亚的《西拉姆》（Sri Ram）等 ①，所以泰国《拉玛坚》可能是从孟加拉语、泰米尔语和马来语版的《罗摩衍那》传过来的。

三 《拉玛坚》东南亚来源说——公蒙毗塔亚腊陪地亚功

公蒙毗塔亚腊陪地亚功（กรมหมื่นพิทยาลาภพฤติยากร）在其书《拉玛故事》（นิทานพระราม）（1971 年）中提出的有关《拉玛坚》的来历与沙田沟谁的看法基本一致，即认为《拉玛坚》不应该来源于瓦尔米基的《罗摩衍那》。他根据萨杜德弘博士（Dr. Von William Stutterheim）的《印度尼西亚的罗摩传奇和思想观念》（Rama-Legend and Rama-Reliefs in Indonesia）的说法，认为印度尼西亚、泰国和柬埔寨等国的拉玛故事的渊源比瓦尔米基《罗摩衍那》还要早。

拉玛故事传入印度支那半岛和印度尼西亚比瓦尔米基的《罗摩衍那》还要早，而主要流传方式是口耳相传。所讲述的拉玛故事与泰国《拉玛坚》的内容部分相近，爪哇所流传的拉玛故事是由印度南部流传过去的，然后从马来西亚传入泰国。②

但是公蒙毗塔亚腊陪地亚功书中的例证相当少，而且几乎都只是拉玛故事中的主要情节，这在瓦尔米基的版本或其他版本中也能找到。但无论如何，就他的研究方法来看，对后人还是很有启发性的。除了从根源出发探讨，他还在问题周围的相关线索中探寻；除了从文学文本的启发考察，更进一步以艺术文化其他方面所表现出的现象为参照来考察。这是一种有价值的研究方法，其立论基础当然也是无可非议的。

① 〔泰〕素拉棚·维纶腊：《曼谷王朝的泰国歌舞之演变1782~1934》，朱拉隆功大学出版社，2000，第233~237页。

② 参见〔泰〕宋坡·行多《瓦尔米基的〈罗摩衍那〉和拉玛一世王的〈拉玛坚〉的关系研究》，朱拉隆功大学文学研究所博士论文，1977，第92~93页。

四 当代学者对《拉玛坚》来源的看法

二十余年来，泰国学者宋坡·行多在她的研究论文《瓦尔米基的〈罗摩衍那〉和拉玛一世王的〈拉玛坚〉的关系研究》(ความสัมพันธ์ระหว่างรามายณะและวาลมีกิและรามเกียรติ์พระราชนิพนธ์ในรัชกาลที่ 1)[①] 中，通过研究《拉玛坚》与泰国歌舞剧——"孔剧"的关系，从泰国的艺术文化方面取得一些证据来探讨《拉玛坚》的来源。最后，她还补充解释了泰国传统戏剧对《拉玛坚》的影响。基于对这一点的研究，她发现《拉玛坚》的来源，除了可能受民间传说和文学的影响，还有可能是从印度尼西亚的戏剧演变过来的。也就是说，泰国《拉玛坚》源于民间传说中的拉玛故事和民间戏剧中的拉玛故事，这是两条线索。

另外，宋坡还进一步整理并简化了公蒙毗塔亚腊陪地亚功的图解，以此来说明拉玛故事在泰国的传播路线。[②]

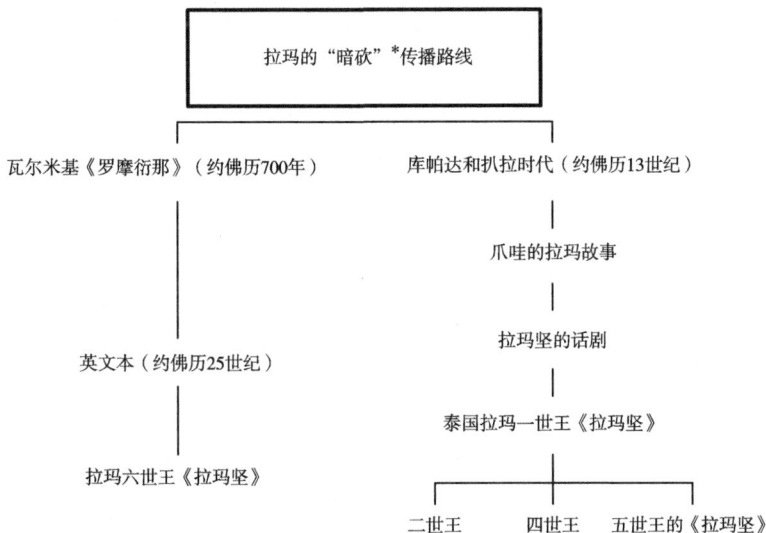

拉玛的"暗砍"*传播路线

瓦尔米基《罗摩衍那》（约佛历700年）　　库帕达和扒拉时代（约佛历13世纪）

爪哇的拉玛故事

拉玛坚的话剧

英文本（约佛历25世纪）　　泰国拉玛一世王《拉玛坚》

拉玛六世王《拉玛坚》　　二世王　四世王　五世王的《拉玛坚》

图1-4　拉玛故事在泰国的传播路线

*所谓"暗砍"（อักขาน）是指释迦牟尼佛时期专用于说唱拉玛故事的名称。

---

① 参见〔泰〕宋坡·行多《瓦尔米基的〈罗摩衍那〉和拉玛一世王的〈拉玛坚〉的关系研究》，朱拉隆功大学文学研究所博士论文，1977，第92~93页。

② 此图参考了公蒙毗塔亚腊陪地亚功的图解，宋坡把它减缩，使之更为清楚。参见〔泰〕宋坡·行多《瓦尔米基的〈罗摩衍那〉和拉玛一世王的〈拉玛坚〉的关系研究》，朱拉隆功大学文学研究所博士论文，1977，第95页。

目前，在泰国所认定的有关研究《拉玛坚》形成源流的主要观点中，笔者认为宋坡根据上述三位学者的看法提出的见解是最清晰的。在这里以她的总结和看法作为结论：首先，拉玛故事并不是仅来源于单一版本，因为《拉玛坚》的故事情节与许多地方的民间传说版本相同。其次，拉玛故事流传到泰国的途径有可能是直接的，也可能是间接的；既有可能从印度直接进入泰国，也有可能从印度经过泰国的邻国再进入泰国。最后，无论是以何种途径进行传播，宋坡认为它们都采取了口耳相传的方式，所以故事情节之间有很大差异。

第三节　对《拉玛坚》形成源流的新设想

拉玛六世王、沙田沟谁以及公蒙毗塔亚腊陪地亚功三位学者及其著作《拉玛坚之渊源》、《拉玛坚的器材》以及《拉玛故事》都是泰国研究《拉玛坚》问题的权威。在泰国如果有学者研究《拉玛坚》，通常都会参考他们三位的观点，以其作为研究《拉玛坚》的基本起点。比如当代学者宋坡的《瓦尔米基的〈罗摩衍那〉和拉玛一世王的〈拉玛坚〉的关系研究》都参照了他们的看法，并对三者看法进行了总结。总之，虽然关于《拉玛坚》来源的看法众说纷纭，但都异中有同。其相同观点是：第一，泰国《拉玛坚》的来源不只是印度某一个单一版本；第二，影响《拉玛坚》版本的应该是瓦尔米基梵文本《罗摩衍那》版本产生之前和之后民间口头流传的拉玛故事。

从以上四本专著的研究方法可以看出，很明显，前人研究、考察、探讨以及比较的对象，不光是《罗摩衍那》在印度流传的几个重要版本，还有泰国本土和邻国流传的各种各样的版本。无论宫廷、民间版本和剧本，甚至艺术表演方面，全是着眼于专一的目标和同一条线索。

笔者曾经发现两篇20世纪80年代的文章，一篇是《从印度的〈罗摩衍那〉到泰国的〈拉玛坚〉和傣族的〈拉夏西贺〉》，作者是白子（该文章发表于1981年第4期的《比较文学》）；另一篇题目完全相同，作者叫李沅（文章发表在1984年5月的《比较文学论文集》）。文章里有些话引起笔者的关注，这两位作者介绍《拉玛坚》的来源时说："曼谷王朝拉玛二世王根据印度的《罗摩衍那》和中国的《封神榜》《西游记》等神话故事，创作了泰国有名的具有自己民族风格的歌舞剧《拉玛坚》。"从这个句子中，笔者认为两位学者的见解中有几点值得商榷：①大家都已知道，《拉玛坚》是曼谷皇朝拉玛一世王时期（1782~1809 年）整理和编写的，而拉玛二世王《拉玛坚》剧本是依据一世王的剧本缩编而成，更适合演出。如果把一世王的版本与二世王的版本进行比较，就会发现故事情节和用词非常相似。既然二世王剧本是依据一世王剧本而作，那么就不能说是二世王的创作。②如果说《罗摩衍那》是泰国《拉玛坚》的蓝本，那是无可否认的，但是《拉玛坚》是不是从中国神话故事《封神榜》或《西游记》中来的，在文章里，两位作者并没有提出任何理由来支持该想法。笔者认为目前还没有实际的证据，因此还不能做出那样的判定。据了解，《封神榜》被翻译成泰文并在泰国普遍流行是在拉玛二世王时期（1809~1824 年），至于《西游记》是在拉玛五世王时期（1868~1910 年）被翻译的[①]，这两本著作的流传与《拉玛坚》的创作属不同时代。也就是说《拉玛坚》的编写完成是在 1782~1809 年，这还没有包括《拉玛坚》在泰国流传比较早的民间口头版本。《封神榜》和《西游记》在泰国开始广受欢迎是在 19 世纪下半叶。因而从《封神榜》和《西游记》译本流传的时间上判断，拉玛二世王是不大可能根据《西游记》或《封神榜》文本创作《拉玛坚》的。另外，《封神榜》与《拉玛坚》的故事内容虽有些相似，但仅限于故事中所提到的神仙和魔法等，是一种普遍的创作风格。依笔者看，《封神榜》也具有浓厚的印度文学风格。基于以上理由，笔者认为《封神榜》不会与《拉玛坚》有直接的关系，即使有间接的关系，那也是因为两本著作都有印度风味。

在泰国从来没有人提过《拉玛坚》来源于《西游记》，白子和李沅这句话使笔者原来的模糊想法更加清晰。不可否认，《西游记》与《拉玛坚》有一些关系，这种关系是两者都以作品中的神猴为主要线索。关于这一来源方向的怀疑，在拉玛六世王的研究中，曾提出该线索关系的想法。在

[①] 笔者依据公帕亚丹隆拉查奴帕（丹隆亲王）（当时任泰国皇家科学院主席）所调查和整理的拉玛一世王至拉玛六世王时期中国古典文学泰译本流传情况的材料得出结论。（公帕亚丹隆拉查奴帕：《传说三国演义》，康育他牙出版社，1963。）

《拉玛坚》中找不到来源的故事情节共有八个部分，不过其程度并不相同，有的是全部情节，有的只是部分情节：“献戒指”（哈奴曼与那落仙人比试神力一段）；“漂浮的女尸”（全部情节）；“跨海大堤”（哈奴曼与尼拉帕争执、与人鱼素潘玛查争战一段）；“‘莫卡萨’箭”（哈奴曼和翁空分别化身成犬、鸟的腐尸以破坏仪式一段）；“‘婆马斯’箭”（因陀罗期化身为因陀罗神欺骗拉玛及哈奴曼拧断大象艾拉万的头两段）；“三队魔军”（全部情节）；“烧圣水”（全部情节）以及“献猴”（全部情节），这些部分正是泰国“孔剧”喜欢用来表演的重要情节。拉玛六世王怀疑这些情节有可能是受波罗门喜爱的有关哈奴曼事迹的《哈奴曼戏剧》一书的影响而成。到底《哈奴曼戏剧》是不是《拉玛坚》的源流，这是影响本书立论的重要问题，笔者将在中、泰神猴比较中阐述。

关于以上八个有关哈奴曼的部分（这里称为“八部哈奴曼”，即有关哈奴曼事迹的情节无法找到来源的部分）是否来源于《哈奴曼戏剧》的问题，笔者不通梵文，因而从来没有看过《哈奴曼戏剧》，可是据现有资料可以推断，有问题的这八个部分的内容应该不是从《哈奴曼戏剧》中找到的。原因如下。

其一，拉玛六世王参考比较的文献仅限于《罗摩衍那》的瓦尔米基梵文本、杜勒西达斯印地文本，以及婆罗教所谓的《毗湿奴往事书》（Visanu Burana），或印度有关罗摩故事的小集。至于《哈奴曼戏剧》，拉玛六世指出“可惜还没看过那本书”。[①] 所以不光所采取的线索有限，拉玛六世的想法也只是一种“猜测”，可能性很小。

其二，拉玛六世王曾介绍《哈奴曼戏剧》的创作来源。传说是哈奴曼亲自写出自己的事迹刻在石头上，而瓦尔米基害怕该书会与自己所编的《罗摩衍那》对立，哈奴曼知道瓦尔米基的想法，就请他把这块石头扔到海底，直到几百年后才被人发现，并将这块石头献于塔拉国坡差特扑国王，坡差特扑国王则命令宫廷诗人达摩塔拉弥萨拉组织重新编辑，弥补遗失的地方。达摩塔拉弥萨拉就用演戏方式重新编成。[②] 如果《哈奴曼戏剧》

---

① 《哈奴曼的故事》，〔泰〕沙田沟谁：《拉玛坚的器材》，班纳刊出版公司，1972，第146页。
② 《哈奴曼的故事》，〔泰〕沙田沟谁：《拉玛坚的器材》，班纳刊出版公司，1972，第144~145页。

的印度作者假托是哈奴曼亲自写自己的故事，该著作就应该有一点儿神化色彩。既然是假托神编出来的，那肯定是崇拜哈奴曼的人创作的、用来歌颂哈奴曼的经典；既然是崇拜哈奴曼而编出，那么在《哈奴曼戏剧》作品中，哈奴曼应该形象端庄、威严、善于讲达摩（Dhamma，佛法），如同一般印度人对哈奴曼的深刻印象那样。不过，在"八部哈奴曼"里头，别说哈奴曼形象不严肃端庄，就是他的达摩也不及格，简直不能作为崇拜对象。（相关"八部哈奴曼"的故事内容请参阅第三章的第一节。）

　　另外，沙田沟谁在探讨《哈奴曼戏剧》一书时，虽然没有专门针对"八部哈奴曼"的问题进行研究，不过他曾说："《哈奴曼戏剧》有许多小集，但是并没有与《拉玛坚》相符的。"① 就是说沙田沟谁也不太同意《哈奴曼戏剧》会对《拉玛坚》有很大的影响。那样的话，"八部哈奴曼"又是从何而来的呢？笔者怀疑可能与《西游记》有关，即使这些不是受《西游记》在泰国流传的泰译本影响，也有可能与民间流传的其他版本有关。在本章先不判断或继续追踪这个问题，第三章我们将对中、泰神猴故事详细比较分析后再来探讨并做判断。在将中、泰神猴比较之前，我们不妨先研究、探讨泰国流传的拉玛故事或哈奴曼故事以及《拉玛坚》，以便于有更广大的比较思考范围。

第四节　拉玛故事在泰国民间和宫廷流传的版本

　　《拉玛坚》在泰国流传的版本很多，除了泰国最完整、影响最大的拉玛一世王版《拉玛坚》外，还有民间百姓中口头流传的故事、传说，其他版本的剧本，以及散见于其他文献中的片段。它们的来源和用处也各不相同，其中就包括一些拉玛一世王版本没有收集的内容。而在拉玛一世版本产生之后，民间和官方也还在继续进行创作和修订，又产生了其他一些版本。本节对此问题加以搜集、整理，其中一部分内容以泰国学者丝拉蓬·替达弹的论文《拉玛坚：故事传播方式的研究》中的材料作为启发点并加以补充扩展。丝拉蓬女士对《拉玛坚》民间版本的归类主要分为：口头流传（สำนวนที่เป็นนิทานมุขปาฐะ）

---

① 《哈奴曼的故事》，〔泰〕沙田沟谁：《拉玛坚的器材》，班纳刊出版公司，1972，第104页。

和民间版本（文字传说）（สำนวนที่เป็นนิทานลายลักษณ์）。[①] 本节主要分为三部分：①经过前人整理的《拉玛坚》民间故事，见于一些文献资料；②《拉玛坚》民间故事的口述实录，没有其他文献记录可供参考；③除了民间故事以外，地方传说也是一个鲜活的资源，笔者在此进行了一些列举。

一 民间版本

对于民间文学的研究者来说，《拉玛坚》和拉玛故事一直是重要的研究对象。可以说，《拉玛坚》使泰国的民间文学研究一直处于活跃的状态。通过《拉玛坚》在民间流传的版本，学者们既可以了解现代泰国百姓的生活、文化、风俗，也可以追寻到泰国历史的某些痕迹。因为这些活跃在民间的"拉玛坚"，在漫长的历史传承过程中，在广阔的土地上留下了各种不同的版本，至今依然保持着生命力。

（一）前人整理的《拉玛坚》民间版本

这一类故事主要有五种。

（1）泰国东北部的版本《帕拉什·帕拉牟》（พระลัก-พระลาม），此版本是在沙功那空府（จ.สกลนคร）的北庙（วัดเหนือ）发现的。帕亚阿里押努瓦（พระยาอริยานุวัตร เขมจารีเถระ）把该版本整理加工，并提出自己的观点，他认为该版本已经流传了一千多年[②]，算是比较古老的一个版本，因此拉玛故事的基本内容都有保留，但是一些琐碎的情节有所增删更改，与原来的故事不完全相同，与一世王所编的《拉玛坚》不太一样，人物的名字、地名也有所不同。

这个版本的故事从帕耶哈帕麻那雄（พญาฮาบมะนาสวน，托斯甘或十头魔王）向因陀罗神学法术开始。后来帕耶哈帕麻那雄化身为因陀罗神，欺骗了因陀罗神的妻子素差达（สุชาดา）。素差达知道真相后，为了报仇，就告

---

① 〔泰〕丝拉蓬·替达弹：《拉玛坚：故事传播方式的研究》，朱拉隆功大学文学研究所泰文专业博士论文，1979。

② 据泰文资料"แม่นสมัยศรีรัตนานักปราชญ์แต่งรจนาแท้ดายได้มาพันกว่าปีรุ่งเรื่องมาแล้ว"，〔泰〕丝拉蓬·替达弹：《拉玛坚：故事传播方式的研究》，朱拉隆功大学文学研究所泰文专业博士论文，1979。

别因陀罗神降生为帕耶哈帕麻那雄的女儿。素差达出生后，丞相预言，这个小女孩在12岁将给国家招来灾难，并将给魔王带来死亡。魔王就把小女孩放到海里漂流。攘席修行者救了小女孩，把她养大并给她取名为悉达詹塔占姆（สีดาจันทะแจ่ม，悉达）。接着，帕耶哈帕麻那雄、帕拉牟（拉玛）、帕拉什去参加悉达的征婚拔箭比赛。此版本不同之处在于，帕拉牟遇见悉达以后，没有参加比赛就将她带走了。当地人在这个情节中，增加了道德教化的意味。他们认为帕拉牟这样做是不道德的，因此受到诅咒，要与悉达分离。悉达被魔王抢走以后，帕拉牟和帕拉什去寻找她，因为误吃了森林里的奇果，弟弟帕拉什变成了美如画的男子，而哥哥帕拉牟却变成了一只猴子。后来帕拉牟猴就和另外一只母猴生了珲拉曼（หุนละมาน，哈奴曼）。当帕拉牟偿还了此孽债（佛教的因果轮回）以后又变回人身，并认识了帕里占（พะลีจันทร์，帕里），帕拉牟帮帕里占杀死了尚克力巴（สังคีบ，苏克里扑），帕里占就开始协助帕拉牟寻找悉达，但是无法找到。在没有其他办法的情况下，帕里占就叫珲拉曼（哈奴曼）来帮忙。珲拉曼遇到帕拉牟的时候，为了表现自己的威力就跳到天上用嘴把月亮衔回来献给帕拉牟，当他张开嘴的时候有火喷了出来。于是帕拉牟才知道珲拉曼是他的儿子。从此，珲拉曼就跟随着父亲去寻找悉达。故事的后段讲述的情况与《拉玛坚》的内容差不多相同。最后帕拉牟和悉达团聚，生活了一千年，之后又回到天上。在这个版本的故事里，哈奴曼的几个威力非常接近孙悟空的形象，如他呼一口气能吹出十万只猴，他可以变成七个太阳进入罗刹鱼的嘴巴，又可以化成苍蝇，手臂伸得很长等，而这几个形象在拉玛一世王《拉玛坚》剧本中没有提到。

（2）《帕拉牟查斗》（พระรามชาดก，帕拉牟传），此版本也是泰国东北部的一个版本，是寺庙里的和尚在讲经时教化百姓用的（没有记录明确的地方）。此版本既然被看作佛教经典，和尚就会按照讲经的传统规矩，在讲故事以前先提及释迦牟尼佛的言语，讲到故事的结局还要提到听了故事以后会得到怎样的业绩（善果）。百姓也真诚地相信，只要听完这个故事就会享福。从这个角度来说，这一版本的拉玛故事是宗教的一种教化工具。笔者认为，泰国《拉玛坚》故事在当地之所以享有特殊的地位，在故事流传的深度和广度上，这种特殊的传播途径和传播方式发挥了很大的作用。

《帕拉牟查斗》分成前段和后段。前段的故事内容是《拉玛坚》中没有的。故事先介绍拉帕那（ราพณ，十头魔王）、帕里、苏克里扑以及帕拉牟和帕拉什的来历，再讲述拉帕那抢走了帕拉牟的姐姐簪袍（จันทา），使帕拉牟和帕拉什离城去寻找他们的姐姐。在途中，帕拉牟娶了九位美人为妻，并有了很多孩子，而在帕拉牟与托斯甘作战时，帕拉牟所任用的将军几乎都是自己的亲生儿子，其中珲拉曼（哈奴曼）和宽套伐（ขวัญเท้าฟ้า，哈奴曼的弟弟）是协助帕拉牟的主要英雄。民间还特别传说魔王刚出生的时候没有四肢，名字叫伦鹿（ลุนลู่）。后来因陀罗神同情他，让他重新出生。这一次，他一出生就一手持着箭，一手持着弓，取名为拉帕那雄。此版本中，拉帕那的出生方式比较特殊，而且有很大的威力。他一岁的时候就可以跳上天空，三岁的时候威力强大，并把簪袍（月亮）抢走，更特别的是故事里提出魔王和帕拉牟有同一个祖先。后段先介绍悉达的出生（内容与《帕拉什·帕拉牟》的前一段相同）。在寻找悉达的时候帕拉牟变成了猴子，后来生了哈奴曼之后又重回人身，这与第一种版本的故事相同，但是在帕拉牟寻找悉达的时候多出一匹叫玛尼卡普的马。在帕拉牟变成猴子的时候，这匹马安慰他说，幸好他是猴子，如果是人的话，将会因思念悉达而更加痛心。[①] 此版本提到在拉帕那和帕拉牟的斗争中，帕拉牟派了自己很多的儿子包括珲拉曼去和拉帕那打仗。故事中还提到了有关珲拉曼的特殊内容，包括其人、猴的变形说。帕拉牟去摘奇果给珲拉曼吃，可是珲拉曼没把奇果吃完，所以仍然是猴子。珲拉曼因为前世把庙里的水果随便扔掉所以被罚做猴子，在 15 岁的时候，他承认了自己的罪过，裹了一块浸了油的布，自焚后获得重生，再次成人。该故事以《罗摩衍那》后篇（第七篇）为结尾：悉达被救回来后，生了一个儿子，最后他们一家团聚了。

（3）《哈拉曼》（หรมาน），此版本是唯一专门讲述哈奴曼事迹的版本，

---

① 在拉玛一世王《拉玛坚》的版本里面，一直没有提到关于玛尼卡普这匹马的内容，但值得注意的是，泰国民间传说中却出现了与《西游记》中的白马类似的形象。到底《拉玛坚》中的马和《西游记》中的白马是如何产生的？是依据同一线索发展而来，还是各自独创出来的，这一点值得进一步探讨研究。

于泰国北部喃奔府（จ.ลำพูน）的玛哈塔庙宇（วัดมหาธาตุ）发现。① 故事的前段与《帕拉牟查斗》后段的前面部分相近。拉帕那雄（ราพณาสวร，十头魔王）和帕拉牟有同一个爷爷。悉达出生的那天，宫廷的大臣预言说悉达要杀死她的父亲（拉帕那雄）。于是她被放在竹筏上，在水上漂流。后来悉达长成一个美人。帕拉牟和拉帕那雄来向她求婚并进行拔箭比赛。故事强调了哈拉曼（哈奴曼）的威力，在寻找悉达的途中，每当遇到困难，都由哈拉曼出来解决，再也没有其他帮手。哈拉曼救帕拉牟的很多情节是其他版本所没有的。哈拉曼的诞生也与其他版本不太一样：由于罗刹女刊塔批向因陀罗神请求去降伏魔鬼腩塌押，于是变成美女。因陀罗神看见她后，体下流出了精液，罗刹女就捧起精液飞走了，当她看到一棵树下有个盲女，把精液放入盲女的嘴里，哈拉曼就出生了。

这一版本中的哈奴曼与拉玛一世王剧本中的哈奴曼和《西游记》中的孙悟空有许多相似之处。例如，帕拉牟被劫到河里，哈奴曼为了去救他，从莲花的茎进入水里，变成小虫，趴在女仆端的钵上，跟着女仆进了关押帕拉牟的魔窟，然后变成巨大的哈奴曼，杀死魔王，救出了帕拉牟。而《西游记》中，孙悟空也在类似的情景中，运用法术变成小虫，救出唐僧。类似情节看来很有意思，喃奔府靠近中国云南，据说云南傣族也有不少拉玛和哈奴曼故事的版本。而在泰国北方出现专门讲述类似孙悟空形象的哈奴曼版本，那么本书是否有可能从中国南方引进？傣族的版本与吴承恩《西游记》是否有一些关联？这两点指出来供读者思考。

（4）《婆摩杂故事》（พรหมจักร，帕拉牟的故事），这是流传于北方的另外一个版本，也发现于泰国北部喃奔府的替垒寺庙（วัดขี้เหล็ก）。此版本也是用来传教的一个重要版本。此版本是先用巴利文写出讲经语，再用泰文来解析，有些是长词（一种韵文文体），有些是散文小故事，此版本与其他版本的故事情节差不多，但是没有提到婆摩杂（帕拉牟）跟十头魔王是同一个祖先，也没有说婆摩杂是哈拉曼（哈奴曼）的父亲，有关哈拉曼的叙述也没有那么生动、丰富、出色。只是在叙述哈拉曼跨海时，解决问题

---

① 该书也是泰国民间流传的唯一以哈奴曼为名的版本。笔者曾请一位住在泰国北部的教师在清迈寻找原本，发现一本书名为《何拉曼》，虽然书名写法不同，但估计应该是丝拉蓬·替达弹参考的同一版本。原本用来叙述的语言是古泰北方言，不易懂。

的方法比较接近现实。关于哈拉曼跨海，其他版本都说他一跨就过去了，而在这个版本中，哈拉曼先把绳子一端系在岸边的大树上，另一端系在自己腰中，跳入海中，顶住一根柱子，再让小猴子沿绳造一座桥，以便通过大海，进入托斯甘城。虽然海中的鳄鱼百般阻挠，想吃掉小猴子，不让哈拉曼建桥，但是哈拉曼跳入水中杀死鳄鱼，救起小猴，最后把桥建成了。这样的描写比较接近人类的现实生活，神化的想象力不是非常明显，在细节部分讲述更加丰富。又因为这是一部佛教传教经文，所以其中加入了很多佛教的观念（因果轮回的各种伦理），以此来宣扬佛教，教化人民。

（5）在南部的那空是贪玛叻府（จ.นครศรีธรรมราช）廊披汶县（อ.ร่อนพิบูลย์）枯安给村（ต.บ้านควนเกย）发现的一种版本，不过没有名称。根据笔者了解，泰国南部《拉玛坚》的版本应该多少与马来西亚和印度尼西亚的《罗摩衍那》有关，而且比较接近印度《罗摩衍那》的版本，尤其在泰国南方的舞蹈与皮影戏中表现得最多。据丝拉蓬女士介绍，这一孤本由于受长时间的自然腐蚀，有许多地方文字已经模糊甚至消失，所以故事情节不完整。故事中提到的重要人物的名字与《拉玛坚》差别不大，尤其对哈奴曼诞生的叙述也与上面提到的第三个版本差不多。那罗神降伏了弄拖阿修罗，后来依雄神 ① 爱上那罗神化身的仙女，体下流出了精液，那罗神捧起依雄神的精液，放入莎娃哈的口中，莎娃哈生了猴子哈拉曼。在这个故事里，哈奴曼的名字很接近印度人最熟悉的名字——"席哈奴曼"（Sri-Hanuman），同时还叙述了印度普遍流传的哈奴曼小时候跳到天上吞食太阳的故事。除此之外的内容大都依据《罗摩衍那》的主要情节来进行叙述。

（二）口述实录的《拉玛坚》民间故事

民间口头流传，是《拉玛坚》在泰国流传的最古老的方式，而且，至今仍有其生命力。泰国许多地方的百姓至今仍然爱听、爱讲这些自古以来口耳相传的老故事。虽然流传久远，泰国民俗学家发现仍有许多地方的

---

① 即印度"湿婆神"。由于此名在泰文发音不太文雅，所以在泰国普遍称其为"依雄神"。

拉玛故事或相关故事还没有被记录下来。比如素可泰府（จ.สุโขทัย）吉利玛县（อ.คีรีมาศ）当地人流传的，托斯甘对悉达的一片执着之情，把她从拉玛手中抢过来，后来拉玛遇到了猴将哈奴曼，哈奴曼如何寻找悉达，最后托斯甘之死等故事。或者在泰国中部地区北揽府（จ.สมุทรปราการ）帕巴登县（อ.พระประแดง）民间流传的托斯甘（十头魔王或罗波那）的故事和"十头王"名称的来历。

"十头王"，当地人叫托萨克里。十头王在缅甸孟族人的传说中只有一个头，之所以叫他托萨克里（十头之意思），是因为他母亲生他的时候曾路过一座山，就是他出生的那座山。那座山周围有十座山簇拥着，所以叫托萨克里。"托萨"是"十"，"克里"是"山"的意思。①

泰国民俗学家认为，这一类没有文字记录的《拉玛坚》故事有其特殊的讲述方法，讲故事的人并不在乎故事原有的细节，也不考虑故事的完整性，仅仅讲述他们记得的主要情节，同时加进不少趣味因素，包括讲述者利用地方语言来叙述所产生的地方性趣味。因为泰国各地的方言差别很大，致使不同地方流传不同的《拉玛坚》故事。人们不但对故事本身产生兴趣，还会从方言的特别用法中获得乐趣。此外，讲故事的人还会有意或无意地增加一些幽默成分，使故事更加生动有趣。② 有一些故事情节，当长辈讲给他们的子孙听时，还增加了一些教化的内涵，比如托罗皮和素克里扑打仗的情节，讲故事的人即会教育、劝诫听故事者不要以托罗皮为榜样来学习，并强调托罗皮的原来身份（托罗皮原本是一头水牛，而水牛在泰国有贬义，意指没有智慧和知识或不忠孝的人）。③

---

① 讲故事者：温晨·配八果，北揽府帕巴登县，1973 年 5 月 15 日，记录者：丝拉蓬·替达弹。〔泰〕丝拉蓬·替达弹：《拉玛坚：故事传播方式的研究》，朱拉隆功大学文学研究所泰文专业博士论文，1979，第 60~61 页。

② 丝拉蓬在她的论文中列举了几个地方所流传的《拉玛坚》，也就是泰国当地人民喜欢讲的一些故事。〔泰〕丝拉蓬·替达弹：《拉玛坚：故事传播方式的研究》，朱拉隆功大学文学研究所泰文专业博士论文，1979。

③ 泰国人把不孝之子称作"托罗皮子"（ลูกทรพี）。

（三）与《拉玛坚》有关的地方传说

除了以上流传在南北各地有文字记录的拉玛故事之外，还有一些地方传说与《拉玛坚》的故事有关。这些传说原本也是口耳相传而没有文字记录的，但由于后来泰国各府县都要记录其境内各个地名的来历及其相关传说，这些故事就得以记录下来，并为那个地方的人们所熟知，广为流传。依笔者的观察，在泰国有关拉玛故事的地方传说，大多在中部若干地区流传，如《拉玛坚》故事中的扇帕亚山（เขาสรรพยา）位于泰国中部地区猜纳府（จ.ชัยนาท），素克里扑山洞（ท้วยสุครีพ）位于春武里府（จ.ชลบุรี），裂山（เขาขาด）位于北标府（จ.สระบุรี）。传说是因为拉瓦那（罗刹王）与罗摩作战后逃难时，战车的轮子撞裂了一座山，所以把这座山叫作裂山。南部地区也有一些类似的地名传说，如位于那放地区的那空是贪玛叻府的托罗皮山和托罗皮洞（เขาทรพี ถ้ำทรพี）的传说。

图1-5 猜那府三帕亚山石刻哈奴曼像，据说救帕拉什的药物生长于此

图1-6 泰国猴城华富里府举办宴请猴子的年度宴会（世界十大神奇活动之一）
作者摄 2004.11.28

图1-7 六小龄童与华富里府当地《拉玛坚》孔剧演员合影
作者摄 2004.11.28

与拉玛故事有关的地名
来历传说最多的地区是华富
里府（จ.ลพบุรี）。据说，此
城是当时哈奴曼帮助拉玛
战胜了十头罗刹以后，拉玛
赏赐给哈奴曼的。华富里府
位于泰国中部地区，接近猜
纳府，离春武里府和北标府
也不太远，可以说是拉玛

图1-8 华富里府沙磨空山顶的哈奴曼举山飞翔雕像

故事在古代的传播中心。华富里府是泰国古城，自古就是猴子聚居最多的
地方，直到现在还把猴子定为该城的动物代表。当地人把哈奴曼看作该城
动物的首领、群猴中的大王。百姓还相信目前的华富里府的猴子即是《拉
玛坚》中哈奴曼的猴兵。在华富里府，与《拉玛坚》故事有关的地方传说
中，有很多是与哈奴曼故事有关的，譬如关于沙磨空山（เขาสมอคอน）的传
说。《拉玛坚》中写道，帕拉什被魔鬼因托罗期的矛刺中，奄奄一息，如
果在日出前得不到救治，就会死去。哈奴曼自愿去寻找仙药"桑格拉尼地
查瓦"（สังกรณีตรีชวา），这种药只生长在三帕亚山（เขาสรรพยา）上。哈奴曼到
了三帕亚山，大喊药的名字，得到了药的回应。药虽然找到了，但怎么拔
也拔不动它，天快亮了，哈奴曼别无他法，就用自己的尾巴将山围起来，
把整座山拔出来带走，救活了帕拉什。当地人传说，在哈奴曼托着山飞回
去的途中，仙药周围的石头、泥土被风一吹，纷纷掉落，形成了现在华富
里府的沙磨空山。山上长了许多草药，传说是仙药桑格拉尼地查瓦的根衍
生的。①

　　华富里府还有很多与《拉玛坚》故事有关的地理传说。传说脾气暴
躁的托罗皮水牛杀死他父亲之后，就去向帕里挑战。帕里把托罗皮诱入洞
中，并命令他的弟弟素克里扑看守洞门，告诉他如果从洞里流出的血是红
色的，那就是自己的血，素克里扑必须把洞门堵住，不要让托罗皮出来。
这次战斗的结果是帕里赢了，从洞里流出的血是黑色的。但是因为血流到

---

① 〔泰〕聪纳·素杂龙：《华富里府城的故事：民间历史的见解》，法政大学博士论文，
1988，第32页。

洞外的时候，颜色已经被冲淡了，素克里扑以为是他哥哥的血，就把洞门关上了。帕里在洞里出不来，就把托罗皮的头砍掉，扔向洞门。洞门被打开了，堵在门口的石头就分散开来，掉在华富里府的各个地方，有的掉到华富里城的河边，形成石头岸；有的掉到山涧里，叫山涧石头（ห้วยหิน）；有的掉到米村县（อ.บ้านหมี่），形成村庄，就是现在的石顶村（บ้านหินปัก）；还有两块石头掉到萨庙（วัดสัก），形成如今的双石村（บ้านหินสองก้อน）。托罗皮的牛头掉进华富里府的一个大湖里，当地人就把这个湖叫牛头湖（หนองหัวกระบือ），那个洞所在的山就叫压牛山（เขาทับควาย），山上的土全是红色的，传说是托罗皮的血染红的。①

类似的传说还有像哈奴曼帮助拉玛打败了罗婆那之后，拉玛为了报答哈奴曼，要送给他一块封地。拉玛拉弓射箭，箭掉在哪里，哪里就是哈奴曼的封地。结果箭落到华富里府，拉玛就让哈奴曼统治华富里府。因为拉玛射出的箭力道很大，削平了华富里府的九座山峰，所以形成了一片"清白干净之地"（那里现在是白垩的产地）。华富里府建成后，阿修罗钩卡那（最后一个与拉玛打仗的阿修罗）与拉玛打仗。拉玛用兔角做成弓箭，用乌龟须做成弓绳，用竹箭射中了钩卡那。钩卡那的身体越过印度洋掉到华富里府，变成一座月牙状的山。拉玛又念了个咒，使钩卡那永远被箭扎在那里，并叫一只玻璃鸡来看管他。只要钩卡那一动，玻璃鸡就连叫三声。哈奴曼一听到鸡叫，就跑过来用锤子把箭往钩卡那的身体里敲一下。如果哈奴曼非常生气，用力过猛，迸出的火星就会把华富里府烧光。当时当地流传着这样一个说法，只要往钩卡那的身上泼醋，咒语就会解除。于是当钩卡那的女儿弄巴毡听到这个秘密后，就从印度飞过来救她的父亲。但是华富里府的人大都敬仰哈奴曼，历来不把醋卖给别人，也不让外人把醋带进来，因此没有人愿意帮弄巴毡救她的父亲。1940年以后，华富里府人才开始吃醋。② 可见《拉玛坚》对华富里府当地人的影响是多么大。

民间把拉玛故事与当地的历史和地理状况结合起来，形成一个个独特的地方传说，听起来既合情合理，又趣味横生。不管是地方说故事或者是

---

① 〔泰〕聪纳·素杂龙：《华富里府城的故事：民间历史的见解》，法政大学博士论文，1988，第33页。

② 参见〔泰〕沟田沟谁《拉玛坚的器材》第五部分的"关于拉玛坚的民间知识库"，第264~267页。

故事说地方，这种种形式都是既保留了地方文化，传承了当地历史，又促进了《拉玛坚》在泰国的流传。

二　宫廷流传的剧本

《拉玛坚》在泰国最早出现宫廷流传剧本的时间，大约是在泰国文字出现的素可泰时代（13世纪前后）。当时泰国与印度关系密切，交往频繁，而素可泰王朝为了统治的需要正在大力引进小乘佛教及其文化观念，而且当时文学与艺术已经兴起，因此完全有理由相信《罗摩衍那》在当时受到泰国王朝的重视并被大力引进。然而因为早期泰国记录文字的工具不发达，再加上泰国位于热带地区，天气潮湿炎热，记录下来的文字很难得到长期的保存，通常流传的时间不太长久。而当时的大部分文献资料又毁于之后的战火，并没有留下什么完整可信的《罗摩衍那》或《拉玛坚》的书面资料，只有在素可泰的第一位国王拉玛刊亨大帝（约1219~1238年）的碑文上第3面第23~24行出现了拉玛故事的痕迹，刻的字是"拉玛山洞"（ถ้ำพระราม）。这算是《拉玛坚》成书之前《罗摩衍那》在泰国流传的最早有记录的证据。[①]

在素可泰时期之后的阿优塔雅时期（或称"大城王朝"，1350~1767年），泰国文学与艺术发展迅速。可是1417年前后，泰国与邻国作战频繁，致使许多重要文学文献在战争中被毁坏，剩下的作品就不多了。继阿优塔雅时期之后是吞武里时期（1767~1782年），接着是曼谷皇朝时期（1782年起）。在曼谷皇朝初期，国家注重收集、整理分散的古籍，并开始把这项工作作为国家重点工程。文学家和艺术家在收集和整理的过程中发现，虽然许多泰国文学著作已经无法复原，但是有关《拉玛坚》的作品还是保留了不少，其中既包括《拉玛坚》的作品片段，也包括其他古代文献中提及的拉玛故事的人物、地名和故事片段，其中就包括素可泰时代至阿优塔雅时代共约530年间出现的珍贵资料。

以下介绍泰国现存拉玛一世王剧本以外的《拉玛坚》在宫廷里流传的诗体书面版本。

---

① 〔泰〕素拉棚·维纶腊：《曼谷王朝的泰国歌舞之演变1782~1934》，朱拉隆功大学出版社，2000，第245页。

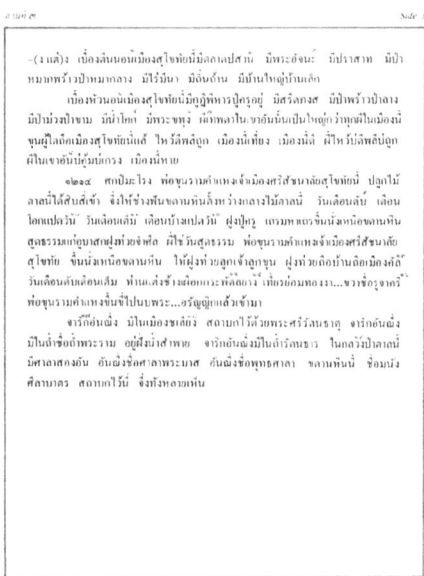

图1-9（1） 素可泰时期石碑上出现的含 图1-9（2） 素可泰时期石碑上出现的含
拉玛洞字样的碑文（原文） 拉玛洞字样的碑文（译文）

（一）吞武里王朝国王（1770~1782年）《拉玛坚》版本

于1770年成书，吞武里国王郑信所作的《拉玛坚》版本讲究材料和细节的完整性。此版本用金色字体记录在黑色木板上。每一板都记录有编写的日期、作者和修订者的姓名。① 吞武里国王当时作《拉玛坚》一方面是为了国家保留古籍，另一方面是为了演戏。本著作的内容分为四个部分："孟股射箭挑战"（พระมงกุฎประลองศร）、"哈奴曼追求瓦娜琳"（หนุมานเกี้ยวนางวานริน）、"马里瓦拉仲裁纠纷"（ท้าวมาลีวราชว่าความ）、"托斯甘举行仪式，戈比拉帕矛增威"（ทศกัณฐ์ตั้งพิธีทรายกรดทำพิธีปลุกเสกหอกกบิลพัท）。全书共有2012句诗。语句比较通俗，却很好地揭示了故事中人物如拉玛、托斯甘、孟股、哈奴曼等人勇敢、果断的个性，这也起到了在阿优塔雅后期泰国战败于缅甸的情况下鼓励、安慰百姓的作用。②

---

① 参见〔泰〕苏季·翁替主编《阿优塔雅话剧——〈拉玛坚〉"校场点兵 翁空出使"》，文化艺术出版社，1998，前言。
② 参见〔泰〕灿南·落黑拍《拉玛坚研究》，暹罗出版公司，1979，第112~113页。

（二）曼谷王朝拉玛二世王（1809~1824 年）的剧本《拉玛坚》

根据当时人的记载，该版本共有三个分册，但是目前仅剩一册。其写作风格和大部分内容都与拉玛一世王的《拉玛坚》剧本相似，但撰写主要是为了演歌舞剧，所以相比之下，故事的结构更加紧凑，内容中许多枝蔓的部分被删掉了。原来拉玛一世王的版本中有关人类、罗刹与猴子降生，拉玛被放逐，在森林修行直到悉达被抢夺的部分都被删除了。该剧本共有 14300 个诗句。① 该版本在诗文韵律方面也很优美，除了讲究句间押韵以外还讲究句内押韵。拉玛六世王也曾经在 1913 年皇宫落成典礼上，将拉玛二世王《拉玛坚》剧本重新印行，并颁发给协助此仪式活动的人。同时称赞此书的泰文用语优美，读者看完此书不会感觉厌倦。②

（三）曼谷王朝拉玛四世王（1851~1868 年）《拉玛坚》剧本

拉玛四世王的代表著作《拉玛坚》仅有一段情节，即"拉玛森林行"（พระรามเดินดง），讲述拉玛被放逐 14 年，悉达和帕拉什自愿跟随，一直到十车王寿终的内容。另外还有两篇零散的内容是"那罗神降伏弄拖阿修罗"（พระนารายณ์ปราบนนทุก）和"拉玛入批蜡园"（พระรามเข้าสวนพิราพ）。拉玛四世王的著作也是根据拉玛一世王《拉玛坚》改写而成。其用词简洁，对故事人物、鸟木鱼虫等内容的描写部分非常优美生动。③

（四）曼谷王朝拉玛六世王（1910~1925 年）的编写本

由拉玛六世王根据蚁垤的梵文本《罗摩衍那》而创作。写作的目的与其他书面版本一样，也是为了用在"孔剧"舞蹈表演之中，演出共分十幕："悉达失踪"（สีดาหาย）、"火烧隆伽城"（เผาลงกา）、"披佩被驱逐"（พิเภษณ์ถูกขับ）、"跨海大堤"（จองถนน）、"隆伽战争的开始"（ประเดิมศึกลงกา）、"那卡圈"（นาคบาศ）、"结婚典礼"（อภิเษกสมรส）、"漂

---

① 所谓"诗句"的意思，请参考本章的第五节。
② 参见曼谷王朝拉玛二世王和拉玛六世王《〈拉玛坚〉剧本和〈拉玛坚之渊源〉》前言，帕那空出版社，出版年不详，第 17~18 页。
③ 参见〔泰〕灿南·落黑拍《拉玛坚研究》，暹罗出版公司，1979，第 115 页。

浮的女尸"（นางลอย）、"弓帕尼亚仪式"（พิธีกุมภนิยา）以及"'婆马斯'箭"（พรหมาสตร์）。[①] 另外，还有作为原来的古代戏剧的序幕而制作的版本，其中有五个片段："玛哈披"（มหาพลี）、"仙人求子"（ฤษีเสี่ยงลูก）、"那罗行化身"（พระนรสิงหอวตาร）、"象神失牙"（พระคเณศร์เสียงา）及"欧拉春与托斯甘"（อรชุนกับทศกัณฐ์）。[②]

（五）泰国国家艺术厅制作的《拉玛坚》剧本

泰国国家艺术厅创办以后，创作了十几段《拉玛坚》，主要还是为了演戏，其中最受观众欢迎的片段是"降伏咖那俗阿修罗"（ชุดปราบกากนาสูร）、"麦亚拉普催眠拉玛军队"（ชุดไมยราพณ์สะกดทัพ）、"那卡圈"（ชุดนาคบาศ）、"唯隆占邦阿修罗战"（ศึกวิรุญจำบัง）、"漂浮的女尸"（ชุดนางลอย）、"'婆马斯'箭"（ชุดพรหมาสตร์）、"住址烧圣水的仪式"（ชุดทำลายพิธีหุงน้ำทิพย์）、"拉玛森林行"（ชุดพระรามเดินดง）、"拉玛即位"（ชุดพระรามครองเมือง）及"帕里教弟"（ชุดพาลีสอนน้อง）。

从上述介绍中我们可以发现，在曼谷王朝时期，编写有关《拉玛坚》的作品是泰国王室的一种传统，几乎代代相承并加以发展。但是这种传统为何在拉玛三世王和拉玛五世王时期漏掉了？实际上，两位国王并没有忽略《拉玛坚》，只是对《拉玛坚》的重视不完全体现在书面文学上，而更多地表现在寺庙里的壁画上，以艺术映衬文学。据说，拉玛五世王召集了宫廷里诸多的文人学士在玉佛寺墙壁上作了《拉玛坚》壁画，这些壁画由一幅幅情节独立的故事壁画连缀而成。拉玛五世王带领众文人为每一幅独立的壁画赋上《拉玛坚》的故事，全部用古诗来表述，一幅画配一首古诗，共有4984首诗，其中拉玛五世王亲自作的诗就有224首。[③] 这些玉佛寺墙壁上的壁画和古诗，充分体现了拉玛五世王和当时的文人们对佛教的虔诚、对拉玛的兴趣和熟知。他们的贡献不仅在于宣传文学，还为寺庙

———————

① 参见〔泰〕帕杂·陪批踏押功《基础文学与泰国杰出文学》，诗纳卡琳威洛大学，1991，第111页；〔泰〕灿南·落黑拍：《拉玛坚研究》，暹罗出版公司，1979，第118~121页。
② 参见〔泰〕灿南·落黑拍《拉玛坚研究》，暹罗出版公司，1979，第120~124页。
③ 参见〔泰〕灿南·落黑拍《拉玛坚研究》，暹罗出版公司，1979，第121~122页。

图 1-10　玉佛寺壁画展现的拉玛校场点兵场面
作者摄　2004.11.28

增添了浓厚的、具有泰国特色的人文色彩。[①]

　　另外，还发现除了由国王亲自编写的用于演戏的《拉玛坚》剧本以外，还有民间创作的剧本，如阿优塔雅话剧《〈拉玛坚〉"校场点兵 翁空出使"》（บทละครเรื่องรามเกียรติ์ สมัยกรุงศรีอยุธยา ตอนพระรามประชุมพล จนองคตสื่อสาร），该版本的编写时间比以上所有的《拉玛坚》剧本还要早，是阿优塔雅时代的作品。书中叙述，翁空为协助拉玛寻找悉达，去找哈奴曼帮忙（在《拉玛坚》中是素克里扑找哈奴曼来帮助拉玛）。接着是哈奴曼到隆伽城寻找悉达，哈奴曼得淑盘抹查巨鱼（哈奴曼娶淑盘抹查巨鱼为妻），直到哈奴曼与琶努蜡之战。该书没有标明作者，过去专家以为是皇室成员的创作，但是后来经过历史学家塔霓·友坡考证认为，作者应该是阿优塔雅时期的

────────────

① 1994 年，季羡林先生参观泰国玉佛寺，并且表达了他对玉佛寺壁画的感触："当我走进一些宫殿时，我看到一些柱子上镶嵌着宝石之类的东西，闪出了炫目的光辉。墙壁上则彩绘着壁面，烟云缭绕，宫阙巍峨，内容多半是《罗摩衍那》中的故事。原来泰国王室与罗摩有什么渊源，所以印度古代英雄罗摩十分受到崇敬。我的眼前豁然开朗，目为之明，耳为之聪，深悔刚才的失望于落漠（寞）了。"蔡德贵：《季羡林传》，山西古籍出版社，1998，第 746 页。

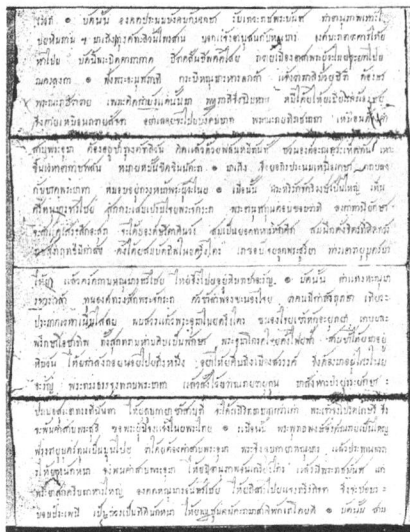

图 1–11　大城王朝古老的《拉玛坚》剧本
《阿优塔雅话剧——〈拉玛坚〉》，诗琳通人类学中心，1998（作者藏书）

某位演员，或者是当时的一位在剧团当编剧的普通诗人编写的。①

三 《罗摩衍那》和哈奴曼的泰文专辑

前面所介绍的都是民间和宫廷流传的《拉玛坚》版本，至于没有被改编的《罗摩衍那》泰文本，大概 20 世纪末（1997 年后）才开始发行。第一本是泰国唯一用诗体撰写的《罗摩衍那》节译本，由苏鹏·彭齐文编写②，全部内容用泰国古代诗体"颗龙单"（โคลงดั้น）书写。该版本完全按照瓦尔米基的《罗摩衍那》版本翻译成泰文，不过流传不广，知道的人也不多。另一本由卧拉瓦利·翁萨伽编译的《罗摩衍那》（รามายณะ），是泰国最近几年所见的白话本，2008 年才正式出版③，该书虽讲述瓦尔米基的《罗摩衍那》故事，不过还是命名为《拉玛坚》，可见该书命名之时还真的是为泰国读者着想，读者翻开书本后是否仍以为是《拉玛坚》的其他版本？

泰国专门研究哈奴曼故事的文献不多。有关哈奴曼的文献出现比较早的是 1964 年和 1967 年同样发表于《超功》杂志上的两篇同名文章《哈奴曼》，两篇文章都简单介绍了《拉玛坚》中的哈奴曼事迹，并没有任何评论或分析。20 世纪末的主要研究文献有：本卡蒙写的《哈奴曼——罗摩的主

---

① 该版本 1998 年由诗琳通公主创办的"诗琳通人类学中心"（Princess Maha Chakri Anthropology Centre）将原版重新整理并刊行（现在保存在泰国国家图书馆古代文字部门）。参见〔泰〕苏季·翁替主编《阿优塔雅话剧——〈拉玛坚〉"校场点兵 翁空出使"》，文化艺术出版社，1998，第 12 页。
② 〔泰〕苏鹏·彭齐文编译《罗摩衍那》，库陆撒巴出版社，1977。
③ 〔泰〕卧拉瓦利·翁萨伽编译《罗摩衍那》，古城，2008。

要将军》；1997年温友·本永编的《〈拉玛坚〉中的猿猴》[1]，介绍了《拉玛坚》中的各个猴子的形象和来源；1999年苏季·翁替主编的《哈奴曼剧本汇编——〈精灵哈奴曼〉》[2]，全方位地探讨了哈奴曼的一生，如哈奴曼父母的来源、他的个性典型、他的官员生涯等。另外，20世纪末开始流行出版哈奴曼故事的卡通书，笔者在2000年发现了一篇专门评论哈奴曼卡通形象及改编价值的论文。其他文献可在有关《罗摩衍那》或《拉玛坚》的论述中找到。

鉴于《拉玛坚》已经成为泰国重要的民族古典文学作品之一，因而泰国教育部规定，把《拉玛坚》作为小学至高中每个学生必读的文学课本和阅读课本，所以以教材形式在泰国流传也是《拉玛坚》的主要流传方式之一。此外，还有《拉玛坚》和哈奴曼的专辑儿童文学或儿童连环画本，自21世纪第一个10年以来不断地创新与发行。

第五节　拉玛一世王《拉玛坚》剧本

一　成书目的及其风格特点

（一）成书目的与时间

泰国曼谷王朝拉玛一世王版的《拉玛坚》剧本是内容最长、最完整的一部，于1797年出版。最早的版本原来记录在117册泰国古书中，50206句，全书共有2976页。编写《拉玛坚》的主要目的，有如下三条。

第一，曼谷王朝建立之初，正是击败缅甸复国不久，许多历史文献毁于战火，为了挽救国家的文化遗产，以免随着老一代学者的凋零而使民族文化传承中断，曼谷王朝开国者拉玛一世王把收集和整理泰国古代文学视作一项国家政策。在他的推动下，泰国的文化典籍整理工作得到较大发展，其中《拉玛坚》更是得到了拉玛一世王的特别重视。他登基以后，将泰国民间流传的拉玛故事和各种剧本的《拉玛坚》融合在一起，进行整理、加工和再创作，完成了这部目前泰国最完整的诗剧《拉玛坚》。

---

[1] 〔泰〕温友·本永编《〈拉玛坚〉中的猿猴》，东偶出版公司，1997。

[2] 〔泰〕苏季·翁替主编《哈奴曼剧本汇编——〈精灵哈奴曼〉》，公认出版公司，1999。

第二，编写《拉玛坚》也是为了庆祝新王朝的诞生，弘扬国王的功德，提高国王的威望。这在剧本前言中可见端倪。

เกิดเกื้อเพื่อสมภารพิตร กระววิธหลากหลาย รู้หลากหลายฉันท์ นิพันธ์โคลงกาพย์กลอน ภูธรดำริดำรัส จัดจองทำนองนุก ไตรดายุคนิทาน ตำนานเรื่องรามเกียรติ์ เปียนปรปักษ์ยักษ์พินาศ ด้วยพระราชโอวาท ปานสุมาลัย เรียบร้อยสร้อยโสภิต พิกสิตสาโรช โอษฐสุคนธ์วิมลหื่นหอม ถนอมถนิมประดับโสต ประโยชน์ฉลองเฉลิม เจิมจุฑาทิพย์ประสาท ประกาศยศเอกอ้าง องค์บพิตรพระเจ้า ช้างเผือก ผู้ครองเมือง[①] （"莱"ร่าย 的诗体）

译文（意译）："为了庆祝泰国曼谷王朝时代的开始，弘扬国王的威望，便于民间诵读、演唱，拉玛一世王命令国家的很多诗人将零散的拉玛降伏阿修罗的故事整理编写成书。"

该书第四册的结尾，还记录道：

จบ	เรื่องราเมศมล้าง	อสุรพงศ์
บ	พิตรธรรมิกทรง	แต่งไว้
ริ	ร่ำพร่ำประสงค์	สมโภช พระนา
บูรณ์	บำเรอรมย์ให้	อ่านร้องรำเกษมฯ[②]

（"颗龙伽突"โคลงกระทู้ 的诗体）

译文（意译）："拉玛降伏阿修罗的故事到此结束。拉玛一世王编写此书是为了庆祝新王朝的诞生，并供人阅读、舞蹈、歌唱、享乐之用。"

在为国家政策服务的同时，《拉玛坚》也要作为"孔剧"表演的剧本，这是编写《拉玛坚》的第三个原因。"孔剧"是泰国文化中重要的传统艺术形式，在泰国古代社会和国家生活中起着重大的作用，并被运用于国家的重要仪式，同时也供民间歌舞、欢乐之用。

---

① 曼谷王朝拉玛一世王：《拉玛坚》第一册，泰国艺术局，1997，第 2 页。
② 曼谷王朝拉玛一世王：《拉玛坚》第四册，泰国艺术局，1997，第 583 页。

（二）写作风格及特点

拉玛一世王《拉玛坚》剧本的写作有很多优点，除了是泰国所有文学作品中篇幅最长的一部之外，风格也很多样，将精巧的情节、优美的语言和广泛运用的比喻自然融为一体。[①]整个故事用的是泰国舞剧专用的一种诗体，全诗分成若干段，每段最少四行，每一行又由前后两句组成，各句有6~8个音节。整首诗上下左右排列有序，颇具平衡匀称之美。该诗最突出的优点是韵律运用精妙。考察全诗，前半句末音节与后半句的第1、2、3或4音节押韵，第二行前半句末音节除了与同行的后半句1~4音节押韵，另需与上一行的末音节押韵，下面每一行的末音节都需与后面一行前半句的末音节环环相扣，形成有规律的押韵。大韵套小韵，丝丝入扣，珠联璧合。各段经常用"当时"（บัดนั้น）或"那时"（เมื่อนั้น）起头，表示故事中的某人物即将出场。

图1-12 拉玛一世版《拉玛坚》封面，2006

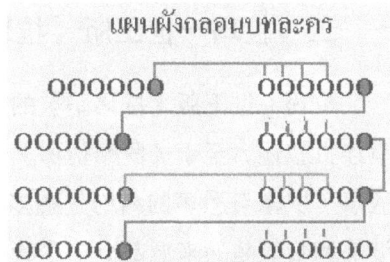

图1-13 拉玛一世《拉玛坚》诗体风格

《拉玛坚》诗剧的开头常用"莱"（ร่าย）的诗体介绍写作的目的（相当于楔子），故事的结尾部分用另一种诗体——"颗龙伽突"（โคลงกระทู้）（其形式相当于中国的藏头诗）再次说明写作目的。

然而美中不足的是，内容甚长造成叙述故事的每一个阶段过于冗长、琐碎，如与拉玛二世王《拉玛坚》剧本比较，拉玛二世王的版本更适合演戏，而拉玛一世王的版本比较适合于阅读，不太适合用于表演。

[①] 拉玛二世王的版本已经被修改得更适于用来表演了。从两个版本的篇幅就可以看出，拉玛一世王的版本共有50206句，拉玛二世王的版本仅有14300句。

（三）印、泰版本主要人名、地名的差异

《拉玛坚》在人名和地名的选取上，基本上仍保留原来印度《罗摩衍那》中的名字。因为泰文与印度巴利文和梵文密不可分，所以当翻译成泰文时，无论音译或者意译都比较接近《罗摩衍那》的原意，只是由于当时在东南亚流传的版本多，人物或地名有些改变。无论如何，在整个版本中故事主要人物的姓名与原来的名称相似，仅有一小部分是大改变。如"罗摩"或"拉玛"，"悉多"、"息多"或"悉达"等，都差不多接近原来的发音。关于《拉玛坚》沿用的《罗摩衍那》专有名词，本书的第三章也有提及。对于"哈奴曼"的音译大多用同样的写法。"哈奴曼"一词容易发声，他的形象各处相传，家喻户晓，哈奴曼传奇一代接着一代传诵，所以不容易有大改变。只是他的事迹有可能因故事传播者口传或讲故事的时机不同而产生了变化。笔者认为一个故事会随着其流传、发展而自然改变，一个故事及其典型的人物形象都会在一代一代的酝酿、整理中改变面貌。拉玛一世王的《拉玛坚》中的人物"哈奴曼"也可能经过了不少有形或无形的改编者的雕琢。

二　拉玛一世王版《拉玛坚》的故事内容梗概

拉玛一世王版《拉玛坚》的故事内容主要是将《罗摩衍那》的七篇故事连贯叙述。至于《罗摩衍那》的第七篇《后篇》仅采用了罗摩和悉多的故事（罗摩与悉多的纠纷、悉多生子、罗摩家庭的结局），省略了讲述罗波那和哈奴曼的来源部分。尽管省略了《罗摩衍那》中《后篇》的很多内容，可是在《拉玛坚》后面的内容中也添加了许多情节，主要是讲述拉玛兄弟与十头魔王亲属间的战争、哈奴曼后半生的生活情形，而有关拉玛与悉达的家庭纠纷也增加了哈奴曼调解的成分，与《罗摩衍那》原来的《后篇》大不相同。

因为《拉玛坚》篇幅较长，这里主要简单介绍《拉玛坚》大框架中的主要情节内容，从各个人物的介绍开始，到拉玛与托斯甘战争结束后回城为止。

其中按照各个情节划分的序号依次为：第1~6段介绍重要人物的身世以及他们之间的关系；第7~14段为主要的故事结构，叙述拉玛和托斯甘

战争缘由，从拉玛、悉达和帕拉什被放逐森林，悉达被抢夺，拉玛与猴兵结盟，到哈奴曼找到悉达，拉玛预备战争。接着，关于拉玛与托斯甘从开战到托斯甘战死的部分内容，笔者将要在本书的第三章印度与泰国神猴故事的比较中深入探讨，所以在这里暂时省略。最后第 15 段介绍战后拉玛和哈奴曼的结局。由于《拉玛坚》中的人物关系非常复杂，所以这里必须深入地了解他们之间的关系，便于在后面的第三章中做比较。

（一）托斯甘和拉玛的前世纠纷

故事的开始提到巨人黑兰修炼了几百年，依雄神赐予他无比的神力。巨人黑兰为了展现他的神通，将全世界的版图变成一张席子，卷入海底，梦想成为世界之王。那罗神飞来杀死了他的躯体，取出席子展开，使世界恢复原状。

然后那罗神来到海中央念咒，只见海中央长出一朵莲花，莲花中躺着一个孩子，那罗神把这个婴儿献给依雄神，并命令因陀罗神建了一个城堡叫阿优塔雅城，让这个婴儿在此称王，并给他取名叫阿诺玛丹。阿优塔雅城靠近塔瓦拉瓦里森林，所以城的全名叫阿优塔雅塔瓦拉瓦里。阿诺玛丹后来有了一个孩子叫阿恰班。

巨人弄托在天上是一个普通的神，每日负责给天上的神仙洗脚。弄托对其他神仙欺负他而感到不满，因为每次弄托给神仙们洗完脚，诸神都爱讽刺、打骂他，故意拔他的头发，使他成为光头。弄托怀恨在心，迫不得已去找依雄神倾诉。依雄神同情他，赐予他一个钻石指，只要他用钻石指指谁，谁就会立刻送命。弄托一得到钻石指，就非常得意地任意指神仙，使天庭大乱，惹得依雄神派那罗神来收服他。那罗神化身为美丽的仙女，来诱惑弄托。仙女故意让弄托跟她学跳舞，让弄托用手指指自己而死。弄托死之前仍不服气，责骂那罗说，那罗神有四只手却欺负他只有两只手，那罗神想让弄托对自己的行为有机会反悔，便脱口说让他下凡生为十个头、二十只手的威猛怪物，并告诉他，他自己将用两只手下凡降伏他。

（二）托斯甘（十头王或罗婆那）的出生

弄托神死后，他的灵魂进入国王拉斯底恩的皇后的体内，随后她生了

图1-14 弄托（托斯甘前世）为神仙洗脚时常被
摸头，以致头发掉光

一个儿子。这个孩子出生时有十个头、二十只手，名叫托斯甘（十头的意思）。托斯甘有四个弟弟，名叫披佩、功帕甘、帕亚孔和帕亚孙，唯一的妹妹叫珊玛纳卡。托斯甘十四岁的时候就显示出了自己的灵性，他自以为无人可斗得过他，经常惹是生非。他的师父把他的灵性收起来，代他保管。托斯甘很风流，除了娶美人梦托为首任妻子外，还化身为鱼，

与母鱼发生关系，生了个女怪叫素潘玛查（金鱼的意思）；又把自己变成大象，与母象谈情说爱，生了两个名叫齐里通和齐里万的半阿修罗半象。

（三）拉玛兄弟的出生

阿优塔雅城阿恰班王逝世后，他的儿子十车王继位。他有三个妻子。第三个妻子吉迹伊曾经帮助十车王打了胜仗。有一次，十车王与敌人作战时，战车前面的轮子跑掉了，吉迹伊用自己的手臂围成车轮，十车王因此才得胜。为报答妻子的恩情，十车王答应满足她三个要求。十车王统治阿优塔雅城很久，一个儿女都没有。于是他去请了四位神仙瓦西、萨瓦密、瓦差阿替、帕拉塔万来帮他举行求子仪式。神仙又邀请了神仙迦来果担任仪式的主持，五个神仙聚会商量。他们预知世界将进入混乱状态，所以上天拜见依雄神听取拯救地球的妙计。依雄神请那罗神下界来降妖除魔，那罗神下凡托生为十车王的儿子，叫帕拉牟（拉玛）。那罗神的武器也随之下凡，转轮变为拉玛的弟弟帕婆罗多。那罗神的坐骑蛇变为拉玛的弟弟帕拉什，卡塔武器变为拉玛的弟弟设睉卢，那罗神的妻子同时化身为悉达。另外还有很多神仙也下凡帮助拉玛，有些神仙化身为猴子协助他，如工巧太神、火神、雨神、故威神等。

（四）猴将们的降生

故事中提到一个仙人修行了两千年，胡子长得很长，有鸟在他的胡子上做窝。有一天，雄鸟去找食物，误落到荷花中，荷花瓣合上后，雄鸟出不来了。直到第二天早上，荷花开放，雄鸟才飞了出来，于是回来找雌鸟，可雌鸟生气，以为雄鸟有了外遇所以一夜未归。雄鸟对雌鸟说，如果他真的有外遇，就让他的罪转到仙人身上，因为仙人没有常人的生活，而且没有儿子继承他。仙人听到了以后便举行了一个仪式，生了一堆火，念了咒语，这时从火中生出一个女人，名叫阿差那。阿差那与仙人一起生活，后来生了一个女儿叫莎娃哈。因陀罗神为了下凡协助那罗神降伏托斯甘，触摸了阿差那，使她生了一个儿子叫帕里，后来太阳神为了协助那罗神，也下凡

图1-15 木雕拉玛坚故事，见于泰国北部民间

Mark Draham, *Thai Wood*, Finance One Public Company Limited

与阿差那在一起，使她又生了一个儿子叫素克里扑。有一天仙人抱着素克里扑，让帕里骑在他的脖子上，手里牵着莎娃哈，到了恒河。莎娃哈责怪其父，说他爱别人的孩子比爱自己的孩子还多。这时仙人将三个孩子放在水里，许个愿说，谁是他的孩子，就能够游回来，如果不是，就让他变成猴子，最后只有莎娃哈游回来了。帕里和素克里扑变成猴子，跳到了河的对岸，因陀罗神和太阳神无奈地看着他们自己的儿子，下凡给他们造了一座城，叫替庭，并把自己的法术教给他们。仙人回到他的住所，念咒语使他的妻子掉到海里，他的妻子对于女儿把秘密泄露给仙人非常生气，念咒语使莎娃哈独脚站立在森林之中，只能以风为食，直到莎娃哈生出一只小猴子，咒语才能解除。依雄神也想要协助拉玛降伏托斯甘，即命令风神把他的武器吹到莎娃哈嘴里，哈奴曼就出生了。

（五）梦托（托斯甘之妻）的来历

一位仙人对一只母青蛙很照顾。一次有人想陷害仙人，给他一杯毒酒，母青蛙知道后把这件事告诉了仙人。仙人为了报答母青蛙，把它变成了一个美女，名叫梦托。仙人把她带到天上，献给依雄神，依雄神让梦托做自己妻子芜玛的女佣。托斯甘年轻时曾做过一件好事，依雄神答应实现他一个愿望。托斯甘要娶依雄神的妻子芜玛，依雄神把妻子芜玛赐给了他。当他抱着芜玛离开时，途中遇见了那罗神，那罗神告诉他，他与芜玛相克，不能结合。托斯甘也觉得抱芜玛时浑身发热，于是送回芜玛，娶了梦托来代替芜玛。

（六）悉达的出生

梦托和托斯甘生了一个孩子叫龙那帕。后来又生了一个女儿，但是托斯甘的一位臣子告诉他，这个女婴带有邪气。于是托斯甘把她放在一个金盒里，让她随着河水漂走。河里突然出现一枝荷花，把她托到差农仙人那里。差农仙人给孩子取名悉达，把她养大后，准备给她选择对象并为此举行了一个拉弓比赛，谁能把弓拉开，谁就可以娶走悉达。这时，拉玛闻讯赶来，拉开弓，娶了悉达，并把她带回阿优塔雅城。

图 1-16 悉达

Characters in Ramakian Notebook, Saengdaed Publishing Co.Ltd., 2001

（七）拉玛、悉达和帕拉什离城放逐

十车王统治阿优塔雅城六万年，他想把王位传给大儿子拉玛，第三位皇后吉迹伊得知这一消息后，利用当初十车王给她的许诺，提出了三个要求：要十车王把王位转为传让给自己的儿子婆罗多；把

拉玛赶出阿优塔雅城；让他在森林里放逐十四年。于是拉玛被陷害而离宫出走。悉达和拉玛的弟弟帕拉什坚持跟随拉玛一起离宫。拉玛、帕拉什和悉达走后不久，十车王对他们思念不已。于是正直的婆罗多到森林里寻找他的哥哥拉玛，请求他回宫做国王，但是拉玛坚持对父亲的承诺，要流浪十四年再回宫去。婆罗多无法劝服拉玛，于是先回宫禀告父亲。拉玛、帕拉什和悉达决定专心修行，于是不告而别，偷偷地搬到克塔瓦里河边居住。

（八）拉玛和托斯甘战争的起因

托斯甘带着爱妻梦托到森林里游玩，让他的妹夫秋哈看守他的城堡隆伽城。秋哈日夜不息，巡察城堡七天七夜。后来他累了，把自己变成一个巨人，伸出长长的舌头围住城堡，就睡着了。托斯甘回来后，看到他的城堡一片黑暗，非常生气，他派士兵去喊秋哈，让他把城门打开，无论怎么喊都没有回应。托斯甘一怒之下扔出武器转轮，转轮割断了秋哈的舌头，就这样秋哈死去了。托斯甘的妹妹珊玛纳卡悲痛万分，一个人生活。不久，她觉得生活孤单，就出去求偶。她飞到克塔瓦里河边，看到了拉玛和帕拉什。珊玛纳卡对兄弟俩一见钟情，直接先对拉玛求爱，但被拉玛拒绝，她又去找帕拉什，帕拉什也不理她。珊玛纳卡不甘心，跟着两兄弟到住处，然后变回巨人原身，伤害了悉达，拉玛叫弟弟把她的鼻子、耳朵、四肢全都砍了下来。珊玛纳卡非常疼痛，回去告诉她的两个哥哥帕亚孔和帕亚孙。这两个哥哥来为珊玛纳卡复仇，可也被拉玛用箭射死。珊玛纳卡无法可想，告诉了托斯甘，并提到拉玛的妻子非常漂亮。托斯甘动心了，想捉住悉达做自己的妻子。托斯甘想出一条诡计，叫他的仆人玛丽装扮成金鹿去吸引悉达。悉达看到金鹿很美丽，想捉回去跟自己做伴。拉玛禁不住悉达的请求，让弟弟保护着悉达，自己去捉金鹿。眼见拉玛马上要追上金鹿了，金鹿现身为巨人，拉玛一见，用箭将其射死。玛丽被射死之前，模仿拉玛的声音呼唤悉达，悉达一听，立刻叫帕拉什去帮助拉玛。托斯甘趁机抢走了悉达。

（九）猴将们与拉玛结盟（哈奴曼见拉玛）

素克里扑和帕里之间的仇恨起因于素克里扑被帕里赶出替庭城，不让他住在城内。碰巧哈奴曼在森林里修行的时候，认识了素克里扑。拉玛和帕拉什到处寻找妻子悉达，兄弟俩有一次正在一棵大树下休息，弟弟让哥哥靠着自己，并保卫他安睡。哈奴曼见到他们非常喜欢。为了引起兄弟俩的注意，就爬上拉玛休息的那棵大树，摇动树枝，让树叶落到拉玛身上。帕拉什呵斥并赶走哈奴曼。他们的争吵惊醒了拉玛，拉玛一看到哈奴曼全身毛发光亮，欣喜异常。哈奴曼得知他就是拉玛王，拜倒在他的脚下。后来，哈奴曼带着素克里扑也来见拉玛，双方盟誓说，拉玛帮助素克里扑杀掉帕里，同时素克里扑协助拉玛找到悉达以作交换。拉玛帮助素克里扑杀死了他的哥哥帕里，并扶助他成为替庭城的猴王，从此之后他同哈奴曼一起协助拉玛寻找悉达。

图1-17　帕拉什试图赶走哈奴曼以免吵醒其兄拉玛（哈奴曼与拉玛兄弟初次见面的场景）

玉佛寺壁画，作者摄　2003.3.8

（十）召集猴兵准备打仗

哈奴曼除了引导素克里扑协助拉玛，还另外找了神威无比的猴子冲朴潘相助。但冲朴潘不肯拜见拉玛，哈奴曼只好念了个咒，带冲朴潘到拉玛面前。冲朴潘得知拉玛是那罗神的化身，诚心跟随了他，不仅如此，他还找来他的侄子尼拉帕效忠拉玛。

素克里扑召集替庭城的猴兵，冲朴潘集齐冲朴城的猴兵，尼拉帕带领猴兵去与素克里扑汇合，另外还有十八支猴军以及仙人都来帮助拉玛。拉玛即命令哈奴曼、翁空（帕里之子）、冲朴潘带着戒指和披肩去救悉达，为了鼓励猴兵们，便答应事成后，将大赏他们。

（十一）赴隆伽城的过程

拉玛命令哈奴曼、翁空和冲朴潘带领猴兵到隆伽城寻找悉达，并让哈奴曼带上戒指和悉达的披肩作为证物。哈奴曼和猴兵到了森林里，来到一条小河边，看守小河的是巨人阿修罗巴格兰，翁空降服了巨人。他们又来到了玛然城，遇到了仙女浦萨玛丽。依雄神曾告诉浦萨玛丽，哈奴曼的猴兵到来之时，她的咒语会被解除。哈奴曼发现城很大，却只有一人看守，觉得不对劲，就让翁空和冲朴潘在原地等着，他先去会见浦萨玛丽。一见到仙女，哈奴曼却被她的美貌吸引，于是便用甜言蜜语来打动浦萨玛丽使她弃城而降。浦萨玛丽被哈奴曼劝住了，并越来越对哈奴曼有好感，最终愿意做哈奴曼的妻子，并透露了前往隆伽城的路线。途中，哈奴曼一行又遇到了巨鸟萨帕蒂，哈奴曼给大鸟解了咒，萨帕蒂鸟驮着他们三个飞到隆伽城附近。在前往隆伽城的必经之路上遇到了大海阻隔，巨鸟也无能为力，无法带他们飞越大海。哈奴曼身先士卒，决定自己先行一步跨过海去，到城中打探悉达的消息，再回来与其他人会合。在跨海时，他遇到了海蝴蝶女巨妖。哈奴曼从女巨妖的左耳钻进去，从右耳钻出，又从右耳进去，钻入女妖的肚子里，并用他的兵器捣碎了女妖的肝脏，把女妖的肠子拖出来剁碎了喂鱼，把女妖的手脚也剁下来喂了鱼。接着哈奴曼又去见仙人那落。他想试探仙人法术究竟有多大，便请求与仙人住一个晚上。仙人让他住在一个亭子里，哈奴曼故意把身子变得巨大，对仙人说："这个亭子太小，我住不下，你不能给我一个更大的亭子吗？"仙人使了个法术，把亭子变大。但哈奴曼也变得更大，使亭子连他的一只胳膊也装不下。仙人再怎么把亭子变大，哈奴曼也还是嫌弃，故意说不够大，仙人觉得泼猴闹得太过分，便念了个咒让雨在哈奴曼身上下个不停，哈奴曼浑身湿透，身体冻得不停发抖，只好向仙人投降。仙人解了咒，但认为对哈奴曼还处罚得不够，还想再处罚一下，便把自己的拐杖扔到井水里，念个咒语，使拐杖变成了蚂蟥。哈奴曼口渴，打上井里的水来喝，被蚂蟥紧紧吸住下颌不放。哈奴曼越想扯掉蚂蟥，蚂蟥却变得越长，哈奴曼走投无路，不得不向仙人道歉，并低头离开了。

（十二）哈奴曼将戒指献给悉达

在进入隆伽城之前，哈奴曼又遇到一个吃人肉的阿修罗，这个阿修罗有八只手、四张脸，身体异常庞大。哈奴曼先降服了他，之后才进入隆伽城寻找悉达。哈奴曼变成一个阿修罗跟随着其他阿修罗进入隆伽城，然后再变成飞虫搜寻了隆伽城的每一间房屋，都没有找到悉达。哈奴曼飞回来问那落仙人悉达的下落，得知托斯甘把悉达放在后花园里，哈奴曼于是变成小猴在树上守候，见到托斯甘正说服悉达嫁给自己，悉达不同意，责骂了托斯甘，并威胁他说，拉玛将很快带兵回来救她，到时候将让他一个头都不会留下。托斯甘虽大怒，但毫无办法，便把气撒在周边的侍从身上。托斯甘走后，悉达痛哭不已，意欲自尽，紧急时刻，哈奴曼无法再藏身，便赶紧救了她，同时劝告悉达耐心等待拉玛相救，并把戒指与披肩拿给悉达。哈奴曼想带悉达回去见拉玛，悉达考虑到自己的纯洁，不愿意跟异性同路，执意要等拉玛亲自来带她走。

（十三）火烧隆伽城

哈奴曼本性调皮，离开隆伽城之前，故意来到托斯甘的院子里，把院子里的树木都折断了，并杀死了很多阿修罗。十头王派了无数很厉害的兵将，都无法打败哈奴曼，最后派出自己的儿子因陀罗期与哈奴曼交战。哈奴曼诈败，被因陀罗期绑住了双臂。十头王托斯甘用了很多办法取哈奴曼的性命：先用各种武器砍他，哈奴曼不但收起所有兵器，还反过来杀死阿修罗；托斯甘让手下把哈奴曼放进铁臼里，用铁锤捣他，但哈奴曼毫发无伤；命令大象用象牙来刺哈奴曼，也没有用。十头王毫无办法，便想收留哈奴曼做自己的兵将。哈奴曼假装求死，托斯甘中计，依照哈奴曼的说法，在他身上从头到尾绕上浸了油的棉花并点燃。哈奴曼看到自己身上着了火，故意在隆伽城的宫廷里乱跑，火越着越大，隆伽城大乱，哈奴曼见到隆伽城全城都着了火，便在地上滚来滚去。身上的火熄灭了，只剩下尾巴上的火没办法扑灭，哈奴曼越甩尾巴越觉得灼热。他跳到海里，再钻出来，尾巴上的火还是没灭。最后哈奴曼在那落仙人的指点下用口水熄灭了余火。

（十四）隆伽城大战前的备战

哈奴曼逃走后，托斯甘的弟弟披佩要他把悉达还给拉玛，托斯甘一气之下赶走了披佩，披佩便投奔了拉玛。一次，托斯甘派手下的阿修罗到拉玛军中打探军情，被披佩认出告知了拉玛，拉玛于是让哈奴曼抓住了阿修罗，并把他放回隆伽城。托斯甘又让披佩的女儿苯伽荽化身成悉达的尸体，顺水漂流到拉玛的驻地，想让拉玛以为悉达已死，放弃和隆伽城的战争。哈奴曼不相信那是悉达，就把尸体放到火上烧。苯伽荽疼痛难忍，现出原形，被哈奴曼抓住。披佩要拉玛惩罚自己的女儿，拉玛却不予计较，让哈奴曼把她送回了隆伽城。在途中，哈奴曼得到了苯伽荽。

哈奴曼和尼拉帕受命在海中修筑一条通往隆伽城的路。尼拉帕一直对哈奴曼心存不满，便想趁机报复他。他想用石头把哈奴曼砸伤，可是扔出去的石头都被抛到了海里。哈奴曼则在每一根毫毛上都绑上石块，然后抖动全身，把石块都甩向尼拉帕。拉玛得知此事后非常生气，他撤回尼拉帕，并限定哈奴曼在七天之内把路修好。可是，无论哈奴曼搬来多少石头修路，都被托斯甘的女儿人鱼素潘玛查破坏了。哈奴曼发现后，抓住了素潘玛查，想惩罚她。但是见到她后，不仅下不了手反而爱上了她。素潘玛查也对哈奴曼有好感，便转而帮助哈奴曼修路。于是，哈奴曼又得到了素潘玛查，后来生了半猴半鱼的儿子名为玛查奴。

拉玛的部队跨过大海，驻扎在隆伽城附近。托斯甘派其子麦亚拉普去抓拉玛，哈奴曼变成巨猴把拉玛藏在自己嘴里，但麦亚拉普念了咒语使众人入睡，带走了拉玛。哈奴曼去寻找拉玛，途中遇到了自己的儿子玛查奴，玛查奴协助父亲寻找关押拉玛的地方。哈奴曼顺着荷花茎下到河里，杀死了很多阿修罗。遇到巨象，扭断了它的头，又碾死了巨蚊。后来，哈奴曼遇到麦亚拉普的女仆抱着水瓶，就化作苍蝇落在瓶口，随其进入了隆伽城，找到麦亚拉普，随即与他展开激烈战斗。起先，哈奴曼扯断麦亚拉普的四肢，但麦亚拉普很快就恢复原状。后来，哈奴曼得知麦亚拉普把自己的心藏在了一座山下，就左脚踩着麦亚拉普，右脚跨到山那边，取出了藏心的匣子，并把心捏碎。另一只手则砍断了麦亚拉普的头，救回拉玛。拉玛对哈奴曼的这次行动非常满意，赐给他一只戒指作为赏赐。

阿修罗萨哈迪查拥有一种非常厉害的武器卡塔，拉玛得知后，命令哈奴曼去盗取卡塔。哈奴曼化身成小白猴，骗阿修罗说自己被猴王素克里扑欺骗，自己的兄弟也被杀光，逃亡到此处，他也想去找拉玛报仇，并请求萨哈迪查赐予他卡塔。萨哈迪查中计，将卡塔给了哈奴曼。哈奴曼现出原形，用尾巴绑着萨哈迪查带给了拉玛。后来拉玛处死了萨哈迪查。

（十五）拉玛回城

这个部分的内容其实也就是印度《罗摩衍那》的第七篇，但是内容差别较大。在拉玛带悉达回阿优塔雅城之前，悉达跨火以表明自己的贞洁。故事还提到托斯甘的朋友阿斯干，他抚养了托斯甘的两个儿子齐里通和齐里万。得知拉玛杀死了托斯甘和齐里通、齐里万的消息后，阿斯干非常气愤，于是带领军队来与拉玛作战。结果，他的军队全军覆没，他自己也被拉玛用箭射死了。另外，托斯甘和甘雅琪的儿子班莱甘也前来为父亲报仇。拉玛命哈奴曼杀死了班莱甘。得胜后，拉玛命哈奴曼先一步回去禀告两个弟弟婆罗多和设睬卢自己即将回城，让他们准备迎接。当拉玛回到阿优塔雅城即位后，犒赏三军，以感谢属下帮自己找到悉达。有一次，悉达听信了女佣阿敦的谗言，画出了托斯甘的画像。拉玛得知后，误以为她在怀恋托斯甘，一念之间命帕拉什杀死悉达。帕拉什把悉达带到森林里，却不忍心杀死她，偷偷把她放了。一位修行人瓦查玛卢卡收留了悉达。悉达生了拉玛的儿子盟鼓，修行人施法术，为悉达又变出一个儿子帕罗普。修行人还悉心传授两个孩子法术，使他们得到了很强的功力。

一天，他们想试试自己的功力到底有多厉害，就用手指着一棵参天大树对它施了法术，大树顷刻间扑倒在地，声音震天动地，一直传到了阿优塔雅城。拉玛听到了这声音，猜想一定是有什么高人在做法，就想采取措施会会高人。他放出了一匹性情暴戾的马，并招募高手来驯服这匹马。帕罗普和盟鼓抓住了这匹马，并把它带走。哈奴曼跟随着两个孩子，想夺回马，可是法力不及他们，反而被两个孩子抓住了。拉玛得知便出城救下了哈奴曼，才知道原来这两个小孩是自己的儿子。知道真相后，他非常后悔，想让悉达回到自己身边，就派人给悉达送信说自己已死，骗得悉达前来吊唁。悉达发现拉玛骗她，就许愿让自己钻到地下的海中居住，离开人间。拉玛失去了悉达，非常自责。披佩出谋划策让拉玛把自己放逐到森林中赎罪。拉玛照办，并在流放的过程中降伏了很多巨人。满一年后，依雄神同情拉玛，劝说悉达回城，两人团聚，和好如初。

第六节　哈奴曼在泰国民间与社会
文化中的表现及影响

前面介绍《拉玛坚》在泰国流传的各种版本，基本上只涉及了文学文本层面，而《拉玛坚》在泰国的表现和影响是多方面的。在泰国的语言、名物、艺术、民俗等各个方面都有《拉玛坚》和哈奴曼的影子。由于在《拉玛坚》的流传中，哈奴曼是拉玛的形影不离的追随者，所以前文对《拉玛坚》文本进行的广泛而笼统的研究，是把哈奴曼故事和《拉玛坚》看作一个整体。事实上，哈奴曼及其故事在泰国享有独立的地位，本节将进行单独的介绍。

一　从膜拜的神灵到风趣的猴兵

在泰国民间与社会文化中，哈奴曼的形象表现在许多方面。在介绍这一点之前，我们不妨先了解一下他在印度社会文化中的地位。

泰国哈奴曼故事脱胎于印度史诗《罗摩衍那》，但又有相当大的独立性。《罗摩衍那》中最精彩的故事大都与哈奴曼有关，如"哈奴曼搬山求仙药救罗摩兄弟""哈奴曼撕开胸膛显露心中的罗摩和悉多""哈奴曼变身五头六臂""哈奴曼跨海火烧隆伽城"等，在印度民间广为传诵，深入人心。

此外，还有许多印度民间流传的哈奴曼故事是史诗《罗摩衍那》中所没有的。这些民间故事大多突出了哈奴曼的威力和德行，在突出威力的故事中仍然潜藏着德行的线索，如谦虚、忠于罗摩等。比如，在一个故事中，哈奴曼曾经收到悉达交给他的项链，就把这串珍珠宝贝细细捏碎，并没有发现罗摩的名字存在，他就扔掉项链，再用自己的眼泪撕开自己的胸膛，这时才显出罗摩的名字出现在他的每一个细胞里。[1] 这是印度民间赞颂哈奴曼忠于主人罗摩的一个小例子。

印度南方还有一个传说，有一只大鹏鸟自认为飞得最快，那罗神为了惩戒大鹏鸟，就叫哈奴曼与大鹏鸟一同来见他。大鹏鸟自以为猴子是无

---

[1] Ludvik, Catherine, *Hanuman in the Ramayana of Valmiki and the Ramacaritamanasa of Tulsi Dasa*, Delhi：Motilal Banarsidass Publishers, 1994, p.137.

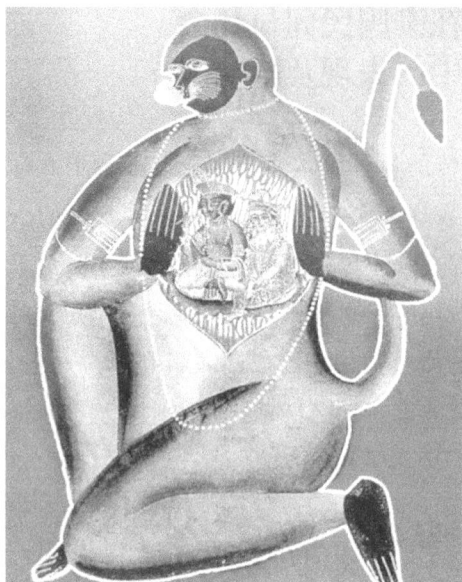

图 1-18　哈奴曼剖心明志，仅心怀崇拜的罗摩
Devdutt Pattanaik, *Hunuman An Introduction*, 2001

图 1-19　"哈奴曼搬山"《罗摩衍那》
中的代表性情节

翅膀的普通动物，不如它高级，认为自己必胜无疑。哈奴曼则因只忠于罗摩，开始不肯觐见那罗神。那罗神让大鹏鸟再去转告哈奴曼，他就是罗摩和罗什曼那的化身，哈奴曼才肯去见他。当骄傲的大鹏鸟飞至那罗神处时，发现哈奴曼早已到达那里。它忘了哈奴曼是风神之子，比任何有翅膀的动物飞得都快。①

关于哈奴曼的神威还有这么一个传说：般度人毗摩想为妻子寻找一种罕见的花，途中遇到了一只老猴子拦路。毗摩口带轻蔑，老猴子就叫毗摩踏着他的身子过去，或者把他的尾巴拉到一边，或者用铜锤拨开尾巴。毗摩假意担心尾巴会断，老猴子却反讥铜锤会断。毗摩急着赶路，就想用大铜锤拨开猴尾，又用力拽猴尾，都徒劳无功。后来他才知道老猴子就是曾杀死隆伽城十首魔王的哈奴曼。②

哈奴曼故事在民间文学中的活跃状态可以作为它具有相当大的独立性的明证，甚至还有这么一个说法："《哈奴曼戏剧》梵文本记载道，哈奴曼亲自为自己作传，并把传记刻到石崖上。撰写《罗摩衍那》的蚁垤仙人

---

① 〔美〕迈克·莱：《瓦尔米基所不认识的罗摩衍那》，《文化与艺术》2000 年第 7 期。
② 详见王树英《印度神话传说》，北京大学出版社，1987。

（瓦尔米基）担心《哈奴曼戏剧》的知名度超过自己的《罗摩衍那》，就把《哈奴曼戏剧》的石板丢到了海里。几百年之后，有一个人发现了这块石板，把它献给了坡差特扑国王。但石板上记录的文字已经残缺不全了，坡差特扑国王就命诗人塔摩塔拉弥萨拉把它重新整理编写成了适合于演戏用的《哈奴曼戏剧》。"① 这个说法不论真实与否，至少说明了在印度人心目中，哈奴曼的故事并不完全从属于《罗摩衍那》的故事。

此外，在哈奴曼故事漫长的流传过程中，印度许多宗教教派都把它加入自己的宗教经典或各教派版的《罗摩衍那》中。有的《罗摩衍那》版本中提到罗摩给智者哈奴曼讲经，有的认为哈奴曼是湿婆神的门神②，有的则说哈奴曼是个占卜者③、乐师，还有的宗教教派认为哈奴曼是个医生、技师④，湿婆教派甚至认为哈奴曼是湿婆神化身而来的。⑤ 无论是哪个教派的哪种说法，他们对哈奴曼故事的发挥，都是为了有利于该教派的流传，巩固该教派的地位。

在印度，哈奴曼已经超越文学形象和文本的限制，活跃在人们的日常生活、文化活动、社会心理和信仰层面当中。哈奴曼的"踪迹"在印度随处可见，比如在《罗摩衍那》中的猴国积私紧陀（Kishkinda）位于目前印度南方卡纳塔卡邦（Karnataka）的贝拉里县（Bellary District）。那里有许多碎石头，当地人认为这是当年哈奴曼和猴兵跨海建桥所用石头的剩余材料。⑥ 很多地名都与哈奴曼有关，很多人喜欢给自己的孩子取名叫哈奴曼，甚至还有"哈奴曼"这一姓氏。印度人不敢随便杀伤猴子，也是出于对哈奴曼的敬畏。⑦

印度人普遍把哈奴曼作为向神灵等超自然力量传递人类信息的使者。这一特点也使他得到更广泛的崇拜，这种崇拜不分性别、种姓、地域，还

---

① 参见〔泰〕灿南·落黑拍《拉玛坚研究》，暹罗出版公司，1979，第82页。
② 出现在印度文献 Bengali Krttivasd Ramayana 版中，参见王树英《印度神话传说》。
③ 参见〔泰〕灿南·落黑拍《拉玛坚研究》，暹罗出版公司，1979，第64页。
④ Pattanaik, Devduff, *Hanuman An Introduction*, Mumbai: Arun K. Metha at Vakil&Sons Private Ltd., 2001, p.7.
⑤ 参见〔泰〕灿南·落黑拍《拉玛坚研究》，暹罗出版公司，1979，第8页。
⑥ 参见〔泰〕灿南·落黑拍《拉玛坚研究》，暹罗出版公司，1979，第2页。
⑦ 采访 Sushil Kumar（素欣），巴那拉大学（Banaras Hindu University）泰国留学生宿舍的管理员，男，48岁。2002年3月14日于印度接受采访。

图 1-20 印度瓦拉纳西祭祀哈奴曼的庙宇
作者摄 2002.3

有宗教。不论是印度教、佛教、伊斯兰教，还是湿婆教等小宗教都对哈奴曼尊崇有加，但不同的宗教对哈奴曼的崇拜又各有侧重——在印度教中哈奴曼代表力量（Power），佛教中他充当门神。仅就伊斯兰教而言，在各个教派中也有不同：有的将哈奴曼看作身体如钻石般强硬的战斗者（mighty one of adamantine body），也有的将哈奴曼看作值得信赖的解决问题的好助手（reliable helper）。①

目前，印度全国各地都有哈奴曼的寺庙，比较有名的有北阿逾陀城的 Hanumangarahi 寺庙和瓦拉纳西城的 Sankatamocana 寺庙。② 除了这些专门的哈奴曼寺庙以外，哈奴曼的神位也随处可见，凡是供奉罗摩或湿婆神的地方都很容易发现哈奴曼的神位。一些类似于中国土地庙的小庙就更普遍了，比如在印度瓦拉纳西古城，街头巷尾星罗棋布地分布着这样的"哈奴曼小庙"。③印度人在家里也供哈奴曼的神位，因为他代表力量。普通人上班离家前和下班回家后都要祭拜哈奴曼。在印度人的风俗中，必须每天拜不同的神，比如星期三拜罗丝弥女神，星期四拜毗湿奴神，星期五拜都拉加女神，星期日拜太阳神，星期一拜湿婆神，而星期二和星期六则都拜哈奴曼④，可见哈奴曼是印度最受欢迎的神，只有他在一周中受到两次祭拜。星期

---

① 参见〔泰〕灿南·落黑拍《拉玛坚研究》，暹罗出版公司，1979，第 138 页。
② 参见〔泰〕灿南·落黑拍《拉玛坚研究》，暹罗出版公司，1979，第 138 页。
③ 笔者于 2002 年 3 月 10~20 日到印度瓦拉纳西城开展调查。
④ 采访 Hira Samant（母亲），Kamana Samant（女儿，17 岁）及其两个妹妹（14 岁、12 岁），于印度瓦拉纳西城，2003 年 3 月 19 日。

二拜他是因为哈奴曼的生日在星
期二，星期六拜他则是因为当天
的星座神威力最大，只有哈奴曼
才能加以控制①，另一个说法是
星期六拜他能使人们消除烦恼和
欲念。②

图1-21　瓦拉纳西马路上祭祀哈奴曼的神坛
作者摄　2002.3

　　印度社会对哈奴曼的尊崇
源于他能带给整个社会和谐与
规范，有凝聚人心的力量。也正因为他被赋予了这样的意义，所以能够
在各个时代、各个地区得到广泛的崇拜。

　　哈奴曼故事的影响在印度已远远超出文学的范畴，成为植根于人们心
灵之中的神化的寄托，成为人们祭拜的神灵。有关哈奴曼的传说从印度传
到泰国和中国，被吸收到两国的文化之中，并发生变异，使得两国关于哈
奴曼的故事与原本有大小不一的差异。

　　在泰国，哈奴曼则失去了相当大部分的神性，被赋予更多人性化的
可爱的一面。他在语言、文学、艺术方面的影响远远超出其在宗教、哲
学、国家生活方面的影响。他首先是个可爱的猴兵，而不是令人敬畏的神
灵；他是语言词汇中的宠物，而不是顶礼膜拜的偶像；他是艺术表演的主
角，而不是遥不可及的英雄；他有七情六欲，而非不食人间烟火；他犯常
人之错，出常人之气，图常人之利——他让人们喜爱、难忘和传诵，不是
因为他有超出常人的神圣，而源于他总在被需要的关键时刻挺身而出，用
忠诚、智慧和力量惩恶扬善，使正义战胜邪恶、光明驱逐黑暗。

二　语言名物中的拉玛故事

　　在泰国的社会生活中，我们会发现"拉玛坚文化"（包括哈奴曼）随
处可见，原因之一就是泰国人喜欢用《拉玛坚》中的名称事物来给身边的
人物、地方甚至事件命名。如主人公"拉玛"的名字随处可见，不胜枚

---

①　采访 Veerbhadra Mirhra，Sankatamocana 寺庙的管理人，男，84岁，于印度瓦拉纳西城，
　　2003年3月15日。
②　［美］迈克·莱：《瓦尔米基所不认识的罗摩衍那》，《文化与艺术》2000年第7期。

举。不论是人名、地名还是泰国朝代名等都曾经引用过"拉玛"一词，所谓"拉玛一世王"（สมเด็จพระรามาธิบดีที่ 1）、"拉玛刊亨"（รามคำแหง）、"拉玛王朝"（รัตนโกสินทร์ศก）、"拉玛寺庙"（วัดพระราม）、"拉玛一路"（ถนนพระราม 1）、"拉玛三路"（ถนนพระราม 3）、"拉玛六桥"（สะพานพระราม 6）、"拉玛洞"（ถ้ำพระราม）、"拉玛沐浴"（พระรามลงสรง）（食物名）等，都是从东南亚流传的拉玛故事中的"拉玛"一词引用而来。在《拉玛坚》流传到泰国之时，民间早期的观念，一般认为《拉玛坚》里有关拉玛王子的名称代表吉祥之意，古代泰国国王的名称或称号通常是"拉玛"大帝，这已经成为泰国王室的传统思想观念了。

另外，其他与《拉玛坚》有关的专有名词还有："阿优塔雅时代"（สมัยอยุธยา）、"阿优塔雅城"（กรุงศรีอยุธยา）（《拉玛坚》中拉玛王子统治的阿优塔雅城或《罗摩衍那》中所称的"阿逾陀城"）、泰国省府的"阿优塔雅府"（จังหวัดอยุธยา），以及与其他人物有关的名称，如泰国地名："悉达洞"（ถ้ำสีดา）、托罗皮洞（ถ้ำทรพี）；树木名称："悉达花篮"（กระเช้าสีดา）、"悉达披肩"（สไบสีดา）；食品名称："拉玛沐浴"（พระรามลงสรง）、"功帕甘化作堤坝"（กุมภกรรณทดน้ำ）等，都是借用《拉玛坚》中的人名来称呼。

至于哈奴曼，他在语言名物中的影响不亚于其他人物。如泰国日常生活中所接触的有如下几种。

地名："哈奴曼关卡"（ด่านหนุมาน）、"哈奴曼悬崖"（ผาหนุมาน）；

食品名称："哈奴曼打滚"（หนุมานคลุกฝุ่น）；

图 1-22（1） 曼谷拉玛九路牌

图 1-22（2） 曼谷拉玛二路的路标
（右边第一块牌）

作者摄　2016.7

图1-23 "哈奴曼螃蟹"（英文名：Matuta lunaris ）

图1-24 "悉达披肩"
（学名：P.wallichii ）

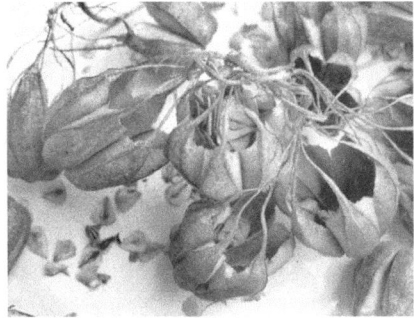

图1-25 "悉达花篮"
（学名：P.holttumii ）

石头名称："哈奴曼獠牙"（แร่หินเขี้ยวหนุมาน，Quartz ）① ；

树木名称："哈奴曼囊探"（หนุมานนั่งแท่น，Euphobiaceae ）；

旗帜名称："哈奴曼旗帜"（ธงหนุมาน ）；

药品名称："哈奴曼巴善该"（หนุมานประสานกาย，或可直译为哈奴曼融体，Arallaceae ）、"哈奴曼能力"（กำลังหนุมาน Dracaena conferta Ridl ）；

疫病名称："哈奴曼铜钱疮"（กลากหนุมาน，Tinea imbricata ）② ；

动物名称："哈奴曼蟹"（ปูหนุมาน，Calappidae ）；

泰拳名称：泰拳的招式多，拳师为便于徒弟熟记，采用了《拉

① 一种石头名称，民间认为其形象像哈奴曼獠牙一样。
② 像哈奴曼身体上花纹一样的形象。

图 1-26 "哈奴曼宝座"（学名：Euphobiaceae），种子可补血，其叶汁有止血作用

图 1-27 泰国传统食品"哈奴曼打滚"

玛坚》中一般泰国人较熟悉的故事情节加以命名，如"拉玛射箭"（พระรามน้าวศร）、"黑兰席卷天地"（หิรัญม้วนแผ่นดิน）①，不过大多与哈奴曼的动作或哈奴曼的情节有关，如："拔艾亚拉象牙"（หักงวงไอยรา）、"践踏隆伽城"（เหยียบกรุงลงกา）、"向悉达跪献戒指"（หนุมานถวายแหวน）、"哈奴曼飞跃"（หนุมานทะยาน）等。

泰国民间纹身文化中，人们常在自己身上纹刻各种哈奴曼图案以防身，同时哈奴曼也象征勇敢、英明、不朽、不易败给敌人，也有人纹哈奴曼是为了增加对异性的吸引力。据调查了解，泰国人喜爱的哈奴曼图形有"哈奴曼取胜"（หนุมานเชิญธง）、"哈奴曼打滚"（หนุมานคลุกฝุ่น）、"神通哈奴曼"（หนุมานทรงฤทธิ์）、"哈奴曼念咒"（หนุมานร่ายมนต์）、"哈奴曼调情"（哈奴曼向素潘玛查调情 หนุมานเกี้ยวนางสุพรรณมัจฉา）等。

---

① 黑兰巨人使天地大乱的故事情节，可参阅本章第五节。

图 1-28 泰拳招式"拔艾
亚拉象牙"

图 1-29 泰拳招式"向悉
达跪献戒指"

图 1-30 孔剧表演古老泰国
武术"哈奴曼践踏
隆伽城"

图 1-31　哈奴曼龙船（Krabironrapn）

　　另外还有许多类似汉语的成语或谚语，如基于《拉玛坚》的人物或故事中某一情节而形成的歇后语："哈奴曼跳越隆伽城"（เหาะเกินลงกา）——画蛇添足（哈奴曼寻找悉达的时候曾跨越了隆伽城）；"哈奴曼打滚"（หนุมานคลุกฝุ่น）——形容浑身上下沾满泥土灰尘等脏物（故事中哈奴曼用尾巴粘满棉絮，沾上油，点火烧毁了十头王的隆伽城）；"哈奴曼的命运"（ดวงชะตาหนุมาน）——命苦（哈奴曼火烧隆伽城后被拉玛王责怪，形容做了好事不但得不到报偿反而受责难）。

图1-32　哈奴曼护身符

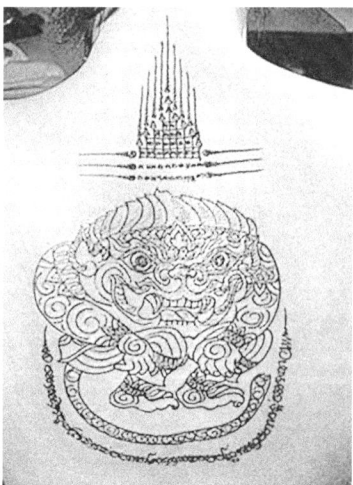

图1-33　流行的"哈奴曼打滚"
　　　　　文身图案之一

笔者在研究中发现其他一些比喻、成语或谚语也借用了很多《拉玛坚》故事中的人名、地名，或者故事中的某些情节，举例如下。

长如拉玛坚（ราวกับเรื่องรามเกียรติ์）——形容文章、讲演等冗长（因为《拉玛坚》的故事特别长）；

拉玛见逐（พระรามเดินดง）——意思是被流放或受冷落（拉玛被父王驱逐出皇宫）；

长相如弄托（หน้าราวกับนนทก）——长一副苦瓜脸（弄托被诸神歧视、役使因而整日愁眉不展）；

壮如大象艾拉万（ราวกับช้างเอราวัณ）——意思是巨大、庞大（艾拉万是因陀罗神的大象）；

睡如功帕甘（หลับเป็นกุมภกรรณ）——睡得像死猪一样（故事中功帕甘的特点是极其嗜睡）；

断头断臂（ขาดเศียรขาดกร）——意思是一无所有（《拉玛坚》诗中十头

图 1-34　哈奴曼护身符

图 1-35　电影《哈奴曼打滚》海报：一部叙述哈奴曼文身者力量的传奇（2008 年）

魔王被拉玛所杀一段曾用此词）；

托罗皮子（ลูกทรพี）——不孝之子（源于托罗皮弑父）；

仙人养猴子（ฤษีเลี้ยงลิง）——一直被打扰，什么事都做不成（故事中哈奴曼搅扰那落仙人以试探其法力）；

罗波那俗（ราพณาสูร）——毁灭（拉玛王把罗波那杀死，斩草除根）；

恨不得找个地缝钻进去（แทรกแผ่นดินหนี）——形容很没面子（母龙从海底来到世间与蛇交媾被仙人发现，羞愧难当，钻到地下）；

道废中途（ตบะแตก）——没有恒心，做事半途而废（仙人受阿伦瓦丽的诱惑而使修行功亏一篑）；

十八冠（สิบแปดมงกุฎ）——奸诈、狡猾（拉玛王的十八个猴将军法力各不相同，原来为褒义，后变为贬义）。①

以上名称在泰国各种民间活动和社会生活中经常可以见到，但泰国人很少取哈奴曼为人名，不像印度那样普遍。

除了这些日常生活中的名物，《拉玛坚》还成为很多泰国文学作品取材的源泉和创作的模板，比较明显地受到《拉玛坚》影响的泰国文学作品就有《金达玛尼》《水咒赋》《十二月歌》《西巴拉悲歌》《西玛洪颂歌》《帕巴游记》《古诗集》等。

依据灿南·落黑拍对民间风俗的收集、归纳和整理来解释《拉玛坚》

---

① 参见〔泰〕宋坡·行多《〈罗摩衍那〉和〈拉玛坚〉对泰国社会影响》，宋坡·行多：《瓦尔米基的〈罗摩衍那〉和拉玛一世王的〈拉玛坚〉的关系研究》，朱拉隆功大学文学研究所博士论文，1977，第 267~273 页；〔泰〕灿南·落黑拍：《〈拉玛坚〉及泰国成语和词汇》，〔泰〕灿南·落黑拍：《拉玛坚研究》，暹罗出版公司，1979。

在民间社会文化中的影响，也可以反过来说社会文化影响了"拉玛坚的传统观念。这类现象在泰国不胜枚举①，如符咒法术观念、鬼神信仰观念、梦与解梦观念、宗教信仰观念、风俗习惯、饮食与药剂、仪式活动等"。

三 哈奴曼："孔剧"表演艺术中的主角

泰国传统舞剧"孔剧"实际上就是《拉玛坚》的一种舞剧表演的形式。"孔"（โขน，孔剧）是一种泰国传统舞剧，穿着端庄、鲜艳的服饰，动作雅致、舒缓，舞蹈表演者仅用手和脚表达意思，不发声。表演者脸上戴着精致华丽的红、绿、白等色面具，又高又尖的金色"孔头"，表演者或舞蹈者的动作与乐队节奏相配，乐队中设置专门说唱的歌者。据了解，孔剧是由泰国古代舞蹈剧、皮影戏、传统武术的刀棒散打技术综合演变而成。孔剧的表演也按场地分为"室内孔剧""室外孔剧"等，"室外孔剧"又分为在舞台结合银幕表演以及直接的露天广场表演。在阿优塔雅王朝末期至曼谷王朝初期，宫廷里孔剧（国家孔剧）的表演者以男性为主，能参加表演在当时是种殊荣，达官贵人即便不是自己加入当时由国家创办的"孔剧厅"，也会支持子孙加入。孔剧表演团员一方面可以提高表演艺术，另一方面可以提高武术技能。拉玛四世王时期，孔剧向社会开放，无论男女老少有兴趣者都能参加学习。在泰国，孔剧表演一直由历代国王直接支持和组织管理，1929年才被转入泰国艺术厅管理。②

孔剧古时只有在国家举行各种仪式的时候才可以看到，今天在许多仪式上都取消了此种活动，但孔剧作为一种著名的泰国传统表演艺术依然十分活跃，也成为平民百姓可以参与和观看的艺术门类。如今孔剧仍然代表泰国国家传统文化艺术，每逢国王王后寿辰或迎接国外贵宾时，都会隆重举办一场孔剧表演，主要题材取自于《拉玛坚》各个剧本。所有流行的孔剧片段都离不开哈奴曼做主角，如《漂浮的女尸》《哈奴曼追求瓦娜琳》《跨海大堤》《麦亚拉普之战》等。其中《漂浮的女尸》《哈奴曼追求瓦娜

---

① 参见〔泰〕灿南·落黑拍《拉玛坚研究》，暹罗出版公司，1979，第12~32页。
② 〔泰〕灿南·落黑拍：《拉玛坚研究》，暹罗出版公司，1979，第43~75页。

琳》出彩的部分是哈奴曼如何与托斯甘女儿苯伽陔及天女瓦娜琳谈情说爱，《跨海大堤》主要片段即表演白猴和黑猴之战。另外，观众不但喜欢看演员的表演，同时盼望能欣赏巨大的剧场银幕，如《麦亚拉普之战》里哈奴曼化身为巨猴张开嘴巴保护拉玛兄弟的情节。

　　泰国的孔剧也许是从印度尼西亚传来的。但由于长时间的累积和演变，现在泰国演出的《拉玛坚》孔剧的故事情节和人物形象已经与印度尼西亚的《罗摩衍那》不一样了。不仅乐队使用乐器有所不同，表演的内容多少也有差别。孔剧所描绘的哈奴曼，其形象也已演化成"泰式哈奴曼"。泰国人一般喜欢看哈奴曼戏份，饰演哈奴曼的主角十分显眼，因为他穿上亮闪白衣，后面围着一条尾巴，身上的红色圆圈

图1-36　2012年为庆祝皇后八十寿辰，在拉玛七世诏建的泰国传统剧院 Sala Chalermkruang 举办的孔剧表演海报

光彩夺目，可以看出孔剧表演对服装的讲究。饰演哈奴曼者虽然身上穿着紧身衣服，头上还戴着较重的"孔头"，但又能跳高，又能翻筋斗，所以只要哈奴曼出场，都会给全场观众带来欢笑。泰国观众爱看哈奴曼，表演者也爱选择饰演哈奴曼。泰国艺术厅主任塞利·旺内唐先生在《哈奴曼剧本汇编——〈精灵哈奴曼〉》中说："依据我所负责舞剧孔剧的经验，无论是在国家剧院、电视台，还是全国各个地方，或者在国外，无论性别、年龄、等级、宗教的民众，都得到同样一种感受，即喜欢哈奴曼的角色。"同时又说："一般参加泰国孔剧《拉玛坚》的排演演员都希望能扮演哈奴曼，而不是拉玛或其他人物，包括一般到泰国艺术学院学习泰国传统歌舞

图 1-37　2012 年曼谷艺术中心孔剧表演
　　　　《跨海大堤》的海报

图 1-38　著名的哈奴曼与麦亚拉普之战中
　　　　的哈奴曼神威故事

玉佛寺壁画，作者摄　2004.11.28

图 1-39　2010 年泰国艺术中心孔剧
　　　　表演《漂浮的女尸》的海报

图 1-40　曼谷剧院 Sala Chalermkruang 孔剧
　　　　表演宣传图

剧孔剧的孩子们都想要扮演哈奴曼。"[①] 这种观点不但揭示出泰国人对哈奴曼接受程度之高，同时也从侧面反映出孔剧是《拉玛坚》在泰国流传的一种特殊载体。

　　《拉玛坚》和哈奴曼故事在泰国流传的版本多样，该故事对民间影响极广，哈奴曼人物形象深受泰国各地百姓的广泛欢迎，无论对日常生活中

①〔泰〕苏季·翁替:《哈奴曼剧本汇编——〈精灵哈奴曼〉》，公认出版公司，1999，前言，第18页。

的衣食住行，还是文化娱乐方面都有影响，就如印度哈奴曼在印度那样很受欢迎。哈奴曼在两国的表现只有一点不同，那就是他在泰国不像在印度那样被当作神灵来崇拜。而孙悟空在泰国则被当作神灵崇拜，至于泰国人为何崇拜他，他在哪些方面受到崇拜，以及《西游记》在泰国流传的情况，我们将在下一章加以介绍。

第二章
中国神猴孙悟空故事在泰国的流传与接受

导言　浅论孙悟空形象来源——泰国人对该问题的看法

　　说到中国神猴孙悟空，我们难免联想到一个问题，即孙悟空的形象及其故事是如何形成的？这个话题在 20 世纪 20 年代（1923 年）开始有人提及，直至 1981~1992 年达到争论的高峰，1992 年之后虽然该话题稍微平静了些，不过仍然比较引人注目。本书为什么要提起孙悟空故事的渊源呢？其一，本书涉及的内容及结论离不开"哈奴曼形象"和"孙悟空形象"的比较。"他"和"他"的演变历程十分悠久，自身内涵极其丰富，关系层次非常复杂，难以否认发展过程中的相互影响。当他们进入泰国后，无论与泰国神猴是否属于同一个源头，基于三者都有共同文化和文学中"猴"形象的身份，作为三角形的关系，有明确的影响路线图，也有影响之外的发展方向与路线，因此影响研究和平行比较研究都有助于分析比较三者之间的关系。这些方面一直有人研究，有很多观点可以切入，从中不难找出新的见解。而对学者们来说，研究孙悟空和哈奴曼形象的关系有助于开展泰国哈奴曼形象的研究。另外，理解本书比较研究的范畴之前，也应该先了解一般泰国人对印、中神猴有何印象或联想。所有这些，都是本章谈论孙悟空故事或《西游记》故事在泰国流传的基本出发点。其二，对此论题以往中国学者仅总结中、日学者的观点，本书再补充一个跨越"中国文化圈"国度的看法，从外围对该问题提出一些见解，以给学术界添加一些论点做参考。

中国与国外相关研究学者圈中，对这一问题可谓众说纷纭。按照 1988 年陈应祥教授发表在《明清小说研究》上的《孙悟空形象的系统思考》一文的总结，主要有四种说法：第一是印度诞生说，以胡适、郑振铎为代表，认为孙悟空脱胎于印度史诗《罗摩衍那》中的哈奴曼形象；第二是中国原产说，最早的代表人物为鲁迅，他从《古岳渎经》中无支祁身上寻找到来源；第三是中印混血说，以近代人萧兵为代表，从哈奴曼、无支祁等身上寻找来源；第四是佛教猿猴说，以日籍学者太田辰夫、小川环树为代表，从《大日经》中向导猿猴和密教护法神将等身上寻找来源。[1]

上面陈教授的总结，除了第四种说法是从佛教的角度来谈这个问题以外，前三种说法都是中国学者从本国的角度来看孙悟空是舶来品还是本国货的问题。如果是舶来品，那么他们一致认同孙悟空是来自印度史诗《罗摩衍那》中的"哈奴曼"；如果是中国原产，那么其来源到底是什么仍然存在分歧。笔者将中国学者对这个问题的研究成果进行了列表对比，放在附录当中，此处不再赘述。

另外，赞同"中国原产说"亦即"本土说"的学者更强调的是追溯孙悟空的原型，探源孙悟空最初的原型猴行者。由于集中注意力研究孙悟空的雏形，就得从许多中国古代文献中深究、考证，甚至追溯到原始猿猴文化和神话传说，越来越偏离研究《西游记》中的"孙行者"（也就是孙悟空）艺术形象的构成渊源。而胡适、季羡林、赵国华等学者所提出的"进口说"，都肯定孙行者的形象很明显接近于印度哈奴曼的形象。所以说"本土说"和"进口说"的争论是个误解之局，因为他们论证的不完全是同一个对象，至少不是同一个阶段的对象。无可置疑，孙悟空是中国文学中的人物，肯定是有本土原创的成分。不过，挖掘"孙行者"的本土原型与探究孙行者和哈奴曼之间的渊源关系应该是两回事。"本土说"的研究范畴实际上是寻找"行者"的原型，"进口说"的研究范畴主要是探寻与印度神猴之间的影响和融合状况。其实，任何人只要客观地阅读《罗摩衍那》故事，同时又阅读百回《西游记》，自然而然都会把这两个故事以及两个神猴的形象联系在一起。尤其是在阅读了全本之后，这种联系会更加

---

[1]　参见陈应祥《孙悟空形象的系统思考》，《明清小说研究》1988 年第 3 期。

明显。诸如"从嘴巴钻进妖怪身体并从肚子里蹦出来"，又如"猴变成大怪物、小昆虫"等，许多故事情节都与印度神猴故事近似。所以，像季羡林教授那样本身熟悉《西游记》的中国学者在翻译了《罗摩衍那》整个故事之后，决然以肯定的语气指出两者之间的渊源关系。[①] 同样的道理，印度学者 Victor H. Mair 搜集总结了大量的相关资料，在其书《孙悟空等于哈奴曼？》中也指出孙悟空的形象的确来源于哈奴曼。[②] 还有提出"孙悟空在泉州出生"的日本学者中野美代子也认为孙悟空是来自印度的舶来品等。

很多泰国人，其实从来也不会把两位神猴联想在一起，这很容易理解，主要原因有可能是大多数泰国人是以影视媒介方式接触《西游记》等神猴故事。印、中、泰等国影视作品中不但体现的人物和景物都各有特色，还完全以改编时的语言环境触及情节与角色，所以如果仅通过影视媒体接触此故事，也不会必然联想到这一点，因而哈奴曼和孙悟空渊源的论题并未成为泰国人的热门话题。不过，由于从不同媒介和时间吸收了两个故事，仍有几位泰国人专门谈起此论题，因为他们本身十分熟悉《罗摩衍那》，并且对《西游记》有深入研究。比如以研究中国历史和文学著称的泰国学者良·撒添刺素（Liang Satianlasut）在《〈西游记〉远途之旅》的序言说：

> 小说《西游记》应该受到印度《罗摩衍那》的影响，当时中国已接受佛教以及印度文学双重影响。中国采用印度佛经故事中所描述的各种神通说法，比如行者化身为苍蝇般的"变身法术"，肯定是受印度的影响，中国从来没有此种想法。中国接受印度这类描述手法对中国文学甚有帮助，使中国文学的故事内容更精彩，故事里穿插了幻想色彩使故事更有趣，不得不赞美作者的写作，能将之适当地穿插在故事里，这点值得让人想象和评论。[③]

---

① 见【附录】：1923~2013 年中国学者对"孙悟空"和"哈奴曼"渊源的论证统计表。
② Victor H. Mair, *Sunwukong = Hanuman*？ Waranasi (India)：Tara Book Agency，1991.
③ 〔泰〕开玛南达：《〈西游记〉远途之旅》，法会出版公司，1975，序言。

泰国宗教学家、僧人开玛南达（Kemananda）在其书《〈西游记〉远途之旅》中，也认同孙悟空与哈奴曼都同样象征宗教信仰。

> 如果细致地探讨《西游记》此书，即会发觉《西游记》是直接受了《罗摩衍那》的影响。历史上的真实人物唐三藏在印度生活了十余年后返回长安。杰出大学者——唐三藏即像个大器皿运带印度佛经馈赠中国。作者吴承恩应早明了印度大史诗《罗摩衍那》与《摩诃婆罗多》等印度文学之绝妙亦影响其创作《西游记》。很显然故事中的行者完全模仿"哈奴曼"形象，只不过印度"哈奴曼"是表现他对于罗摩（Sacca: 真实）的忠诚和全力效劳。他起源于 Ahangkara：我见、我心，抢回悉多（Attaman）的意思。①

该书还举出《罗摩衍那》和《西游记》很多情节的相似，如"哈奴曼献戒指"部分，哈奴曼虽神通广大却无法直接带回悉多给罗摩。同样《西

图 2-1　开玛南达《〈西游记〉远途之旅》封面（旧版与新版）

---

① 〔泰〕开玛南达：《〈西游记〉远途之旅》，法会出版公司，1975，前言。

游记》里，孙悟空也无法一下就直接把唐僧送到西天去取经。又如乌鸡国那段，王后穿上了神奇服装，妖怪无法靠近，就如悉多早就被抢夺到阿修罗处，不过罗波那再怎么想办法也靠近不了她。

以上各例，无论是从人物形象的角度，还是从故事结构的角度分析，都可以肯定两部东方文学巨著之间的渊源关系。开玛南达的《〈西游记〉远途之旅》对泰国《西游记》读者圈影响很大，该书曾经出版十多次，如果说有些泰国人开始关注孙悟空和哈奴曼形象，不少都是受这位僧侣学者影响。

印度、日本或泰国学者通过考察不同资料来源或不同版本的《罗摩衍那》和《西游记》，大都能得出相同的结论，我们也完全有理由相信，哈奴曼在一定程度上是孙悟空的祖宗。但青出于蓝而胜于蓝，孙悟空的故事比哈奴曼的故事更加精彩曲折，其形象也更加成熟丰满，还有相当多的与哈奴曼完全无关的成分，由中国的民间智慧孕育凝结而成，甚至还可能在由印度传播到中国的路上有多民族文化因素积淀在这一故事或形象中。而孙悟空一经产生——无论他受哈奴曼的影响有多大——就拥有了其独特的形象和地位，并传播和影响到其他国家，在别国的土壤上与哈奴曼并行，发挥着不同的作用。

前一章已详细介绍和探讨了印度神猴哈奴曼在泰国的流传和方方面面的影响，本章我们将探讨另一东方大国的神猴——孙悟空在泰国的流传和影响。

同印度神猴哈奴曼一样，中国神猴孙悟空也是既依附于名著《西游记》（哈奴曼依附于《罗摩衍那》），又有其独立性，其在泰国的流传和影响，也可以分为两个角度来看待（即文学影响和社会文化影响）。但与印度哈奴曼不同的是，孙悟空故事在泰国的流传和影响有更大的独立性，而不像哈奴曼故事那样几乎是与《罗摩衍那》同体传入泰国，并随着《罗摩衍那》向《拉玛坚》的转换自然而然地转换为泰国神猴哈奴曼。孙悟空故事的传入在先，而《西游记》文本的传入明显滞后，而且两者对泰国社会的影响也是各自独立的。可以说中国神猴和印度神猴对泰国文学和社会的影响完全走了不同的路径，也许还走入了当地不同的社会群体。所以，本章不再遵循第一章那种从文本流传再到社会影响的顺序来考察中国神猴孙悟空对泰国社会的影响，而是主要分三个部分来讨论中国神猴故事在泰国的流传。随着华人民间信仰活动（大圣爷崇拜）而先行传入的孙悟空故事与孙悟空故事在中国的产生连成一体，都与中国人的民间精神活动有关，所以在第一节进行讨论，而作为中国神猴故事的主要载体，《西游记》在泰国的流传情况将要在后面第二、三节介绍。其中《西游记》泰译本和《西游记》影视媒介的流传，按不同的传播载体——加以讨论。

第一节　从中国猴崇拜到泰国"行者爷"
——中国民间信仰孙悟空崇拜在泰国

在科学家还没认定作为动物的猿猴的基因与人类高度相似的时代，甚至在印、中神猴故事还没有流传之时，人们已将猴作为祭祀和崇拜的动物之一。猴机警、灵敏的形象早已成为信仰文化的一部分。中国孙悟空的形象是一个结合体，本节暂且抛开印度先祖"哈奴曼"，立足于中国的土壤来寻找"孙悟空"的中国先祖。中国孙悟空的足迹是比较分散和模糊的，所以要先对这个问题进行一番梳理。

一　中国早期猴崇拜到"大圣爷"

考察中国本土的文献资料和民俗活动，可以发现其中分散存在不少神猴的足迹，他们身上或多或少地带有孙悟空的特点。综观他们的活动范围，大体上集中于三地。一是西夏国地区。资料表明，西夏的党项人（羌人祖先）有将猴子看作祖先的说法，存在神猴崇拜的风俗。而且在西夏时期开凿的敦煌石窟的壁画中可以发现白衣牵马的猴行者形象（即白衣秀才）。二是巴蜀和荆楚地区，即长江上中游一线。那里自古就是猿猴出没的荒蛮之地，流传着很多有关猿猴的故事和传说。三是闽粤地区，也就是今天的福建和广东地区。那里关于猴精的传说和崇拜不仅由来已久，而且还逐渐演变成了齐天大圣信仰，信仰齐天大圣的信徒们普遍称为"大圣爷"。由于这一地区的特殊地理位置——位于海上丝绸之路的中国东南出口，形成了与东南亚地区在经济、文化和人员上频繁交流的局面。联系中、泰、印三国神猴故事的交流影响，笔者将考察的重点放在了这一地区。

（一）早期中国崇拜"大圣爷"的文献考察

首先，古代中国南方是猴子的发源地和聚居之处。从史料上看，猴子的踪迹除了长江三峡一带，以福建和广东为多。如《闽产录异》中记载：

> 猴，善县多产之，汀属尤多，有黄黑二色猴。
> 诏安乌山多大猴，汀属尤多，常于秋月一会，千百为群，呼啸跳跃，遍满山谷，他时亦罕见。
> 玃，产福州，似猴而苍色。①

其次，关于猴精的传说和猴神崇拜多与越、闽民族有关。越族分布在今天广东、广西、浙江到江西一带，闽族分布在福建、广东、台湾一带。见于史料的如：在《吴越春秋》中有不少关于猴精传说与猴神崇拜的记载，而明代小说《陈从善梅岭失浑家》提到的猴子抢人妻的故事就发生在广东梅岭。

再次，中国的齐天大圣信仰也可以从该地区找到端倪。从清代的一些史料中可以找到这方面的记载，比较早的如梁玉绳《瞥记》中、焦东周生《扬州梦》卷四中、褚人获《坚瓠余集》中、蒲松龄《聊斋志异》卷四的"齐天大圣"、佟世恩《耳书》的"孙大圣"。其中确切提到在福建地区的有以下几部。

褚人获《坚瓠余集》中记载：

> 艮齐杂说：福州人皆祀孙行者为家堂，又立孙悟空庙，甚壮丽。四五月间，迎旱龙舟，装饰宝玩，鼓乐喧阗，市人奔走若狂，视其中坐一镴猴耳。无论西游记为子虚乌有，即水帘洞岂在闽粤间哉。风俗怪诞如此而不以淫祠毁，则杜十姨伍髭须相公固无怪也。②

蒲松龄《聊斋志异》卷四的"齐天大圣"：

---

① 参见刘惠萍《中国南方猴神崇拜与齐天大圣信仰》，《东方工商学报》第18期，学报出版委员会、东方工商专科学校编印，第39页。
② 参见（清）褚人获《笔记小说大观》，《坚瓠余集》卷二，第6343页。

许盛兖人，从兄成贾于闽。未居积，客曰："大圣灵著，将祷诸祠。"盛未知大圣何神，与兄俱往，至则殿阁连蔓，穷极宏丽。入殿瞻仰，神猴首人身，盖齐天大圣孙悟空云。①

佟世恩《耳书》的"孙大圣"：

闽中有神，猴首人身，额以金圈，手执铁棍，衣虎皮，土人呼为孙大圣，相传明季倭乱曾现身云中，大败倭寇，以故迄今尸祝之，按小说家西游有所谓孙大圣者，岂即此耶？附记以发一嚎。②

在《福建的猴神崇拜——兼论其与〈西游记〉中孙悟空的关系》一文中提到南平市樟湖镇的后身庙：

……位于头的钟灵芠庵，庵内供祀三尊猴神，正中为齐天大圣孙悟空，左右二尊为配神待从。该香庵前的石香炉上及正神上放的木匾上，都分别刻着"齐天大圣"的字样，给人直观的感觉就是这里供祀的是孙悟空的神像。据当地的老人介绍，当地人一直认为这里供祀的是猴神，猴神就是孙悟空。……中的显灵庵，供祀的神像虽然也是猴神，但貌如唐僧，老人们说这里祀的是如来佛前看炉的猴神，香火传自福建的"总督后"猴王庙。③

此外，台湾学者徐晓望在《福建民间信仰源流》一书也有这样的考察记载：

现在福州城里已没有齐天大圣庙，但仍可看到猴王庙的遗产。我在福州工业路旁的一个胡同里，看到一座名为"荷泽境"的庙宇，庙

---

① 《聊斋志异》卷四 "齐天大圣"，第 199~201 页。转引自刘惠萍《中国南方猴神崇拜与齐天大圣信仰》，第 48 页。
② 《辽海丛书》第八集，佟世恩《耳书》。转引自刘惠萍《中国南方猴神崇拜与齐天大圣信仰》，第 48 页。
③ 刘惠萍：《中国南方猴神崇拜与齐天大圣信仰》，第 14 页。

中有一石香炉，上刻有"齐天府"三字，它应为古代猴王的遗物。①

徐晓望的这本书属于时代比较晚的文献，其书中还提到了中国南方的福州崇拜孙悟空的情形：

福建的猴王崇拜最盛，福州一带的百姓家家户户祭祀猴王。②

以上的史料和后人收集的资料不但在一定程度上说明了孙悟空信仰的史实，同时也从一个侧面说明了神猴孙悟空或齐天大圣信仰与中国南方的渊源。

（二）"大圣爷"宫庙在中国大陆南方和台湾的分布

徐晓望通过对福州崇拜孙悟空现象的考察，认为"现在福州城里已没有齐天大圣庙，但仍可看到猴王庙的遗产"。这句话是否证明目前在中国大陆，孙悟空崇拜在其发源地福建或其他地区，正处于一种式微的状态？

不过，目前在中国仍有许多地方留有祭祀孙悟空的痕迹，如湖北、陕西、山西、宁夏、甘肃等地。2014年杜贵晨教授发表《泰山周边孙悟空崇祀遗迹述论——〈西游记〉对泰山文化的影响一例》，指出在山东泰山周边也发现了七处孙悟空寺、院及庙。③ 依笔者考察，信仰孙悟空最明显的还是南方的福建地区。据当地人透露，福建有四十余所祭祀孙悟空的神坛，分布在全省的各市、县内④，2003年11月笔者曾调查中国南方地区孙悟空崇拜情形，就选择了福州和古城泉州作为调查的主要对象。首先粗略了解了福州市内大圣爷与百姓的接触程度与状况，发现在福州人祭祀的众多神仙中，大圣仍是其中一个偶像神，市内的许多工艺品商店里可以购买到他的塑像，而且塑像的样子都很有特色。接着再深入地调查，发现福

---

① 刘惠萍：《中国南方猴神崇拜与齐天大圣信仰》，第50~51页。

② 转引自刘惠萍《中国南方猴神崇拜与齐天大圣信仰》，第50页。

③ 杜贵晨：《泰山周边孙悟空崇祀遗迹述论——〈西游记〉对泰山文化的影响一例》，《山东师范大学学报》（人文社会科学版）2014年第4期。

④ 采访福州市道教协会副会长郑孔霖先生得知（2003年11月24日，采访地点为福州天君殿）。

州城里仍有不少的地方供奉着孙
大圣，只是大都供奉小神位。许
多福州百姓透露，福州最主要的
孙悟空供奉之处或者当地人所说
的"代表性的大圣寺庙"是位于
福州"三山之一"——屏山地区
的紫竹岩齐天洞府屏山祖殿。据
该庙的管理人透露，除了福州是
祭祀齐天大圣较为活跃的地方以
外，省内闽侯、厦门、漳州、南
平地区及江西、湖北（武汉）等
地也都有祭祀孙悟空的遗迹。而
且这些地方的大圣庙宇都是福州
紫竹岩齐天洞府屏山祖殿的分殿，
每年的春节（初三至十五）各地
方庙宇的代表都会到福州主殿举

图 2-2　福建紫竹岩齐天洞府屏山祖殿
福州，作者摄　2003.11.27

行一次庙会活动。[①]　除了大圣爷本身的庙宇以外，在福州我们还可以在其
他地方，如道教庙宇里看到与其他神像一起供奉的大圣塑像。不过，寺庙
里那位该庙宇的主神会受到信徒者的特别关注，而不是庙宇的主神却有可
能被忽略。所以在有的寺庙里，虽然供奉孙大圣的神位，却不一定会受到
该庙信徒们的关心或研究。再说，即使在福州，像齐天大圣这么有名望的
神仙，也会存在大量根本不关心此事的百姓，这是自然现象。

　　在福建省，除了福州存在崇拜大圣爷的痕迹以外，在邻近的泉州城，
我们也可以接触到有关大圣神威及事迹的传说。与福州一样，在泉州城里
的工艺品店也可以看到大圣的塑像，如泉州开元寺对面就有几家工艺品店
售卖大圣爷的塑像。可是崇拜他的活动并不普遍。曾经有泉州亲友向笔者
介绍供奉大圣爷的某些庙宇，不过当笔者亲自调查时并没有发现该庙宇，

---

① 笔者于 2003 年 11 月 25 日采访紫竹岩齐天洞府屏山祖殿管理员兼庙宇的理事长林祥泰先
生，采访地点为林祥泰先生家门口。

图 2-3　樟木雕刻的神仙工艺品
泉州，作者摄　2003.11.27

估计可能已经被拆毁。① 这也是在考察中发现的另一正常现象，这一情形在泰国也是如此。另外，笔者采访当地人，发现一个特殊现象，泉州樟木雕刻的神仙工艺品是受到华侨和台湾人一定程度的认可的，所以虽然在泉州市几乎很少有人供奉齐天大圣，但是通常会有台湾人和海外华侨请泉州木匠雕刻孙悟空的塑像，一次就要大量订购，这表明泉州崇拜孙大圣与海外交流有关系。②

在福建与台湾，对孙悟空的崇拜与信仰活动早已十分盛行。如果提到齐天大圣崇拜最盛行之地，没有任何地方能与台湾相比。也不妨说，台湾是所有华人地区孙悟空崇拜最盛行的地区，目前甚至成了祭拜中心。台湾至今仍然顽强地保留着有关孙大圣崇拜的传统社会活动，这有它的种种原因，在这里我们不会深入探讨该问题。我们要注意的是，台湾人原先主要也来自中国东南诸省，尤其主要来自福建。这是否也能够作为福建是孙悟空崇拜最早的产生地的佐证呢？

依据台湾"内政部民政局"2002 年收集整理的《全台湾庙宇名册》统计，发现当年以"大圣爷"为主神祭祀的庙宇最少有 16 座，全部以"猴齐天"作为主神，这些庙宇分别是基隆市中正区的圣济宫，新北市（原台北县）贡寮乡的大圣爷庙和紫云寺、东势镇的和意堂、潭子乡的天兴宫、清水镇的玉圣寺，彰化县的八卦南天宫，南投县埔里镇的西镇堂，嘉义市的吉圣宫，台南市东区的大圣殿、安平区的大圣庙，原台南县的济生堂、龙崎乡的齐天宫、北门乡的南天宫，原高雄县永安乡的南天宫，屏东县琉

---

① 也可能因为泉州主要祭祀关羽和妈祖，祭祀齐天大圣没有那么盛行。
② 由泉州专门雕刻大圣爷塑像的一位木匠李文德先生透露，于 2003 年 11 月 27 日在泉州采访。

球乡的南天宫等。① 以上的庙宇是以"齐天大圣"作为主神祭拜。台湾还
有其他有名的庙宇并非以"猴齐天"为主祀神明，但其中所配祀的大圣爷
也相当有名，甚至有凌驾于庙宇中原本主祀的神明之势。其中比较有名的
有台南市的万福庵②、原台南县龙崎乡的武当山庙和原高雄县弥陀乡的齐
天宫等。

除此之外，在台湾还有许多庙宇将孙悟空作为配神奉祀，这样的庙宇
分散于台湾全岛。如北港的圣佛堂、台南市的大观音亭、高雄市的旗后天
后宫、台东县的圣佑宫、新竹市的镇安宫、台东的齐化殿以及台中市的圣
寿宫等。台湾还有许多学者包括旅台的日本民俗学家对"齐天大圣"信仰
观念的各个方面做过专门细致的研究。每一年大圣寿诞，几乎都能在报纸
上得悉。许多地方宣传"齐天大圣"信仰活动是为了吸引观光客或进香的
信徒，但台湾人则纯粹出于信仰，他们将供奉、宣扬"齐天大圣"作为一
种古代的文化传统。

正因为福建和广东实际上是
中国崇拜"齐天大圣"最广泛的
地区，而在移民泰国的华人中，
以广东人和福建人为最多，所以
我们有理由相信，泰国的齐天大
圣或孙悟空信仰在早期很可能就
是由这些移民带进来的。

随着科学和社会的发展，孙
悟空信仰活动在现代的中国大陆
可能已经衰败乃至消失，但是这
并不表示他在民间的精神层面上
已经完全不存在了。因为在早期，
在崇拜这位神猴最盛行的时候，
他的事迹和神威就已经在海外地
区广泛流传了。在东南亚地区如

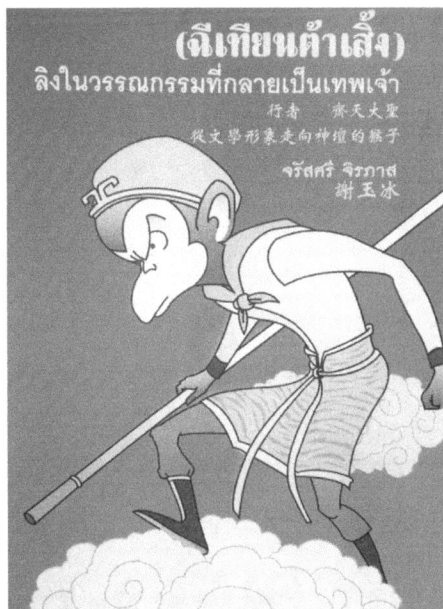

图2-4　作者2004年撰写的《行者——
齐天大圣：从文学形象走向神坛
的猴子》封面

① 以上16座庙宇，除了玉圣寺是佛教庙宇以外，其他都是道教庙宇。
② 该庙也属于少见的"大圣爷"佛教庙宇之一。

新加坡、马来西亚和泰国的华人圈内，都可以发现孙悟空崇拜的踪迹。这又进一步说明，海外大圣爷的崇拜都与中国南方福建有关。只要有福建人或广东人的社区，就很容易找出"齐天大圣"的踪迹。至于在泰国的情况，也有不少中国广东人及福建人的后裔，所以这位神猴早就默默地生活在泰国社会之中，一直以来还没发现对此做专门研究的专家专著。笔者在1992 年开始收集齐天大圣崇拜的相关文献，2004 年撰写出《行者——齐天大圣：从文学形象走向神坛的猴子》[เห้งเจีย（ฉีเทียนต้าเส้ง）ลิงในวรรณกรรมที่กลายเป็นเทพเจ้า]，由泰国文化艺术出版社出版发行，在泰国产生较大影响，不过还需要我们继续去挖掘。

二 从中国"大圣爷"到泰国"行者爷"

大海赋予中国东南沿海一带居民想象的空间，他们中的一些勇者先后离开了生养祖辈的大陆，跨越大海去寻求更有发展的新生活。这些老一辈的华人，当他们冒险做出离开祖国大陆的决定以后，支撑他们的除了生存的愿望以外，还有一种看不见摸不着的力量，那就是信仰。因此当华人移民来到泰国的时候，就带来了他们的信仰、他们的神仙。在海外可以发现，哪里有华人社团，哪里就有庙宇。多神崇拜是中国民间传统信仰的一个特点，比如在泰国广泛存在的中国广东人和福建人建立的社区里，各种佛道神仙的庙宇不胜枚举，其中就包括孙悟空庙宇。正因为泰国是一个很容易包容和吸收外来文化和宗教的国度，所以华人建立的孙悟空庙宇及其祭拜观念和风俗能够在泰国社会站稳脚跟，并且逐渐从对中国原有模式的模仿，到融入泰国社会，再到形成独具泰国特色的"大圣爷"庙宇和祭拜模式，成为泰国民间信仰文化的一部

图 2-5 泰国普吉岛百姓家里收藏的"斗
战胜佛"

作者摄 2003.8

分而落地生根。

神猴孙悟空在中国本土的信众中有许多不同的称呼，比如"齐天大圣""大圣爷""猴仔公""斗战胜佛""猴齐天""孙佛"等。当他跨海至泰国，起初被泰国华人称为"齐天大圣""大圣""大圣爷""大圣佛祖"（以潮州话及其母体闽南语的发音为主）。久而久之，当"大圣爷"真正融入泰国社会以后，当地的泰国百姓另以泰文的习惯称呼他为"Zhaopo Hengjie"（เจ้าพ่อเห้งเจีย），即"行者爷"；有的地方还称为"Zhaopo Na Ling"（เจ้าพ่อหน้าลิง），即"猴面公"；或者"Zhaopo Ling"（เจ้าพ่อลิง），即"猴爷"之意。

至于孙悟空庙宇的名称，泰国百姓口头上通称为"San Zhaopo Hengjie"（ศาลเจ้าพ่อเห้งเจีย，"行者爷庙宇"之意）。虽然那样称呼，不过在庙宇的门牌上主要挂着的仍是中文名称——"大圣佛祖庙""大圣庙"等，而在华人社会圈里依然按照地方语言称呼。由于孙悟空保护玄奘法师西天取经的首功，释迦牟尼另封他为"斗战胜佛"，此称呼却不流行在信仰崇拜中。而百姓认为大圣因为取经胜利，地位升至"菩萨"。大圣的信徒们不习惯称"斗战胜佛"，而普遍称为"大圣佛祖"。有些地方的大圣塑像，信徒们还将其形象塑造得如观音菩萨一样，已脱离原先恐怖、威严的形象

图 2-6　泰国行者爷宫庙供奉的"大圣佛祖"形象
作者摄　2003.8

图 2-7 "猴爷"——普吉岛居民家里供奉的化成端庄佛像的大圣爷形象

作者摄 2003.8

了，甚至有的地方将大圣神像与佛像一起供拜，更不可能将他与其他"动物神"（如虎神、龙神、龟神等）相提并论了。在泰国华人庙宇里，我们从来没见过哪一位动物神的神位能够与其他神并列在一起，泰国华人有供奉虎、狮等动物神的，但他们在寺庙里只能被安在主神的左、右两边（塑像远远小于主神），或者普遍摆在地上。这不正说明孙悟空在泰国信徒们的心目中已经超越了动物神乃至一般佛教徒的形象，而取得佛的地位了吗？

三 "行者爷"庙宇与塑像在泰国

（一）泰国全国分布"行者爷"（大圣爷）庙宇

孙悟空故事及其宗教信仰流传到泰国的时间较早，现今几乎在泰国东南西北全境都有信仰他的踪迹。1993~1995 年、2001~2003 年，笔者除了专门到中国台湾和大陆各地调查和收集大圣庙宇与信仰活动的情形得到以上"实料"，还投入了更多精力调查泰国各地的大圣庙宇，以田野调查、实地采访等方式调查，其中，发现泰国大圣的寺庙、宫庙或华人慈善机构主要分布于泰国的中部、南部和东北部地区，经过田野资料粗略统计，其庙宇的数量有三十余座。虽然当时发现不少大圣庙宇，不过那时信仰这位猴面神的情形并非如现今这样广泛。泰国一般信徒圈外的百姓可能会认为祭拜真实历史人物唐僧尚不足为奇，但是祭祀《西游记》故事中作者虚幻描述出来的人物就有些不可思议了。不过只要询问到大圣信仰圈内的信徒们，就可得知缘由是从对面容可掬的神秘人士崇敬而来。其实，祭拜孙悟空为神的现象于 2004 年后才真正在泰国社会明显普遍地出现。当年泰国唐人街为庆祝泰国皇后 70 岁寿辰，同时为表达对泰国皇室恩照华人的感激，首次在耀华力街上建立了"中华大门"，门前为皇后制造了高1.8米的孙悟空塑像以象征皇后属猴。从此之后，祭拜"行者爷"比以往更为盛行，尤其在曼谷市区，崇拜孙悟空不仅仅局限于信徒或华人的范围，更多的是泰国当地人和属猴的百姓。2013~2016年再次考察大圣崇拜在泰国的情形时，发现有不少新的大圣宫庙出现，或者在中国庙宇里多了大圣神位。值得注意的是中部地区原有的庙宇，香火更旺，而新的庙宇若设在观光地区，孙悟空神位则更吸引了旅客的香火。

图2-8　庆祝泰国皇后70岁寿辰，泰国华人建立了"中华大门"，门前摆放了齐天大圣塑像

作者摄　2004.1.22

　　1993年至今，全泰国发现的孙悟空庙宇及供奉有其神位的其他庙宇有四十余座。分布于中部地区的最多，其次在南部地区，东北和北部地区不如中部和南部地区多。现将大圣庙在泰国全国的分布情形加以介绍，在这里依庙宇分布区域多寡归纳为四个部分：中部的曼谷地区、曼谷以外的中部地区、南部地区以及东北部地区。

　　1. 曼谷地区

　　曼谷是最多潮州人居住的地区，大概有不少于10座专门供奉齐天大圣的庙宇，其中笔者曾经做过实地调查的按地名、庙名列于其下：

　　（1）达铃参地区——大圣佛祖庙；

　　（2）兰实地区——大圣佛祖金榕善堂；

　　（3）拉玛四路地区——大圣佛祖庙；①

---

① 该庙宇被泰国百姓普遍称为"猴宫庙宇"（ศาลเจ้าลิง）。

（4）巴吞弯地区——大圣佛祖庙；

（5）地丹地区——齐天宫；

（6）三盘他翁地区——大圣佛祖；

（7）拍耶泰区——齐天宫；

（8）棒肯区——西天佛国等。①

上述宫庙都是将大圣作为庙宇的主神，并且泰国大圣信徒们大都认识。在曼谷唐人街中心发现不少线索，不过由于科学和社会的发展，不少地方祭祀大圣的庙宇日渐式微。曼谷华人聚居区还有以齐天大圣作为配神的庙宇，如耀华力路有名的中国庙宇"普门报恩寺"。

2. 曼谷以外的中部地区

（1）北标府有两座大圣庙宇：抱木县猎人洗鹿井的大圣佛祖庙和玛卡洞的大圣佛祖庙（也属于抱木县）。

（2）春武里府是有较多华人居住的地区，也是大圣爷信仰很盛行的地区，笔者曾经调查过的有春武里直辖县的大圣庙、扮硼县的大圣古庙、帕那尼空县的南天门大圣佛祖庙、浓里县的仙山齐天宫、扮算区的大圣佛祖庙等。

以上在春武里府的大圣庙都将孙悟空作为主神，另有把孙悟空作为配祀神祭拜的庙宇，如盘铜县观音庙（泰国人称"板莱庙"）等。

（3）华富里府，据了解在该城最少有两座大圣庙，分别在财八单县和华富里直辖县。

（4）龙仔厝府，邦托蜡村的大圣佛祖庙和牙胚村供奉大圣的庙宇（庙名不详）。

（5）甘烹碧府的齐天大圣庙。

（6）彭世洛府，旺通县萨摩康山的西天佛堂大圣佛祖庙。

（7）那空那育府，那空那育直辖县的紫竹林观音寺。

（8）巴吞他尼府，兰实一河地区的大圣佛祖庙。

---

① 因为许多"大圣庙宇"的泰、中文名称不一致，笔者在列出庙名的时候是以庙宇的门牌记录为主。

3. 东北部地区

（1）乌隆府的吁隆齐天大圣坛 [①]；

（2）黎府的齐天善堂佛山仁堂会。

4. 南部地区

（1）春蓬府，分布在春蓬直辖县、沙围县、郎算县（庙名不明）；

（2）那空是贪玛拉府（庙名不明）；

（3）宋卡府合艾县有两座庙祭祀大圣：大圣佛祖庙和哪吒三太子庙（该庙敬拜哪吒三太子为主神，孙悟空作为配祀神）；

（4）董里府的瞒拉庙；

（5）陶公府的大圣宫；

（6）也拉府押杜直辖县的庆佛寺；

（7）普吉府是最多福建华人居住的一个地区，笔者在 2003 年 7 月到普吉岛调查齐天大圣庙宇，发现该府的百姓祭拜大圣的现象特别普遍。不过当年考察发现的一个特点是普吉府一直没有专门祭祀大圣的庙宇，但是在每一个庙宇中几乎都供奉有大圣的神像，如福元宫、观音庙、斗母宫、九天玄女宫等。据调查，近几年内当地将会有专门祭祀大圣的庙宇出现。

为了方便观察起见，表 2-1 大略将泰国"行者爷庙"（ศาลเจ้าพ่อเห้งเจีย）或大圣庙（主要以孙悟空为主神祭拜）分析介绍如下。

表 2-1　1993~2015 年收集整理泰国全国大圣庙分区归纳

地区与府名		大圣庙名	备注
	曼谷地区		
曼谷 จ.กรุงเทพฯ	达铃参地区 เขตตลิ่งชัน	大圣佛祖庙	祭拜孙悟空胜地
	兰实地区 เขตรังสิต	大圣佛祖金榕善堂	
	拉玛四路地区 ถนนพระราม 4	大圣佛祖庙	祭拜孙悟空胜地
	巴吞弯地区 เขตปทุมวัน	大圣佛祖庙	
	地丹地区 เขตดินแดง	齐天宫	
	三盘他翁地区 เขตสัมพันธวงศ์	大圣佛祖	
	拍耶泰 เขตพญาไท	齐天宫	
	棒肯区 เขตบางเขน	西天佛国	

[①] "乌隆府"和"吁隆府"是同一个地方，笔者依据与泰文最接近的发音翻译，与不同的庙宇翻译分别列出。

75

续表

地区与府名		大圣庙名	备注
曼谷以外的中部地区			
北标府 จ.สระบุรี	抱木县 อ.พระพุทธบาท	大圣佛祖庙	
	玛卡洞 ถ้ำมะกัก	大圣佛祖庙	
春武里府 จ.ชลบุรี	春武里直辖县 อ.เมือง	大圣庙	祭拜孙悟空胜地
	扮硼县 อ.บ้านบึง	大圣古庙	
	帕那尼空县 อ.พนัสนิคม	南天门大圣佛祖庙	
	浓里县 อ.หนองรี	仙山齐天宫	
	扮算区 อ.บ้านสวน	大圣佛祖庙	
华富里府 จ.ลพบุรี	财八单县 อ.ชัยบาดาล	庙名不明	
	华富里直辖县 อ.เมือง	庙名不明	
龙仔厝府 จ.สมุทรสาคร	牙胚村 ต.หญ้าแพรก	庙名不明	
	邦托蜡村 ต.บางโทรัด	大圣佛祖庙	
甘烹碧府 จ.กำแพงเพชร	甘烹碧直辖县 อ.เมือง	齐天大圣庙	
彭世洛府 จ.พิษณุโลก	旺通县萨摩康山 อ.วังทอง เขาสมอแคลง	西天佛堂大圣佛祖庙	
那空那育府 จ.นครนายก	那空那育直辖县 อ.เมือง	紫竹林观音寺	
巴吞他尼府 จ.ปทุมธานี	兰实一河 คลองรังสิต 1	大圣佛祖庙	
东北部地区			
乌隆府 จ.อุดรธานี	乌隆直辖县 อ.เมือง	吁隆齐天大圣坛	
黎府 จ.เลย	黎府直辖县 อ.เมือง	齐天善堂佛山仁堂会	
南部地区			
春蓬府 จ.ชุมพร	春蓬直辖县、沙围县、郎算县 อ.เมือง อ.สวี อ.หลังสวน	庙名不明	
那空是贪玛拉府 จ.นครศรีธรรมราช	那空是贪玛拉府 อ.เมือง	庙名不明	
宋卡府 จ.สงขลา	合艾县 อ.หาดใหญ่ 空连二区 คลองเรียน 2	大圣佛祖庙	祭拜孙悟空胜地
董里府 จ.ตรัง	董里直辖县 อ.เมือง	瞒拉庙	
陶公府 จ.นราธิวาส	陶公直辖县 อ.เมือง	大圣宫	
也拉府 จ.ยะลา	押杜直辖县 อ.เมือง	庆佛寺	
普吉府 จ.ภูเก็ต	普吉直辖县 อ.เมือง	福元宫、观音庙、斗母宫、九天玄女宫等	祭拜孙悟空胜地

表 2-1 出现的泰国大圣庙是笔者二十余年来所收集整理的，且大都以孙悟空作为主神祭祀。如果再加上把孙悟空作为配祀神的宫庙，其数量则更多，可见泰国可称为世界孙悟空崇拜的圣地。

（二）关于大圣庙的建设、查考建立时间的问题

泰国"行者爷"庙宇的面积一般有 100 平方米左右，全国较大的宫庙是 19 世纪初建成的甘烹碧府的齐天大圣庙，庙宇面积有 5000 平方米。该大圣庙宇装饰富丽堂皇，美轮美奂。庙宇的大门雕刻有九条大龙，庙宇内全用大理石建成，同时还专门建有多间宿舍，可接待游客和信徒们在庙中举行活动，如在吃斋季节，信徒们便可以免费居住。其中较有名并且历史悠久的大圣庙宇有曼谷达铃参地区的大圣佛祖庙和拉玛四路地区的大圣佛祖庙、中部北标府抱木县的大圣佛祖庙 ①、南部合艾县的大圣佛祖庙等，这些庙宇有一百年以上的历史。

图 2-9 曼谷拉玛四路路边古老的大圣佛祖庙
作者摄 2015.3.17

有关古老庙宇建成的实际时间很难查考，原因不外几点。首先，大圣庙本应该有记录庙宇建立时间的地方，如庙宇的门牌上或神位的殿前，但许多庙宇尚没有记录。其次，有些庙宇原先供奉其他神，后来改为祭祀大圣，而庙里的管理员仍然以兴建庙宇的时间为准。崇拜的主神——大圣塑像

图 2-10 曼谷地丹地区齐天宫庙门上的《西游》壁画
作者摄 2003.2

---

① 庙里屋梁用大圆柚木雕刻，是现在少见的建筑工程。庙中的大圣像，以柏木雕成。庙宇里最古老的大圣塑像由柚木雕刻，据说是建立该庙宇的乩童从中国带来的。当初在私人家里祭拜，后来大圣显灵，历代相传，于是人们自发兴建一座小庙将其安置。

图 2-11　南部合艾县的大圣庙
作者摄　2014.8.11

图 2-12　南部合艾县的大圣庙，门楣和庙门两侧
　　　　　所镶"大圣"字样
作者摄　2014.8.11

历史悠久，管理员通常无法证实庙宇的兴建时间。再次，庙里的管理员和乩童不是建造庙宇的人，有的是由于亲友的缘故而被选来管理宫庙，与原先的乩童和成立者的关系已疏远，有的是新委员，与原先承办庙宇者一点关系都没有。各庙宇的管理员一般只会描述自己所管的庙宇和大圣的神通与祭祀的基本情形，但是无法判定大圣来源的地点或确切的时间。这几点因素是我们研究"行者爷崇拜"在泰国流传的障碍。民间文学研究的困难通常是因为它们流传的历史悠久，故事内容有所增减，故事的头、尾不一定一致等。更何况研究民间信仰的源头，故事中无论是故事情节或人物，一开始就被神化，与真实情形或原型已经偏离甚多。这点在研究哈奴曼崇拜的印度来源时表现得尤为突出。[①]

————————

① 大圣佛祖庙附近有个水井，俗称"猎人洗鹿井"，传说有一个身上长癣的猎人追踪一只鹿，跟着那只鹿到了此井附近，鹿被射伤，伤口渗出了血，他捉住那只鹿带去井边洗伤口，鹿体一碰到水，伤口突然愈合，猎人一沾到水，身上花斑癣也被洗掉了，这位名叫"扑"的猎人是第一位发现这座神奇井的人，后来人们也将他供奉于祠堂。神奇井的井口不大，但是井里水量充沛，一直用不完。附近的居民常来汲取井里的水供大圣画符念咒以治病。华人称这井为"符咒水井"，亦喝井水以保平安。

图 2-13　泰国面积最大的齐天大圣庙
甘烹碧府，作者摄　2002.10.8

图 2-14　建在河边的大圣佛祖庙，位于曼谷巴吞他尼府兰实地区
作者摄　2002.3.8

对神猴"行者爷"在泰国流传的研究只有一点能肯定的地方，就是从大圣庙在泰国分布的地理位置上，至少能让我们知道，大圣崇拜从中国进入泰国主要以海路为主。泰国中、南部地区位置都靠海岸。再者，古代以河流作为贸易的主要运通路线，华人移民到泰国大都沿河边生活做生意，这不难明白，为何在春武里府就有那么多的大圣庙宇，而离海边不远的其他地区如曼谷或其他中部县、府，也是建立大圣庙最多的一些地方。至于离海岸稍远的地区则有甘烹碧府的齐天大圣庙、乌隆府的吁隆齐天大圣坛、黎府的齐天善堂佛山仁堂会等。据调查，甘烹碧府的齐天大圣庙的大圣塑像也是从曼谷达铃参地区的大圣佛祖庙请过来的。[①]

（三）"行者爷"塑像

在泰国所看到的大圣塑像有许多形式，古旧的塑像通常由华人从中国带来泰国供奉祭拜，但是较新的塑像一般是在泰国制作的。据调查，关于泰国大圣塑像的模样、来源及塑像的神灵传说，有些方面值得注意，在这里选择两点来讨论。

第一，关于大圣塑像的形式。依据调查，泰国全国 40 余座庙宇（如上面所介绍），所见的 50~60 尊大圣塑像，据发现大都是取自文学作品中所描绘出来的形象，即猴脸孙悟空，头上戴着嵌金花帽，手上持如意金箍

[①] 于 2002 年 8 月 11 日在甘烹碧府的齐天大圣庙采访该庙管理员（乩童）素拉彭·龙陆西替才先生得知。

图 2-15　台湾基隆圣齐宫面容威严的行者爷
作者摄　1993

图 2-16　似观音菩萨的泰国"最美行者爷"
曼谷 Soi Suanpak，作者摄　2002

棒，或者如意、鞭子、桃子、串珠等。① 有的穿着虎皮衣（孙悟空西天取经路途的模样），有的穿齐天大圣的衣服。比较特别的是在历史不太悠久（不到十年）的宫庙中发现的大圣塑像似菩萨模样，温柔而慈善，与原先在大陆或台湾地区所看到的多为端庄、严肃、可怕的形象差别太大（有可能已被泰国佛教化，或者由于孙悟空在泰国受到诸如影视媒体和连环画图本模样的影响）。

　　第二，一般各个塑像都有它们的传说来源。尤其是历史比较悠久的塑像，都会存在有关塑像显灵现象的传说，如塑像随着水漂流到该庙宇、大圣塑像托梦教导种种问题、塑像显灵逃脱灾难等说法。塑像的类似传说通常也与塑像的形状、大小有关，尤其庞大的塑像，不适合放在家里供奉。通常主人在遇到不幸之事，如火灾、生意衰落、家庭纠纷等现象，无可奈何之下，只能送到庙宇里让大众祭拜。如春武里府帕那尼空县的南天门大

---

① 所有的大圣庙宇塑像都有《西游记》作品中孙悟空的模样，唯一例外的是浓里县的仙山齐天宫，庙里大圣塑像似道士模样，完全没有神猴形象（于 2002 年 8 月 3 日在当地调查）。

圣佛祖庙和普吉府的观音庙里的大圣塑像等，就是这样的例子。① 南天门大圣佛祖庙和普吉府的观音庙的大圣塑像都高 1.5 米左右，算是全泰国较大的两尊塑像。

泰国比较古老的塑像在诸如合艾县的大圣佛祖庙、北标府抱木县的猎人洗鹿井的大圣佛祖庙以及普吉府的观音庙，据说这些庙里的大圣塑像都有百余年的历史。

最近十年来，我们还发现泰国不少旅游景点新建的中国庙宇，为吸引观光旅客，将其建成供奉多神的庙宇，除了祭祀观音菩萨、弥勒佛、哪吒太子、四大天王等常见神位，齐天大圣在庙宇中大都被塑造得越来越独特，显示他的威力无比。要不就比哪家庙宇大圣的塑像最高，哪家的形象最奇特等。如那空那育的紫竹林观音寺，建设了两米高的大圣佛像，还有春武里的万福慈善院的三面大圣佛像等。

图 2-17 泰国春武里的万福慈善院
作者摄 2016.8.13

图 2-18 春武里的万福慈善
院的三面大圣佛像
作者摄 2016.8.13

四 乩童与大圣庙宇的形成

泰国"行者爷"庙宇形成的主要原因是百姓需要精神寄托。这种从民间的精神依赖发展成具体的寄托物的情况，通常都要有"仲裁者"作为调解神仙与百姓关系的沟通桥梁。所谓"仲裁者"即该宫庙的"乩童"或

① 笔者于 2002 年 8 月 3 日至春武里府调查，2003 年 8 月 8~12 日至普吉岛调查。

（经常是）宫庙管理员。据采访各宫庙的管理员所得，大圣庙宇的起源，通常都被解释成与大圣显灵有关。如由于大圣给某人托梦，要他人作为大圣的形体，另外也说大圣塑像显神灵在水上漂浮到某河岸边，后来那河岸边的居民，则请他安神位，或者说见到塑像的居民后来又做梦，梦到大圣要他作为形体，有的说大圣让他安放神位。这些被大圣托梦的人一般刚开始可能先在他们的家里暂时安放神位，如大圣显灵，威名宣扬，居民就捐款集资购买适量的土地建立庙宇。① 庙宇的形成和设计也都离不开"大圣托梦"的情形，庙宇如何装饰、建筑，大圣塑像的塑造，甚至庙双门的门牌上所贴的对联都是大圣显灵托梦的乩童负责安排的。

所以泰国大圣庙的兴建与乩童和大圣塑像的关系是密不可分的。哪个寺庙能招来多少香客是看该大圣的塑像能显出多大的神奇，而更重要的是还要看该乩童有多大的本事。据几位大圣庙宇的乩童透露，他们是普通人，被大圣选择，他们无可奈何。自从大圣入梦以后他们无意中转变成为乩童，常常有神附体，主要是为了拯救、保护百姓。附体的中国神仙很多，如观世音一般附体于女乩童，而济公活佛、哪吒太子、清水祖师公等，一般附体于男乩童。作为大圣扶乩者，据说与其他神不同，乩童被附体以后，就会有猴的表现，一直跳来跳去、手脚忙乱、眼皮乱眨、不停地尖叫。据了解，作为大圣的载体要比其他神仙附体累，所以乩童通常是少年或中年男子。② 有些寺庙的乩童年轻时请大圣附体，当他年龄大了就换请其他神。而这些作为乩童的百姓自从转为"大圣的形体"之后，生活与以往有所改变甚至很不平凡了。比如原来他们只会说泰语，当大圣上身以

---

① 根据刘丽芳教授在曼谷与新加坡调查华人庙宇及宗教习俗所研究的结果，也同样发现类似从家庭神坛祭祀发展为庙宇的情形，这样形成的庙宇大都有乩童扶乩，而所见的乩童多为神殿的管理人。这类庙宇内的乩童所扶的神氏有玉皇三太子、白鹤童子、哪吒、齐天大圣与济公活佛等。刘丽芳、麦留芳：《民族学研究所资料汇编——曼谷与新加坡华人庙宇暨宗教习俗的调查》，台湾"中央研究院"民族学研究所，1994，第25~26页。

② 关于化作大圣载体的乩童们，性别和年龄比较重要。据调查，让大圣附体的乩童一般是青年男子。但有例外，在兰实地区或巴吞弯地区的大圣佛祖庙（该庙宇以大圣能治疗癌症而闻名），乩童却是个女子。另外，据黎国侨先生（泰文名：Dirot Lertekkul）和其他普吉岛的人透露，在普吉岛城里有很多男性的少年化作大圣的载体，说明附体这件事很常见。另外，还意味着乩童可以选择化作哪位神。实际上，神附体是神或乩童的选择，有的地方可以想象，有的地方却是一种玄妙。

 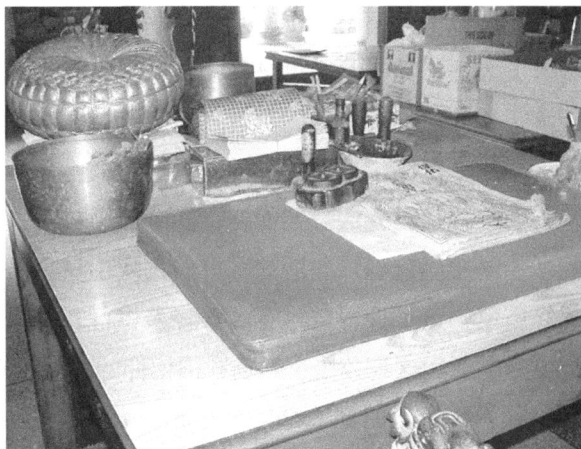

图 2-19　泰国某供奉行者爷　图 2-20　乩童桌上摆放的物品
　　　寺庙里的乩童宝座　作者摄　2003.2
作者摄　2003.2

后就会说中文（以潮州方言为主）；原来他们生病或身体有些毛病，让大圣附体后，各种各样的病就消失了，完全恢复了健康；原来他们有恶习，比如是个烟酒鬼，后来就开始调整他们原先的坏习惯，如戒烟、戒酒；有的人还改变饮食习惯，不再吃肉，起誓终身吃素。作为乩童，通常他们都会有以下两点不可或缺的特殊能耐，不是能算命就是能治疗，但是一般还保留基本的生活状态如结婚生子。

　　乩童的任务简单地说是为大圣做事，所谓大圣的工作即保百姓平安或给百姓解决种种问题，而这些工作都要通过仪式完成，这种仪式即是请神上身的活动。所以大圣庙里经常会看到神位的旁边摆着乩童的座椅和用桌。用桌上放着很多工具，如大圣的服装（一般是红色和黄色，有的庙宇是虎皮），头上的装饰（代替紧箍咒），虎头鞋，符咒，有的庙宇还准备了盆和树枝，用来给信徒们"洒神水"，表示祝福或消除邪恶等。这些用具是在举行乩童扶乩仪式时用的。其实类似请神上身是一般巫傩文化中的一种活动形式，乩童扶乩的神可以是观音、关羽、土地神等，而我们通常看到让这些神附体的乩童一般是中年人或老年人。不过，大圣爷的乩童中有年轻人，他们中有的曾经请大圣附体，后来年纪稍微大些，则转为请别的神附体。据说，因为大圣很淘气，扶乩以后欢蹦乱跳，搔头摸耳，躁动不安，所以请大圣附体也必须具备一种条件即身体状况要好。无论乩童所说有关大圣显灵托梦之事是真是伪，泰国有些地方依旧有许多年轻人愿意让大圣扶乩，如普吉岛的百姓。据了解，普吉岛是一个广泛崇拜行者爷的地方，几乎每座华人寺庙里都有大圣塑像神位。普吉岛的百姓，尤其是年轻人和小孩都喜爱这位猴面神。同时因为普吉岛是神仙祭拜盛行之地，百姓从小就接触这类宗教活动，有的人从小见过亲友请神扶乩，便自然而然从寺庙里知道了孙悟空，有的年轻人将行者爷作为他们的偶像神，也从事乩童的事业。这是孙悟空影响泰国信仰的一种表现。

以下大圣庙的起源都与上述原因有关：曼谷达铃参地区（Dalingcan）的大圣佛祖庙、嚷西地区（Klong Rangsit）的大圣佛祖庙、甘烹碧府（Kamphaengphet）的齐天大圣庙、春武里府的几个大圣佛祖庙宇，如扮硼县（Banberng）的大圣古庙、帕那尼空县（Panasnikom）的南天门大圣佛祖庙、浓里县（Nongli）的仙山齐天宫或是扮算区（Bansuan）的大圣佛祖庙、北标府（Saraburee）猎人洗鹿井（Bo Pranlangneur）附近的大圣佛祖庙等。

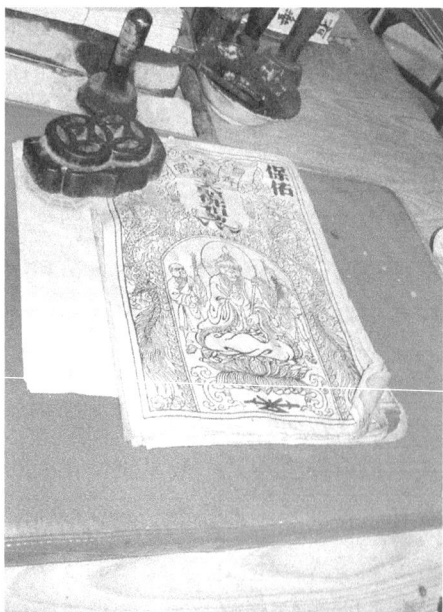

图 2-21　成仙的行者爷符
作者摄　2003.2

图 2-22　泰国庙宇分发的行者爷平安符

图 2-23　泰国也拉府行者爷
　　　　　寺庙前与乩童合影
　　　　　的民众

作者摄　1994.9.1

图 2-24　普吉岛百姓家里摆放
　　　　　祭拜行者爷的贡品

作者摄　2003.8

图 2-25　挂在行者爷身上的哈
　　　　　达，祭拜者络绎不绝

作者摄　2002

图 2-26　泰国庙宇供奉全套
　　　　　《西游记》人物

作者摄　2003

五　崇拜大圣的动机和祭拜活动

孙大圣的威名源自《西游记》作品中所描述的形象，武艺高强，智慧勇敢，对于妖魔鬼怪具有制服力，保护主人公唐僧安全，协助他完成取经任务。民间百姓最早从文学作品这样的描述中对他产生敬佩，并对他神通广大、变化多端的形象有了深刻印象，逐渐开始崇拜他。对孙大圣的崇拜经过了历代相传，逐步发展，后代的信徒们崇拜他的动机更趋多样、更为复杂了。

依据观察中国大陆、台湾地区和泰国祭拜大圣的活动情形，发现目前各地方崇拜他的动机，有些是一致的，有些却另有其他独特的原因，众说纷纭。笔者从中把它们归纳为三类。

（一）《西游记》作品中的某些故事情节启发

持此类动机的以中国大陆和台湾地区为主。如在河南洛阳以西的穆册关有一座花果山，其西南山腰十八罗汉峰下有一座花山庙，庙里供奉着唐僧师徒四人和白马，在其遗址发掘到清乾隆年间的碑刻，上载"斯山也，《西游记》所称齐天孙佛成圣处也"。当地的习俗是百姓家家户户一直供奉着"西佛"——齐天大圣孙悟空，有时也称"孙佛"。据说"斯神能祈福禳灾，有祷即应"，大概是受了孙悟空除妖护主、保民平安的启发。①

在陕西北部、宁夏以及甘肃东部地区，民间至今还有着"灵猴崇拜"现象。在不少乡村，除了到处都建有祈求上苍赐雨、以战胜干旱的龙王庙，还到处建有供奉孙悟空佛像的齐天大圣庙，里面的孙大圣像尖嘴猴腮，着黄色上衣，穿虎皮裙，与人们心中的孙悟空形象相同。龙王庙与齐天大圣庙常盖在一起，当地百姓说孙悟空"本事很大，办法很多，龙王爷也害怕他。要是天旱不下雨，人们就求大圣帮助"。② 联想到《西游记》第87回提到凤仙郡久旱，三年无雨，孙悟空为救一方百姓，去请求龙王降雨，这可能也是受此故事的启发。

在台湾，传奇性神明的重要来源是神魔类的小说，以《封神演义》和《西游记》为代表。孙悟空纯为小说中的虚幻人物，却是民间敬重的神明，这完全是靠小说流传的力量。因为他在小说中具有各种制服邪魔

① 参见刘继保《〈西游记〉花果山原型在洛阳》，http://ent.sina.com.cn，2003 年 7 月 14 日。
② 参见孟繁仁《〈西游记〉故事与西夏人的童话》，http://www.guoxue.com/magzine/xyji/xyj015.htm。

妖怪的能力，成为人们心目中的英雄，人们会进一步期待他能继续以高强的武艺，保佑乡土平安，使妖魔无法作怪。他可以说是新传说神明的典型代表。[①]

有些地方的百姓认为孙悟空是与守卫北天门的玄天上帝相对应的神仙[②]，另有些地方则认为孙悟空的好胜心会使"赌性坚强"，孙悟空也就变成了赌徒的守卫神，以求好的赌运等。百姓还认为大圣威力至上，能得到其他神仙的尊敬与承认。

（二）大圣的自然身份——猴的特性启发

这一类动机主要在台湾地区形成。台湾人一般认为大圣是儿童、少年的保护神。相传齐天大圣专治叛逆青少年，一般父母都希望自己的孩子拥有健康的身体，听从长辈的话，不要调皮。而闽南语把调皮的孩子叫"泼猴"，要管教"泼猴"只能依靠猴王"大圣爷"了。由于民间相信大圣爷能保佑子女平安健康、课业顺利，所以无论是襁褓中的婴儿还是活泼可爱的少年，他们都被父母带到庙中，认大圣爷为义父。存有这种风俗的代表性寺庙有位于台南市、具有三百余年历史的台湾最古老的大圣宫庙万福庵。起初宫庙的兴建是由于创建者（阮夫人）非常喜爱小孩，故每年农历十月十二即传说中孙悟空的生日都要举行收"契子"仪式。[③] 另一座代表性庙宇是供奉着由福建奉迎来台的齐天大圣像的原台南县武当山庙，也是在孙悟空的寿诞日（这里为农历七月廿五）举行仪式，专收 16 岁以下儿童为义子。仪式很简单，只要父母带他们的小孩到庙里拜大圣，都能在他们后衣领盖上刻有"齐天大圣"字样的义子印，成为大圣爷的义子，直到16 岁，都受大圣爷庇佑。庙方赠送平安符给义子们，只要经"过炉"手续，即可由义子佩戴。[④]

台湾的许多寺庙也有类似的传统，最有意思的是宜兰县的紫云寺。由

---

① 参见郑志明《台湾神明的由来》，台湾中华大道文化事业股份有限公司，2001，第147~149 页。

② 据日本学者增田福太郎在台湾调查的某些情况得知。依据罗言信先生告知，这位日本学者曾在其书《台湾的宗教》中提出这种观念。该书的出版时间和出版社名称不详。

③ 笔者在 1995 年曾亲自到当地采访、收集资料。

④ 参见马尚斌·龙崎讯《齐天大圣暖寿武当山香烟冲天》，http://www.edn.com.tw/daily/1997/08/25/ text/ 86082 5f3.htm。

于山区的高压电线杆常遭猕猴攀爬，出现触电或跳闸，工程人员围铁丝网、涂牛油均无济于事，最后干脆到紫云寺拜齐天大圣，祈求万猴之王、猕猴的老祖宗孙悟空发挥威力，管管凡间到处爬电塔的猴子猴孙。

除此之外，也有人认为猴毛本有腥味，可以驱邪，神鬼闻到就不敢靠近。① 这种想法有可能依照生命学的哲理，也可能与孙悟空以毛作为降伏妖魔鬼怪的工具有关。还有一种说法，属猴的人应该祭拜神猴，做他的信徒。每年一到出生日期，即要到大圣庙宇进香请求平安。这种观念在泰国越来越普遍。②

（三）大圣的神威与当地民间崇拜的神医融为一体

在中国大陆和台湾地区，孙悟空的信徒们崇拜他的主要动机多少都会受《西游记》的影响，不过在泰国的情形则截然不同。泰国的大圣信徒们崇拜他却不一定有阅读《西游记》文学作品的机缘，也不一定受相关影视媒体的影响。在泰国，任何大圣寺庙都声名远扬，自然会招徕许多进香客，而这些进香客自然也可以从大圣的信徒那里了解大圣的真实身世，从中知道《西游记》的故事。比如泰国民间许多百姓把孙大圣当作神医看待。尽管"大闹天宫"、"白骨精"、"蜘蛛精"或"火焰山"等故事在泰国普遍流行，但泰国民间并不是从这些故事的内容中了解他的神医身份。虽然《西游记》第 39 回叙述他帮助乌鸡国国王复活，第 68 回中叙述大圣是个天下名医，但泰国人以神医看待孙悟空也绝非受这些情节的影响，大圣的神医身份主要还是与当地崇拜神灵的巫傩文化相结合的产物。有名的把大圣作为神医的寺庙，如中部地区巴吞他尼府的大圣佛祖庙、甘烹碧府的齐天大圣庙以及南部地区合艾县的庙宇。这些庙宇的"大圣神医"声名远播，据说有许多马来人和新加坡人都到泰国南方的合艾县，让大圣治病。中部巴吞他尼府的大圣佛祖庙有能彻底消除各种病症的好名声，专门治疗癌症，甘烹碧府的齐天大圣庙则以治疗骨折闻名。

---

① 1995 年，由台湾彰化县一位亲友告知。
② 比较 1995 年调查和 2004 年调查，1995 年，还没发现泰国寺庙里有大圣的塑像，不过，自 2003 年起却发现曼谷佛教寺庙里也开始供奉行者爷，如金菩提寺（วัดโพธิ์ทอง）和金佛寺（วัดไตรมิตร）等。

这是神猴孙悟空崇拜在泰国的重要现象。泰国有不少大圣庙宇较有名，而其主要的名声竟是能治好病。有的庙宇可能专门治疗骨科，有的治疗癌症。这些事情的真伪，我们无法判断，只是庙宇与治疗在古代即是融合在一起的，泰国仍有这种传统的信念。

无论什么地方都有崇拜大圣的种种说法。拿泰国与中国大陆和台湾来比较，泰国民间百姓祭祀他的普遍目的看来已远离文学作品的因素，而孙悟空的崇拜活动已经与泰国当地所谓"巫傩文化"融合在一起。然而大圣爷对民间信众而言是神医，是算命者，是百姓的好参谋，民间百姓把他当作保护神，祈求病患痊愈，或寻找失却的财物等；大圣爷协助百姓提出意见，解决种种与百姓生活有关的问题，如生意投资、生孩子、搬家、买房子，甚至买新车也会想到大圣爷，把他开的符咒贴在车上，这样行车就更安心了。还有求生活幸福、生意兴隆或病患痊愈的。其他，如让大圣收养小孩、将大圣作为赌徒的守卫者等说法，却还没有发现。

研究大圣在泰国的祭祀活动，必须在其中任何一个地方做长期田野调查。因为时间的缘故，笔者没有在这方面做详细调查，所得的资料有限。不过，可以做简单调查充实该论题。据采访许多寺庙管理员所得，泰国的大圣信徒们仍保留着中国原先流行的传统活动。每年当有很重要的活动如"酒皇胜会""谢神戏"之时，信徒们都会举行活动。在重要的几个活动当中，每年中秋节过后一段时间给大圣庆祝寿诞是不可或缺的。当天除了正式祭祀仪式外，有的庙宇还播放电影、演出戏剧等。至于平时的祭拜大圣的活动通常一日供二次香，每次三炷，逢大圣诞辰农历八月十六，中秋节后一天，则以九炷香行礼。祭拜活动通常在固定的大圣庙宇中进行。

泰国孙悟空崇拜的历史已经不短，其中有发展、变化的过程。首先，在称呼上有历史的变化，有同期的并行，而不同信仰层面的人对他的称呼还有某些特定性。其次，他的塑像和祭拜方式朝多方向发展。最后，与前两项内容密切相关的，泰国人对他的信仰在观念上也与原先从中国本土带来的信仰观念不完全相同，已与泰国本土的文化习俗融合了。孙悟空崇拜在泰国社会有较大的规模，其实也是其故事在泰国普遍流传的显现。虽然社会发展与现代化进程越来越快，但是在泰国传统的神仙崇拜及信仰仍然不断流传，并随着科技进步而带来更加富丽堂皇的殿堂和庙宇，塑像也更加精致特别。近年来更多更大的寺庙及大圣爷塑像不断涌现就是很好的证明。

第二节　《西游记》文本在泰国的流传

与神猴哈奴曼产生于蕴藏了灿烂古代文明因素的著名经典作品中一样，孙悟空便是生长在另一古老东方大国——中国的神猴代表。相对于在中国五百余年的流传史，孙行者故事在泰国流传的时间没有哈奴曼故事长。尽管孙悟空故事在泰国应该也有经口头途径流传下来的，但也没有哈奴曼那样广泛、奇异。泰译版本中孙悟空的故事与其形象改动并不太大，基本仍保持原样，而流传的途径更为直接明了。本书内容以1995年原始研究材料——《〈西游记〉在泰国的研究》[①] 的调查、收集及整理材料为原始依据，并于近年扩展补充了更多《西游记》泰文版本流传方面的材料，至于各泰文版本的内容与原本比较，以及各版本章回选译之比较，本书没有详细介绍，可参考笔者硕士论文。

在中国大陆和港、台地区，除了影视《西游记》版本不断地再创作和衍生外，还在广告和电脑游戏中出现了许多新形象。在这个科技文化愈加发达的新时代，泰国人也能以更多形式吸收和接纳中国和其他国家传播的各种形式、各种载体的《西游记》故事。只不过孙悟空的故事在泰国流传的主流，仍然是较有研究价值并值得介绍的三大传播途径，即上一节介绍过的行者爷崇拜、本节将以史料证明的文本传播、下一节将要介绍的影视方面的传播。

一　《西游记》在泰国早期非文本的流传

中国文学在泰国早期的流传首先表现在宫廷里。自从泰国曼谷王朝拉

---

① 详见〔泰〕谢玉冰《〈西游记〉在泰国的研究》，台湾"中国文化大学"中国古代文学专业硕士论文，1995。本论文应该是首篇专门研究《西游记》泰译流传、各版本比较，及"西游记文化"在泰国的流传和影响的文章，以往泰国学者仅关注《三国演义》泰语版本在泰国的流传。

玛一世王（1782~1809 年在位）开始，翻译中国文学即是国家政策之一。最先被翻译成泰文的中国文学是《三国》（1802 年）和《西汉》（1844 年以前）。这两本小说被翻译出来之后深受泰国国王和宫廷里的达官贵族的喜爱。尤其因为《三国》"编译"得成功，致使泰国拉玛二世王至拉玛六世王时期（1809~1925 年）的一百多年间，许多中国古代文学作品被陆续翻译成泰文，其中二世王时期有《东周列国志》《封神榜》《东汉》；四世王时期有《西晋演义》《东晋演义》《南宋演义》《隋唐演义》《南北宋演义》《五代演义》《万花楼》《五虎平西》《五虎平南》《说岳》《水浒传》《明朝演义》；五世王时期有《盘古开天》《隋唐演义》《罗通扫北》《薛仁贵征东》《薛仁贵征西》《英烈传》《乾隆游江南》《大红袍》《小红袍》《岭南轶事》《明末清初演义》《包龙图公案》；六世王时期有《唐朝演义》《元朝》《武则天》《武松打虎》。①

《西游记》翻译于五世王时期（1898 年），比其他许多中国文学作品出现在泰国的时间都要晚（比《三国》晚了 96 年），但并不能说《西游记》故事在泰国的流传晚于其他中国故事。因为中国文学在泰国的流传形式除了书面文学，还有以上介绍的民间信仰，此外还有说唱艺术等。根据泰国华人的一些记录，早期在中国的教育水平还不发达的时候，读书的人很少，更没有现代的报纸、杂志、电影、电视、光盘等大众传媒。"自古无知识的中国人以倾听故事作为享受娱乐的方式，移民到泰国的中国人也随身带着讲故事的风俗进入泰国。可以看到，在华人客属联谊会里，中国老先生手里拿着一本书坐在旁边的桌上，桌上点着油灯。那位老先生大声小声说话，有时谦虚得很，有时态度严肃认真，还拍桌子大声讲，同时脸色凶暴的样子。听众各自随意，或多或少付钱给他。"②

虽然上述的记录并没有确切地说出，当时那位老先生说的什么故事，但至少能让我们知道，这种传播中国故事的方法很早以前就有了。而《西游记》故事在泰国的早期流传，就很可能是通过这种方式。此外，有研究中国历史的华人学者表明，讲中国故事的风俗也曾经受到泰国宫廷里王公

---

① 在拉玛三世王时期（1824~1851 年），中国文学多表现在寺庙或建筑的各种装饰图案上，如绘画、雕刻、塑像等，其题材就取材于《三国演义》中杰出人物和著名事件等。

② 《三国书籍介绍》，《都市人杂志》1971 年 5 月号。

大臣们的喜爱。有时大臣会将一些讲故事的人引进宫廷说书，既是为了博得国王的高兴，也是为了娱乐自己。①

拉玛一世王至拉玛五世王时期，流传于泰国的中国文学作品一般为历史小说，内容多与战争有关，因而其流传范围基本就在宫廷之中，而没有流传于民间。至于《西游记》故事，其内容包罗万象，情节跌宕起伏，在思想上又关乎佛教，与泰国文化有着天然的相似性，当时华人移民和华商到泰国的同时又怎么可能不带着孙悟空呢？因此，笔者推测，早在《西游记》泰译本诞生于泰国宫廷之前，《西游记》故事乃至孙悟空故事就已经由华人带入泰国民间了。

二 泰文载籍所见的《西游记》

关于《西游记》故事，泰国百姓习惯以闽南语称"Sai-You"（西游），而更为习惯称呼孙悟空为"เห้งเจีย"（Hengjie，行者之闽南语音译）。在泰国《西游记》见诸载籍的时间并不很长，流传的译文版本也不多，文本流传范围也不甚广。流传的特点在于传播方式多样化，接受者范围广，有不同年龄阶段，接受程度有差异（有的吸收《西游记》故事的内涵，有的仅表面吸收）。根据收集整理的泰译文本，除了全译本，还发现其他载籍所见的《西游记》，分别为改译本、浓缩本、全套绘图本及泰国儿童喜欢阅读的连环画本，详述如下。

（一）全译本

《西游记》泰文全译本在泰国仅有两个版本。

1. 乃鼎（นายติ่น）译本：《西游》（Sai-you）

乃鼎翻译的《西游记》，封面题字"西游"（ไซอิ๋ว，Sai-you）②，是现今发现的《西游记》的第一个泰译本，也是目前泰国拥有的最完整的百回全译本。该版本于拉玛五世王时期（1898 年）翻译。当时泰国国家开放，吸收了很多西方科技文明，尤其在出版印刷方面已经相当发达。同

---

① 笔者从一位长辈处得知。
② 在泰国一般没有按照原文"西游记"之词称呼，大家熟悉"Sai-you"之名，也有可能因为受早期乃鼎版本《西游》书名的启发。

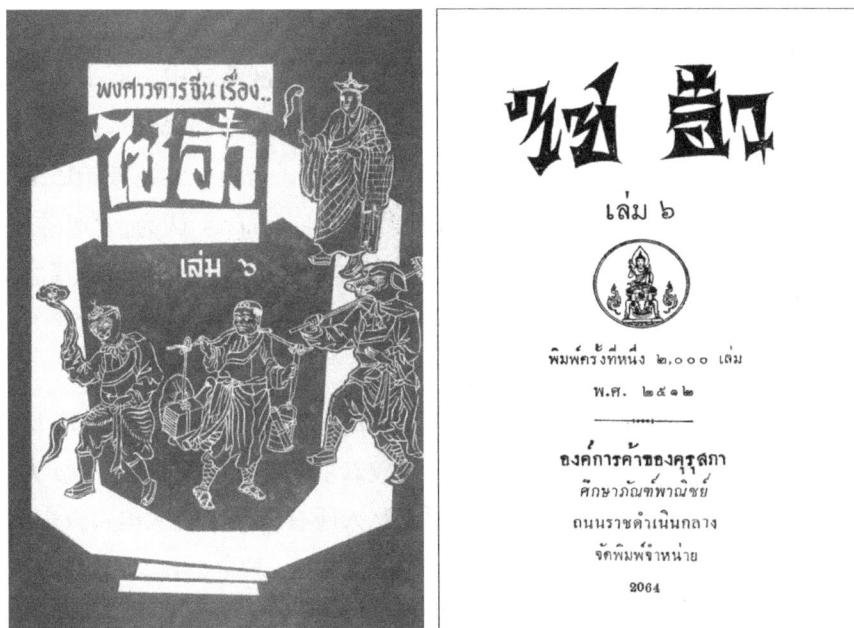

图 2-27　乃鼎本《西游》（Sai-you）第 6 册，1969 年版封面与扉页
作者藏书

图 2-28　21 世纪初新版《西游》（Sai-you）泰语版
作者藏书

时处于中国文学泰译本出版潮盛行的时期，对外国文学作品比以前更加开放，有了新的发展，翻译者和读者不再固定在宫廷之中，而是转向民间。《西游记》就是当时中国许多古典文学当中，被泰国民间选择翻译的重要一书。《西游记》在当时之所以被选来翻译，是由于索蓬披帕塔纳功（โสภณพิพรรฒนากร）私人出版公司的经理乃乐克（นายเล็ก）认为，《西游记》是部有趣的中国小说，所以聘请一位叫乃鼎（นายติ๋น）的泰国华人翻译成泰文。同时又聘请一位叫乃万（全名为 วรรณเอดิเตอร์ ตุละวิภาคพจนกิจ 或"天万"）的泰国人对译本加以修改和润饰。[①]

乃鼎本《西游》大概出版了多次，目前能看到的旧版本分别是 1898 年、1907 年、1968 年和 1969 年版。[②] 较新的版本（原版重新再版）是 2004 年、2009 年版。刚开始其版权属于私人所有，后来转入国家教育部，由教育部的库陆撒巴（คุรุสภา）出版公司继续出版。教育部在其出版的《西游记》前言中，交代了出版理由：泰国早期翻译了很多中国文学作品，但是原有的版本多已散失。要想让中国文学在泰国重获生命力，也"为了保留国家重要的文学作品，决定出版泰文的作品丛书，共分为'泰国文学集'、'拉玛坚集'和'中国文学集'三大部分"。[③] 其中的"中国文学集"，将曾在泰国出版过的共 35 部中国文学作品的泰译本重新编订加以出版，以私人藏书家提供的善本为底本。新出的库陆撒巴版《西游》，书名为《中国古代文学·西游》，分为八册，初版共有两千套，有精装本和简装本两种。书的封面是唐僧和三个徒弟的图片。每一本附有前言、引言和人物白描图（图的背面有人物简介）。前言中简略介绍了中国文学在泰国社会的接受情况，将拉玛一世王至五世王时代出版的中国文学作品泰译本按照中国历史的顺序重新排列，最后对提供善本的藏书家表示了谢意。引言概述了 1898 年第一次翻译的缘由。

乃鼎译本《西游》没有照原书百回一一翻译，对于原书一百回的内容，乃鼎将它分成三个部分：第一部分名为"行者的来历"，是原书第 1~8 回的内容；第二部分讲述唐三藏的来历，与原书的第 9~12 回大体一致；

---

① 乃鼎译本《西游》(Sai-you)，库陆撒巴出版公司，1969，序言。

② 目前藏于曼谷的法政大学图书馆。

③ 乃鼎译本《西游》(Sai-you)，库陆撒巴出版公司，1969，前言。

第三部分讲述取经过程，相当于原书的第 13~100 回。第二部分和第三部分翻译者没有分别命名。除了把百回内容重新调整，还发现译者将不少章回合并讲述，并且删掉了不少内容，包括韵文、人物对话，以及一些比较复杂文化的背景和译者认为无关紧要的情节。若论翻译文笔，却发现许多地方用词不当、词不达意，有些专有名词直接用潮州语音译等。乃鼎的《西游》很显然是没有经过泰语专家修改、润饰的，或者像帕康版《三国》那样译后被重新编写。其原因就像乃天万在书后及绪论中说的那样，译者需要保留原文精髓，所以他没有大改动。这种情形是汉译泰的中国古代小说中不多见的情形，成了一个特殊情况。对语言学家或翻译学家来说，也许会认为该版本不算太好，可是它曾被几位泰国著名宗教学家、历史学家推崇，认为幸亏译者不愿意让修饰者大肆修改他翻译的原文，不然，可能原文里要表达的含义亦即精髓就会陷于无形了。如今乃鼎《西游》版本虽然有词不达意的缺点，句子不够顺畅，不过久而久之，泰国读者多次阅读后也就慢慢接受译者的文笔了。

乃鼎翻译的版本有一点值得注意的是，在故事正式开始之前，翻译者在楔子里提到唐三藏与徒弟悟空相逢时，称孙悟空是"中国哈奴曼"。这是否意味着泰国人或泰国华人只要一接触孙悟空，就会自然而然地联想到哈奴曼？

2. 寿·博达普墨盎译本：《〈西游记〉向西天取经》

寿·博达普墨盎（ส.ประดับบุญเมือง）翻译本书名为《〈西游记〉向西天取经》。于 1960 年在泰国《财雅铺》月刊刊载，原在泰国国家图书馆收藏，不过由于图书馆不断搬迁，2013 年笔者再次调查时发现其内容也不齐全了。该版本翻译用词很讲究，文笔顺畅，可惜知道的人很少，而《财雅铺》的出版公司——泰瓦他那帕逆（ไทยวัฒนาพานิช）只刊载至第 11 回就停止，原因不明。翻译者的前言中留下了一些有关翻译和出版的历史。前言中说：

> 《西游记》或"西游"故事，笔者用泰文命名为"西天取经"，该文学作品由元明时代（1500~1582 年）大臣兼文学家吴承恩写成。虽然内容偏重于百变灵通，但是对于中国历史、文学的乐趣、各方面的

知识以及中国的风俗礼节等，仍掌握得很紧凑……译者将中文原本翻译成泰文，于1919年第一次出版，当时花了40个月的时间才能翻译出来。现在估计在国家图书馆已经无法找出这一版本来参考了，为了不让该作品消失，故将原文重新编辑和翻译。这次工作有可能比以前花更多的时间。有件事要先了解，虽然该作品是老故事，但新的译本加入了原译本所没有的注释和中国成语。①

上文对于泰国研究《西游记》泰译版的整个情况，是非常有帮助的。寿·博达普墨盎的前言可以证明几条线索：其一，在《财雅铺》月刊刊载的《〈西游记〉向西天取经》不是第一次出版；其二，在许多中国文学的翻译当中，译者寿·博达普墨盎唯独看重《西游记》一书，认为它很有趣味，虽然在1919年已经出版过一次，但时隔40年，有重新翻译的必要；其三，文中提到，"译者将中文原本翻译成泰文，于1919年第一次出版，当时花了40个月的时间才能翻译出来"，从这句话我们可以推断，《西游记》在泰国流传的全译本应该不止乃鼎译本，只是目前我们无法找到其他的罢了。

更遗憾的是，如果将寿·博达普墨盎的《〈西游记〉向西天取经》翻译本和乃鼎的《西游》翻译本比较，可以说寿·博达普墨盎的文笔比乃鼎更流畅，叙述更完整，有后浪推前浪之势。他的翻译用词恰当，流畅晓达，接近原文，原文中的韵文部分也翻译成了泰文白话文，再加上翻译者所加的注释也给读者不少帮助，使读者能了解中国文化、中国习俗和历史背景。② 从他的翻译当中，我们不难看出他对中国文学、历史和文化的研究颇有深度。另外，这位译者不但精通中文和泰文，还通晓巴利文和梵文。当读者阅读此作品的时候，可在泰文中感受到其他三个文种不同的语言风格，对巴利文和梵文的运用也使文章非常典雅。鉴于该版本的种种优点，它无疑应对《西游记》包括"行者"

---

① 参见〔泰〕寿·博达普墨盎《〈西游记〉向西天取经》，《财雅铺》1960年第2期，前言。
② 寿·博达普墨盎所加注的部分，应该不是按照原文翻译，而是选出他认为泰国读者需要了解的地方。关于该文本的翻译技巧，详见〔泰〕谢玉冰《〈西游记〉在泰国的研究》，第二章《西游记》的泰译及其版本比较"，第73~83页。

故事在泰国的传播有很大帮助。可惜由于其他的原因，该版本并没有声名远播。

（二）绘图本

在泰国所看到的《西游记》绘图本只有一本，即坡·傍譬的全套绘图本：《西游故事》。该版本以及下文提到的节译本并未在书中留下作者的名字，但是唯一收藏了这两版书的泰国法政大学有记录说是坡·傍譬（พ.บางพลี）的作品，出版于 1966 年。全书共分十册，每册有 30 页左右，每页都有图，各册书名分别为：①《西游故事 "行者"》（内容简述了原文第 1~13 回）、②《西游故事 "白龙马"》（是原文第 14~17 回）、③《西游故事 "猪八戒"》（原文第 18~21 回）、④《西游故事 "沙僧"》（原文第 22~35 回）、⑤《西游故事 "红孩儿"》（原文第 36~43 回）、⑥《西游故事 "三大魔王"》（原文第 44~47 回）、⑦《西游故事 "假行者"》（原文第 57~58 回）、⑧《西游故事 "牛魔王"》（原文第 59~61 回）、⑨《西游故事 "蜘蛛精"》（原文第 72~73 回）、⑩《西游故事 "如来佛"》（原文第 91~100 回）。

（三）节译本

1. 坡·傍譬：《西游》（Sai-you）

坡·傍譬（พ.บางพลี）节译本《西游》（Sai-you），由欧地安（Odian）出版公司 1968 年出版。现藏于泰国法政大学图书馆。全套共分两册，内有 15 幅故事插图，由泰国画家绘制。傍譬在原文的百回中选译了 80 回，重新分成 84 回。[①] 译者省略的部分有：第 33~35 回、第 43 回、第 55 回、第 62~67 回、第 80~86 回以及第 91~92 回。坡·傍譬将百回《西游记》分成较有独立性的节，有的把原文一回分成 1~6 节，有的把原文 1~6 回又缩成泰文的一节。

从翻译的文笔来看，坡·傍譬节译本与前面两本截然不同。其翻译通俗简洁，擅用泰国成语或俗语，有时沿袭了泰国传统小说的分节方法，在原文中融入了泰国写法。所谓泰国的写法是形式简要，直言不停，没有太

---

① 傍譬的 84 回里的章节分合情形，详见〔泰〕谢玉冰《〈西游记〉在泰国的研究》，第 44~53 页。

多的悬念。这一版本在写法上不故布疑阵，让读者能够顺畅地阅读，满足了读者在每一回之内知道故事来龙去脉的需求。[①] 而中国传统小说却经常在紧要关头停顿一下，然后就"下回分解"了。傍彎在翻译时把原文各回的主题揭示出来，一个故事的问题在一回之内解决，下一回是另一个故事了。回目也非常简要。该译本不像前两个版本那样偏重描写孙悟空的威力，而更为重视猪八戒的滑稽，描写得非常诙谐有趣。同时，还把猪八戒描写成好色之徒来讽刺现代泰国社会的部分男性。[②]

2. 开玛南达（เขมานันทะ）：《〈西游记〉远途之旅》

笔者推测，这一版本是开玛南达依据乃鼎泰译本浓缩而成的。该书第一次出版时，书名为《〈西游记〉远途之旅》，由实习和实行佛法基金会印行，第一次约 1974 年出版[③]，后来在 1987 年、1997 年、2003 年和 2004 年重新出版。二版时书名改为《〈西游〉智慧猿猴》。在《〈西游记〉远途之旅》一书中，几乎每一章都附了插图，以表现该章的主题。另附有几位泰国著名的文学家和历史学家的序言。因为作者曾经当过和尚，所以把《西游记》故事改写成另一种面目，比较超凡脱俗。其标新立异之处，就在于作者以佛教观念来解释故事里所隐藏的深奥含义，即作者所谓的"译解故事中的密码"。作者认为，在《西游记》故事里，不管是人名、地名，还是人物的

图 2-29　泰国僧侣开玛南达编译的
《〈西游〉智慧猿猴》

① 〔泰〕谢玉冰：《〈西游记〉在泰国的研究》，第 54 页。
② 傍彎还选猪八戒作为某些章回的主角，叫作"风流八戒"。〔泰〕谢玉冰：《〈西游记〉在泰国的研究》，第 40 页。
③ 由于书中没有记录时间，笔者从发行者和负责人永育·烙扎那握拉给先生处得知（于 2003 年 7 月 15 日采访）。

每种武器、故事的情节，全都是能译解的密码，都蕴藏着各种含义，而破解它们的秘诀就是要以佛教观点来译解。在该版本每一回的前头，翻译者先概述故事情节，然后补一段对话，由"具体"和"抽象"两个徒弟引话对答，而由"我"解答谜语。书后面还把故事中发现的谜语整编成小辞典。作者特别欣赏《西游记》，认为《西游记》有着与其他文学作品不同的奥妙。他对《西游记》的看法举例如下。

> 《西游》之奥妙在于：首先读者要把全部内容看成"无"，即所谓西天则是佛法所说的涅盘——Nibbana，如来佛是佛境，三个徒弟原来是智慧（孙悟空）、戒（猪八戒）、定（沙僧），唐三藏代表"忍"，白马代表"精进"，各妖怪是人类的种种"欲念"。人类要脱离欲念轮回进入佛境而得到菩提涅盘，从而得领先上面各种波罗密。不过《西游记》里所提的波罗密是撒野，"智慧"是野蛮、"戒"是邪戒、"定"是游移不决。代表"忍"的唐三藏不太欣赏智慧（"行者"），因"忍"比较喜欢八戒（戒）而容易被"戒"（八戒）诱导，使他迷路。"行者"（智慧）有义务提醒三藏（忍），逃出"娱乐"。相对之下，戒（八戒）会在"欲"中沉湎，更引诱"忍"停止向西天取经的意志；他长嘴、多言重食，长耳朵、把"理"听成"邪戒"，所以经常被"智慧"强制他收嘴收耳。沙僧在团体里较围和，他的任务是守着白马（精进）及僧衣包裹（纪律）。这撒野的波罗密需要遭遇千难万苦，才渐渐有定力，主要是他们遭难时不能单独地去解难，得三者（智慧、戒、定）通力合作才能破除灾厄。唐三藏（忍）不能单独达到西天（涅盘），仍需要依靠徒弟：智慧、戒、定的相助，清除那些千魔百怪。智慧先消灭了欲念、愚昧才战胜了困厄。孙悟空一个十万八千里的筋斗云，可以飞到如来佛（佛境）但不能得到经典；智慧可以进入佛境但不能维持坚定，仍焦躁坐立不安，因所得到只是知识，非禅眼圣谛。所以他的神通只是暂行通，要达成涅盘需要其他力量。[1]

---

[1] 〔泰〕开玛南达：《〈西游记〉远途之旅》，法会出版公司，1975，前言。

可以说，开玛南达是唯一从泰国佛教的角度来解读《西游记》的编译者和研究者，甚至也是唯一对《西游记》做深入研究的泰国人。他的编译和研究使"行者"在泰国人心目中有了另一种意义上的形象，即与佛教关系密切的形象。这表明"行者"在泰国的流传并不限于一个狭小的范围，其形象也不是单一的。

（四）选译本

比雅达·瓦那南：《说故事——西游》

儿童文学作家比雅达·瓦那南（ปิยตา วนนันทน์）的《西游记》选译本题为《说故事——西游》，估计是根据乃鼎本改写成的，分为 18 节，命名为：①西游记的来历，介绍《西游记》故事的历史背景；②唐三藏（是原文第1回，插图"唐三藏"一幅）；③"行者"（是原文第3回，插图"猴悟空"一幅）；④如来佛的旨意（相当于原文第8~11回，插图"如来佛"一幅）；⑤向西天路取经（原文第12~23回，插图"猪悟能"一幅）；⑥人参果（原文第24~30回，插图"沙悟净"一幅）；⑦黄袍奎星（原文第31~33回，插图"行者战白骨精"一幅）；⑧乌鸡国（原文第34~43回，插图"行者打白骨精"一幅）；⑨车迟国（原文第44~52回，无插图）；⑩西梁孀妇（原文第53~61回，插图"行者打妖精"一幅）；⑪祭塞国和朱紫国（原文第62~71回，插图"行者飞天行"一幅）；⑫比丘国（原文第72~79回，无插图）；⑬女妖天神的女子（原文第80~85回，无插图）；⑭凤仙郡（原文第86~90回，插图"唐僧和三徒弟向西天行"一幅）；⑮假佛（原文第91~95回，插图"师弟恭拜假如来"一幅）；⑯冠大宽富翁（原文第96~97回，无插图）；⑰到西天（原文第98回，无插图）；⑱最后羯磨（原文第99~100回，插图"妖精化为母女骗唐僧"一幅）。

比雅达为故事分的章节，显然着眼于儿童读物。出于同样的目的，他把原文改写并加以缩略。想要简单了解《西游记》故事梗概的读者，可以从该版本中找到乐趣。该节译本由儿童会发行，1987年由苏扎里出版公司出版，1997年由同一社团再次出版，全书共167页。

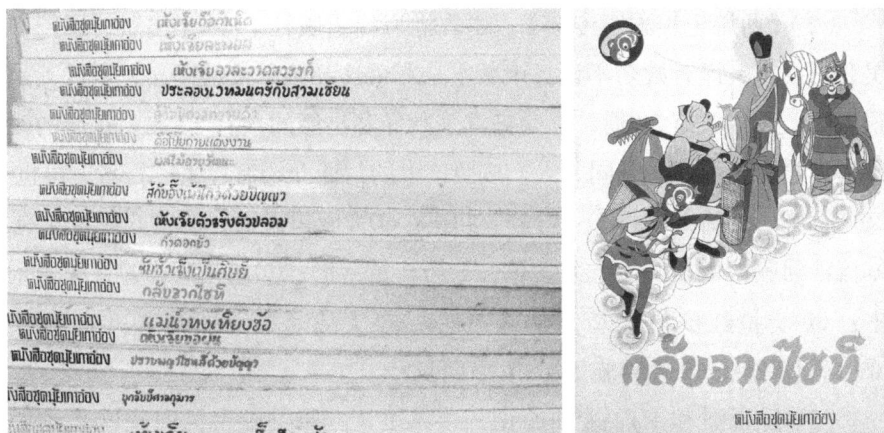

图 2-30　共 34 册的《西游记美猴王专集》与其中一册的封面，香港海峰出版社，1986
作者藏书

（五）连环画本

《西游记》连环图画本在泰国流传或发行的情形明显可分为两个阶段：20 世纪和 21 世纪。20 世纪发行的大都是同一家出版公司从中国大陆、台湾和香港引进后翻译成泰语，同时又有直接从其他外语引进过来的，笔者所收集整理的较早版本有 1962 年、1986 年和 1989 年版。21 世纪可说是《西游记》泰文连环图画本盛行时期，几乎每年都会有不同出版社发行《西游记》连环图画本。

1. 20 世纪泰文版连环图画《西游记》

（1）波·摆迈（บ.ใบไม้）:《西游》。原书为"小人书"，由人民美术出版社出版，罗浪编写。泰国南美公司引进发行，由波·摆迈翻译。中国原版共 40 册，其中有 8 册没有翻译：第三册《唐僧出世》、第十册《惩猪八戒》、第十七册《黑水山》、第二十一册《解阳山》、第二十七册《驼罗庄》、第三十三册《灭法国》、第二十五册《凤仙郡》及第三十九册《灵山除寇》。该版本连环画共出版过两次，第一版在 1962 年前后 [1]，第二版的封底仅记录了册数（32 册）和该册的题目，而没有记录确切的出版时间。

---

[1] 该版本没有记录出版时间，但是从翻译者的前言中得知发行时间大概是 1962 年 3 月 26 日。

（2）《西游记美猴王专集》。由香港海峰出版社 1986 年出版，泰国南美公司发行，译者姓名不详。该版本是彩色连环画，价钱高昂，所以不是很流行。原书共有 34 册，但是被选来翻译和出版的共有 17 册。每册的改编者和绘画者大都不是同一人。按照该书的封面介绍有：① "行者"出世；② "行者"大闹天宫；③ "行者"归正；④ 大闹黑风山；⑤ 猪八戒做女婿；⑥ 流沙河收沙僧；⑦ 偷吃人参果；⑧ 巧斗黄袍怪；⑨ 莲花洞；⑩ 智降狮猁王；⑪ 勇抢红孩儿；⑫ 变法斗三仙；⑬ 大战通天河；⑭ 勇斗青牛精；⑮ 真假悟空；⑯ 劝善施雨；⑰ 取回真经。

（3）丘帝财和卡内：《西游记三十八变》。原书由台湾时报文化企业有限公司出版，泰国南美公司 1989 年引进发行。原书共有两册。第一册由丘帝财（โชติชัย）先生翻译，共有八集，包括"人物介绍""石猴诞生""仙岛学法""龙宫借宝""大闹天宫""皈依为佛""金角银角妖精""放逐虎鹿羊角大仙"。第二册由卡内（คเนศ）先生翻译，共六集，包括"车迟国降妖""降蜘蛛精""狮驼岭斗魔王""大战红孩儿""比丘国降妖""火焰山"。因为原文的内容简明，非常适合儿童阅读，所以在翻译上没有太大改动。翻译本的出色之处在于配合时代脉动与泰国社会现状，赋予西游记故事以全新的精神面貌。

（4）英文连环画本。除了泰译本连环画以外，南美公司曾经在 20 世纪末（约 1995 年）引进了香港出版的英文连环画本 Monkey Subdues The White-Bone Demon，由 Hsu Kwang-jung 和 Pan Tsai-Ying 改写，Chang Hung-tsan 绘画。

2. 21 世纪泰文版连环图画《西游记》

汉译泰的图画本在 21 世纪初（2004 年以来）特别盛行，几乎每年都连续发行不同的《西游》动漫版。[①] 由南美公司出版的，有《西游记动画版》（甘亚拉翻译）、《西游》（诗拉威和塔尼塔翻译，全书 20 册）等。其他已发行的泰译版本还有 2009 年 Athen Books 出版的《西游》、2012 年 Amarin Comics 的《西游》（全书 4 册）、Bangkok Books 出版的《西

---

① 温英英在硕士论文中曾收集整理 21 世纪后泰国版的《西游记》图画本，2004~2013 年共发现 21 本。〔泰〕温英英：《〈西游记〉泰译本的变异研究——以乃鼎译本为例》，北京外国语大学亚非学院翻译理论与实践方向硕士论文，2014。

图 2-31　21 世纪初在泰国发行的一种连环画《西游记》泰文版封面

游——西天神奇》（全书 3 册）和 2013 年 Nation Edutainment 出版的《Go Go Go 西游》（全书 7 册）等。

　　值得注意的是在出版界重视版权的时代，泰国各大小、新旧出版公司从 2006 年开始创作自己的《西游记》连环画，即由泰国画家和儿童作家自己编写《西游记》连环画本。如 2006 年一年就有两家出版公司编辑两种《西游》连环画版，即 Sky Books 出版社和 Siam Inter Multimedia 出版社。紧接着第二年（2007 年），Thatkanit 出版社也出版了九册一套的《西游》，随后的 2010 年 Siam Inter Multimedia 出版社也出版了六册一套的《猴王——西游》。以上均由泰国人自己编绘出版。

（六）其他与《西游记》有关的书籍

　　除了《西游记》各类泰译本以外，作为佛教国家的泰国，有关唐僧的事迹也深受泰国读者的欢迎，这类文献一般由泰国佛教基金会提供资金支持，由寺庙发行，在客观上保持了其宗教性和历史性，而没有完全沦为通

图 2-32 2008 年泰语推广版《唐三藏法师   图 2-33 北京外国语大学邱苏伦教授翻
玄奘实绩》   译的《大唐西域记》泰文版

作者藏书   作者藏书

俗小说。在这里介绍其中几本。

（1）《唐三藏》，由玛哈踏学院基金会发行，1941 年出版 [1]，作者是肯良·丝步莫益（เคนเหลียง สีบุญเรือง）。依照《大唐大慈恩寺三藏法师传》中文版和英文版 Si Yu ki, Buddhist of the Western World（Rev. Samuel Beal 翻译）对照翻译。[2] 书中的小标题有西游记与唐三藏、唐三藏简介、大唐西域记简介、易经法师、大乘佛教、小乘佛教等，书后面附有汉语、泰语、潮州话专有名词对照词典。

（2）《唐三藏史图》（ภาพประวัติพระถังซัมจั๋ง），勒·沙田拉束（ล.เสถียรสุต）

---

① 从书中得知，这本书编成了以后，还没印行，作者已先去世。所以没有作者的"前言"，使我们缺少作者编书的目的和其对此书的看法。

② 此英文版本最早是先从中文翻译成法文，法文本书名是"Mémoires sur les Contrées occidentales traduits du Sanscrit en Chinois,en l'an Hiouen Thsang et du Chinois en FranGais"，Stanislas Julien 翻译。

依照肯良·丝步莫盎的《唐三藏》改编，由普门报恩寺（วัดโพธิ์แมนคุณาราม）发行，于 1974 年、1980 年、1986 年和 1990 年出版过四次。① 该书用大量的插图介绍历史人物唐三藏，并提供了研究他的文献线索。

（3）2008 年 9 月 Tathata 出版公司出版的《唐三藏法师玄奘实绩》（ถังซัมจั๋ง ชีวิตจริงไม่อิงนิยาย），由吴萨·罗哈扎隆（อุษา โลหะจรูญ）收集整理有关唐僧履历、其翻译佛经任务等。

（4）北京外国语大学邱苏伦教授的译作《大唐西域记》（ถังซำจั๋ง จดหมายเหตุการเดินทางสู่ดินแดนตะวันตกของมหาราชวงศ์ถัง），由泰国著名出版社——文化艺术出版社 2004 年出版，也作为以泰语宣传唐僧事迹的重要版本。

唐僧一方面作为《西游记》中的文学形象受到了泰国百姓的普遍欢迎，另一方面作为历史人物和宗教大师在佛教信徒中也享有很高的地位。

《西游记》文本在泰国的翻译和研究虽然远不如《三国演义》那样深入和广泛，但是至少《西游记》中最有价值的特色在不同的泰译本中都有所体现，如诙谐、幻想的特色在儿童读物中得到了发挥，深刻和智慧的一面在成人读物中得到了延续，特别是佛教价值也在开玛南达节译本《〈西游记〉远途之旅》中得到了升华。该书的编者虽然仅仅参考了不完美的泰译本《西游记》，却运用了佛教的人生观和宇宙观来剖析人物和故事的内涵，使《西游记》在泰国的流传不再停留在肤浅的层面上。只可惜，除了《〈西游记〉远途之旅》能够代表泰国读者对《西游记》的最高鉴赏水平之外，到目前为止，泰国还没有其他更深程度的《西游记》专题研究。②

三十多年来，泰国《西游记》文本的流传呈现不断衰落的趋势。不过，近年来泰国重又掀起了各种《西游记》文本的出版热潮，如 2004 年两家出版社重新出版乃鼎本《西游》，2003 年和 2004 年重新出版开玛南达的《〈西游记〉远途之旅》，2004 年比雅达·瓦那南的《说故事——西游》也再版了，表明随着泰国中文潮的不断升温，中国文学热再次兴起，读者对《西游记》的兴趣也将持续保留下去。

---

① 一本是从寺庙得到，另一本是泰国和尚赠予笔者。
② 自从《西游记》在泰国流传，百多年来仅发现唯一一篇有关《西游记》的文章，名为《〈西游记〉三个徒弟》，不过在文章里只大略介绍故事内容和人物性格，并没有任何启发或编写者的看法（有关此文章的其他资料不详）。

第三节　影视媒介传播的《西游记》

影视媒介是一条研究孙悟空故事在泰国的流传不能忽略的途径。影视媒介确实是泰国推广孙悟空故事的一种比较重要的方式，它给泰国观众一个直观的印象，提供了一个个鲜活的视觉形象，它能让泰国百姓以全新的视角接触《西游记》或孙悟空故事，并催生了熟悉喜爱孙悟空故事及《西游记》的泰国影迷。

一　电影媒体

无论说书、戏剧还是翻译书籍都是有利于西游记故事和孙悟空故事在泰国流传的方式，不过对于泰国民众认识和吸收西游记故事最有影响力的媒介是影视传媒。电视剧《西游记》在 20 世纪 70~80 年代就已经开始传入泰国，电影的传播比电视剧更早近 20 年，早期大多数以港、台公司拍摄的为主。最早被引进并用泰语翻译和配音的《西游记》电影是 20 世纪 60 年代邵氏兄弟有限公司（Shaw Brothers）拍摄的，邵氏《西游记》在泰国放映的共四部：①《西游记》（Monkey Goes West），泰文版翻译成《西游记——行者的出生》（ไซอิ๋วตอนกำเนิดเห้งเจีย），于 1966 年放映；②同年（1966 年）放映的《铁扇公主》（Princess Iron Fan，或直译为"降服牛魔王和神奇芭蕉扇"，ไซอิ๋วตอนปราบปีศาจควายและพัดวิเศษ）；③ 1967 年版的《蜘蛛精》（Cave Of Silken Web，泰译为 ไซอิ๋วตอนปีศาจแมงมุม）；④ 1968 年版的《女儿国》（Land of Many Perfumes 或泰译 ไซอิ๋วตอนบุกเมืองแม่หม้าย）。四部《西游记》电影都是何梦华导演的，老港星岳华扮演孙悟空、何藩饰唐僧、彭鹏饰猪八戒、田琛饰沙悟净。泰国是当时香港电影媒体的重要市场，同时又是邵氏影片的重要接受者之一。自从 20 世纪 50 年代末（1959 年）林黛版《江山美人》在泰国放映广受欢迎后（放映时间应该在 1960 年前后），接下来的六七十年代即是邵氏《西游记》在泰国的热映时期。岳华饰行者的这个版本目前也是泰国的《西游记》影迷主要收藏的珍品。① 《西游记》中幻想出来的情节和形象在电影中得到了具体的表现，使观众更容易欣赏和接受。实际上，从邵氏公司进口何梦华系列的《西

---

① 邵氏兄弟有限公司所拍的几部《西游记》影片一直受到泰国华人欢迎，虽然已经在泰国放映三十余年，但是目前如果随便在泰国唐人街寻找，还是可以看到。

图 2-34　邵氏电影开映前播放泰国华人熟悉的标志

图 2-35　邵氏《西游记》1967 年上演

图 2-36　1966 年岳华版　图 2-37　1982 年《孙悟空大战飞人国》中泰文海报
　　　　《西游记》泰国
　　　　宣传海报

游记》电影，使泰国观众对故事人物形象印象特别深刻，比如"蜘蛛精""芭蕉扇""白骨精"等故事情节或者故事中的一些让人印象深刻的细节，像唐僧念经使行者头痛，无论多么疼痛悟空也不愿意离开师父，此片段能让影迷感受到"师父"与"徒弟"的爱憎分明，令人感动的情节使人难忘孙悟空执着的孝顺和唐僧黑白不分的昏庸。这些都给泰国观众留下了较为深刻的印象。

早年引进泰国的《西游记》电影，除了香港邵氏公司外，1982年由台湾导演陈俊良所拍的《孙悟空大战飞人国》（泰译为 ไซอิ๋ว ตอนเห้งเจียถล่มมนุษย์ค้างคาว ）也曾在泰国放映过，只不过，反应不如何梦华所拍的上述系列电影更热烈。

除此之外，20 世纪末和 21 世纪初，港、台、大陆只要一有新拍摄的《西游记》电影，也大都一一进入泰国，无论是由周星驰主演、彩星电影公司和西安电影制片厂联合摄制的 1995 年版的《大话西游》（泰译为 ไซอิ๋ว เดี่ยวลิงเดี่ยวคน ），或是由周润发、郭富城、甄子丹（饰孙悟空）主演的 2014 年 3D 版的《西游记之大闹天宫》（ ไซอิ๋ว ตอนกำเนิดราชาวานร ）等都与电视剧衔接放映。

图 2-38 1995 年周星驰版《大话西游》

图 2-39 2013 年由周星驰导演的《西游记》电影在泰国上映的广告

图 2-40　当代 3D 版《西游记之大闹天宫》（2014 年 2 月 17 日在泰国首映）中泰文海报

二　电视媒体

除了电影媒体的传播，在电视媒体中，专门引进香港和台湾电视节目的泰国电视台第三频道，30 多年前也开始陆续播放中国题材电视剧。关于《西游记》连续剧在泰国播放，笔者曾在 2003 年采访过泰国电视台第三频道中国节目的负责人，当时恰是泰国引进《西游记》连续剧的关键节点，如再在晚些收集相关信息也许就不那么有收获了。笔者得知以《西游记》为题材的电视剧自 20 世纪 80 年代起不断地引进与播放。按时间顺序排列分别是：初次是 1981 年日本版电视连续剧《西游》（由堺正章饰演孙悟空、夏目雅子扮演三藏法师、西田敏行扮演猪八戒、岸部四部扮演沙悟净）[①]；第二次是 1997 年版《西游记》（ไซอิ๋วศึกเทพอสูรสะท้านฟ้า）（由张卫健扮演"行者"、江华扮演唐僧、黎耀祥扮演猪八戒、麦长青扮演沙和尚）；由于 TVB 拍的《西游记》深受欢迎，后来第三频道又引进了第二部，即第三次是 1999 年版《西游记第二部》（由陈浩民扮演"行者"，其他角色的扮演者和前一部一样，外景取自中国大陆）；第四次是 2001 年版《西游记》（泰译与 1997 年版相同，ไซอิ๋วศึกเทพอสูรสะท้านฟ้า）（曹荣扮演"行者"、闫汉彪扮演猪八戒、黄海冰扮演

---

① 1978 年 NHK 的日本连续剧。

唐僧、李京扮演沙和尚）；第五次是2003年版《齐天大圣》（也是由张卫健扮演"行者"）。除了第一部和第四部以外，其他全是香港出品的电视剧。选择《西游记》在泰国播放，原因之一是故事情节本身很有吸引力，原因之二是某些演员在泰国很有号召力，带动了电视剧的收视率提升[①]，如自2000年以来演员张卫健在泰国大受欢迎，所以第三频道负责购买电视片的人员，就优先选择了他主演的《齐天大圣》，于2003年播放。[②]虽然香港最近几年拍摄的《齐天大圣》中"行者"的某些形象已经偏离原先的故事太远了，但在客观上使以往只知道潮州话的"行者"的泰国观众，熟悉了另一个普通话的名字——"齐天大圣"。

泰国引进《西游记》连续剧的电视台不仅有第三频道，2003年后大陆和香港各种《西游记》版本仍然不断地在泰国播放。包括2009年版《西游记》（浙版）（泰译为 ไซอิ๋ว ศึกเทพอภินิหารปราบมาร），主演包括费振翔、陈司翰、谢宁、牟凤彬、唐国强等，曾于2010年由第三频道播放。2010年张纪中版《西游记》（泰译为 ไซอิ๋ว ท่องพิภพสยบมาร），由吴越扮演孙悟空，于2011年和2014年在泰国第七频道和第五频道播放。

图2-41　深受泰国观众欢迎的《西游记》电视剧

① 2003年7月30日采访泰国电视台第三频道中国节目的负责人彭帕·库哈皮南先生（Pongpat Kuhapinan）。
② 2003年7月30日采访泰国电视台第三频道中国节目的负责人彭帕·库哈皮南先生（Pongpat Kuhapinan）。

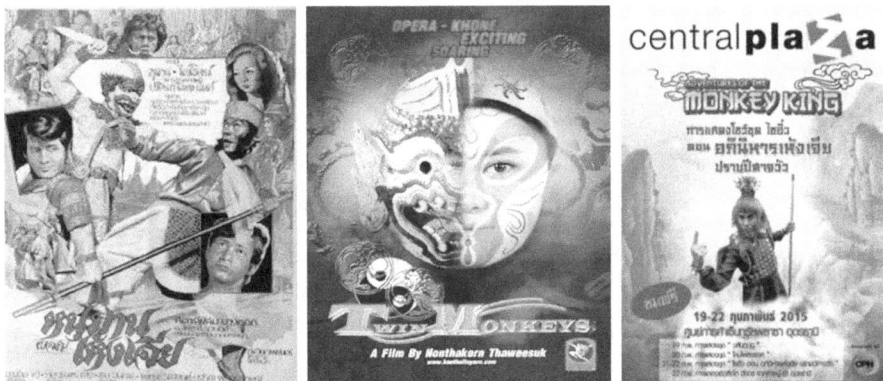

图 2-42　20 世纪 70 年代泰国人记忆中的《哈奴曼大战孙悟空》电影及 2016 年初泰国新拍的影片《双猴》

图 2-43　2015 年泰国百货公司为庆祝春节准备表演《西游记》故事

　　一部经典文学作品能长期深受全世界接受者的欢迎，其主要因素就是故事内容精彩纷呈、人物描绘灵活生动、本身价值高、承载了他国的许多文化精华、能反映人生或社会思潮与社会风气等。不过，不见得所有经典作品都能随着时代变迁与蕴含新科技的新媒介携手前行。在新科技、新的"互联网"时代中，人们有很多新方式选择与接受文学作品，不再仅仅是看戏、阅读。而有些文学作品生存能力较弱，无法随着时代潮流生存下去。在许多中国文学经典作品当中，我们发现《西游记》是唯一一部能随着不同新科技传播方式显示其无限生存能力的作品。《西游记》故事内容原本就可以进入不同社会行业、身份、年龄的受众视野，甚至被不同民俗文化的世界接受，在新科技不断普及发展的今天，它都能"千变万化"，不管世界如何"变迁"，我自泰然"应变"。尤其在 21 世纪后，《西游记》的各种互联网版本游戏、卡通层出不穷。更为极致的例子是，为提高书籍的科技含量，让漫画（卡通）动起来，2015 年外语教学与研究出版社制作了一套 3D 版的"会动的故事书"《西游记》，只要扫描封面二维码，下载安装应用程序，再拿起手机或者平板电脑，用摄像头对正画页一照，书中的人物就会随着配音出现或行动。所以《西游记》是一个"生动"故事，果然能"声动"起来。

图 2-44　2016 年的 3D 立体卡通书《西游记》

孙悟空故事或者《西游记》从中国进入泰国的途径多种多样，人们不但可以从文本的翻译本接触其故事，还能从媒体得知。至于《西游记》的翻译本也有许多种，虽然《西游记》泰文全译本没有像其他中国文学作品如《三国演义》的泰译本那样深受欢迎并广泛流传，或如《拉玛坚》中的哈奴曼故事一样对泰国各个方面都产生影响，但是孙悟空信仰已经进入人们的精神领域，孙悟空的故事和人物形象对泰国社会的影响程度比任何作品中的人物更加广泛，与百姓更为贴近，而且随着信徒不停地建设庙宇加以供奉，孙悟空的崇拜活动还在一直发展。《西游记》的拥趸不断地创作出各种传播《西游记》故事的神奇方法，越来越"生动"精彩，越来越超乎人们想象力，无论是在孙悟空的母国，还是在他乡的泰国，都同等接受吸收。孙悟空早已从数百年前古人的生活中跨越到当下今人的生活里，这也就是被称作永恒无朽之珍品的存在价值。

第三章
泰、印、中神猴故事情节的比较

印、中神猴哈奴曼和孙悟空能够成为响当当的伟大角色，产生跨越国界的影响，其主要载体有多方面，如文学文本、口头流传、民间艺术（包括说唱演绎、工艺雕刻品、寺庙壁画等），而21世纪《西游记》在国内外传播更多的是借助各种各样的新媒体（包括影视、网络游戏、E-book及3D连环图画等）。泰国哈奴曼是印度哈奴曼的衍身，这三个国家的三部伟大的文学名著都属于历代累积型作品，所以本书在前两章沿着累积的过程对印、中神猴故事及其文化在泰国的流传与接受进行了外部的考察与研究。但是，将他们的故事凝固下来，并使他们的形象得以完整塑造的毕竟是那三部文学原著，所以对作品进行细读和比较，进入内部研究是绝对必要的。

由于印、泰两国的神猴故事有直接的传承关系，最为接近，所以本章第一节首先对这二者进行比较。在故事框架和结构中，主要突出比较了哈奴曼故事在两个文本中出现的不同位置和篇幅。在故事情节的比较中，首先交代了两国哈奴曼故事的梗概，以帮助不太熟悉《罗摩衍那》和《拉玛坚》的中国读者对此有个大致的了解。接着将两国哈奴曼故事的骨干情节分为八个故事单元进行一一对应的列比，并分别总结每个单元的异同。由于战争情节比较集中地包含了哈奴曼的活动，而且也是全书中相当精彩的部分，所以以将战争情节单独拿出来进行比较。

第二节对中、泰两国的神猴故事进行平行比较，也是按照从故事框架到故事情节乃至细节的顺序。由于这两个神猴故事情节之间的关系表现得比较复杂，所以又分为大致相同和基本相似两种，而后者则分为与神猴无直接关系、与神猴有直接关系（正述法与反述法）两种。其中有一部分情节是《罗摩衍那》中没有，而《拉玛坚》和《西游记》中共有的，单独提出来比较。本节以比较神猴故事为主，但不排除与神猴无关的情节，目的是通过考察三国文本的演变过程，从而更好地说明神猴故事之间的关系。

本章的讨论有一些地方需要说明。

（1）本章以泰国为接受中心，但是在具体比较时，仍按照文学创作的时间先后比较。即《罗摩衍那》在最前面，其次是《西游记》，最后是《拉玛坚》。

（2）本章将《罗摩衍那》中的"哈奴曼"称为"印度哈奴曼"，将泰国《拉玛坚》中的"哈奴曼"称为"泰国哈奴曼"。另外，三个故事中的角色多样化，有人、神仙，有半人半兽、妖和魔等，为了辨别各种人物的复杂身份，提到神猴时，将通用"他"或"他们"指代。

（3）本章以泰国艺术局 1997 年出版发行的拉玛一世王《拉玛坚》为"泰国哈奴曼故事"的参考文本。该版本为在泰国有权威性的新版本。经过泰国艺术局文学与历史处重新校对和整理，取名为《曼谷王朝时代的文学（通俗文学集）——〈拉玛坚〉》[①]，内容仍保持传统诗体叙述。"印度哈奴曼故事"是以季羡林译本《罗摩衍那》作为主要参考书。

第一节　印、泰神猴故事的比较

一　专有名词音译对应

由于泰国拉玛一世王本的《拉玛坚》是从《罗摩衍那》脱胎演变而来，所以仍然保持瓦尔米基《罗摩衍那》的原始框架，但是拉玛故事在东南亚已经流传了好几百年，几经民间的再创作，仅在泰国就分化出许多不

---

① 此版本分为 4 册，每册的故事约为 400 篇（每篇 1~3 页），按照重要的人物出现和事件的发生发展分为不同的篇目。第一册的内容从巨人黑兰抢走世界并潜入海底开始，介绍人物的来源、托斯甘带走悉达到隆伽城；第二册讲述拉玛寻找悉达，遇见猴将至因陀罗期战争；第三册从因陀罗期战争讲述至托齐里万战争；第四册讲述的是拉玛战胜托斯甘以后，犒赏三军；另外提到拉玛与悉达之间的误会，最后是拉玛与悉达和儿子团聚。见曼谷王朝拉玛一世王《拉玛坚》第一册，泰国艺术局，1997。

同版本，况且就故事原形而言也并非出自印度《罗摩衍那》的同一个版本，所以当拉玛一世王整理《拉玛坚》的时候，是融会了多种版本写成的，展现出许多不同于原故事的面貌。本节将要对这两部著作的差别做一个大致的比较。

为了在做比较时，人名和地名不至于混淆，在此先将《罗摩衍那》和《拉玛坚》故事中共同出现的主要专有名词（人名和地名）做一个对应关系的比较。主要选取的是有关"哈奴曼故事"的专有名词。为了分辨文字与发音的不同，笔者将泰国研究者对《罗摩衍那》中一些专有名词的翻译列在季羡林译本的名词后面，将一世王《拉玛坚》中相应名词的泰文也列在后面以做对比。其中《拉玛坚》故事的专有名词在泰译汉时，选择较接近标准泰语发音的音译。《罗摩衍那》中专有名词的泰文音译名以拉玛六世王的《拉玛坚之渊源》[①] 及苏鹏·彭齐文编译《罗摩衍那》[②] 泰文版本作为主要参考书。

表3–1　《拉玛坚》与《罗摩衍那》故事人名和地名比较

季羡林译本《罗摩衍那》		拉玛一世王本《拉玛坚》	
印度名称	泰文音译	泰国名称	泰文
湿婆神	พระศิวะ	依雄神	พระอิศวร
那罗神	พระนารายณ์	那罗神	พระนารายณ์
阿逾陀城	เมืองอโยธยา	阿优塔雅城	เมืองอยุธยา
罗摩	ราม	帕拉牟（拉玛）	พระราม
罗什曼那	ลักษมณ์	帕拉什	พระลักษณ์
悉多	สีดา	悉达	สีดา
婆罗多	ภรต	帕婆罗多	พระพรต
设睹卢祈那	ศัตรุฆน์	帕设睹卢	พระสัตรุต
楞伽城	นครลงกา	隆伽城	กรุงลงกา
罗波那	ราพณ์	托斯甘	ทศกัณฐ์
曼度陀哩	มณโฑรี	梦托	มณโท
维毗沙那	พิภีษณ์ (พิเภษณ์)	披佩	พิเภก
鸠槃羯呐拿	กุมภกรรณ	功帕甘	กุมภกรรณ

---

① 曼谷王朝拉玛六世王：《拉玛坚之渊源》，月亮出版社，1941。
② 〔泰〕苏鹏·彭齐文编译《罗摩衍那》，库陆撒巴出版社，1977。

续表

季羡林译本《罗摩衍那》		拉玛一世王本《拉玛坚》	
印度名称	泰文音译	泰国名称	泰文
首哩薄那迦	สูรปนขา (ศูรปณขา)	珊玛纳卡	สำมะนักขา
因陀罗耆	อินทรชิต	因陀罗期	อินทรชิต
波林	พาลี	帕里	พาลี
东杜毗（大牛）	ทุนทุพี	托罗皮	ทรพี
须羯哩婆	สุครีพ	素克里扑	สุครีพ
哈奴曼	หนุมาน	哈奴曼	หนุมาน
安阇那	อัชนา	莎娃哈	สวาหะ
积私紧陀	กีษกินธ์	替庭	ขีดขิน
尼罗	นีล	尼拉帕	นิลพัท
阎婆梵	ชมพูพาน	冲朴潘	ชมพูพาน
鸯伽陀	องคท	翁空	องคต
大鹏金翅鸟商婆底	พญาสัมปาตี	巨鸟萨帕蒂	พญาสัมพาที
醯玛	เหมา	菩斯玛丽	บุษมาลี
黄金森林	เมืองอสุรมัย	玛然城	เมืองมายัน
女妖僧醯迦	สิงหิกา	海蝴蝶女巨妖	นางยักษ์ผีเสื้อสมุทร
阿刹	อักษกุมาร	刹哈古曼	สหัสกุมาร
阿甘波那	อกัมปัน	甘睦班	กำปัน
摩迦罗刹	มกรากษะ	蒙功甘	มังกรกัณฐ์

在表 3-1 中，我们发现印、泰专有名词的翻译大部分差别并不大，翻译上完全相同的名词只有"哈奴曼"。差别较大的，大多是故事中的人物或地名，并与印度原先的故事有较大不同。比如哈奴曼母亲的名字，季羡林翻译为"安阇那"，《拉玛坚》中却是"莎娃哈"，细究之下可以发现"莎娃哈"已经不是原来的"安阇那"了，人物的出现与来源完全不一致。另外，哈奴曼在"黄金森林"寻找悉多时，得闻关于仙女"醯玛"的故事，这一段内容在《拉玛坚》中却是哈奴曼在"玛然城"自己遇到仙女"菩斯玛丽"，并娶她为妻。"菩斯玛丽"与"醯玛"是同一个人物，可是故事的叙述却完全不同了。[①] 这些情节在本章都有比较。

---

① 笔者认为同一个故事在流传和发展成不同版本的过程中，越是广为流行的情节片段，越容易在百姓的口头流传中保持稳定性，其故事的人物或地名也就变化不大。反之，那些被改动较大的名词往往出现于不太引人注目的情节或细节当中。这也是一种民间流传的效果。

以下对《罗摩衍那》与《拉玛坚》中的"哈奴曼故事"进行比较，其中分为主要的故事框架（文本的排列）及故事情节（情节单元、细节等）比较。

二　故事框架比较

《罗摩衍那》的内容分为七篇：第一篇《童年篇》、第二篇《阿逾陀篇》、第三篇《森林篇》、第四篇《猴国篇》、第五篇《美妙篇》、第六篇《战斗篇》以及第七篇《后篇》。[①]　其中有关哈奴曼的部分大约占 40%，从第四篇到第六篇。其中第四篇《猴国篇》是起点，接着第五篇《美妙篇》是哈奴曼故事的高潮，再接着第六篇《战斗篇》是哈奴曼故事的结局。可以说《罗摩衍那》一共七篇，其中三篇叙述了哈奴曼的故事。

《猴国篇》里虽然哈奴曼已经出现了，不过此篇不算是他的重点，因为内容主要偏重于猴王须羯哩婆与罗摩的结缘及猴王与其兄波林的纠纷和

图 3-1　印度出版的名著《罗摩衍那》

图 3-2　泰文 2002 年版的《瓦尔米基版罗摩衍那》

---

① 各篇泰文命名分为：1.พาลกัณฑ์，2.อโยธยากัณฑ์，3.อรัณยกัณฑ์，4.กีษกินธากัณฑ์，5.สุนทรกัณฑ์，6.ยุทธกัณฑ์，7.ปัจฉิมวาท。

解决，《猴国篇》中哈奴曼没有占很大分量。第五篇《美妙篇》才开始叙述哈奴曼的主要事迹，自他被选中跨越大海并独自在楞伽城寻找罗摩之妻起，到哈奴曼将楞伽城烧毁止，应该是最高潮的部分，该部分内容使罗摩和其他正、邪派的人物都承认哈奴曼的本领。《战斗篇》主要提到阿修罗与人类和猴兵作战，在与阿修罗一次又一次的战争之中，陆续插入哈奴曼的事迹，主要是哈奴曼帮助罗摩和其他人物的事迹，其中哈奴曼搬山寻药救活罗什曼那，是《战斗篇》中一个着力宣传哈奴曼威力的有名片段。但是第六篇里也没有像《美妙篇》中火烧楞伽城那样，对事件发展脉络进行叙述，降伏阿修罗们也不完全是哈奴曼一个人的功劳，同时也强调和叙述其他人物的威力。可以说在《罗摩衍那》中哈奴曼故事的叙述是以一种抛物线形的方式展开的。

《拉玛坚》中的哈奴曼故事却没有完全按照《罗摩衍那》一至七篇的顺序叙述。在《拉玛坚》里，先把故事中的各个重要人物和人物之间的关系放在前面介绍。对于哈奴曼的身世，他与帕里和素克里扑之间的关系以及他的力量来源也是在故事展开之前介绍的。而在《罗摩衍那》里，哈奴曼的诞生和他小时候的事迹反而穿插在《猴国篇》的篇尾以及《后篇》的一小部分中。《拉玛坚》中讲述哈奴曼的内容所占的比例要比《罗摩衍那》中印度哈奴曼的多。在《拉玛坚》中，有关哈奴曼的情节几乎从头到尾每一处都有。现在学者都认为《罗摩衍那》的《后篇》是后来加进去的，后人所加的内容除了讲述哈奴曼故事的小部分（《后篇》的第35~36章）以外，还有"罗波那的故事"（第1~14章）。除此之外，在《后篇》中占篇幅最多的还是"罗摩和悉多故事"。"罗摩和悉多故事"主要赞颂罗摩的威力，还叙述了罗摩不断地怀疑悉多在魔王楞伽城期间是否贞洁而导致的罗摩家庭分裂的情况。在《拉玛坚》内容的后半段（从魔王被杀了之后），叙述了哈奴曼的家事（哈奴曼建都诺富里城、哈奴曼出家、阿苏拉帕寻父哈奴曼），另外也提到正邪两派仇怨之争，其中有几次拉玛派哈奴曼出战，即使不是派出哈奴曼而派别人如拉玛之弟婆罗多和设睹卢，也会派哈奴曼从旁协助。除此之外，主要故事框架中关于拉玛家庭的分裂问题，也是由哈奴曼寻找悉达和拉玛之子，并最终让他们与拉玛复合的情节组成的。

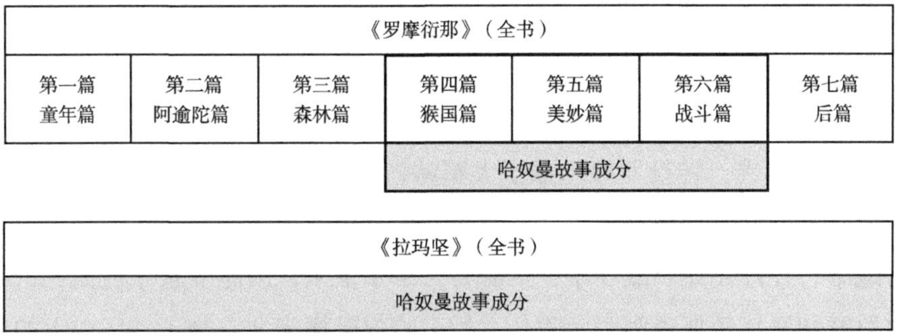

《罗摩衍那》（全书）						
第一篇 童年篇	第二篇 阿逾陀篇	第三篇 森林篇	第四篇 猴国篇	第五篇 美妙篇	第六篇 战斗篇	第七篇 后篇
			哈奴曼故事成分			

《拉玛坚》（全书）
哈奴曼故事成分

图 3-3　《罗摩衍那》和《拉玛坚》中，哈奴曼故事所占的成分对比

三　故事情节比较

在进行比较之前，先对《罗摩衍那》和《拉玛坚》中有关哈奴曼的情节内容进行简要介绍如下。

（一）印、泰哈奴曼故事内容梗概
印度哈奴曼故事

罗摩妻子悉多被魔王罗波那掠走，罗摩和其弟罗什曼那决心夺回悉多。他们来到般波池寻求猴王波林的弟弟须羯哩婆的帮助，遇到了神猴哈奴曼。作为须羯哩婆的随从大臣，哈奴曼促使罗摩兄弟和须羯哩婆在般波池对面的哩舍牟迦山结盟。罗摩帮助须羯哩婆杀死了有夺妻之恨的仇敌波林，并立须羯哩婆为新猴王。事后，须羯哩婆派猴兵猴将到四面八方协助罗摩搜寻悉多的踪迹，哈奴曼带着罗摩交给他作为信物的戒指，同波林之子鸯伽陀被一起派往南方。

一路上，有许多神仙考验哈奴曼的能力，也有不少妖魔阻挡哈奴曼及与他同行的猴兵，但妖魔都被一一降服。历尽艰险，终于到了海边，魔王罗波那就住在海对岸的楞伽城中。哈奴曼被众猴选中跳越大海，进入楞伽城，并潜入王宫。悉多被囚在宫中的无忧树园，面对罗波那的威逼利诱，坚贞不屈。哈奴曼见到悉多，说出自己来找她的目的，并带回悉多交给罗摩的信物。离开之前，哈奴曼又砸烂无忧树园，逃过罗波那手下的追杀，并火烧楞伽城。

　　哈奴曼和鸯伽陀赶回向罗摩复命。罗摩知道悉多的下落后，和须羯哩婆调兵遣将，大军奔向楞伽城营救悉多。魔王罗波那起兵迎战，其弟维毗沙那劝阻不成，转投罗摩。猴子大军将楞伽城团团围住，双方展开鏖战，哈奴曼、鸯伽陀和魔王太子因陀罗耆各为其主，勇冠三军，双方直杀得天昏地暗、日月无光。战斗中，众魔将一个个被杀，因陀罗耆中箭而亡，不过罗摩和罗什曼那也都身负重伤，后来哈奴曼搬来北方神山，用山上的仙草救活了他们。战至最后，罗摩终于将罗波那杀死，魔军溃散，维毗沙那继位为楞伽国王。

　　罗摩迎回悉多，但对其是否坚贞表示怀疑。维毗沙那、罗什曼那、须羯哩婆和哈奴曼力劝不已。悉多欲投火海自证贞洁，此时众神纷至，大梵天赞扬罗摩，火神将悉多托出，众神证明了悉多的坚贞不屈，罗摩与悉多言归于好。哈奴曼和须羯哩婆随即返回猴国。

图 3-4　哈奴曼搬山

图 3-5　崇拜罗摩的哈奴曼

图 3-6　膜拜拉玛的哈奴曼（跪拜拉玛答应协助寻回悉达）

玉佛寺壁画，作者摄　2003.3.8

泰国哈奴曼故事

依雄神为了帮助那罗神降伏十头王，命令风神把他的武器和力量带给莎娃哈并吹到她的嘴里。莎娃哈因此生了小猴子哈奴曼，随后就解了咒。她对哈奴曼说，当有人能看出你身体里的白毛和钻石牙时，你就要跟随他，因为那人是那罗神化身来降服魔王托斯甘的。风神带走莎娃哈的儿子，并给他取名叫哈奴曼，同时风神不但传授给哈奴曼威力，还带他拜见依雄神，依雄神分给哈奴曼一半的力量，因此他的法力很是了得。后来他辅佐了那罗神的化身拉玛，帮助拉玛到隆伽城寻找悉达，并将隆伽城烧毁。其间战败了无数阿修罗，在杀死托斯甘之前，他获悉托斯甘的心寄存在一个修行人那里，他自愿前去找到托斯甘的心，并最后和拉玛一起降服了托斯甘。他历尽磨难，终于帮拉玛救回了悉达。

战胜了托斯甘后，拉玛把阿优塔雅城赐予哈奴曼，并封他"帕亚阿奴奇扎格里披帕彭萨"（พระยาอนุชิตจักริศพิพัทธพงศา）的官职。后来哈奴曼认为阿优塔雅城不应该属于自己，就把它还给了拉玛，拉玛于是射箭到诺富里城（นพบุรี）[①]，并把这个地方封给了哈奴曼。

[①]　据说是今天泰国离曼谷大概 153 公里的华武里府（泰国中部地区）。"诺富里"意为九座山，源自当地九座相连的山峰。

哈奴曼除了擅长作战外，还是个多情种。在作战的过程中，他遇到了很多女人，并娶她们为妻。哈奴曼后半生还曾经化身为人出家修行，最后他的儿子阿苏拉帕寻父，哈奴曼才还俗，再帮拉玛寻找悉达和拉玛的两个王子回城。最后哈奴曼与披佩的女儿苯伽陔、托斯甘的女儿素潘玛查生活在一起。

（二）印、泰哈奴曼故事情节的异同

从以上两个故事的梗概就可看出，虽然泰国哈奴曼故事是从《罗摩衍那》中的哈奴曼故事脱胎而来的，可一旦在泰国流传，就有了很大差别。下文将会对此进行更加详细的比较。不过，因两个故事偏长，不能全部一一列出，只能挑出类似结构中的不同细节进行比较。在选择情节做比较时，还是把整个故事分成两大部分分析探讨：第一部分是自哈奴曼遇到罗摩（拉玛）到"火烧楞伽城"（隆伽城），第二部分是人、猴与阿修罗的战争情形。做比较时，以哈奴曼的主要活动阶段为序。

1. 故事主干比较

以下分为八个主要情节前后循序比较，其中将各个情节单元命名为：①哈奴曼及猴王与罗摩（拉玛）的结盟；②寻悉多（悉达）的过程；③跨越海的过程；④哈奴曼献戒指；⑤火烧楞伽城（隆伽城）；⑥返回复命；⑦准备战斗；⑧魔王的灭亡。在比较时先叙述介绍各段情节，后对各段情节的异同进行比较总结。

（1）哈奴曼及猴王与罗摩（拉玛）的结盟。

《罗摩衍那》

罗摩依照罗刹迦盘陀的介绍，与其弟到般波池寻找猴王须羯哩婆。猴王远看罗摩等人如神仙一般，觉得害怕，认为兄弟两人是波林派来的奸细，就命令其大臣哈奴曼去试探他们。哈奴曼装成游僧前去询问、打听，因其谦逊、有礼，罗摩对他十分赏识，就让罗什曼那告诉他为了寻妻伏魔，想请须羯哩婆协助，猴王和罗摩兄弟就此结盟了。

《拉玛坚》

　　哈奴曼见拉玛王之前，故事中提到素克里扑和帕里之间的仇恨，素克里扑被帕里赶走，不让他住在城内。哈奴曼在森林里修行的时候遇见素克里扑。有一天拉玛和他的弟弟为寻找妻子悉达，累了在一棵大树下休息，弟弟让拉玛靠着自己，并保卫他让他安睡，哈奴曼见到他们非常喜欢。为了引起他们的注意，他爬上拉玛休息的那棵大树，摇动树枝，让树叶落到拉玛身上，拉玛的弟弟帕拉什喝斥哈奴曼让他走。他们的争吵惊醒了拉玛。拉玛看到哈奴曼全身毛发光亮，欣喜异常。哈奴曼得知他就是拉玛王，拜倒在他的脚下。后来，哈奴曼带着素克里扑来见拉玛，从此之后哈奴曼就一直帮助拉玛一起寻找悉达。

　　细节的异同：印度罗摩兄弟在寻找猴王须羯哩婆协助救悉多的过程中遇见哈奴曼，当时须羯哩婆对罗摩兄弟心怀恐惧，才让哈奴曼先去试探；泰国拉玛兄弟在寻找悉达的过程中遇见哈奴曼，后来哈奴曼带素克里扑和许多猴兵协助拉玛。两者都是先见到哈奴曼，但前者事先知道并在寻找猴王，后者则是事后才认识猴王。

　　（2）寻悉多（悉达）的过程。

《罗摩衍那》

　　须羯哩婆命鸯伽陀和哈奴曼去南方寻找悉多，并让哈奴曼带一件信物——戒指给悉多。鸯伽陀等人到了一个神奇的洞穴，在里面找到食物和水，并遇到了洞穴的守护者——萨婆尼·摩奴的女儿婆严钵罗婆，她把他们带到海边的山上。猴兵们疲累至极，想放弃，哈奴曼鼓励大家坚持下去。后又碰到大鹏金翅鸟商婆底，告诉他们罗波那和悉达在海对岸的楞伽城中。

《拉玛坚》

　　拉玛命令哈奴曼和翁空、冲朴潘寻找悉达，并让哈奴曼带上戒指和悉达的披肩作为证物。哈奴曼和猴兵们遇到了仙女菩斯玛丽，哈奴

123

曼帮她解了咒并娶她为妻，菩斯玛丽告诉他们前往隆伽城的路线。后来又遇到仙女素万玛丽和仙人差林，打听到更详细的路线。途中，哈奴曼一行又遇到了巨鸟萨帕蒂，哈奴曼给大鸟解了咒，萨帕蒂鸟驮着他们三个飞到隆伽城附近。

细节的异同：《罗摩衍那》讲述莺伽陀和哈奴曼寻找悉多的路途比较详细，让读者真切地感受到猴兵们一路上吃苦耐劳的精神。《拉玛坚》却省略了许多细节，尤其省略了讲述莺伽陀与众猴因路途艰苦曾经想要放弃寻找悉多，而只有哈奴曼挺身而出鼓励众猴坚持他们的目标这个最能表现印度哈奴曼形象的一段。此外，还有些小细节也更改过，如印度和泰国哈奴曼都遇到了大鸟商婆底（萨帕蒂），这点基本相同，但泰国哈奴曼到玛然城遇到仙女菩斯玛丽，印度哈奴曼只碰见天女醯玛（菩斯玛丽）的守护者娑严钵罗婆。菩斯玛丽因在天上做错事被依雄神诅咒在玛然城守城三万年，醯玛则因与檀那婆头子相爱而被因陀罗期诅咒，大梵天就赐给她这座洞穴。

（3）跨越海的过程。

《罗摩衍那》

哈奴曼跨越大海，神山梅那迦让哈奴曼在跳海过程中落脚；众蛇之母须罗娑，来考验哈奴曼的力量；女妖僧醯迦，企图挡住去路而被哈奴曼杀死。

《拉玛坚》

哈奴曼寻悉达的路程中遇到的妖魔鬼怪与印度的不同。他遇到的有：海底的蝴蝶女巨人，哈奴曼将其杀死；仙人那落，哈奴曼曾向其挑战；巨妖舍摩昂，哈奴曼将他杀掉。

细节的异同：此情节单元主要夸耀哈奴曼的神通和威力。《拉玛坚》中仍保留降伏女妖僧醯迦（蝴蝶女巨人）的细节——两个文本中的哈奴曼都采用钻进肚子的方法杀死了女妖。另外还添加了哈奴曼与仙人那落比试

图 3-7 哈奴曼跳进阿修罗蝴蝶女巨人嘴里
左：瓦尔米基版《罗摩衍那》；右：《拉玛坚》玉佛寺壁画，作者摄 2016.10.15

本领的情节。省略了《罗摩衍那》中哈奴曼遇到神仙须罗娑来考验他的力量和众神赞颂并迎送哈奴曼的细节。

（4）哈奴曼献戒指。[1]

《罗摩衍那》

悉多被掠至楞伽城，罗波那对她威逼利诱，悉多誓死不从，看管她的女妖们要把她割成碎块，但被一位善良的女妖劝止。藏在树上的哈奴曼目睹一切，担心悉多不相信他，想出许多对悉多自我介绍的办法，随后出现在悉多面前，讲述了罗摩的故事，以及来找她的过程，并把信物——戒指拿出。

《拉玛坚》

哈奴曼藏在树上，看见托斯甘要娶悉达为妻，悉达不从。托斯甘走后，看管她的女妖们责骂她，悉达不愿再受托斯甘和女妖的侮辱，又觉得拉玛救她无望，欲上吊自尽。哈奴曼见状大惊，马上把她救下，并自我介绍，随即拿出拉玛的信物——戒指，告之拉玛派他来找她的情况。

---

[1] 此情节名称依照泰国"孔剧"命名。

细节的异同：到了楞伽城（隆伽城），印度哈奴曼在见悉多之前已经找了许多地方，看见她之后，又想出许多对悉多做自我介绍的办法。泰国哈奴曼见到悉达时，她不堪受辱，正准备自杀，幸被哈奴曼救下。

（5）火烧楞伽城（隆伽城）。

《罗摩衍那》

哈奴曼见到悉多，准备回去向罗摩复命。可他想试一下罗波那的力量，于是砸烂无忧树园，杀死守卫。罗波那派儿子阿刹和一群罗刹来围捕，哈奴曼杀死阿刹。罗波那又派另一儿子因陀罗耆来战，擒住哈奴曼。哈奴曼想要见魔王，于是设法被因陀罗耆抓到。罗波那欲杀哈奴曼，令小妖们用布条缠住哈奴曼的尾巴，并点火游街，使他难堪。悉多祈祷哈奴曼着火之处不要发热，哈奴曼不仅不痛，反而将身体变得如山大，在全城到处蹿跳，所到之处，烈焰随之，楞伽城陷入火海。

《拉玛坚》

哈奴曼见过悉达，回去之前想试一下阿修罗们的能力，向其挑战。托斯甘派他的儿子刹哈古曼带领阿修罗们来围捕，哈奴曼杀死刹哈古曼。托斯甘又派另一儿子因陀罗期来战，哈奴曼假装就范，因陀罗期射箭制伏哈奴曼并绑住他。托斯甘用尽办法欲杀哈奴曼，先让阿修罗们用长矛剌他、大刀砍他、金刚三叉戟剌他，哈奴曼毫发无损，反杀死许多阿修罗；托斯甘又将他置入木罐内，用木墩砸他，哈奴曼没有受伤；托斯甘再让大象用牙挑他，哈奴曼一把将大象的头拧断。托斯甘见无法杀他，转念想收他为助手。哈奴曼不从，说若用棉絮缠住他的尾巴，能一举将他烧死。托斯甘令小妖们照办，并点着火，哈奴曼趁机乱跑，在全城到处蹿跳，所到之处，烈焰遂起，隆伽城陷入一片火海。事后哈奴曼不知如何浇灭尾巴上的火种，向一位仙人那落请教，那落要他用最小的井灭火，哈奴曼就将尾巴放入口中，火即熄灭。

细节的异同：火烧楞伽城（隆伽城），印度和泰国有两点相同。第一，哈奴曼见到悉多（悉达）后，准备回去复命，但又想试探一下罗波那（托斯甘）等阿修罗们的实力，所以挑起战斗；第二，魔王派儿子们前来擒拿哈奴曼，哈奴曼杀死了阿刹（刹哈古曼），但被因陀罗耆（因陀罗期）逮住。另外，有四点不同。第一，罗波那（托斯甘）用尽办法想杀哈奴曼，泰国的托斯甘方法更多，比如用木墩砸他、用大象的牙刺他，都是印度罗波那没有的；第二，哈奴曼尾巴着火，印度是罗波那令小妖们点火游街，让他难堪，泰国则是哈奴曼自己请求将他烧死，托斯甘才命小妖动手；第三，在哈奴曼受刑时，印度悉多祈求神灵保

图 3-8 火烧楞伽城（隆伽城），印泰情景对比

佑哈奴曼，使他没有受到伤害，泰国哈奴曼则是完全靠自己的铜躯铁臂抵挡住苦刑；第四，泰国哈奴曼事后不知怎么灭火，请教了仙人那落，最后用口水灭了火，这个情节在印度哈奴曼那里没有。

（6）返回复命。

《罗摩衍那》

哈奴曼回去告诉了鸯伽陀和其他猴将，大家高兴地返回复命。途中到了蜜林花园，大家兴致勃勃地品尝蜂蜜，却与花园的守卫发生冲突。恰好这座花园是属于猴王须羯哩婆的，守卫向猴王报告，须羯哩婆听说此事，知道哈奴曼把事情办成了，找到了悉多，就没有追究他们的责任。

《拉玛坚》

哈奴曼灭掉自己尾巴上的火后，就去报告拉玛。拉玛听说哈奴

曼火烧隆伽城，生怕祸及悉达，就责怪哈奴曼办事鲁莽。后来左右劝他，还有许多重要事情需要处理，拉玛就赦免了哈奴曼。不过，尽管事先许诺成功后会有赏赐，余怒难平的拉玛还是把洗澡布当成奖赏"赐"给了哈奴曼。哈奴曼非常伤心，认为费尽心血却没得到好报。

细节的异同：印度哈奴曼及猴将回去复命时，到了蜜林花园，大家一拥而上，将里面的蜂蜜吃得干干净净，不仅没受到处罚，还得到猴王的赞赏；泰国哈奴曼则没这么幸运，因为擅自火烧隆伽城，拉玛气急，责骂了他，还"赏"给他一块侮辱性的洗澡布。

（7）准备战斗。

《罗摩衍那》

罗摩率领大军进军楞伽城。罗波那的弟弟维毗沙那因劝罗波那放回悉多而被其兄放逐，就转投罗摩，并向罗摩提出大军跨海的方法，即请海神来铺路。海神出现了，告诉罗摩说，他的军队里有一个名叫尼罗的猴兵，他是天上工程师之子。罗摩就让尼罗做跨海工程的负责人。罗波那又派一个阿修罗来探查罗摩的军队，但被维毗沙那抓到。还有其他小事件与哈奴曼没有关系，比如阿修罗化成罗摩的尸首骗悉多；罗波那的长辈劝他将悉多还给罗摩等。

《拉玛坚》

拉玛率领大军进军隆伽城。托斯甘的弟弟披佩被放逐，披佩便转投拉玛。托斯甘令阿修罗来探寻拉玛的军队，然后又命苯伽陵装成悉达的尸首来骗拉玛，都被哈奴曼识破。拉玛预备跨海，让哈奴曼来协助工作。在修建跨海大堤时，发生几件事情，如哈奴曼与尼拉帕的争吵，与人鱼素潘玛查的关系，杀死阿修罗帕奴那和功帕松等。接下来第一场战争开始了。

细节的异同：这段故事中不同之处，第一，印度的维毗沙那发现来探

军情的阿修罗和尼罗负责修建跨海工程等，在泰国都是哈奴曼来解决这些
问题的；第二，泰国的一些细节是印度没有的，比如哈奴曼与尼拉帕发生
争吵，拉玛就让尼拉帕去守护替庭城。

（8）魔王的灭亡。

《罗摩衍那》

罗摩射魔王的一百个脑袋，但是罗波那没有死掉，他的腔子里又
长出新的脑袋。罗摩听从他的车夫摩多里的建议祭起梵天法宝，最后
才射出神箭结果了魔王。

《拉玛坚》

哈奴曼和翁空骗取托斯甘师父的信任，把他们引见给托斯甘并假
装投靠托斯甘，终于找到托斯甘心脏的藏匿之处。哈奴曼骗到托斯甘
的心脏并拿在手里，并请拉玛射出"坡罗马箭"，射死托斯甘。

细节的异同：印度魔王是被罗摩杀死的，而泰国魔王则是被拉玛和哈奴
曼合作杀死的。泰国哈奴曼去见托斯甘的师父等情节也是印度所没有的。

2. 战争中的战争情节比较

以上是两部作品的主要情节和细节的比较。作为宣扬正义战胜邪恶
的著名作品，战争场面的描述是极其重要的部分，下面将两部作品中的各
场战斗进行专门介绍和比较。印度《罗摩衍那》战争的描写集中在《战斗
篇》中，泰国《拉玛坚》则是从哈奴曼建跨海大堤后开始战争场面的描
绘。泰国学者把《罗摩衍那》和《拉玛坚》的战争部分划分为不同次数的
战斗，在这里笔者没有依据他们的划分方法[①]，主要参考季羡林翻译《罗
摩衍那》的版本之内容，再自行将《罗摩衍那》分为 15 次战斗，而《拉
玛坚》以各阿修罗的出场为主线，划分为 21 次战斗。

---

① 泰国学者对战争次数的划分方法不同，如拉玛六世王分为 22 次（参见拉玛六世王《拉
玛坚之渊源》，第 62~69 页；〔泰〕宋坡·行多：《瓦尔米基的〈罗摩衍那〉和拉玛一世王
的〈拉玛坚〉的关系研究》，第 78~82 页；〔泰〕比查·弄俗：《〈罗摩衍那〉在东南亚的
影响》，国家文化委员会办公室，1981，第 63~65 页）。

图 3-9　引起大战的珊玛纳卡（托斯甘
之妹）

图 3-10　托斯甘或十头魔王
玉佛寺壁画　作者摄　2016.10.15

图 3-11　罗波那

图 3-12　魔王托斯甘的军队
玉佛寺壁画　作者摄　2015.8.15

（1）《罗摩衍那》中 15 场战斗的叙述总结。

第一战：猴兵攻打楞伽城

莺伽陀——因陀罗耆：捉对厮杀，因陀罗耆祭起钉头锤打莺伽陀，莺

伽陀打得魔军落花流水。（无哈奴曼的内容）

第二战：罗摩与因陀罗耆第一战

罗摩、罗什曼那——因陀罗耆：混战一场，因陀罗耆隐藏身子射箭，射穿了罗摩和罗什曼那，他俩倒地不起，大蛇化作箭困住他们。后罗摩苏醒，看见罗什曼那仍然不起，大恸。正在此时，金翅鸟从天而降，变成箭的大蛇们惊惶逃窜，金翅鸟用翅膀拂拭他俩的面孔，他俩的伤口马上愈合，完全复原。（无哈奴曼的内容）

第三战：哈奴曼首战图牟罗刹告捷

哈奴曼——图牟罗刹：罗波那令图牟罗刹杀掉罗摩，图牟罗刹带兵与猴军大战，双方用大树权互杵并且用锤互相击杀。哈奴曼抓起大石头砸碎图牟罗刹的战车，图牟罗刹用钉头锤砸哈奴曼，哈奴曼不为所惧，对准图牟罗刹的脑袋投出一座山峰，将其击毙。（哈奴曼作为主要战斗者）

第四战：哈奴曼再战阿甘波那告捷

哈奴曼——阿甘波那：罗波那又令阿甘波那出战，双方苦战，以致两相践踏。阿甘波那勇不可当，猴兵望风四散，哈奴曼奋力阻挡。阿甘波那的利箭雨一般落在哈奴曼身上，哈奴曼毫发无损；哈奴曼抬起一座大山，旋转着飞向敌方，被阿甘波那射碎；哈奴曼又拔出一棵粗大的马耳树，对着阿甘波那的脑袋投去，阿甘波那倒地毙命。（哈奴曼作为主要战斗者）

第五战：钵罗诃私陀战败

尼罗——钵罗诃私陀：罗波那又迫令钵罗诃私陀出战，魔军与猴军再次陷入混战，双方死伤遍野。尼罗拔树砸中钵罗诃私陀头部，钵罗诃私陀射出箭雨，并用大杵投向尼罗，尼罗则用大石头砸向钵罗诃私陀的头顶，砸碎了钵罗诃私陀的脑袋，魔军溃散。（无哈奴曼的内容）

第六战：罗摩与罗波那第一战

罗摩——罗波那：魔王罗波那亲自出战，须羯哩婆出马迎战，被罗波那带火的毒箭射中，倒地昏迷。哈奴曼出战，罗波那对准他的胸口猛击一掌，哈奴曼倒地。罗波那又驾车冲向尼罗，射出利箭，口中念咒，尼罗中箭倒地，昏迷不醒。罗波那再杀向罗什曼那，用大梵天钦赐的法宝，打中罗什曼那的额头，用大梵天恩赐的短枪，刺中罗什曼那的胸口，罗什曼那失去了知觉。哈奴曼急忙冲上前去，一拳将罗波那打昏，救回罗什曼那。

罗摩见状冲到阵前，哈奴曼请罗摩骑上自己的肩膀，罗摩就骑上哈奴曼的肩头，冲向魔王。他射翻罗波那的车子，射中罗波那的胸膛，又射穿罗波那的宝冠，见罗波那锐气顿无，招架不住，就让他回去休息。罗波那慌忙逃回楞伽城。（哈奴曼作为次要战斗者）

第七战：力战鸠槃羯叻拿

罗摩——鸠槃羯叻拿（重要战斗场面）：罗波那无力抵挡，请出罗刹鸠槃羯叻拿，迎战猴军。鸠槃羯叻拿身躯如山，吼声似雷，猴军惶恐欲逃，被鸯伽陀斥住。双方血战，猴军尸横遍野，哈奴曼挺身迎战，与鸠槃羯叻拿厮杀，却被鸠槃羯叻拿的插杆击中胸膛，鲜血四溢，不支倒地。众猴将蜂拥而上，鸠槃羯叻拿力战，哩舍婆、尼罗、舍罗婆、迦婆刹纷纷受伤倒地。大群猴兵猛冲上去，许多猴兵被鸠槃羯叻拿吞噬，猴军大乱。接着，猴王须羯哩婆亲自出战，鸠槃羯叻拿从楞伽摩罗耶山抓过山峰，投向猴王，须羯哩婆被山峰砸中，昏迷倒地，鸠槃羯叻拿将其捉住。鸠槃羯叻拿挟猴王走进楞伽城，须羯哩婆趁乱跳回罗摩阵中。鸠槃羯叻拿再次出城，大肆吞噬猴兵，直奔罗摩。罗摩射出利箭，鸠槃羯叻拿鲜血直流，挥舞钉头锤将箭打落，并狂吞猴子和罗刹。罗什曼那让众猴往鸠槃羯叻拿身上爬，压住他不得动弹。罗摩奋力上跳，抓起无上弓，装满箭支，射向敌人，鸠槃羯叻拿挥舞大铁锤将箭打碎；罗摩又射出一支婆耶毗耶箭王，射掉了鸠槃羯叻拿的一只胳膊。鸠槃羯叻拿用另一只手拔起一棵树，冲向罗摩，罗摩用装着因陀罗法宝的箭射掉这只胳膊。罗摩再用箭射掉鸠槃羯叻拿的双脚，射中其嘴巴，最后用法宝因陀罗，射碎了鸠槃羯叻拿的脑袋，鸠槃羯叻拿头掉身歪，跌进了大海。（哈奴曼作为次要战斗者）

第八战：迎战王子、王弟①

众猴将——众王子、王弟：罗波那大恸，众王弟、王子纷纷领兵出城，与猴军混战。王子那兰陀伽冲杀在前，须羯哩婆令鸯伽陀迎战，鸯伽陀举掌打碎那兰陀伽的马头，打中那兰陀伽的胸部，那兰陀伽倒地而亡。其他王子、王弟见状围攻鸯伽陀。鸯伽陀受伤，哈奴曼和尼罗忙上阵

---

① 拉玛六世王称之为"四军之战"（ศึกสี่ทัพ）（指罗波那四个王子）。

助战，王子帝梵陀迦拿起门闩冲向哈奴曼，风神的儿子用金刚杵般的拳头打碎了他的脑袋，帝梵陀迦倒地身亡。王弟摩护陀罗向尼罗射出箭雨，尼罗拔山击中摩护陀罗的头部，摩护陀罗顿时丧命。另一王子底哩尸罗娑拉弓上箭，与哈奴曼厮杀，哈奴曼掌击底哩尸罗娑之胸，底哩尸罗娑倒地昏迷，哈奴曼挥舞利刃，砍掉其脑袋。哩舍婆杀死另一王弟摩诃波哩湿婆，王子阿底伽耶冲进猴军，众猴将连忙围攻，均无法抵挡。罗什曼那起身迎战，双方的火焰兵器与太阳兵器、因陀罗兵器与苇子兵器、风神兵器与阎摩法宝激烈相撞，不分输赢。最后，罗什曼那射出装有梵天法宝的利箭，射掉了阿底伽耶的头。（哈奴曼作为主要战斗者之一）

第九战：罗摩与因陀罗耆第二战

罗摩、罗什曼那——因陀罗耆（印度著名战斗场面）：罗波那见众子、众弟被杀，大恸，太子因陀罗耆主动请缨，罗波那派他出战。因陀罗耆施展隐身术，猴军大乱，哈奴曼等许多将领中箭受伤，罗摩与罗什曼那也受伤倒地，因陀罗耆狂喜大叫，班师回城。哈奴曼与维毗沙那连忙稳住军心，奄奄一息的阎婆梵劝哈奴曼到北方神山喜马拉雅，采集仙草，疗救罗摩兄弟和众猴。哈奴曼赶紧跳到空中，飞向北方，经过千山万水，终于到了仙草俱全的神山。但仙草缩入土中不出，哈奴曼无奈，用手托住山峰，飞回阵前，找到仙草，救了罗摩兄弟和众猴将，猴军大振。哈奴曼再将药山扛回原地。（哈奴曼的典型形象、经典杰作）

第十战：猴军纵火焚烧楞伽城

须羯哩婆、哈奴曼——鸠槃、尼空婆：猴军纵火焚烧楞伽城，魔王派鸠槃羯叻拿的儿子尼空婆和鸠槃出战，双方陷入苦战。猴王须羯哩婆亲自出马，以金刚杵般的利拳打在鸠槃的胸膛上，将其击毙。鸠槃之弟尼空婆见状大怒，冲上阵来，哈奴曼上前迎战。哈奴曼摔倒了尼空婆，跳起来压在他的胸膛上，双手掐住了尼空婆的脖子。尼空婆最终被哈奴曼掐死。[1]（哈奴曼作为主要战斗者之一）

第十一战：摩迦罗刹战败

罗摩——摩迦罗刹：魔王命伽罗之子摩迦罗刹出战，摩迦罗刹率军与

---

[1] 垃玛六世王将猴军火烧楞伽城与须羯哩婆、哈奴曼迎战鸠槃羯叻拿的两个儿子分成两次战斗。

猴军一片混战。罗摩忙上前迎战，双方射出箭雨，罗摩射倒了摩迦罗刹的车马和车夫，又射出一件火器，打穿了摩迦罗刹的心脏，摩迦罗刹倒地身亡。（无哈奴曼的内容）

第十二战：罗摩与因陀罗耆第三战

罗摩、罗什曼那——因陀罗耆：因陀罗耆接着上阵，向罗摩、罗什曼那射出箭流，罗摩兄弟还以箭网。因陀罗耆施展妖术，使自己和战车隐在云中，同时放箭射倒罗摩兄弟。因陀罗耆又用幻术幻出悉多的形象，载在战车上，形容憔悴，愁苦不堪。因陀罗耆抽刀斩之，砍成数块，群猴大惊欲溃，哈奴曼挡住他们。因陀罗耆走到尼空毗罗园，举行祭祀。（哈奴曼作为次要战斗者）

第十三战：罗摩与因陀罗耆第四战

罗摩、罗什曼那——因陀罗耆：罗摩在营中焦急忧虑以致昏迷，罗什曼那和维毗沙那都来安慰他。二人接着来到尼空毗罗园，向因陀罗耆叫战。因陀罗耆中断祭祀，前来迎战，同罗什曼那激烈搏斗。两人射出的箭遮天蔽日，双方伤痕累累，仍厮杀不休。罗什曼那打倒因陀罗耆的四匹黑马，然后又放箭射掉了车夫的首级。因陀罗耆被迫亲自驾车，罗什曼那又打死了驾车的马，砸碎了战车。因陀罗耆站在地上奋战，最后罗什曼那射出因陀罗兵器，射掉了因陀罗耆的脑袋。罗什曼那也受了重伤。（无哈奴曼的内容）

第十四战：罗摩与罗波那第二战

罗摩——罗波那：魔王大恸，昏倒在地。醒后跑到无忧树园，欲杀死悉多，被谋臣阻止。魔王亲率大军出战，双方大战，罗摩入乱军中如入无人之境，魔军大溃，尸横遍野。魔王罗波那督促摩诃波哩湿婆、摩护陀罗和毗噜钵刹死战。须羯哩婆大量杀伤敌军，毗噜钵刹骑在大象上冲锋，向猴王射箭，须羯哩婆举拳打中毗噜钵刹的天灵盖，将其击毙。魔王急命摩护陀罗冲杀，须羯哩婆杀死摩护陀罗的骏马，再趁机挥剑砍下摩护陀罗的脑袋。摩诃波哩湿婆大怒，冲进猴军阵中，大肆砍杀，猴军大乱。莺伽陀迎战，打落对方的头盔，摩诃波哩湿婆操斧砍在莺伽陀的左肩上，莺伽陀挥拳打碎了摩诃波哩湿婆的心脏。（无哈奴曼的内容）

第十五战：罗摩与罗波那第三战（总决战）

罗摩、罗什曼那——罗波那：最后魔王与罗摩亲自上阵，展开决战。两人交手，各自祭起了法宝，互相搏击。罗波那用短枪打伤了前来助战的罗什曼那，罗摩的战车也丢掉了，但天帝因陀罗把自己的战车赐给罗摩。罗摩在天上群神的助威下用因陀罗短枪打碎了罗波那的插杆。魔王受伤，遍体流血。罗摩大骂罗波那劫走自己的妻子，发出利箭射中魔王，猴子们也向他投出石块，魔王昏厥。苏醒后又督促车夫重回战场，在一片凶兆中与罗摩厮杀。罗摩放箭射落魔王战车上的旗帜，两车车轴相连，马头相撞，直杀得天昏地暗，日月无光。罗摩终于把罗波那首级射掉，罗波那滚到地上。但是从他的胸腔里又长出一个脑袋。罗摩一直射落魔王的脑袋一百次，仍无法将他杀死，疑惑不解。他的车夫劝他祭起梵天法宝，罗摩于是祭起法宝，魔王罗波那倒地死去，魔军溃散。罗摩最终胜利。（无哈奴曼的内容）

（2）《拉玛坚》中的战场叙述总结。

《拉玛坚》中主要的大战可归纳出 21 次（区别主要在于阿修罗的出场次数）。比较有名的战事有与麦亚拉普、功帕甘、因陀罗期、穆拉帕兰和萨哈迪查的交战。

第一战

哈奴曼——麦亚拉普（ไมยราพ）：拉玛做梦，披佩解梦，说是托斯甘要派其子麦亚拉普来抓拉玛，哈奴曼就变成巨猴把拉玛等藏在自己嘴里。麦亚拉普来到拉玛居住的地方，只见眼前有一堵大墙，不管怎么样也进不去。想了想就化作小猴兵打听消息，得知到傍晚时分哈奴曼才能恢复原样，就飞到天上摇动他的武器至天变黑，猴兵看天黑了就放松了警惕。之后麦亚拉普就向猴兵们及哈奴曼念了迷魂咒，使众人入睡，接着将拉玛绑架至海底。哈奴曼醒后赶紧去追，潜入海底，杀死麦亚拉普，救回拉玛。（哈奴曼作为主要战斗者）

第二战

哈奴曼——功帕甘（กุมภกรรณ）：猴王素克里扑被托斯甘之弟功帕甘掳走，哈奴曼去将素克里扑救回。功帕甘举办祭祀武器"莫卡萨"的仪式，以使"莫卡萨"更具神威。哈奴曼与拉玛之弟帕拉什前去破坏，哈奴曼化成腐烂的狗尸，意图打破"莫卡萨"的神威。功帕甘用"莫卡萨"刺伤帕拉什，哈奴曼救回帕拉什，并从山上采回仙药治好帕拉什的伤。功帕甘化作堤坝，意图切断拉玛大军的水源，哈奴曼打破堤坝，恢复了水源供应。功帕甘与拉玛大战，被拉玛杀死。（哈奴曼作为主要战斗者之一）

第三战

帕拉什——因陀罗期（อินทรชิต）（第一战）：托斯甘之子因陀罗期举办仪式，使"那卡巴"箭威力更大，并射伤了帕拉什，拉玛将帕拉什救回。因陀罗期回城再举办仪式，使"婆马斯"箭威力增大。（哈奴曼作为主要战斗者之一）

第四战

拉玛——蒙功甘（มังกรกรรณ）：拉玛再度出兵，托斯甘之孙蒙功甘出马拦阻。他蔑视拉玛，认为人类渺小，在天上念咒，使天下火雨，并用天神赐予他的神奇回旋镖，飞快地把猴兵们的头一个个砍掉。不过猴子们一被大风吹，就立即复活了。蒙功甘见打不过就飞上天分身成千万个自己，但最后还是被拉玛的神箭射死了。（无哈奴曼的内容）

第五战

素克里扑、帕拉什——威伦牟（วิรุญมุข）、因陀罗期（第二战）：拉玛派素克里扑、帕拉什与因陀罗期和托斯甘之孙威伦牟战斗，威伦牟被素克里扑击败。因陀罗期射出神箭变成一条龙，捆住了帕拉什。拉玛随即射箭，请素班拉那来解龙绳，帕拉什终被救回。（无哈奴曼的内容）

第六战

帕拉什、哈奴曼——甘牟班（กุมปั่น）：帕拉什与托斯甘的将领甘牟班对战，哈奴曼助战，踢中甘牟班，并用长戟刺死甘牟班。（哈奴曼作为主要战斗者之一）

第七战

帕拉什——因陀罗期（第三战）：因陀罗期使阿修罗们化作仙男仙女和三十三头大象，这些大象每头都有七根长牙。仙男仙女在帕拉什面前载歌载舞，帕拉什昏昏欲睡。因陀罗期乘机射伤了帕拉什，哈奴曼怒吼一声，上前扭断了大象们的头颅。因陀罗期用弓箭击中哈奴曼，哈奴曼坠地昏迷不醒。后哈奴曼与帕拉什被披佩救回。（哈奴曼作为主要战斗者）

第八战

拉玛——因陀罗期（第四战）：因陀罗期让阿修罗苏卡詹扮成悉达，在战场上将假"悉达"杀死，砍下她的头颅，拉玛见状昏厥。哈奴曼和素克里扑前去查看真相，发现悉达还活着。（哈奴曼作为主要战斗者之一）

第九战

帕拉什——因陀罗期（第五战）：因陀罗期举办一个能使自己刀枪不入的仪式，帕拉什前去将因陀罗期杀死。（哈奴曼作为主要战斗者之一）

第十战

拉玛——托斯甘（第一战）：因陀罗期死后，托斯甘悲愤至极，亲自出马与拉玛作战，被拉玛击败，托斯甘逃回楞伽城。（哈奴曼作为主要战斗者之一）

第十一战

帕拉什——穆拉帕兰（มูลพลัม）、萨哈迪查（สหัสเดชะ）：帕拉什与穆拉帕兰、萨哈迪查交锋，穆拉帕兰用长矛刺中帕拉什，哈奴曼念咒使长矛从帕拉什身上掉下来。哈奴曼让帕拉什骑在自己肩膀上，与穆拉帕兰作战，将对方杀死。萨哈迪查见状逃回城。

哈奴曼——萨哈迪查：拉玛派哈奴曼前去夺走萨哈迪查的武器，哈奴曼化身为小白猴与萨哈迪查拉关系，骗走了他的武器，并将他杀死。（哈奴曼作为主要战斗者）

第十二战

拉玛、翁空——桑昂阿提（แสงอาทิตย์）：托斯甘派其孙桑昂阿提对战拉玛，被拉玛杀死。（无哈奴曼的内容）

第十三战

拉玛——托斯甘（第二战）：拉玛与托斯甘大战，拉玛用箭射中托斯甘，托斯甘仓皇逃回。（无哈奴曼的内容）

第十四战

拉玛、帕拉什、哈奴曼——萨达隆（สัตลุง）、底美克（ตรีเมฆ）：托斯甘妻兄萨达隆、底美克与拉玛、帕拉什作战，拉玛射死萨达隆，底美克不支，逃到海底沉入沙中。哈奴曼遍寻不得，逼问海神帕耶噶拉那，得知底

美克的藏身处，哈奴曼找到其藏身处，并将其杀死。（哈奴曼作为主要战斗者之一）

第十五战

素克里扑、哈奴曼、尼拉农——托斯甘（第三战）：托斯甘举行使自己刀枪不入的仪式，素克里扑派哈奴曼去楞伽迦城抢走托斯甘的妻子，在仪式上欲强暴她，使托斯甘无法集中精神，托斯甘七窍生烟，气得回楞伽城去。哈奴曼随即放走其妻。（哈奴曼作为主要战斗者）

第十六战

哈奴曼、翁空——萨塔孙（สัทธาสูร）、威龙占邦（วิรุญจำบัง）：托斯甘派萨塔孙和威龙占邦两个阿修罗与拉玛作战，哈奴曼让翁空等设计杀死了萨塔孙。威龙占邦逃到瓦娜琳仙女那里，在她的协助下躲进海绵里。哈奴曼化身男子寻到瓦娜琳，瓦娜琳帮助哈奴曼找到威龙占邦并杀死了他。随即哈奴曼把瓦娜琳送回天庭。（哈奴曼作为主要战斗者）

第十七战

拉玛、帕拉什——托斯甘（第四战）：拉玛、帕拉什与托斯甘作战，帕拉什为了救披佩，被托斯甘的长矛"噶本拉帕"刺中，拉玛用"婆马斯"箭将托斯甘赶回。帕拉什伤重不起，披佩说有三种药可救帕拉什。哈奴曼按照披佩的说法，去山上采回了仙药，取回了"乌苏帕拉"牛神的粪便，又从托斯甘枕头底下偷回磨药的石头，治好了帕拉什。（哈奴曼作为主要战斗者之一）

第十八战

拉玛、素克里扑——塔扑纳孙（ทัพนาสูร）：阿修罗塔扑纳孙变得巨大无比，并将自己身体埋入土中，只留出头部和双臂在外，伸出舌头，挡住阳光，双臂围住猴军。顿时天空暗淡，小猴们慌乱逃避，许多小猴误入塔扑纳孙张着的嘴里，被其吃掉。素克里扑为救猴兵，用三叉戟奋力斩断塔扑纳孙的手臂，拉玛随即用"婆马斯"箭射死塔扑纳孙。（无哈奴曼的内容）

第十九战

帕拉什——托齐里万（ทศคีรีวัน）、托齐里通（ทศคีรีธร）：托斯甘派自己象首神身的两个儿子托齐里万、托齐里通迎战帕拉什，均被帕拉什杀死。

（无哈奴曼的内容）

第二十战

哈奴曼——梦托：托斯甘见死去的猴兵被风吹后就复活，于是想要阿修罗们复活。其妻梦托自告奋勇，用自己煮的一种神水救活了许多阿修罗。拉玛很奇怪，披佩告诉他破解之道。哈奴曼领命前去，化作托斯甘，与梦托同床共眠，梦托事后发现不是托斯甘本人，大惊失色，其神水随即失去效力。（哈奴曼作为主要战斗者）

第二十一战（总决战）

拉玛、帕拉什、哈奴曼——托斯甘（第五战）：哈奴曼和翁空骗取托斯甘师父的信任，让他将两人引见给托斯甘并假装投靠托斯甘，终于找到托斯甘的心脏藏匿之处。哈奴曼骗到托斯甘的心脏并拿在手里，并请拉玛射出"坡罗马"箭射死托斯甘。（哈奴曼作为主要战斗者之一）

综上所述，印、泰战争场面有几点不同。首先，印度战场上的主要情节尽管在泰国战场上还保留着，如与因陀罗者（因陀罗期）、鸠槃羯呿拿（功帕甘）的鏖战，哈奴曼搬山救主人等，但泰国也增加了许多阿修罗战斗的场面及战术上的谋略运用，如威伦牟、穆拉帕兰、萨哈迪查、桑昂阿提、萨达隆、底美克、萨塔孙、威龙占邦、塔扑纳孙、托齐里万、托齐里通等阿修罗，在印度故事中均不存在。其次，一些印度战斗在泰国战场上却没有，如第三战与图牟罗刹、第五战与钵罗诃私陀、第十战猴军纵火焚烧楞伽城等。再次，印、泰战斗场面描述的顺序不同，如与鸠槃羯呿拿的鏖战，印度是在几次大战之后进行的，而泰国则是第二场战斗。最后，有些战斗尽管印、泰都有，但泰国故事中增加了一些细节，如与功帕甘的鏖战，功帕甘举办祭祀武器"莫卡萨"的仪式，以使"莫卡萨"更具神威；功帕甘又化作堤坝，意图切断拉玛大军的水源；又如与因陀罗者（因陀罗期）之战，因陀罗期化成因陀罗神，哈奴曼扭断艾拉万大象的头。

四　小结

《拉玛坚》和《罗摩衍那》相比，不但有很多具体情节不太一样，甚至还有不少多出和缺少的部分。有些《罗摩衍那》中有，《拉玛坚》却没有提到；还有一些《拉玛坚》中有的却在《罗摩衍那》中没有发现。在这里一一列举如下。

（一）《罗摩衍那》中有，而《拉玛坚》中无

1. 故事情节的主要结构部分

（1）《罗摩衍那》中的第四篇《猴国篇》提到哈奴曼小时候将太阳吞食的故事，在《拉玛坚》里没有。

（2）猴子们商量寻找能跳越一百由旬①长的距离跨海至楞伽城的猴子，在最后，通过老猴兵阎婆梵的提名和支持，选拔出哈奴曼承担此任务。

（3）去楞伽城的路途中，出现了神仙与妖魔来试探哈奴曼的威力并颂赞他。

（4）猴子们听说哈奴曼找到悉多和火烧楞伽城之事很兴奋，在回报罗摩的路途中，经过了蜜林花园，个个兴奋地把蜜桃吃光。

2. 战争部分的主要情节

《罗摩衍那》中有而《拉玛坚》中无的比较明显的情节包括第三战：图牟罗刹；第五战：钵罗诃私陀；第十战：猴军纵火焚烧楞伽城。

（二）《拉玛坚》中有，而《罗摩衍那》无

其实，《拉玛坚》故事可以说是哈奴曼的故事。从比较中发现，故事结构和内容与原先《罗摩衍那》的差异之处，全是由于哈奴曼作为《拉玛坚》的主线牵动整个故事情节引起的。在《罗摩衍那》中其他比较重要的角色如鸯伽陀和须羯哩婆，在《拉玛坚》中好像都被哈奴曼掩盖了。以下我们将在印度神猴故事中没有，而在泰国有的部分情节排列总结，也许能够让我们更了解哈奴曼在《拉玛坚》中的重要性。

《拉玛坚》比较重视哈奴曼的人物描写，所以他的故事成分增加得很多。除了对他出生的描述不一样外，泰国对哈奴曼的个人生活与家庭也多有叙述。例如，他与六个妻子和情人的关系，与两个孩子的关系，也跟原来在印度流传的瓦尔米基梵文版不同。

---

① 由旬，长度单位。

1.《拉玛坚》中有，而《罗摩衍那》中无

（1）哈奴曼在去寻找悉达的路途中遇到了仙人那落并与他比试法术，他很调皮，先把自己化成小猴，前去求宿，仙人那落就给他一个小棚。谁知哈奴曼大叫屋子太小不能住。仙人那落过来看，原来哈奴曼又化成巨猴。当那落将小棚变大时，哈奴曼就变得更大，那落感到无可奈何。那落很生气，晚上就呼风唤雨，瓢泼大雨使哈奴曼冻得发抖，不能入睡。他只得求那落开恩，雨才停了。不过那落还想惩罚哈奴曼，当哈奴曼早上去洗脸时，那落就让水蛭附在他的脸上不放。最后哈奴曼向那落求饶并认错，仙人就放过了他。

（2）哈奴曼火烧隆伽城，被拉玛责怪擅自行事，越过了命令的范围。因为拉玛担心托斯甘恼羞成怒将悉达杀掉，哈奴曼觉得自己尽心竭力还被责怪，心理不太平衡。

（3）建桥跨海之时，哈奴曼与另一个猴兵尼拉帕吵起架来。后来哈奴曼被拉玛处罚，让他在七天之内将桥建成。

（4）拉玛的弟弟帕拉什被射伤，哈奴曼就去找解药。解药共有三种，其中一种放在托斯甘的枕头底下。哈奴曼潜入宫中，念咒使众人入睡，偷走解药。临走之前，还将睡得很沉的托斯甘和其妻梦托的头发捆在一起并念咒，只有梦托打托斯甘的头部三下，才能解开他们的头发。

（5）哈奴曼为了找到托斯甘的心脏，就假装向托斯甘投降，托斯甘因儿子们均战死，就收养他做养子。

2.有关泰国哈奴曼的家庭生活部分

（1）哈奴曼与六位妻子和情人结识的部分。

哈奴曼与菩斯玛丽（บุษมาลี）：哈奴曼与翁空、冲朴潘奉拉玛的命令去寻找悉达的时候，哈奴曼遇到了受依雄神诅咒而独自守护玛然城的仙女菩斯玛丽，这个诅咒只有当她遇到拉玛最优秀的将军哈奴曼时才能解除。菩斯玛丽对哈奴曼一见倾心，哈奴曼帮她解了咒并得到了她。菩斯玛丽告诉他隆伽城的位置，哈奴曼就让菩斯玛丽回到了天国。

哈奴曼与苯伽陕（เบญจกาย）：苯伽陕是托斯甘弟弟披佩的女儿。披佩曾劝托斯甘送回悉达，托斯甘暴怒不听，披佩转投拉玛。托斯甘为报复披佩，就让苯伽陕装扮成悉达的"尸首"，随河漂至拉玛处。拉玛见

"尸"大恸，哈奴曼见状可疑，劝解拉玛。拉玛下令点火将"尸首"烹煮，苯伽陔无法忍受，化成轻烟欲逃，被哈奴曼发现抓住。拉玛鉴于苯伽陔是受托斯甘胁迫，又为披佩的女儿，就放了她，并令哈奴曼把她送回楞伽城。在回城的路上，哈奴曼得到了苯伽陔。后来苯伽陔生了个儿子阿素拉帕。

哈奴曼与素潘玛查（สุพรรณมัจฉา）：素潘玛查是托斯甘的女儿，人身鱼尾。当哈奴曼带着猴兵运石填海、建造跨海陆桥至隆伽城时，托斯甘就派素潘玛查去破坏石桥。素潘玛查受命后，带领海中的鱼虾将填下的石头又搬到别的地方去。哈奴曼发现后，潜入海中，抓到了素潘玛查，双方互相倾慕。哈奴曼要素潘玛查将搬走的石头运回来，素潘玛查就和鱼虾们照办了。后来素潘玛查生了一个儿子叫玛查奴。

哈奴曼与瓦娜琳（วานริน）：巨人威龙占邦与哈奴曼搏杀，失败逃窜。他无法躲藏，求救于瓦娜琳。瓦娜琳让他躲藏在大海南边的海绵里。哈奴曼找不到威龙占邦，化成英俊男孩去询问瓦娜琳，才知道瓦娜琳原是天上的仙女，因弄坏了天庭的金灯而被依雄神诅咒，只有哈奴曼才能解除咒语。哈奴曼答应为她解咒，并与瓦娜琳发生了关系，瓦娜琳随即供出威龙占邦的藏身之地。哈奴曼就抓住威龙占邦并杀掉他。

哈奴曼与梦托（มณโฑ）：梦托原本是帕里的妻子，后来嫁给托斯甘。她能熬一种神水，用这种神水在仪式上浇在死去的魔将身上，能使其死而复生，重新投入战斗。披佩告诉拉玛，梦托如果有三个男人，或者在仪式进行中与别人发生关系，神水都会失去效力。拉玛就派哈奴曼化装成托斯甘，与梦托发生了关系，破坏了仪式。

哈奴曼与素万干玉玛（สุวรรณกันยุมา）：托斯甘的心脏藏在仙人那边，能够战而不死。哈奴曼为了找到他的心脏，就卧

图3-13　萨哈迪查

Characters in Ramakian Notebook, Saengdaed Publishing Co.Ltd.,2001

图 3-14　哈奴曼之子
左为与美人鱼素潘玛查所生，名叫玛查奴，猴头鱼尾；右为与阿修罗苯伽陝所生，名叫阿素拉帕

图 3-15　玛查奴误以为哈奴曼是敌人
卡通书《哈奴曼》，因图片精美获得"国际青年图书奖"，Action Frame 出版社，2006

底潜入敌方，受到托斯甘的赏识。魔王还认他做义子，给了他大量金银财宝，并将死去儿子因陀罗期的妻子素万干玉玛许配给他。

（2）哈奴曼与两个儿子。

哈奴曼与素潘玛查生的儿子名叫玛查奴（มัจฉานุ），猴身鱼尾。素潘玛查生玛查奴之后，玛查奴被麦亚拉普收养，后来哈奴曼去救拉玛时，父子重逢，儿子协助父亲寻找拉玛。另一个儿子是哈奴曼与苯伽陝生的，叫阿素拉帕（อสุรผัด），有关他的事迹是在托斯甘死后增加的情节中描述的，哈奴曼出家后，他去寻找父亲，最后团聚，一同辅佐拉玛。

（3）哈奴曼出家部分。

哈奴曼出家部分也出现在托斯甘死后增加的情节中。尽管他得到很高的官位，但是他还是时常显出自己的猴性，所以他要出家修炼自己。

3. 战争部分的主要情节

《拉玛坚》中增加了很多《罗摩衍那》中没有的阿修罗，如威伦牟、穆拉帕兰、萨哈迪查、桑昂阿提、萨达隆、底美克、萨塔孙、威龙占邦、塔扑纳孙、托齐里万、托齐里通等。这些角色在各个战场中叙述得十分精彩，尤其是哈奴曼的英勇和神通。有的战争原来与哈奴曼无关，但在《拉玛坚》中降魔的英雄主要是哈奴曼。

泰国《拉玛坚》脱胎于印度《罗摩衍那》，泰国哈奴曼脱胎于印度哈奴曼，已经成为不争的事实，本章的比较再次证明了这一点。同时还证明

143

了史诗《罗摩衍那》数千年流传世界各国，被不同文化背景的国家接受并且在有意或无意中增减了故事情节的内容，因此故事难以全面保留原来风貌。这也体现在印、泰两个国家的哈奴曼故事中，从而影响到两个神猴形象的塑造。在泰国《拉玛坚》中哈奴曼更受重视体现出泰国人民的选择和再创造。

第二节　中、泰神猴故事的比较

本章第一节中我们比较了泰国和印度两国的神猴。由于他们的形象和故事呈现出非常明显的亲缘关系，我们采取了影响比较的研究方式。而在他们之外还有另一个神猴，即中国的孙悟空（孙行者或齐天大圣），他的故事文本见于中国古典小说《西游记》。因为《西游记》文本传入泰国的时间很晚，历来很少有人把中、泰两个神猴相提并论或比较，且无人着重提出他们之间谁对谁有影响。其实两者间确实存在很大的相似性，所以有将两者进行平行比较的必要性。

在《西游记》的情节中，有哪些方面接近《拉玛坚》的内容？在这里我们将他们做详细比较，其中以故事结构、故事情节的大局和细节为着重点做比较。

一　故事框架比较

关于两个神猴故事框架的异同可以分成两种方式进行比较探讨。

第一，泰国哈奴曼故事由《拉玛坚》阐述。从《拉玛坚》故事的框架中，可看出故事结构与中国孙悟空故事（《西游记》）在故事起源、走势乃至结局方面都特别相似，首先有问题出现，然后再讲述如何去解决问题及解决问题的各个阶段，最后叙述结果。诸神预料天地将会大乱，召集众神提出拯救世界的方法，这时中、泰"神猴"作为主角及时出现，再讲述人间果然出事，人类单独斗不过妖魔，逼不得已请猴将协助，接下来便是描述猴将的智慧与威力，最终因为有猴的协助，各难题最终解决（见表3-2）。

表3-2 《拉玛坚》与《西游记》故事结构比较（一）

	《拉玛坚》	《西游记》
（A） 故事的起源	阿修罗想称霸，欲将世界的版图卷成自己的席子，试图成为世界之王。天上神仙举行大会，决定让那罗神化生为人降伏阿修罗，同时哈奴曼的诞生也是众神的旨意，是为了帮助那罗神除恶，所以他就出生了。	南赡部洲的人贪淫乐祸，多杀多争，天下乌烟瘴气。如来与众神召开"盂兰盆会"，决定让观音菩萨寻找能取三藏真经的人。金蝉子转世就是为了劝人向善，同时孙悟空也脱离五行山去帮助他。
故事的线索 （问题的出发点）	悉达被抢夺。	取经路途遇八十一难。
+	↓	↓
（B） 解决问题的 过程	神猴哈奴曼协助拉玛（那罗神的化身）克服种种困难，并最终消灭阿修罗们。	神猴孙行者协助唐三藏降伏了妖精，最后各种妖怪都投降，回归它们的原位。
+	↓	↓
（C） 成果	拉玛和悉达团聚。	唐三藏与徒弟们成佛。

以上情节类似于史诗，与西方荷马史诗《伊利亚特》体例大致相同，都讲述争取或争夺某种事物，在争夺过程中通常有陪伴角色相助，最终各种灾难才得以解除。实际上史诗就是在讲述生命的过程：奋斗、争取、解决困难才算是人生。尽管一直以来有不少学者对《罗摩衍那》（《拉玛坚》）和《西游记》故事争议纷纷，但从哲学人生观解剖，中、泰观点也有相同之处。以下试举一位中国学者的观点。

宗教学家和哲学家李安纲教授认为《西游记》是部觉悟之书，读者由觉悟之路达到觉悟之境界。在他看来，孙悟空囊括了儒、道、释三教宗旨，肩负着中华民族的文化使命，通过自己的人生之路来展示生命之火的不朽与辉煌。人类不甘心被烦恼忧愁缠绕一生，以修道来追求心灵的主宰与自我实现，摆脱物欲，达到不朽。这中间涉及的精神意识系统即是小说中的故事情节。①

泰国学者认为，以佛教的观点来看，要达到涅槃，必须经过许许多多的磨难。唐僧作为普通人，在取经的过程中，必须在这些磨难中逐步

---

① 参见李安纲《西游记奥义书1：美猴王的家世》和《西游记奥义书3：孙悟空的斗战》，中国社会科学出版社，2002。

达到"僧必无心"的境界。唐僧（忍）不能单独成功，需要依靠"智慧"（孙悟空）、"戒"（猪八戒）、"定"（沙僧）三者的通力合作，才能摆脱以各个妖怪为代表的人类的种种"欲念"，轮回进入佛境而得到菩提涅槃。①

可见，表3-2中（A）+（B）+（C）的走势与上述的分析是一致的。（A）指烦恼忧愁或欲念；（B）指修道或摆脱欲念；（C）指觉悟之境界或涅槃。

第二，以上故事框架总体上虽然一样，然而《西游记》的整体框架有些独特的地方。若将《西游记》情节各个剥离，则看出各回合分成四大部分：（A）孙悟空的来源（第1回"灵根育孕源流出　心性修持大道生"至第7回"八卦炉中逃大圣　五行山下定心猿"）；（B）唐三藏的出生与其取经的来源（第8回"我佛造经传极乐　观音奉旨上长安"至第14回"心猿归正　六贼无踪"）；（C）取经的故事，第15~99回以及（D）正果（剧终）。章回这样分离后，它与《拉玛坚》仍然有可比的地方。（见表3-3）

表3-3　《拉玛坚》与《西游记》故事结构比较（二）

	（A）	（B）	（C）	（D）
《西游记》	孙悟空的来源（第1~7回）	唐三藏的出生与其取经的来源（第8~14回）	取经的故事（第15~99回）	正果（剧终）
《拉玛坚》	哈奴曼的来源	那罗神化生人间的来源	降魔的故事	正果（剧终）

《拉玛坚》故事的叙述方法并不像《罗摩衍那》那样将故事分成七篇，而是先描述故事的主要矛盾，接着把故事人物的起源加以介绍，再扩展主要内容。如果这样看，泰国神猴的故事与中国神猴故事叙述顺序不同，应该说是这么一个叙述顺序：（B）+（A）+（C）+（D）。

另外，如果仔细了解《西游记》中孙悟空大闹天宫的片段情节，可以看出孙悟空反叛天地是体现"邪"反抗"正"的情形。孙悟空是一个挑战秩序的猴头妖怪，故事情节描绘得紧张、激动。玉帝一次又一次派诸多神通无比的神仙去制服妖怪猴头，各个战场被叙述得场面宏大。最初玉帝派

①〔泰〕开玛南达：《〈西游记〉远途之旅》，法会出版公司，1975，序言。

托塔李天王出战，李天王先后派巨灵神、哪吒挑战，后来玉帝又派了二郎神、四大天王与十万天兵等，均不见成功。最后妖怪猴头才被亲自出马的如来佛压在五行山下。

如果以《拉玛坚》中的人物阿修罗托斯甘代表"邪"，与《西游记》比较，在"邪"终究被代表"正"的神仙们降伏的过程中，托斯甘被神仙收服的场面不就恰似孙悟空被神仙们逮捕的场面一般？泰国描绘托斯甘被神仙们（化生为人和猴子）围剿，也就是诸多天神围攻一妖。神仙们各有厉害的武器，各有所骑的怪兽，妖魔已无法逃离天神的手掌，众神皆欣喜雀跃。所以"大闹天宫"的片段是否就是降伏阿修罗的部分？也就是说在《西游记》里，孙行者的角色可分为两种：一种是"邪"的面目［图 3-16（A）部分"大闹天宫"的故事同样是讲述降伏阿修罗的部分］；另一种是，自从随着唐僧取经开始，他转换为"正"的面目［（C）部分"取经的故事"］。所以说一个主角的故事套着两个不同的角色。

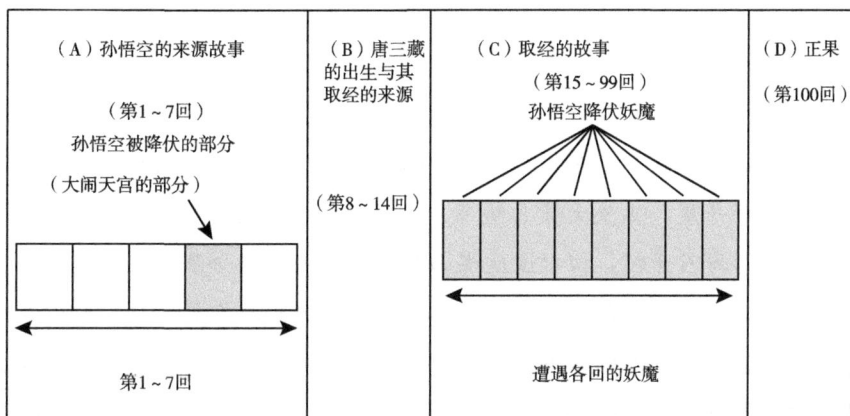

图 3-16　孙悟空在《西游记》中主要扮演的角色

注：大四方形代表故事一个大片段，排列出的小四方形是故事情节单元。其中（A）部分中的小四方形是孙悟空来源的故事情节部分，其中包含孙悟空演示妖魔的角色并被神仙降伏的部分，（C）部分的小四方形代表孙悟空降伏妖魔的各回目。

总之，两个神猴的故事，虽然叙述方式不同，但是因为故事情节基本上差不多，所以可比的地方较多。

二 故事情节比较

（一）中、泰神猴故事内容梗概

中国神猴"孙行者故事"：孙行者是由一块仙石生出的，因为发现水帘洞，即受众猴拜为"美猴王"。美猴王看到老猴死去，就想要闯世界寻求本领与长生之道。他千里迢迢寻到了菩提祖师，向他学习法术，一个筋斗能跳十万八千里，精通七十二般变化。法术学成回到花果山，统治江山。由于名望越来越高，野心也越来越大，他到海底逼龙王献给他武器，从海中央拔定海神针变成一根金箍棒作为护身大宝，自称齐天大圣，大闹天宫。众仙诸神降伏他不得，后来求救于如来佛，终于将美猴王压在五行山下。五百年后，美猴王皈依佛法，与愚直滑稽的猪八戒、憨厚忠勇的沙和尚，三人辅保唐三藏去西天取经。一路上妖怪肆虐，他三打白骨精、激战牛魔王、火烧盘丝洞，降妖伏魔。师徒四人历尽磨难，坚韧不拔，在观音菩萨和众神的护佑下，最后终于取得真经，并被奉为菩萨。关于孙悟空的身世，《西游记》中的第63、71、75、86回都有韵文形式的介绍，如第71回描述道：

> 生身父母是天地，日月精华结圣胎。仙石怀抱无岁数，灵根孕育甚奇哉。当年产我三阳泰，今日归真万会谐。曾聚众妖称帅首，能降众怪拜丹崖。玉皇大帝传宣旨，太白金星捧诏来。请我上天承职箓，官封弼马不开怀。初心造反谋山洞，大胆兴兵闹御阶。托塔天王并太子，交锋一阵尽猥衰。金星复奏玄穹帝，再降招安敕旨来。封做齐天真大圣，那时方称栋梁材。又因搅乱蟠桃会，仗酒偷丹惹下灾。太上老君亲奏驾，西池王母拜瑶台。情知是我欺王法，即点天兵发火牌。十万凶星并恶曜，干戈剑戟密排排。天罗地网漫山布，齐举刀兵大会垓。恶斗一场无胜败，观音推荐二郎来，两家对敌分高下，他有梅山兄弟侪。

对于泰国哈奴曼的故事已在本章的第一节中介绍。粗做比较，中、泰神猴故事叙述结构因果相似。首先叙述他们的出生，接着讲述他们当年的一些英勇事迹，再描绘他们遇到主人并协助主人打赢了数场战争，最后任务完成得到了赏赐——哈奴曼得到的赏赐丰富了些，既得了名，又得了财、色，而孙行者却最终另被奉为"斗战圣佛"，实际上也只得了个"空"字——剧终神猴美满愉快。两个故事情节非常相近，不过因为它们在不同地方、国家产生和流传，所以故事中细微的叙述结构和事件的组织则有大大小小的差异。神猴哈奴曼和孙行者故事的详情和具体的比较，将在下面接着探讨。

（二）中、泰神猴故事情节比较

《拉玛坚》和《西游记》不但故事的框架差不多相同，如果仔细阅读两部作品，还发现有的情节单元甚至细节也类似。有时《西游记》中的情节套上《拉玛坚》的整个故事内容，有时某些《西游记》细节叙述的阶段和过程与《拉玛坚》相似，有时细节类似但是出现在不同性别的人物上，有时细节类似不过细节中所使用的题材不同。在同中有异、异中有同的情形下，我们可以把它们归成四类探讨。

第一种是故事情节大致相同，即故事的某一个部分内容，不但情节本身的安排或组织相同，而且情节单元的组织和细节也相同。这种类型出现得不多，但是比较时很容易。

第二种是类似的情节或事件，这类出现得较多，有的与主人公神猴直接有关，有的与主人公间接相关，有的与他无关。这一类"相似"的地方多，不光在文学作品中有所发现，有的甚至与民间流传的其他版本也一致。不过，在比较当中，我们还是以文学作品本身的比较为主，偶尔几个较重要情节也与其他版本相比较并做介绍。

更有意思的是，在文学的交流过程中，发现有的情节好像是作者把原先一个事件故意反过来叙述，以是为非、以非为是似的。尽管作者把内容反过来叙述了，但是因为人物或情景描述的方式差不多，所以读者在阅读当中，也还能把两个情节联系在一起。这一类我们不妨把它们归成第三种。

对于有助于研究《拉玛坚》渊源的情节，则是第四种。除了以上各种情节与印度《罗摩衍那》有相似之处以外，还发现不少的故事情节在

《罗摩衍那》中没有出现，倒在《西游记》中出现。这是所谓的“跨文化”“跨国界”的比较发挥的重要作用。将印、中、泰一起比较，则给比较结果带来了很大的变化。下面我们将以上所说的四种类型加以举例，让我们更多地了解《拉玛坚》和《西游记》神猴故事的渊源。

1. 故事情节大致相同

吴承恩百回本《西游记》中与《罗摩衍那》最相似的情节是第70~71回。这段讲述朱紫国金圣宫娘娘被妖怪抢夺，神猴孙行者协助国王寻妻的情节，令人容易联想到它是来自《罗摩衍那》的故事情节，同时一般认为孙悟空的形象受印度《罗摩衍那》影响的学者也通常举出这个例子来说明这一点。不过，因为这一难并非像《西游记》里“大闹天宫”、“三打白骨精”、“火焰山”或者“真假悟空”等其他情节单元那样流传广泛，所以很多人忽略了孙悟空故事与哈奴曼故事的渊源，并否认它们之间有关系。其实朱紫国金圣宫娘娘被麒麟山獬豸洞的赛太岁妖魔抢夺，即是讲述《罗摩衍那》整个篇幅的内容——“魔王抢夺王后，神猴协助王子寻妻”的故事，同样的也是讲述《拉玛坚》的主干故事。前一节我们已经有了《拉玛坚》和《罗摩衍那》整个故事情节的概念，现在再简述一下《西游记》第70~71回的情节。

孙悟空带领着师傅和师弟取经路过朱紫国，在协助治愈朱紫国国王的相思病之后，得知皇后金圣宫娘娘被麒麟山獬豸洞的赛太岁夺走。孙悟空自愿相助国王寻找皇后，当他到达妖怪洞中，得知金圣宫娘娘的下落及娘娘当年得到一件五彩仙衣，使得魔王三年不得近身，不过孙悟空怕娘娘觉得他面生，不宜相救，赶回宫中向国王要证物，结果要了娘娘的心爱之物黄金宝串。孙悟空化成小妖“有来有去”的模样，揣着证物，混入宫中。因为赛太岁有三个宝贝金铃，很是厉害，孙悟空苦战，依旧无法得胜。最后观世音菩萨下凡帮忙收服妖魔。孙悟空救出金圣宫娘娘，但众人依旧无法近身，紫阳真人赶来，收回五彩仙衣。国王与他心爱的娘娘终于团聚了。

从这一段简述中看出，不仅故事的整个情节与《拉玛坚》相似，连细节也是一样的。故事概貌相同我们已经看出来了，为了避免错过细节部分，在这里将每一个故事单元和细节做探讨比较，有利于突出某些隐藏在故事的每一个单元中的各个细节。（见表3-4）

表 3-4 "朱紫国金圣宫娘娘被赛太岁妖魔抢夺"的情节与《拉玛坚》故事情节比较

《西游记》		《拉玛坚》	
情节单元	细节	情节单元	细节
(1)麒麟山獬豸洞的赛太岁觊觎朱紫国金圣宫娘娘的美貌,把她夺走。	国王患相思病,面黄肌瘦,形脱神衰,张榜求医,孙悟空制药"乌金丹",治好了国王的病。	(1)托斯甘觊觎阿优他雅王子拉玛之妻悉达的美貌,设计将她骗走。	拉玛伤心至极,相思不已。后遇到了猴王之弟素克里扑,帮助他杀死其兄帕里,夺取王位。
(2)朱紫国国王请求孙悟空相助。	孙悟空答应救娘娘,并战退赛太岁派来抢宫女的部下先锋。	(2)拉玛请求猴王协助。	猴王同意救悉达,并派哈奴曼寻找悉达。
(3)孙悟空到妖怪洞寻找娘娘。	途中遇到前来下战书的小妖"有来有去",得知金圣宫娘娘当年得到一件五彩仙衣,使魔王三年不得近身;遂杀死小妖,取而代之,并向朱紫国王要了信物黄金宝串。	(3)哈奴曼到隆伽城寻找皇后悉达。	哈奴曼向拉玛取得信物。途中遇到女阿修罗,将其杀死。后来巨鸟萨帕蒂告诉他悉达在海对岸的隆伽城中,哈奴曼跳跃过海,进入隆伽城。
(4)孙悟空遇到娘娘。	道明来意,拿出信物,娘娘大悦。	(4)哈奴曼遇到悉达。	拿出信物,取得悉达的信任。
(5)孙悟空想取走赛太岁的利器宝物三个金铃。	打开查看时,不慎失手,火光冲天,被妖王发觉,苦战不敌。	(5)哈奴曼回去向拉玛报告悉达的下落。	被托斯甘发觉捉住,在其尾巴上点火示众,哈奴曼纵火烧毁隆伽城。
(6)孙悟空打败了赛太岁,救回娘娘。	孙悟空变成痴苍蝇,重入妖洞,用计骗得金铃,随即与妖王鏖战,赛太岁无法抵御,后被观音菩萨降伏。孙悟空救回娘娘,紫阳真人又收回五彩仙衣,国王终与娘娘团聚。	(6)哈奴曼帮拉玛打败了阿修罗,带回悉达。	拉玛得讯,与猴王派军征战隆伽城。哈奴曼锐不可当,打败了许多阿修罗。最后哈奴曼偷走托斯甘的心脏,同时拉玛射箭杀死了托斯甘。

从表 3-4 可以看出,第 70~71 回朱紫国金圣宫娘娘被魔王抢夺的题材,从头到尾的情节与《拉玛坚》整个故事框架一样。尤其是第四部分,孙悟空带信物给娘娘,与《拉玛坚》中有名的"哈奴曼献戒指"情节形神兼似。其他一些细节也同样,如托斯甘不能碰悉达与魔王不能碰金圣宫娘娘极其相似;哈奴曼"火烧隆伽城"与孙悟空离开娘娘时火光冲天异曲同工;故事的结局又出现同样的细节,悉达被救回后跨火证明贞洁之身,《西游记》金圣宫娘娘被救回后没有"跨火"的情节,不过却是由孙悟空向国王证明娘娘的贞洁:"娘娘身上生了毒刺,手上有蜇阳之毒。自到麒麟山,与

那赛太岁三年，那妖更不曾沾身"（第71回）。

尽管《西游记》中只有这一个故事与《拉玛坚》近似，但像这样相似的情节还时常可见，只不过经常被妖魔鬼怪劫走的主角是唐僧。实际上《西游记》中大的框架就是主人公被抢被掠，孙悟空在神仙菩萨的帮助下救回主人公。与《拉玛坚》中悉多被掠后托斯甘一直无法接近她一样，《西游记》中妖怪即使抓到唐僧也不能碰他，因为他得到神仙的保佑。还有一点相同，哈奴曼不能直接将悉达带回给拉玛——因为悉达不能被丈夫以外的男性触摸以保持贞洁——必须经过猴军与魔军的大战才能得到悉达；孙悟空即便神通广大也不能将唐僧直接带到西天。因为作品中说过："师父的骨肉凡胎，重似泰山，我这驾云的，怎称得起？"从佛教观点来说，"遣泰山轻如芥子，携凡夫难脱红尘"（出现于第22回）。故事展现的是必须经过九九八十一难才能修成正果。

2. 故事单元和细节大致类似

这一类的例子很多，有的是情节单元相同，有的是细节相同。在这里

图3-17 "献戒指"
上为哈奴曼与悉达；下为孙悟空与朱紫国金圣宫娘娘

图3-18 罗摩让哈奴曼带信物戒指给悉多

分为两种：第一种是情节单元或细节与哈奴曼或孙悟空有间接关系或者几乎没有一点关系；第二种是情节单元或细节与两个神猴有直接的关系。

（1）故事内容与神猴没有关系或者有间接关系。

《西游记》和《拉玛坚》中都在同一个故事结构上阐发，在故事大框架中有许多类似的地方，在叙述细节上采取同样材料的也相当多。如在描述神通法术和神奇武器方面，两部作品都讲述了神奇兵器，如《拉玛坚》中的"莫卡萨"箭、"婆马斯"箭、烧圣水仪式、神仙的种种诅咒法等，《西游记》中的金箍棒、七星剑、芭蕉扇、幌金绳、金刚琢、火轮等，或相同的变身法、腾云驾雾神通、变幻莫测等。

故事人物的描绘方面也大致类似，即人物多为动物化身，动物主人公以及妖魔的形象都很奇异，面貌凶恶，也一样有高深法术。比如，阿修罗们的长相千奇百怪，其中一些脸像老虎，身体却是阿修罗的；另外一些脸似人，身体似牛，还有长着驴脸猴身、鬼脸狮身、马脸龙身的。托斯甘被称为十头魔王也因为其有十首二十手，头上可再长出一百个头颅，全身皆为绿色。而孙悟空也有三头六臂，头被砍掉，又生出新的几个头来，这实际上也与魔王托斯甘的形象类似。

此外，两部作品都属于奇异故事，所以描述的角色身世都不平凡，大都是神仙下凡为动物或人类。如阿优塔雅城的拉玛和悉达、玛然城的菩斯玛丽，《西游记》中的猪八戒、沙悟净、白马、黄袍老怪（原是奎星）的前世身份也都是神仙，但是被诅咒得从美貌神仙变成凶神恶煞。而在零散的这类情节中，可以发现异中有同之处。

如《拉玛坚》中叙述哈奴曼一名叫瓦娜琳的妻子的来历时说，她原是天上的仙女，掌管天庭的金灯。一天神仙聚会，她也跑去与其他仙女聊天，金灯灭了。她因此被依雄神诅咒，下到凡间。这个情节与《西游记》中的沙僧相像。沙僧原是"灵霄殿下侍銮舆的卷帘大将。只因在蟠桃会上，失手打碎了玻璃盏，玉帝将他打了八百，贬下界来"（第8回）。同样的，如果将泰国瓦娜琳的身世化成男神仙也会发现，其实瓦娜琳与猪八戒"讨好仙女，忘记任务"也有类似之处。

更有趣的就是，以上《拉玛坚》瓦娜琳的故事还与《西游记》的其他部分相似。话说，瓦娜琳仙女必须在人间等待那罗神的兵将解救，即只有哈奴曼才能解除咒语。后来哈奴曼在降伏妖怪的过程中，遇到了仙女并答应为她解咒，还送她回到天上。《西游记》的沙僧也要由观世音点化他，让他在流沙河等待唐僧师徒一同取经，才能修得正果（第8回）。

再接着以上的情节单元（这一段与主人公间接有关），《拉玛坚》中描述瓦娜琳仙女第一次看到哈奴曼，只是他化生出的其他形状，并非原来的相貌。只有在她要求哈奴曼显出原形，并确认了对方的"钻石毛、珠宝牙"，打哈欠时有"月亮和星星从他的嘴里漂浮出来"的几个重要特点后，才完全顺从哈奴曼。这个情节与《西游记》第44回相似。车迟国的僧人遭到屠杀，孙悟空变成一个云水全真，要救滩上的僧人。众僧不相信他是孙悟空，因为太白金星曾托梦说"那大圣：磕额金睛幌亮，圆头毛脸无腮。咨牙尖嘴性情乖，貌比雷公古怪。惯使金箍铁棒，曾将天阙攻开"。孙悟空无法，只得现出本相。众僧这才认得，纷纷倒身下拜。

在描述故事人物身份来源中，还有一个很好的例子，《西游记》叙述主人公唐僧出生时的情形与《拉玛坚》的女人公悉达出生的情节大同小异。玄奘的父亲被艄公刘洪杀害，母亲也被侵占。母亲殷小姐生下玄奘后，恐"刘贼若回，必害此子"，因此将其放在江中一块木板上，顺流而下。金山寺长老法明和尚见到，把他救起，托人抚养（第8回附录）。

泰国女主人公悉达原是十头魔王的女儿，披佩（托斯甘的弟弟）预言该女将危害父亲。托斯甘惊恐，便将女儿扔进森林。后该女被仙人救起并养大。

（2）故事内容直接与神猴有关（正述法）。

内容与神猴直接相关的例子很多，在这里以情节单元或细节比较突出的部分命名并作为比较的类目，例如"猴进魔嘴，抓破魔腹""刀枪不入""蒙骗敌人的情人""真假猴子"等单元和细节。

A.类似"猴进魔嘴，抓破魔腹"的细节。

这一段原先是《罗摩衍那·美妙篇》的重要情节，也是显现主人公勇猛顽强的最典型战例之一。泰国哈奴曼的表现丝毫不输于印度祖先：凶猛的蝴蝶女巨人从海里跳出，张开大嘴，两眼喷火，准备把哈奴曼当成食物吞进口中。哈奴曼神速地进入女巨人的嘴里，从右耳跳出；又绕到女巨人左边，从左耳钻进去，进入她的肚腹之中。然后用他的三叉戟捣碎了女巨人的肝脏，把女巨人的肠子拖出来剁碎了喂鱼，把她的手脚也剁下来喂了海鱼。

同样的情节出现在《西游记》的多回中，有的描述得比较简单，有的可以作为孙悟空降妖的甚为精彩的部分。通过整理，发现《西游记》中描述"猴进妖嘴，抓破妖腹"的事件共有四例。

第17回：观音院中黑熊精偷了唐僧的袈裟，孙悟空赶去夺回。怎奈妖怪武功太高，又很狡猾，悟空苦战不胜。最终悟空只得请来观音协助，途中遇凌虚仙子，观音化成凌虚仙子，悟空化成仙丹。仙丹进入妖怪肚里，悟空现出本相，妖怪倒地。

第59回：唐僧师徒途经火焰山，被拦在那里无法过去。孙悟空经人指引，到翠云山找铁扇公主借芭蕉扇灭火。铁扇公主记恨悟空害她儿子红孩儿，不肯相借。悟空幸得灵吉菩萨的定风丹，才可以抵挡芭蕉扇的风，但依旧无法借得。悟空只好变成一只虫儿，飞到茶沫之下，铁扇公主饮茶入肚。悟空现声威胁，接着又用脚踢、用头顶，铁扇公主疼痛难忍。

第82回：唐僧被本是金鼻白毛老鼠精的地涌夫人抓入洞内，被迫成亲。悟空为了救他也来到地洞中。悟空想进入妖怪肚里，第一次失败后，又与唐僧合计，变成一个红桃。妖怪咬下红桃，悟空自动滚入妖怪肚中。在妖怪肚里，悟空复出本相，对妖怪抢拳跳脚，支架子，理四平，几乎把个皮袋儿捣破了。妖怪忍不住疼痛，倒在尘埃中，只得将唐僧背出洞去。

讲述"猴进魔嘴，抓破魔腹"的内容，比较有名的还是第59回孙悟空与铁扇公主争夺神奇铁扇之情形，不过对笔者来说，最精彩的情节应该是第75回——狮驼岭之难，孙悟空与老魔青毛狮子怪、二魔白象及大鹏怪斗战，这一回孙悟空却是把二魔弄得凄惨，进了魔的肚子里也不愿意出来，出来了以后还给妖魔留下"遗患"。故事简述如下：悟空几人途经八百里狮驼岭，山路险阻，且山上有妖怪，唐僧不敢前行。悟空前去探路，太白金星来告知狮驼洞内有妖怪。悟空化成小妖小钻风，进入妖怪洞中。但露馅被大鹏雕识破，关入它的宝贝阴阳二气瓶内。悟空逃出后，邀八戒前来相助。苦斗过程中，老魔青毛狮子怪现出大口，欲吞八戒，悟空顺势进入老魔肚中。老魔自以为得计，第三个魔大惊："孙行者不中吃！"可见悟空这名气已经很大。悟空在老魔肚里生根，动也不动，却又拦着喉

图 3-19　泰国和中国神猴进入妖怪内脏情景
选自波·摆迈《西游》图

图 3-20　孙悟空降妖最拿手
选自波·摆迈《西游》图

咙，这使老魔吐得头昏眼花，黄胆都破了。后悟空又在肚里撒酒疯，不住地支架子，跌四平，踢飞腿；抓住肝花打秋千，竖蜻蜓，翻跟头乱舞。老魔疼痛万分，答应投降。悟空惟恐中计，他拔下一根毫毛，变成一条绳儿，系在妖怪的心肝上。之后才从老魔的鼻孔里出来。

　　三大魔王的这一段其实是孙悟空不容易通过之难关，无论青毛狮、白象还是大鹏鸟都是怪物，又是大动物，使与他们相比属于小动物的

"猴悟空"很难应付它们，何况他们还都是大罗神仙的坐骑。最后只好让各驮兽的主人：文殊菩萨、普贤菩萨及如来佛收服它们。而实际上此难也是代表《西游记》具有所谓"印度风味"的重要一回，无论类似众神聚合的情景，还是众神与其坐骑的关系，在中国传统民间文学中都很少出现，而在印度《摩诃婆罗多》和《罗摩衍那》中却是代表性题材。尤其提及大鹏金翅雕一动翅膀即能赶得上孙悟空远跳十万八千里。文中是如此叙述的：

> 当时如行者闹天宫，十万天兵也拿他不住者，以他会驾筋斗云，一去有十万八千里路，所以诸神不能赶上。这妖精搧一翅就有九万里，两搧就赶过了，所以被他一把挋住，拿在手中，左右挣挫不得。欲思要走，莫能逃脱。（第77回）

《西游记》叙述到这里，让笔者想起第一章提过的印度南方民间口头流传的哈奴曼的禀赋，由于其生为"风神之子"，比任何有翅膀的动物飞得都快，曾有大鹏鸟忽略他这项禀赋，当他亲眼看到则惭愧无比。[1] 其实印度南方版所提到的大鹏金翅雕，其能力与《西游记》大鹏金翅雕一样厉害。

B. 类似神猴"刀枪不入"的细节。

《西游记》中出现的此类典型例子如第25回中叙述：

> 镇元仙命一个有力量的小仙打悟空，悟空见他打腿，把两条腿变成熟铁腿，任打不知疼痒。大仙又命众小仙烧油锅炸孙悟空，悟空咬破舌间将石狮子化作他本身模样，自己出元神观看。

另外，我们都很熟悉的大闹天宫，一则提及孙悟空被神仙收服了以后是如何严厉地处罚他。第7回叙述道：

> 刀砍斧剁，枪刺剑刳，莫相伤及其身。南斗星奋令火部众神，放

---

[1] 详情参阅第一章第六节。

火煨烧，亦不能烧着。又着雷部众神，以雷屑钉打，越发不能伤损一毫。后来太上老君将大圣解去绳索，放了穿琵琶骨之器，推入八卦炉中，命看炉的道人，架火的童子，将或扇起锻炼。

这段情节在《拉玛坚》中也出现过。在"火烧隆伽城"一段，托斯甘想了很多方法来惩罚他，如用各种武器砍、撞、劈哈奴曼，哈奴曼收起那些兵器，反过来派兵来杀死那些阿修罗。托斯甘又把哈奴曼放进铁臼里，用铁锤捣他。但哈奴曼毫发无伤。托斯甘又命象头（负责管理猛象的阿修罗）挑出"灭世火象"，让它用尖牙猛刺哈奴曼，也没有用，哈奴曼都"毫发无伤"。

"刀枪不入"同样是表扬神猴的本领，可见从《西游记》到《拉玛坚》，各版本都有自己的创造，同时更有意思的是从中可感受两个国家的民情和了解某方面的文化。中方描绘时提到了八卦文化、古代琵琶等乐器文化、传统道教文化中的道人等。而泰方很明显地展示了民俗文化中的象文化（象是泰国传统吉祥物，泰国国家举行庆典或盛大仪式时会专门挑选最强壮的大象参与仪式）。泰国传统饮食文化中，"臼"是一个重要工具，泰国有名的凉拌木瓜沙拉、泰式绿咖喱汤或红咖喱汤，大都是用泰国当地香草作为调料，用"臼"将其锤成细末后煮成的。另外，在描述各种武器时有将泰国当地熟知的树种喻为武器，比如托斯甘命令杀手用长于棕榈树的木棒击打哈奴曼，还出现泰国传统武术所用的各种武器，如棍、刀、剑、斧、叉、钯、戈等。

C. 类似"蒙骗敌人的情人"的片段。

孙悟空曾化为高小姐骗猪八戒，化为宝象国公主骗黄袍怪，最精彩的一次是变成牛魔王的样子骗铁扇公主，铁扇公主肉眼看不出来，与他夫妻调情。悟空现形后，铁扇公主既羞愧又气恼。

泰国神猴的"骗局"更为精彩：托斯甘之妻梦托看到每场战争托斯甘都打不赢，想起了摩诃乌玛女神（相当于王母娘娘）曾赐予她一个咒语，梦托就告诉了托斯甘。托斯甘欣喜若狂，同意并支持妻子举行"熬神水"仪式，洒在死去的罗刹们的尸体上使他们复活。拉玛军队再怎么杀，罗刹们还是能复活。拉玛就派了冲朴潘、尼拉农及哈奴曼去破坏梦托的仪式。哈奴曼化身为托斯甘骗梦托说他已打赢，与梦托同床共眠。经此破局，梦托的法术失灵了。之后哈奴曼又骗梦托必须回去杀掉披佩以斩草除根。假托斯甘走后，到了晚上真托斯甘回城休息，梦托一知真相头晕倒地，托斯甘得知自己的妻子被欺骗，万般无奈，只好安慰爱妻。

D. "真假猴子"的情节。

《西游记》第57回出现了一个假猴王："模样与真大圣无异，也是黄发金箍，金睛火眼；身穿也是绵布直裰，腰系虎皮裙；手中也拿一条儿金箍铁棒；足下也踏一双麂皮靴；也是这等毛脸雷公嘴，朔腮别土星，查耳额颅阔，獠牙向外生。"两个猴王功力、声音都一样。南海观音、玉帝及天宫、地府其他神仙均分辨不出真伪，最后只有如来才分辨出假猴王原是六耳猕猴。这才解了真假猴王之谜。

这段情节令人联想到《拉玛坚》中的两个事件。索克里扑和帕里猴子两兄弟争斗，因为他们模样相似，拉玛也分不清楚，后来只能做记号才得以分辨。两只猴子争吵的情节在《拉玛坚》的故事中还出现在比较受泰国人欢迎的一段——"跨海大堤"：在拉玛与猴子大臣们商量如何渡海至隆伽城时，猴臣冲朴潘提议说，拉玛手上猴兵神通广大，可拔山建桥，可用法术造巨船运兵渡海，可用尾巴当桥渡海，还可让海水枯干后行走。不过此行为会影响拉玛的威严，不如让猴兵们用石头填满大海。于是拉玛命令哈奴曼与尼罗帕带领小猴们搬石头丢进大海。尼罗帕原本不满哈奴曼，趁机把石头扔到哈奴曼身上，于是黑白两个神通广大的猴子就打了起来，这一打天地就跟着颤动起来，闷雷滚动。拉玛大怒，下令把黑猴尼罗帕降了职，给猴兵们每月运送粮草，并惩罚哈奴曼如不在七天之内填满大海就将其斩杀。虽然这段情节完全没有讲述神猴的长相区别，但是强调了黑白两猴的法术相同，无法一战定输赢。哈奴曼与尼罗帕在修建通往隆伽城的大堤上争斗，两只猴子都打不败对方，斗争场面激烈、精彩，直让人联想到悟空与六耳猕猴争斗不分上下的一回。

（3）故事内容直接与神猴有关（反述法）。

在《西游记》里出现了很有意思的写法，也能让人感到情节与《拉玛坚》相似，但正好因果相反，即把内容反过来叙述。

A. 一个靠风，一个怕风。

哈奴曼是风神之子，从没有被风打倒。当他受伤昏倒或者被妖魔杀死，若有风吹，即能让他恢复正常或复活。而孙悟空曾经遇到黄风怪喷出三昧神风，顿时黄风大作，孙悟空招架不住，眼珠酸痛（第20~21回，悟空请灵吉菩萨来帮助他降妖，从而救出唐僧）。这里一个靠风，一个怕风，截然相反。

B. 一个靠山，一个怕山。

哈奴曼事迹最出名的片段是"哈奴曼搬山"。他为了救帕拉什寻找解药，喊药名，但没有回应，只好将整座山搬走。在印度哈奴曼故事中，除了描述哈奴曼有很大力量之外，还经常描绘哈奴曼与阿修罗战斗时，可随时在战场的周围拔起整个山峰打击敌人。然而类似的猴子搬大山故事，没有出现在孙悟空身上。《西游记》中却把这一类型情节，改成主人公被山压着，无法脱身，如孙悟空被压在五行山下，五百年之后才能摆脱。另外，孙悟空还背过由银角大王变成的年老道士，因为唐僧受骗要他如此。接着道士用移山倒海术遣来须弥山、峨眉山、泰山压住悟空。大圣被压得三尸神咋，七窍喷红。最后靠山神、土地、五方揭谛才获救（第33回）。同样的，一个靠山，一个怕山。

C. 一个靠吃，一个靠装。

《拉玛坚》故事情节中缺少哈奴曼小时候吞噬太阳的事迹，但是泰国民间对此情节很熟悉。哈奴曼能远跳，一跳就跳到太阳那里，将太阳吃掉，使天上黑暗。悟空也可以"装"天，使自然界失去白天。可是，孙悟空的方法是用装而不是用吃的。第35回，他骗两个小妖能用紫金葫芦"装"天。他请神向玉帝借天，哪吒太子一听悟空念咒，便展开皂雕旗，把日月星辰遮蔽了，这样就好像天被"装"在葫芦里了。这里一个靠吃，一个靠装。

三 泰国哈奴曼与中国孙悟空故事的雷同情节

在将中、泰的神猴故事文本比较时，笔者发现最让人不可思议的是，既然两个故事中有许多单元或细节叙述类似，然而这些内容在《罗摩衍那》却没有提到。这部分也跟神猴形象有关。有的泰国哈奴曼故事在《罗摩衍那》里没有，或者有但情节单元或细节上不同，反而在《西游记》中出现了。

图 3-21　泰国孔剧（上）与中国戏剧（下）的同一情节

（一）类似神猴蒙骗敌人的武器

原先印度神猴故事中有情节讲述阿修罗举行仪式而使其武器威力更大，但仪式被哈奴曼破坏使武器失去威力，却从来没有出现过"神猴蒙骗敌人的武器"。不过，这个手段不但是中国神猴的机智与本能，泰国神猴在这方面也不亚于孙行者。

《西游记》第 33 回：孙行者欲救师父师弟，变作一个老道士，从精细鬼和伶俐虫手中骗得紫金红葫芦与羊脂玉净瓶，又恐落人口实，变了一个一尺七寸长的大紫金葫芦，骗说能装天，将两个宝贝骗到了手。之后悟空又化作小妖，将压龙山压龙洞魔王的老奶奶骗到半路后，杀死了她，夺得幌金绳。

泰国哈奴曼也有类似的行为：哈奴曼骗妖魔以取得武器。阿修罗萨哈迪查巡视，哈奴曼化身成小白猿挡住他的去路，骗他说自从拉玛控制了猴国后，猴子们日子都很艰难困苦。哈奴曼抱着他的脚，假装痛哭。萨哈迪查问为什么，哈奴曼说一想到他的兄弟就忍不住哭了。现在他想要武器，请求萨哈迪查亲自出马，降服拉玛兄弟。萨哈迪查答应了。哈奴曼一拿到武器，就变得巨大，一脚踢倒萨哈迪查，并折断刚得到的武器。然后用自己的尾巴捆住萨哈迪查，送交拉玛。

（二）类似比武或者比法术

印度哈奴曼有许多变身的法术，但还没有达到千变万化的地步。而我们知道孙行者变化多端，这样的例子非常多。泰国哈奴曼的变身本领也不如孙悟空厉害，不过与印度哈奴曼相比 [1]，还是进步了。无论如何，这里我们先不比较他们的神通变化，笔者想要证实中、泰两国神猴故事中都有这么一段印度神猴故事所没有的"法术挑战"或"比示神通"的情节。

《西游记》第6回，二郎神欲降伏妖怪孙悟空，变成各种模样来抓孙悟空。孙悟空变化手段一点也不比二郎神差。另外，第61回孙悟空与牛魔王也有一场比变化的好戏，乍看起来双方比法术胜过斗战。

我们先看第6回的情节：二郎神与孙悟空斗了三百余回，不分胜负，两人相生相克，互相斗法。二郎神变成一个巨人，孙悟空也变得与他一般高，后大圣败走，变成一只麻雀，二郎神变成饿鹰儿直扑；大圣变成大鹚老，二郎神化成大海鹤；大圣化为涧中鱼儿，二郎神变成鱼鹰儿等着捕鱼；大圣变成水蛇，二郎神又变只灰鹤来吃水蛇；大圣转而变成一只花鸨，二郎神现形用弹弓打他；大圣滚下山崖，变成一座土地庙儿，大张着口，尾巴不好收拾，变作一根旗杆，二郎神想捣他窗棂，踢他门扇；大圣逃至灌江口，变作二郎爷爷的模样，二郎神进来劈脸就砍。

第61回：悟空苦借芭蕉扇不得，又来铁扇洞叫嚣。牛王变作一只天鹅逃走，大圣变作一个海东青相追；牛王化为黄鹰反击，行者变作乌凤追赶；牛王变作白鹤飞走，行者化作丹凤高鸣；牛王见状变作一只香獐，行者则变作饿虎；魔王一慌化作一只大豹，行者变成一只金眼狻猊要食大豹；牛王一

---

[1] 泰、中神猴神通变化的内容分析，请阅第四章"泰、印、中神猴形象的平行比较"。

急变作一个人熊来擒狻猊，行者变作赖象来卷人熊；牛王现出原形———只大白牛，行者也现原身来相斗。

下面是《拉玛坚》中类似的情节：哈奴曼遇见仙人那落时，他想知道仙人法术究竟有多厉害，就前去试探。他请求与仙人住一个晚上，仙人让他住在一个亭子里，哈奴曼故意把身子变得很大，对仙人说："这个亭子太小，我住不下，你不能给我一个更大的亭子吗？"仙人施了个法术，使亭子变大，哈奴曼也变得更大，亭子连他的一只胳膊也装不下。仙人把亭子再变大，哈奴曼还嫌小，最后仙人认为哈奴曼太淘气了，便念了个咒让雨下在哈奴曼身上，哈奴曼浑身湿透了，身体抖个不停，只好向仙人投降，仙人才解了咒。仙人还想处罚一下哈奴曼，把自己的拐杖放在水里，念了咒，拐杖变成了蚂蟥。哈奴曼来喝水，被蚂蟥紧紧吸住下颌不放。哈奴曼越怕蚂蟥，蚂蟥就变得越长，哈奴曼走投无路，不得不向仙人道歉，并离开了仙人。

从上面例子可以看出，这几段情节描述方式极其相似。特别要指出的是，孙悟空与二郎神比试和哈奴曼与那落仙人斗法都出现了有关房子变化的情节，而对印度哈奴曼只提到变成人或动物。

（三）类似女妖怪化成轻烟逃走

有一回，十头魔王（托斯甘）让苯伽陂（托斯甘弟弟披佩的女儿）装扮成悉达的"尸首"，随河漂至拉玛处。拉玛见"尸"大恸，哈奴曼见状可疑，劝解拉玛。拉玛下令点火将"尸首"烹煮，苯伽陂无法忍受，化成轻烟欲逃，哈奴曼跟随轻烟，发现苯伽陂并抓住她。这类"妖变成烟迅速逃走"的情节在"孙悟空三打白骨精"里面也出现过，"孙悟空火眼金睛把妖看透，妖变烟逃走"。这一段，不但描述过程类似，还解释了"哈奴曼"和"孙悟空"有辨别是非的本领。（第27回）

（四）类似躲在云间"洒雨"或"洒武器"

运用云雾为战术也令人把两部作品联想在一起。印度有神仙站在云间，往地上射箭，变成雨。而《西游记》把此情节描述得更有意思：孙悟空命令天上神仙站在云端，听从他的指令，刮风、布云、电闪雷鸣、

图3-22 漂浮的假悉达尸首——苯伽陜

托斯甘弟弟披配的女儿苯伽陜装扮成悉达的尸首，随河漂到拉玛处哈奴曼见状可疑，劝解拉玛。

玉佛寺壁画，作者摄 2009

图3-23 被烧的苯伽陜化成轻烟飘走

图3-24 三打白骨精

下雨天晴等。比如在第45回，描述车迟国虎魔王可叫风雨云雷雾，就与唐三藏挑战赌胜祈雨。在比赛显神通当中，孙大圣先到天空命众神受他吩咐，当行者把棍子往上一指，是要刮风，棍子第二指，要布云，三指要雷鸣电灼，四指就要下雨，第五指要大日天晴。妖怪不知内情，四声已响毕，却毫无风云雷雨显像。换三藏表演时，行者开始显神通，把金箍棒钻一钻、晃一晃，往天空指指就事事如意，这场比试唐三藏就得胜了。

其间依稀可见泰国哈奴曼故事的类似情节，只是刮风洒雨变成了"洒"武器：在哈奴曼与萨搭孙战斗时，哈奴曼听披佩说，萨塔孙可求神拿取兵器，他带着众猴躲在云里，等待萨塔孙叫取兵器，众猴即把那些兵器收好，不让兵器掉到地上，只有等到哈奴曼之命才可以丢兵器下来。哈奴曼变身成一只野生猴子试探萨塔孙的神通，萨塔孙谋显威力，向神取拿兵器，却被众猴全收走了，于是被哈奴曼嘲笑。萨塔孙大怒，对哈奴曼说，他还不是一样无神力可取兵器，哈奴曼才假装念咒，众神们听到马上扔兵器下来，压死许多萨塔孙的士兵，最后萨塔孙亦被哈奴曼杀死。

除了以上几个方面，其实在两个故事中还有许多细节上相似、令人容易把两个故事联想在一起的情节。例如主人公（唐僧或拉玛）被妖魔鬼怪掠走，神猴前去营救，描述的过程就很类似；像神猴变身去探寻主人公的藏身处或试探妖魔的威力。与《西游记》一样，在泰国故事中也有哈奴曼到海底寻找拉玛（与麦亚拉普作战一节），或者到海底请海神告诉他阿修罗的藏处或把阿修罗杀死的方法（与底美克作战一节）。

图3-25　与穆拉帕兰和萨哈迪查大战中天上洒武器的情节

玉佛寺壁画，作者摄　2009

四 小结

中、泰神猴故事相似之处较多，相形之下，他们的印度祖先就少一些。（见表 3-5）

表 3-5　中、泰与印度神猴故事情节比较综述

故事情节或细节	中国	泰国	印度
神仙因被诅咒而下凡人间	猪八戒、沙僧	仙女瓦娜琳	醯玛、商婆底
刀枪不入	孙悟空大闹天宫被抓受刑（第 7 回）	哈奴曼火烧隆伽城前被魔王杀头	《美妙篇》"火烧楞伽城"
真假猴子	真假悟空（第 57 回）	帕里和素克里扑、哈奴曼和尼拉帕	波林与须羯哩婆之争
猴进魔嘴，抓破魔腹	黑熊精（第 17 回）、铁扇公主（第 59 回）、青毛狮子怪（第 75 回）、金鼻白毛老鼠精（第 82 回）	降伏蝴蝶女巨人	降伏女妖僧醯迦
神猴蒙骗敌人的武器	金角大王和银角大王的紫金红葫芦与羊脂玉净瓶（第 33 回）	蒙骗阿修罗萨哈迪查的武器	无
神猴蒙骗敌人的情人	蒙骗牛魔王妻子——铁扇公主（第 59 回）	蒙骗托斯甘妻子——梦托	无
比法术	与二郎神斗法（第 6 回）、与牛魔王比试（第 61 回）	与那落仙人比试	无
运用云雾为战术	车迟国虎力大仙（第 45 回）	哈奴曼与萨塔孙交战	与因陀罗耆交战
妖怪变成烟迅速逃走	白骨精（第 27 回）	苯伽陔趁被烧化成轻烟逃走	无

（一）中、泰"有"，印不一定有

中国、泰国"有"的情节或细节，印度不一定有，或许有的情节原来可以从印度找到，可是泰国的描述已经脱离原来的写法，却与中国更为接近。如蒙骗武器与蒙骗情人等情节。

（二）印、中"有"，泰"无"

将中国与泰国比较后，再与印度相比，发现印度、中国都"有"而且比较重视的情节，泰国要么没有，要么虽有类似的，但是描述得不怎么完整。比较明显的例子是讲述"神猴破坏果园"、"猴子吃果（喝蜜）醉迷"

或"神猴闹果园，而后与果园的看护者发生争吵"事件。在这里特举详例作为参考。

《西游记》第5回：孙悟空如愿以偿地被玉帝封为齐天大圣，代管蟠桃园。起先他倒也尽职，但有一日他见到老树枝头，桃熟大半，他便想要偷吃。从此后隔三差五他便去偷桃。王母娘娘要开"蟠桃圣会"，派七仙女到蟠桃园采桃，但园中熟桃均已被大圣所吃，只剩几个毛蒂青皮的。

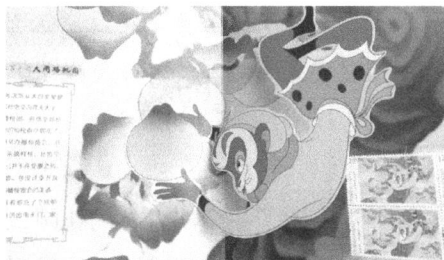

图 3-26　孙悟空偷桃
《大闹天宫》邮票，中国邮政 2014 年发行

又，孙悟空得知王母设宴所请名单中没有他。于是他想要自己前去赴会，孙悟空大吃为圣会准备的百味八珍，大饮玉液琼浆，醉醺醺后，误到太上老君的兜率天宫，把他的五个葫芦金丹偷吃了。怕玉帝怪罪，悟空走出天门，回花果山，后又返回瑶池，为众猴偷出仙酒。花果山上众猴高兴万分，举行"仙酒会"，众饮仙酿，其乐融融。

图 3-27　印度哈奴曼破坏罗波那蜜园
Devdutt Pattanaik, *Hunuman An Introduction*, 2001

猴以果为食。虽然猴子没有八戒好吃，不过，在印度故事中也出现过类似情景，因为猴偷食而产生了纠纷。印度《罗摩衍那》中也有群猴在大花园里尽情地吃蜜桃的描述。同时，这段描述了无数群猴在一个场地一起吃桃。

由于哈奴曼遇到悉多之后高兴，赶回去与众猴和猴子的头领鸯伽陀集合，告知详情，猴子们都以哈奴曼为傲，急不可耐地回去向罗摩和猴王复命。路上发现了这么一个情况：

看到了一座蜜林花园，猴子个个心里喜欢……猴子们都渴望，把那甜蜜来喝舔。没有任何猴子，不是在那里发疯；没有任何猴子，喝蜜已经尽兴。《美妙篇》①

猴子们到了一个叫蜜林的花园，把守蜜林的是须羯哩婆的舅舅陀底牟迦。他们异常欢喜，请求吃蜜，得到莺伽陀的允许。猴子们高兴至极，有的唱起歌来，有的跳起舞来，有的纵声大笑，有的来回游荡，有的从一棵树跳向另一棵树，有的从树上往地上来回跳，有的互相推搡，整个花园顷刻被吃光，树叶花朵纷纷落地。陀底牟迦怒火万丈，来阻止猴子们，大伙儿打成一团儿。陀底牟迦被猴子们掐、咬、打、踢，哈奴曼鼓动大家继续喝蜜，猴子们冲向守卫，拳打脚踢，守卫们抵挡不住，四散奔逃。陀底牟迦被莺迦陀打得遍体鳞伤，只得跑到须羯哩婆那里告状，须羯哩婆得知此事，猜想哈奴曼等一定是找到悉多了，高兴至极，就没有追究他们的责任。

泰国是没有"猴偷果"的，但是也有叙述猴破坏神仙的花园，穿插在故事的各个部分，仅为普通猴子的生活，不值得拿来讨论。

（三）印、泰"有"，中"无"

印度、泰国有，中国却没有的情节，包括火烧楞伽城（隆伽城）、鏖战魔王大军等。

对于泰"有"，中、印"无"，或中"有"，泰、印"无"的情节，各国都有自己独特的地方，但与本书所要讨论的关系不太大，这里不再专门做比较了。

在比较中我们可以发现，三个国家的文本在故事框架和主题等大的方面都比较一致，但具体的处理则不同。

三部著作的起因都源于天神的"救世"精神。印、泰都是因为阿修罗（罗刹）为害人世，天神共派那罗神下凡，变成罗摩（或拉玛）拯救众生。中国则是因为妖魔鬼怪横行，乱象丛生，就派唐僧去西天取经，以图恢复正常的社会秩序。

---

① 详见季羡林《罗摩衍那·美妙篇》，人民文学出版社，1984，5.59.11~5.61.16。

故事内容的主题都是"神猴救主"。印、泰是救悉多（悉达），中国是救唐僧，而神猴（哈奴曼或孙悟空）则是救主的主体。

故事的结局都是"邪不压正"。每当妖魔肆虐、神猴等似乎无法抵御时，天神都会出面协助，保佑神猴等正义的一方渡过难关，取得胜利。

中国的《西游记》和泰国的《拉玛坚》以及其中的神猴故事本没有明显的直接影响的关系，也没有引起以往研究者的注意。但只要是读过这两部著作的人就无法不在两者之间产生联想，一些情节和细节惊人地相似，却又似是而非。经过详细的比较和挖掘我们可以发现，这些情节的确有同源关系，只不过在复杂的流传与再创造的过程当中被有意无意地改造了。继承与改造的方式主要有大同小异（主要情节一致，小细节有所增删更改），打乱重组（打乱原有的情节单元，其中的单个细节分散到不同的情节单元中得到保留），扭转变形（比如前文所说的反述法，是一种经过扭转的继承）等。

第四章
泰、印、中神猴形象的平行比较

本书第三章以"神猴故事"为中心，对印、泰和中、泰的文本分别做了框架和情节上的比较。而本章则专门就神猴形象进行平行比较。基于三国神猴之间特定形象的传承关系，可以较为清晰地显现出一个文学形象在多国之间交互影响的轨迹，以及不同的文化间对彼此的吸收和改造的复杂面貌。本章对神猴形象的比较主要分为四个大方面：神猴身份、神猴外形、神猴性格以及神猴的本领。主要选取了以往研究的空白点或忽视点进行比较，尤其是能够突出三国神猴特殊性的地方。希望这部分材料的整理能够为以后的研究提供参考和线索。

第一节　神猴的身份

泰、印、中三大名著中的三大神猴，有着相同的基本形象，就是他们全都是猴类动物，并具有独特的性格和很多本领。在相同的基础上，我们更详细地剖析他们之间的差异。

一　中、泰神猴祖先——哈奴曼的渊源

哈奴曼和孙悟空都是著名文学作品的主要角色。作为猴子，他们角色的重要性丝毫不亚于书中的人类主角罗摩（拉玛）和唐僧。他们既有与人类一样的机敏和智慧，又在降服敌人的本领上远胜于作品中的人类主角。由于他们的机智和高强的本领，不禁令读者产生疑问：为何作者把他们写

成猴子？

有许多国外和印度的学者在研究哈奴曼的身份及其源流时认为，古时外来的亚利安人（Arayans）和印度当地人与楞伽岛居民之间曾发生过规模巨大的战争。由于亚利安人文明程度较高，学者们认为他们是书中人类的原型。协助亚利安人作战的印度当地人，黑皮肤、厚嘴唇、卷头发，且文明不发达，故而被喻作猴子。楞伽岛的居民泰米尔人较粗暴、个子高大、长相可怕，但是力量强大，又是亚利安人的敌人[①]，所以就被喻作阿修罗。至于用猴子象征当地人并不是贬低他们，因为猴子比较聪明，动作又很迅猛，因而非常适合做雇佣军，帮助亚利安人作战。[②] 当然尽管猴子很聪明，但是毕竟比不上人类。

在研究哈奴曼的渊源时，有些印度学者认为哈奴曼的祖先可能是一种叫 "vanaras"［或 Vānara (Sanskrit: वानर)］的猴子的后代。这一类猴子作战英勇，跳跃很远，能够变形。另外也有的学者认为，"vanaras"并不是猴子，而是一群战士，这些士兵将画有猴子的旗帜作为他们征战的象征。还有的学者从词根的角度分析，认为 "vana" 是指森林，"nara" 是指人类，"vanaras" 则是指住在森林中的人类。至于他们为什么有尾巴，可能是作者的想象。"vanaras" 应该是还没有完全进化的原始人，他们的个性和生活方式好似野生动物一般。比如波林和须羯哩婆，就像猴群中争夺头领之位和母猴的对手。总之，《罗摩衍那》中哈奴曼是个猴子形象，但他在很多方面与人类一样。他的穿着、行为以及生活方式（如举行仪式等）与人类无异，只有在征战时才显现出动物的习性。哈奴曼的形象已被叙述得接近于人类，只不过他是寻常的人，而非如罗摩那样的人类典范。[③]

二 "猴"的象征

一般猴子的性格是反复无常、朝三暮四、出尔反尔，具有狡诈的

---

① 认为敌人很强是为了表扬亚利安人，因为最后他们能打败楞伽岛民族，显示出他们的民族才是英雄。参见〔泰〕比查·弄俗《〈罗摩衍那〉在东南亚的影响》，国家文化委员会办公室，1981，第25~26页。

② Gorressio，*The Ramayan of Valmiki*，by Valmiki,Trans., R.T.H.Griffith, ⅩⅢ .

③ Devduff Pattanaik, "The Hanuman Heritage"，*Hanuman An Introduction*, Mumbai:Arun K. Metha at Vakil & Sons Private Ltd.,2001, pp.1-2.

一面。印度哲学家认为，猴子代表了浮躁、动荡不安的心态，印地语叫"Kapi"，意思是好动、摇晃，也就是不坚定的心。所以，如果把这些想法或欲念（即哈奴曼）依靠天神（即罗摩）来控制，就可以克服自我（Ravana）。[1] 猴的象征好动，恰好与台湾地区有些祭拜大圣爷宫庙的传说相似，这些传说认为孙悟空本性活泼、好动，人类幼稚调皮好比猴子的形态，需有猴子之王管教。中国大陆和台湾祭拜孙悟空的渊源有的依托《西游记》故事里神猴的象征，有的依托动物猴的自然本性象征。此外，印度宗教里把"猴"哲理化，泰国佛教里也有此类观点。以佛法解释《西游记》的主要角色，只有唐僧是人，其他却是"无"，所谓的"无"即为"虚空或非具体事物"，并以孙悟空代表世间人类（这里指的是唐僧）的"慧"（Panna）（智慧、敏捷之意），猪八戒代表人类的各种欲念、欲望需要持佛法——"戒"（Sila），沙和尚则是指人类在欲念中有时需要警醒、劝告，也就是代表"定"（Samadhi）。

同时，也有人这样认为，孙悟空囊括了儒、道、释三教宗旨，肩负中华民族的文化使命，通过自己的人生之路来展示生命之火的不朽与辉煌。猴的形象活泼好动，正是心脏的特征，仿佛人之心灵。其他的天堂诸神、地狱诸王都是通过以心脏为中心的人类生命的肉体系统来表现的。人类不甘心被烦恼忧愁缠绕一生，以修道来追求心灵的主宰与自我实现，摆脱物欲，达到不朽。这中间涉及的精神意识系统即是小说中的故事情节。总之，孙悟空就是将天、地、人三界和首、尾、腹三部的人体宇宙贯穿一起从而揭示人类生命自我完善的探索与修持，是达到不朽、实现涅槃这个人类生命最大意义的唯一通道。

三　神猴的出生及"风、石之子"的说法

在《罗摩衍那》第四篇的《猴国篇》之前，作者并没有专门交待哈奴曼是风神之子的片段，到了《猴国篇》才交代哈奴曼出生的情节片段。据说风神看见猴女安阇那娇嫩婉美，一见钟情，为其倾倒，前去搂抱她，后来安阇那成了哈奴曼的母亲，风神的身份即是哈奴曼的父亲。原文如下。

---

[1] Devduff Pattanaik, "The Hanuman Heritage", *Hanuman An Introduction*, Mumbai : Arun K. Metha at Vakil & Sons Private Ltd.,2001, pp.1-2.

有一个天女的翘楚，
名字叫芬吉伽斯陀罗；
她也被称做安阇那，
她是猴子吉萨陵的老婆。
由于被人诅咒，亲爱的！
她托生成猴子，变形随意；
她是高贵尊严的猴子，
公伽罗所生的闺女。
生为猴子肢体软嫩，
她能随时变化随意；
她变成了人的样子，
洋溢着天上的青春美丽。
……

这大眼女郎身上穿着，
美丽的镶着黄边的衣裳。
风慢慢地把衣服吹开，
她站在大山的山顶上。
……

他看到了这美丽女郎，
双臂肥大，腰肢瘦小，
四肢都非常美丽，
风神为爱情所颠倒。
用他那圆肥的双臂，
风神就来搂抱，
这无可指责的女郎，
他全身都魄散魂消。
……

光辉的女郎！我搂抱你，
我在精神上进入你身体；
你将来会生一个儿子，

图4-1　印度人认为安阇那是哈奴曼的母亲

173

智慧无双，精力无比。

你这个孩子在森林中，

看到刚才升起的太阳；

你想：这是一个果子，

想去拿它，跳到天上。

……

大猴子呀！当你迅速，

跳向太空的时候，

聪明的因陀罗生了气，

就把金刚杵向你掷投。

你一下子落到山顶上，

左额受了伤被折断；

于是你就得到一个名字，

大家管你叫哈奴曼。[①]

　　泰国哈奴曼的父亲也是风神，但文中描述的过程与印度不同：依雄神（即印度湿婆神）想帮助那罗神降服托斯甘，命令风神把他的武器和力量吹到莎娃哈嘴里，莎娃哈怀孕30个月，从她的口中生出哈奴曼。其实在故事中这样的叙述也让人不能肯定泰国哈奴曼的亲生父亲究竟是风神还是依雄神，但是莎娃哈只见到风神吹来武器，所以哈奴曼一诞生出来[②]，母亲就让他称风神为父，从此之后大家都认定哈奴曼就是风神之子。泰国哈奴曼的故事源自印度，在他流传到泰国的过程中故事内容已有增减，但大体上仍保留着"风神之子"的威名。

　　不过，按照历史渊源考察，印度人认为哈奴曼的父亲是科萨里（Kesari），属于居住在森林里的一个民族。

　　而中国孙悟空的出生更为独特，他是从一块罕见的石头里生出来

[①] 有关哈奴曼的出生情节片段可参考季羡林《罗摩衍那·猴国篇》，人民文学出版社，1984，4.65.8~22。

[②] 原文此段谓："งงไปอ้าปากยืนตีนเดียว เหนี่ยวกินลมอยู่ในไพรสาณฑ์ ยังเชิงขอบเขาจักรวาล ตามคำสาบานของกูนี้ ต่อมีมีลูกเป็นวานร ฤทธิรอนเลิศล้ำกระบี่ศรี จึงพ้นสาปสิ้นบาปอัปรีย์"。曼谷王朝拉玛一世王：《拉玛坚》第二册，泰国艺术局，1997，第68页。

的。文中描述："那座山正当顶上，有一块仙石。其石有三丈六尺五寸高，有二丈四尺围圆。三丈六尺五寸高，按周天三百六十五度；二丈四尺周围，按政历二十四气。上有九窍八孔，按九宫八卦。四面更无树木遮阴，左右倒有芝兰相衬。盖自开辟以来，每受天真地秀，日精月华，感之既久，遂有灵通之意。内育仙胞，一日迸裂，产一石卵，似圆球样大。"

描述"猴"是"石"生出来的，有人认为是天然而成。仙石即"天心"，古人有"心猿"之说，故石猴即是"天心"。[1] 另外，这也与中国上古时代就产生的灵石崇拜的文化因素有关。《山海经》记载了"女娲以石补天"，这是中华民族的创世神话。《淮南子·修务训》上说"禹生于石"，其治水功业万世景仰。《太平御览》也记载道"禹产于琨石，启生于石"，启是国家诞生的标志。禹、启与石头的渊源，是"女娲补天"神话的延续，也是其发展与深化。大山巨石受到称颂的文献比比皆是，"石头"同时也具备了"人"的韵味。《蜀王本纪》记载："蜀王薨，五丁辄立大石，长三丈，重千钧，号曰石笋，千人不能动，万人不能移"，这里的巨石已有一种社会责任。《风俗记》记载："益州之西有石笋焉，天地之维，以镇海眼，动则洪涛大滥"；《水经注·夷水》记载："得二大石磺，并立穴中，相去一丈，俗名阴阳石。阴石常湿，阳石常燥。每水旱不调，居民旱则鞭阴石，应时雨；多雨则鞭阳石，俄而天晴。"这里"石"成了兴利除弊、护佑万民的灵物，充满了神奇的力量。坚实的石头人格化后产生的责任、力量和创造是中国文化的内涵象征。[2] 所以孙行者是石头所生就是为了要衬托出他的责任感、坚毅性格、无比巨大的力量。总而言之，孙悟空被认定是"石头"这种自然的物质生出来的。

但是，人们是否知道他的出生与风也并非完全无关？文中接着说这块仙石"因见风，化作一个石猴。五官俱备，四肢皆全。便就学爬学走，拜了四方。目运两道金光，射冲斗府"。这是否表示孙悟空实际上是"风、石之子"？按照物质自然生存的观点，"风、石"必须彼此依赖才能显出它

---

① 李安纲：《美猴王的家世》，中国社会科学出版社，2002，第221~223页。
② 详见陈文新、阎东平《佛门俗影：〈西游记〉与民俗文化》，黑龙江人民出版社，2003，第156~158页。

们的存在，“石”源于土，经风吹日久成为石；而“风”遇石则愈加犀利。近来，还有中国学者从哲学的角度解释，“石”是混沌状态的真阳理气，“风”则属阴气，阴阳相交，生出一个石猴，其间揭示的宇宙观、伦理观正是中国传统文化的缩影。①

由此可见，印度、泰国哈奴曼的出生是直接的男女之情的结果，中国孙悟空的诞生从表面上

看只是石头这种物质转化而生。但是，如果孙悟空真是风石相交化为石猴，那么三国神猴的诞生都离不开阳（公）阴（母）的结合。可见，印度、泰国和中国的神猴都可以说是“风神之子”。

四　神猴的名称与封号

印、泰哈奴曼是风神之子，所以他们还有另外一个名称是 Vayu-putra，或 Maruti，即风神之子的意思。在印度民间，哈奴曼还有更多的别称，如 Pavan-putra（Pananakumara）、Mahavira（Bajarangi）、Sankatamocana、Anmandi、Anjaniputra（Kesarinandana）等②，有的也是风神之子的意思，有的则带有宗教教义，如“Sankatamocana”有“去除烦恼”的含义。

根据印度民间的传说，“哈奴曼”此名的意义来自他小时候的故事：曾经有一次他去追赶太阳，途中看见一神象，冲上前去想捕捉神象，因陀罗怒不可遏，挥手打断他左颌，使他坠地而亡。风神见状大怒，搅乱天地，大梵天抱起风神之子的尸体，用手一抚摸，他就复生了。因陀罗便为其取名哈奴曼。③ 这一段故事是瓦尔米基版的说法，印度民间有许多说法大同小异。例如，印度民间传说有这样的说法：“哈奴曼小时候，有一天早晨，他的母亲外出不在家，他饿极了，不知道该怎么办。小哈奴曼仰望天空，看到了天上红圆的太阳，自以为是红水果，为了解饿，他跳到天空中把红果吞吃了。骤然间天昏地暗，天神大发雷霆，现出原身问星神：‘太

---

① 李安纲:《美猴王的家世》，中国社会科学出版社，2002，第221~223页。

② Dr. Jayant Balaji Athavalee, Dr.(Smt.) Kunda Jayant Athavale, *Sanatan Sanstha, Sukhsagar*, Opp. Muncipal Garden, 2000, p.5；Catherine Ludvik, *Hanuman in the Ramayana of Valmigi and The Ramacaritamanasa of Tulsi Dasa*, p.1.（Vayu-putra 或 Maruti 这两个名称，泰文直接音译）。

③ 瓦尔米基版本，参阅季羡林《罗摩衍那·猴国篇》，人民文学出版社，1984，4.65.8~22。

阳怎么不见了？'星神道：'在那个小猴嘴里呢。'天神愤怒地用'瓦叉拉'把小猴的左颌打歪了，太阳则从哈奴曼嘴里掉了出来，小猴哈奴曼失去了知觉，昏倒在那里。小哈奴曼的父亲风神看到哈奴曼被打死了，非常生气，从此他不再照常刮风，天地则变动无常。天神无可奈何，只好让哈奴曼起死回生。小哈奴曼虽然复活了，可是他那张脸再也不能恢复正常了。"①

总之，哈奴曼被因陀罗打到左脸之后，脸就斜了，从此之后叫作哈奴曼（हनुः hanuḥ）。虽然作品中没有明确地说"哈奴曼"此词是斜脸的意思，但斜脸也代表他的形象。②

另外，民间还有其他方法来解释"哈奴曼"这个词："哈奴"（hanu）是"控制"的意思，"曼"（mana）是"心"的类似意思。这种说法有可能是以宗教信仰的观点来解释的，文学中的记录还是以上说法的意思。

关于为何哈奴曼被称呼为"风神之子"，

图 4-2　小哈奴曼将太阳吞食
Devdutt Pattanaik, Hunuman An Introduction, 2001

据印度专家的说法，《罗摩衍那》反映自然说。支持《罗摩衍那》是自然事物的抽象符号的学者们认为《罗摩衍那》也是真实历史的反映，只不过故事中的人物并不直接反映历史上的真实人物，而是作为一种抽象符号来反映历史。他们认为罗摩象征农民，悉多象征耕作，罗波那则象征干旱。提出此观点的学者用以上词语的原有意思来作为《罗摩衍那》故事来源的解答③，在这里，哈奴曼象征风。在印度，"风"的发音是"玛录"，而哈

---

① 讲故事者：班地教授，采访于印度班地教授家，采访时间：2002 年 3 月 13 日。
② 在文学中没有很明显叙述哈奴曼的这种形象，不过，在印度有些地方，如瓦拉纳西古城，祭祀哈奴曼的塑像就有这种明显的形象。
③ 〔泰〕比查·弄俗：《〈罗摩衍那〉在东南亚的影响》，国家文化委员会办公室，1981，第25~26 页。

奴曼是风神玛录之子，民间相信当有大风吹时，哈奴曼就会出现。[1]

在泰国，哈奴曼的名字并不是大家研究的重点，可是文学里的称呼也并不少，如 หนุมาน ผู้ชาญชัยศรี（灵猴哈奴曼）、วายุบุตรใจหาญ（勇敢的风神之子）、ลูกพระพายฤทธิ์แรงแข็งขัน（神通广大的风神之子）、วายุบุตรวุฒิไกรใจกล้า（神勇的风神之子）、กระบี่ชาญฉกรรจ์（坚强战士）、ลิงป่ากาลี（森林猴）、ลูกพระพายเทวัญ（风神之子）。

中国人比较讲究称呼，如果与印度和泰国神猴故事文本里出现的神猴称呼相比较，很明显孙悟空的名称多得不

图4-3 左下巴被天神打歪的哈奴曼（瓦拉纳西祭祀的形象）

明信片，2003 年于印度考察时购

胜枚举。其浑名是"孙悟空"，法名是"行者"，佛号是"斗战胜佛"，有官职是"弼马温"，另外还自封为"齐天大圣"。依故事中叙述的顺序是：美猴王——弼马温——齐天大圣——行者——孙悟空——斗战胜佛。有关他的名字，专家的解释和来源如下。

"行者"：原有的意思应该不是指神猴的名字，而是指归入宗教的方法和实行佛法的人的意思。在《大唐三藏取经诗话校注》中，"行者"主要应该指释迦牟尼的徒弟们或者修佛法的行者们。

"孙悟空"：所谓"空"的来源，佛教观点里重视"空"。"空"是佛教修行的最高境界，如成语"空空如也""妙手空空"。[2]

关于"孙悟空"的来历，日本研究《西游记》的著名学者中野美代子在《〈西游记〉的秘密》中认为，"猴子"有许多异称，如"胡孙（猢狲）""王孙"等，都有一个"孙"字，易使人想到猴子。同时，"孙"也是一种姓氏，所以取孙姓比较恰当。"悟空"则是唐玄宗时代去西天取经的一位僧人的名字。这位僧人叫车奉朝，是北魏皇室的后裔，本是赴印度

---

[1] 〔泰〕沙田沟谁：《关于哈奴曼》，《拉玛坚的器材》，阿盟印刷公司，1972，第 64 页。

[2] 朱瑞樟：《佛教成语》，汉语大词典出版社，2003，第 94 页。

的官方使节，因病留在印度，后在当地出家，回国时带了大量佛教经典，并奉皇帝命令正式皈依佛门，称为"悟空"。尽管《西游记》取材于唐太宗时代的玄奘取经，实际上，把大量的、重要的佛经带到中国并翻译是唐玄宗时代的事，所以传说中将"悟空"与玄奘混淆为同一时代就不难理解了。这是《西游记》故事形成的重要基础。

"齐天大圣"："齐天"即寿与天齐，是寿命跟天一样长久的意思；"大圣"是圣、仙、佛三级中的初级，尽管是初级，但已可与天地山川同寿了，故名"齐天大圣"。①

以上所列的，都是孙悟空的主要名称之意。在作品中行者还有许多外号，如花果山的众猴称他为"千岁大王"，神仙叫他"猢狲""孙大圣""妖猴"等，妖怪叫他"毛脸雷公嘴的和尚""泼猴头""毛脸勾嘴的和尚"等，百姓叫他"齐天大圣爷爷""雷公爷爷""毛脸和尚"，而他自己则占别人便宜，自称"老孙""俺老孙""孙外公""老外公"。

可见，三部作品中对神猴的名称都比较讲究。在《西游记》中孙行者的名称五花八门，各称呼都有其来历，并且有独特的意义。与之相比，印度和泰国并没有那么纷繁复杂，而是简单扼要。

图 4-4　孙大圣
《大闹天宫》邮票，中国邮政 2014 年发行

---

① 李安纲:《美猴王的家世》，中国社会科学出版社，2002，第 39 页。

表4-1　印、中、泰神猴各种称呼

神猴国籍	神猴统称
印度	Vayu-putra Maruti Maruti (मारुति) Pavan-putra (Pananakumara) Mahavira (Bajarangi) Sankatamocana An-mandi Anjaniputra (Kesarinandana)
泰国	拉玛一世王版中的各种称呼： หนุมานผู้ชาญชัยศรี——灵猴哈奴曼 วายุบุตรใจหาญ——勇敢的风神之子 ลูกพระพาย——风神之子 วายุบุตรวุฒิไกรใจกล้า——神勇的风神之子 กระบี่ชาญฉกรรจ์——坚强战士 ลิงป่ากาลี——森林猴 ลูกพระพายเทวัญ——风神之子 最后封位：พระยาอนุชิตจักริศพิพัทธพงศา——帕亚阿奴奇扎格里披帕彭萨
中国	诨名：孙悟空 法名：行者 佛号：斗战胜佛 官职名称：弼马温 自封：齐天大圣 诸猴尊称：美猴王 最后封位：斗战胜佛 其他：毛脸雷公嘴的和尚、毛脸勾嘴的和尚、毛脸和尚、雷公爷爷、孙大圣 民间崇拜俗称：行者爷

五　神猴的地位

孙悟空名称多、地位高。从故事的开头到后半段，均有不少称呼。先是"千岁大王"，在天上养马时被封为"弼马温"，后来自称"齐天大圣"。自认为天下无敌的悟空，最后与师、弟到达西天，才有相当于菩萨的明确地位。无论如何，大家都习惯称他"猴王"，自从孙悟空在中国出生后，好像中国所有的猴子就没有比他更受欢迎、更受崇拜的了。①

---

① 中国猴年也以孙悟空作为众猴的代表。

《罗摩衍那》里所谓的"猴王"即是须羯哩婆，哈奴曼的地位仅是须羯哩婆的猴兵和大臣，在协助罗摩时，通常哈奴曼必须依猴王的指令而行。与泰国哈奴曼比较，两位英雄猴是同样的，虽然他们的地位都不是猴王，但是作为猴兵，泰国哈奴曼的权威应该还比印度哈奴曼高些，因为他直属拉玛，通常直接受拉玛的指挥。《罗摩衍那》描述哈奴曼任务时，通常没有直接派哈奴曼作为头领，如猴王须羯哩婆起兵协助罗摩，吩咐众猴分散到东、南、西、北寻找悉多。哈奴曼随着鸯伽陀（波林之子）和阎婆梵的队伍往南搜寻，这群是由鸯伽陀作为头领，在行动中必须通过鸯伽陀认可才能执行。仅有哈奴曼跨海至楞伽城寻悉多一段，才完整地显出哈奴曼的本领。

六 猴属虎的说法

《西游记》在讲述孙行者的诞生时着重于奇异的描述，但没有更确切地叙述他的出生日期。泰国哈奴曼的出生除了叙述他出生时的种种奇特之外，还更仔细地讲述了他的出生日期。

> ครั้นได้ศุภฤกษ์ยามดี
> พระรวีหมดเมฆแสงฉาน
> ปีขาลเดือนสามวันอังคาร
> เยาวมาลย์ก็ประสูติโอรส
> เป็นวานรผู้เผ่นออกทางโอษฐ์
> เผือกผ่องไพโรจน์ทั้งกายหมด [1]

（虎年三月星期二，夫人从嘴里生出猴子，全身银白。）

尽管哈奴曼属于各种猴中的最优等种属，民间流行以其名字来命名周围环境中等种种事物，但是对于哈奴曼诞生日期的说法，泰国星占学家的传统观念是认为其出生于"哈奴曼星卜"或者叫"哈奴曼命运"，即薄命。

---

① 曼谷王朝拉玛一世王：《拉玛坚》第二册，泰国艺术局，1997，第68页。

这种命运的任官职辛苦劳累，不易得到赏金。就像泰国孔剧演示的一个片段中说的："ทำดีเยี่ยงหนุมานแล้วไม่ได้ดี ขันอาสามาด้วยภักดี บำเหน็ดก็ไม่มี"。意思是"像哈奴曼般做好事，诚心诚意，不求得到赏金"。[1] 当哈奴曼火烧楞伽城、回去报告拉玛时，正值拉玛在洗澡，听到此事，拉玛非常生气，认为哈奴曼没有向他请示，擅自处理，生怕托斯甘一时生气伤害了悉达。文中叙述道：

> เมื่อนั้น
>
> พระสุริย์วงศ์องค์นารายณ์นาถา
>
> ฟังลูกพระพายเทวา
>
> ผ่านฟ้ากริ้วโกรธดั่งไฟฟอน
>
> กระทืบบาทมีราชบรรหาร
>
> ดูดู๋หนุมานชาญสมร
>
> กูใช้ให้ขุนวานร
>
> ไปสืบข่าวบังองอรแต่เท่านี้
>
> เหตุใดจึงทำอหังการ์
>
> ฆ่าโคตรวงศายักษี
>
> ทั้งหมู่อสุรโยธี
>
> แลเผาบุรีกุมภัณฑ์
>
> อันองค์อัคเรศอรไท
>
> อยู่ในเนื้อมือไอ้โมหันธ์
>
> ถ้ามันโกรธาฆ่าฟัน
>
> สุดสิ้นชีวันวายปราณ
>
> ตัวกูผู้จะสงครามยักษ์
>
> แม้เสียเมียรักยอดสงสาร
>
> ก็จะซ้ำแสนทุกข์ทรมาน
>
> เอ็งจะคิดอ่านประการใดฯ [2]

---

① 〔泰〕苏季·翁替主编《"精灵哈奴曼"：哈奴曼剧本汇编》，公认出版公司，1999，序言。

② 这里"夫人"是指莎娃哈（哈奴曼的母亲）。曼谷王朝拉玛一世王：《拉玛坚》第二册，泰国艺术局，1997，第 158 页。

（拉玛跺脚，生气地指着哈奴曼说："你这个猴子，我让你去打听夫人的下落，你为何如此粗糙，把所有的阿修罗杀死了，把楞伽城也烧了。我的爱妻在霸道恶魔手中，如果他一生气要杀了她，那这场战争又有何意义？"）

哈奴曼忙对拉玛保证道：

มาตรแม้นว่าท้าวทศพักตร์
ฆ่าองค์นงลักษณ์มเหสี
ขอประทานจงผลาญชีวี
กระบี่ให้สิ้นสุดปราณฯ　①

（如果悉达被托斯甘所害，我就将自己的头颅割下来，以此作为担保。）

泰国民间认为哈奴曼属虎。虎年出生的人在泰国的说法是很有威力并可以降伏别人的，但可能一辈子都会比较辛劳，不过，这并不表示属虎的人就会薄命，属于"哈奴曼命运"者必须是星期二出生。

有这么一个说法，泰国古代的人就有一种占卜观念："如果要看名利就应查星期天，如果要看相貌就应查星期一，如果要看勤奋就应查星期二，如果要看和气就应查星期三，如果要看智慧就应查星期四，如果要看财富就应查星期五，如果要看磨难就应查星期六。"② 意思是

图4-5　属虎薄命的哈奴曼

玉佛寺壁画，作者摄　2009

① 曼谷王朝拉玛一世王：《拉玛坚》第二册，泰国艺术局，1997，第158页。

② 详见〔泰〕扑录昂《泰民的信仰》，古城出版社，2003，第73页。

说星期天出生的人会有名望及利益，星期一出生的人会有好相貌，像哈奴曼这样星期二出生的人就会勤劳、勤奋。也有人说，星期二出生的人擅于战斗，一生劳累。印度哈奴曼也是星期二出生的，印度百姓在星期二、星期六都会祭拜哈奴曼，星期二祭拜是因为他的生日，星期六祭拜则是因为必须由他来控制磨难之星。可见，《拉玛坚》中的哈奴曼故事情节已安排好，或者说撰写者一定是星座占卜学家，才把哈奴曼的生日与性格写得那么巧合。笔者认为这一点泰国也可能受印度的影响。哈奴曼对泰国百姓思想观念影响很深，因此就特别指出此问题探讨。

第二节　神猴的外形和习性

从生物学意义上说，猴子最引人注目的外形是其毛和尾，印、泰、中三个神猴故事也没有忽略这两个特点，同时，借此来体现猴子的外表可爱、习性滑稽，并且借此来嘲讽猴子的特点，因而使故事内容更加精彩，使读者阅读时更有兴趣、更加快乐。

一　猴的外形

（一）神猴的长相

在《罗摩衍那》中并没有交代到底哈奴曼的面相如何。书中只描述哈奴曼个子高如大山（像须弥山一样高）。流传到泰国以后，泰国作者反而描述了他的容貌。在有关哈奴曼出生的情节中也添加了不少内容，描绘他出生时的种种奇迹。而且如以上曾讨论过的，连他的出生日期也没有忽略。文中说，泰国哈奴曼一生出来的时候，浑身的毛又白又亮，个子高大如16岁的猴子。不过与印度神猴高如大山相比，泰国神猴的个子好像并不太高。比如作品中经常写阿修罗讥讽哈奴曼，像"你这个小猴子，跟苍蝇一样，还敢来与我比武"之类的话语，可见他不算太高。接着另一段说，哈奴曼还带了耳环，他的毛更加晶莹光亮，他的牙齿像玻璃一样闪亮，两颗虎牙长而锋利。他一打哈欠时，就从嘴里冒出许多星星和月亮，他有八只手、四张脸。泰文诗里这一段叙述说：

มีกุณฑลขนเพชรอลงการ์
เขี้ยวแก้วแวววฟ้ามาลัย
หาวเป็นดาวเดือนรวีวร
แปดกรสี่หน้าสูงใหญ่
สำแดงแผลงฤทธิ์เกรียงไกร
แล้วลงมาไหว้พระมารดา [①]

　　哈奴曼浑身的毛是无价之宝，每一根毫毛、每个细孔全似钻石光般白白亮亮的。我们再来看中国神猴的形象，文中说：

　　　　磕额金睛幌亮，圆头毛脸无腮。咨牙尖嘴性情乖，貌比雷公古怪。惯使金箍铁棒，曾将天阙攻开。如今皈正保僧来，专救人间灾害。（第 44 回）

　　以上所论神猴的毛色体形仅仅着眼于文学作品，若从民间崇拜的神猴形象和塑像研究来看，就更多了。针对神猴的崇拜形象，可以做一个神猴"孙大圣"和神猴"哈奴曼"的单独比较，就目前情况来看，中、印、泰的神猴塑像都塑造得多种多样。如印度民间崇拜的哈奴曼塑像有的是红色，有的是白色，有的甚至是绿色。据了解，目前身体为红色的在印度较为普遍。[②] 关于印度哈奴曼身体为红色，民间有几种说法，比如，

图 4-6　哈奴曼打哈欠口吐星月

---

① 曼谷王朝拉玛一世王：《拉玛坚》第二册，泰国艺术局，1997，第 68 页。
② 如印度古城瓦拉纳西，此处大街小巷都有供奉哈奴曼的神坛，而哈奴曼塑像很明显的特点有左斜的脸、手持长叉的标志及身体全红，有的地方连哈奴曼寺庙也全是红色的。

“罗摩王子第一次见到他的妻子悉达时，看到悉达头上有红线。哈奴曼知道罗摩喜爱红色，于是就化成周身为红的形象”。又比如，“红色是代表印度教徒的颜色，而且是比较明显的颜色，印度女子头上的发缝中间也涂朱红点，或在前额上点吉祥痣”。这几种说法，不但从宗教信仰的角度体现出印度人的风俗习惯，同时也隐含了哈奴曼对他主人的忠心，反映了他的一种德行。

（二）文学中猴毛和猴尾的用处

《拉玛坚》描述哈奴曼的颜色和体毛的部分，一则是指出他貌美，二则为证明他的身份。我们已知道哈奴曼是个风流公子，他花言巧语，善于谈情说爱，使女妖怪、仙女都神志恍惚地愿意做他的妻子，并协助他完成任务。但是女仙、女怪喜欢哈奴曼并非只因为他的甜言蜜语，还因为她们亲眼看到哈奴曼有“钻石毛、珠宝牙”，打哈欠时有“月亮和星星从他的嘴里漂浮出来”，由于这几种原因，仙女们才死心塌地投入哈奴曼的怀抱。[①] 哈奴曼出生时，他的母亲莎娃哈曾经告诫儿子道：

> อันกุณฑลขนเพชรเขี้ยวมณี
> ที่มีในกายลูกรัก
> ถ้าว่าผู้ใดมาทายทัก
> ท่านนั้นนารายณ์ทรงจักร
> อวตารลงมาผลาญยักษ์
> เจ้าจงสวามิภักดิ์กับบาทา [②]

（孩儿，如果某一天有人认出你身体上的珠宝牙和钻石毛，那人就是那罗神化身的凡人，他能降伏妖魔，你要忠实地辅佐他。）

关于哈奴曼体毛的威力，只有一处提及，是他与尼拉帕在修建到楞伽城的跨海堤坝时发生争执，他将每一根毛都绑在石头上，砸在尼拉帕的身

---

① 文中描述的仙女们（后来是哈奴曼的妻子们）都是先被上天诅咒，等待哈奴曼来帮忙解咒。第一次看到哈奴曼，一般是先看到哈奴曼化成别的形状，非原来相貌，当她们要求哈奴曼显出原形并认出哈奴曼的毛和牙的几个特点后，才完全顺从哈奴曼。如果是妖怪，一般看到哈奴曼的原形并听从哈奴曼的花言巧语就直接迷恋上他。
② 曼谷王朝拉玛一世王：《拉玛坚》第二册，泰国艺术局，1997，第69页。

上作为报复。除此之外，整部《拉玛坚》并没有提到哈奴曼将其体毛作为神通武器，不像孙行者可将他的毛随时拔出来变成各种各样的东西。孙猴子的毛并不像哈奴曼那样代表什么身份，而是有更多的用处，可降伏许许多多的妖怪。

孙悟空的故事里比较重视猴毛威力的描述，印、泰神猴故事倒是偏重于猴尾威力的叙述。比如泰国哈奴曼可以把他的尾巴变大来捆住阿修罗，使其不能动弹、痛苦万状。又比如在魔军进攻时，他变成一座城堡，把拉玛兄弟藏在嘴里保护，同时用自己的尾巴围成城墙。还有，当拉玛弟弟受伤时，哈奴曼用尾巴围住神山，搬来仙药为其疗伤。在印度故事中还有一段，魔王要惩罚哈奴曼时说："对猴子们来说，尾巴是他们的装饰品；因此赶快把尾巴点着，让他带着点火的尾巴逃窜。"魔王的计划就是要折磨哈奴曼，让他带着点火的尾巴游遍全城使他丢脸，结果没想到哈奴曼却用燃烧在自己尾巴上的火点着了楞伽城房顶，又借着风力吹动，将堡垒捣翻。

关于猴的尾巴，印度有些民族有一种习俗，国王登基庆典时要围着一块布制尾巴，以示尊重被视为祖先的猴。①

在《西游记》中，孙行者的尾巴并没有显示出降妖伏魔的威力，有时反倒成了累赘。最典型的莫若于被二郎神看出破绽的"庙后立着的旗杆"。不过，尾巴被作者用得最多的还是当作露出猴子本形的笑料。孙猴子善于变化，妖怪难以认出，但无论变成什么，总是藏不住尾巴，只有猪八戒才能瞧出端倪，他一发现，唐僧师徒就知道有救了。其间还透露出猴子的可爱性格。

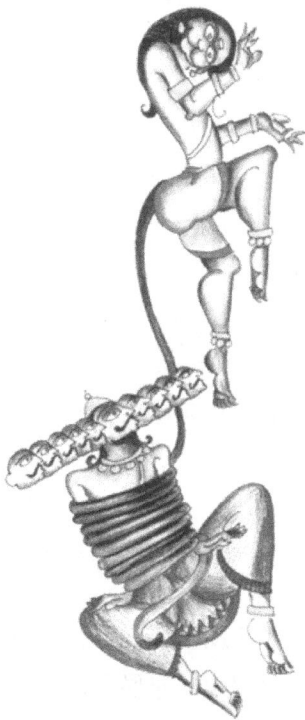

图4-7 彰显哈奴曼神奇尾巴功力的图画（捆住石头魔王）

Devdutt Pattanaik, *Hunuman An Introduction*, 2001

---

① 〔泰〕比查·弄俗：《〈罗摩衍那〉在东南亚的影响》，国家文化委员会办公室，1981，第65页。

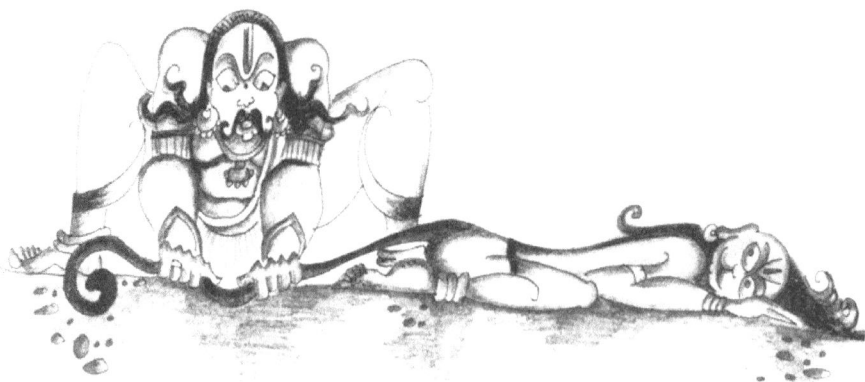

图4-8 试图举起哈奴曼尾巴而徒劳无功的情景
Devdutt Pattanaik, *Hunuman An Introduction,* 2001

图4-9 显示哈奴曼尾巴神力的壁画（1）
玉佛寺壁画，作者摄 2009

图4-10 显示哈奴曼尾巴神力的壁画（2）
玉佛寺壁画，作者摄 2015.8.15

二 猴子的习性

印度哈奴曼性格比较"人性化"。如以上所述，有些印度宗教学派认为哈奴曼并非猴子，故而他的思考和行为方式很像人，在《罗摩衍那》中哈奴曼猴子的本性形象几乎没有显露出来。而对于泰国和中国神猴，两者经常动不动就露出"猴性"。三个故事中所描绘的"猴性"都是很有意思的，这些似人非人的本性描绘充分展现了人物的特点，使他们受到极大的欢迎。

《罗摩衍那》描绘哈奴曼的本性，能看到的只有下面《美妙篇》的这一片段，当哈奴曼见到悉达，是这样描述的：

粗胳臂的风神之子，看到她盛装美饰；他心里想"这是悉多"。她洋溢着青春风姿；这个猴群的头领，心里真是乐滋滋。他摇摆着自己的尾巴，把尾巴亲了又亲；他高兴，他跳跃，他唱歌，他前进；他攀上了柱子，又从上面向下跳动；他充分地流露出自己天生的猴性。①

《拉玛坚》描绘"哈奴曼"与其本性很明显的片段有：

ให้บันดาลดลจิตคิดคะนอง
โดยเพศลำพองไม่นิ่งได้
ถอดมงกุฎแก้วแววไว
ส่งให้แก่ชาวพระมาลา
แล้วโลดโผนโจนด้วยกำลัง
ปีนป่ายขึ้นยังพฤกษา
เลียบไต่เก็บผลอัมพา
ทิ้งมาให้ฝูงนารี
พอยางมะม่วงนั้นตกตรง
ลงเหนือเศียรเกล้ากระบี่
ศรีเอาหัตถ์เข้าปัดเป็นหลายที
มิได้ถนัดดั่งใจ
ยกเท้าขึ้นเกาทั้งสองข้าง
ยางนั้นจะออกก็หาไม่
มือเช็ดตีนแกะวุ่นไป
ตามวิสัยวานรไม่สงกา②

哈奴曼得到官位，有成群的侍女。但当看到树上的芒果时，他就摘下官帽，跃上树去吃芒果。当芒果油掉在他头上、身上时，他就用双手去

---

① 季羡林：《罗摩衍那·美妙篇》，人民文学出版社，1984，5.8.49~50。
② 曼谷王朝拉玛一世王：《拉玛坚》第三册，泰国艺术局，1997，第 557 页。

抠掉芒果油。但是这样也不方便，他就抬起脚，手脚并用，露出猴子的本性。侍女见此，就说悄悄话，使他觉得很丢脸。哈奴曼觐见拉玛，然后毅然出家以使他能修身养性，个性逐步变得更为庄严稳重。

《西游记》描绘"行者"的"猴性"的地方很多，比如第 5 回写孙悟空看管蟠桃园，却大肆偷吃蟠桃，结果使王母娘娘派来摘桃的七仙女一无所获；第 7 回讲述孙悟空一筋斗到了"天边"，在五根柱子中间的一根上写下"齐天大圣，到此一游"，"写毕，收了毫毛，又不庄重，却在第一根柱子根下撒了一泡猴尿"。

第三节　神猴的品德与性格

三个神猴既然在不同国家出生，他们性格多少有些差别，这里我们将他们相对特殊的性格进行比较，其中有神猴的忠孝、谦虚、英勇、智慧、情感等方面，最后将神猴的"妖"面一一进行比较探讨。

一　神猴的忠孝

图 4-11　惺惺相惜的罗摩与哈奴曼
（感人至极的情景）
明信片，2003 年于印度考察时购

印度神猴哈奴曼性格中最重要的特点是忠心耿耿。他对猴王的忠心、对罗摩的忠诚、对悉多的忠实全心全意、始终不渝。

忠于猴王及其家族：波林死后，群猴和波林的媳妇哀伤地痛哭，哈奴曼安慰他们说："一个神志清醒的人，做好事还是坏事，所作所为都产生报应。他死后就收到果实。自己值得悲悼还能悲悼谁？自己很可怜又能可怜谁？人的身躯水泡般虚幻，谁还把谁来哀悼伤悲？年轻的太子还活着，你应该照看莺伽陀；你应该为自己的后代，把一些适当的办法摸索。你知道一切众生，都生生死死不停；聪明人！要做好事，不要哭哭啼啼世俗情。"①

对罗摩的诚信：须羯哩婆被灌顶成为猴王之后，却陷入了淫欲，忘恩负义，把他与罗摩的守约忘掉。哈奴曼一方面尊敬须羯哩婆，不想得罪他，但是也认为他的上司向罗摩许的诺言是应该遵守的。哈奴曼用委婉的话向须羯哩婆说："你得到了王国和声名，家族的光荣与日俱增；剩下的事是争取朋友，你现在就应该去进行。谁帮助朋友不失时机，他就会永远幸福健康；他的王国和他的名声，还有他的威力有增无减。"② 哈奴曼还对须羯哩婆说不要让罗摩来催促。哈奴曼使用的不仅是威力，他还会使用理性的思想来决定或判断是非。

对悉多的责任感：哈奴曼将整个楞伽城烧毁之后，才忽然想起自己一时糊涂可能会影响到悉多的安全。他说："我怎么还能有脸活着去见那猴王？"③ "在三个世界里都知道，猴子的本性浮躁易变。这种冲动的邀请，我完全无法把它控制住；虽然我本来有这能力，却由于冲动没把悉多保护。如果丢掉自己的性命才能赎回罪过，这将使我感到愉快。"④ 他把自己责骂了一顿。

泰国哈奴曼基本上也是一心一意尊敬拉玛，听从他的命令。他能分辨真假，能言善道，并勇敢地接受别人不敢做的高难度任务。不过，他还是有些缺点。比如有时为炫耀自己的能力逾越长官执行的命令。将隆伽城烧毁算是一次违反和逾越长官命令的行动。拉玛为这事特别生气，因为怕托斯甘为了报仇而把悉达杀死。还有一次哈奴曼与尼拉帕受素克里扑的命令，带着猴兵建造通向隆伽城的跨海大堤。尼拉帕和哈奴曼因故吵起架来，素克里扑过来化解双方的矛盾却没有成功，最后靠拉玛过来摆平。拉玛惩罚哈奴曼，逼令他在七天内将大堤建成。哈奴曼凭着对拉玛的忠心顺利完成了任务。

由于哈奴曼的忠诚，拉玛才对他十分欣赏，爱怜有加，君王与臣属的关系堪称一绝。有这么一段情节：拉玛见天色已晚猴兵们还没有回来，心里惴惴不安，就奔向战场查看。一到战场，见猴兵们尸横遍野，回身再看，见哈奴曼被阿修罗的箭弓打晕，从天空掉下落在大象的脖子上。拉玛惊恐万

---

① 季羡林：《罗摩衍那·猴国篇》，人民文学出版社，1984，4.21.1~5。
② 季羡林：《罗摩衍那·猴国篇》，人民文学出版社，1984，4.28.9~10。
③ 季羡林：《罗摩衍那·美妙篇》，人民文学出版社，1984，5.53.10。
④ 季羡林：《罗摩衍那·美妙篇》，人民文学出版社，1984，5.53.8、11~12。

分，悲伤地说："哈奴曼啊，你本领高强，连三界的妖魔鬼怪都惧怕，如今为何却被阿修罗的箭弓打成这样。我以后上哪儿找像你这样忠心耿耿、脚踏实地的护卫？你不能就这么死掉。"说完他伤心欲绝，晕倒在地。

中国孙悟空则不完全一致，印度和泰国神猴对他们的主人有上下级之间的隶属关系。罗摩或拉玛的能力和地位绝对高于哈奴曼，哈奴曼对他们除了敬爱，还有畏惧。而孙悟空和唐僧则是师徒关系，唐僧对孙悟空没有绝对权威性，更多的时候是相依为命，他们之间的关系带有很多感情和伦理的成分，与其说是"忠"不如说是"孝"。

图4-12　无法显示神通之时的悟空

作品中更多地描绘了他的"孝"，即对唐僧的孝心。比如大家都熟悉的"三打白骨精"中（第27回），唐僧误以为孙悟空滥杀无辜，不仅大念紧箍咒，还要把他赶回去。孙悟空尽管万分头痛心痛，仍恳请师父能将他留下来。在万般无奈之下才悻悻离去。后来，当猪八戒赶来告诉他唐僧被擒、要他赶去营救时，孙悟空不计前嫌，毫不迟疑地放弃花果山美猴王的生活，迅即前往。临行前，想起师父可能会嫌他身上的妖精气，还认认真真地下海去洗净身子。（第31回）

唐僧唯一能管教孙悟空的方法就是念紧箍咒，但并不轻易使用，而且每次使用都有不忍之心，带有家法处置的成分。而当唐僧赶走孙悟空的时候，其实紧箍咒已经失去了束缚力，孙悟空却不肯走，这完全是一种师徒感情和孝顺之心在起作用。

二　神猴的谦虚

此处提出这一问题探讨，是因为"谦虚"这一德行是神猴祖宗印度哈奴曼重要的特征之一，但是哈奴曼的子孙——泰国哈奴曼和中国孙悟空较缺乏这方面的品行，或者说没有在这方面青出于蓝，所以这一点就有可比性了。

印度哈奴曼除了具有"忠"的出色品行，还很谦虚。他经常考虑到所谓的"达摩"就体现出他对任何人物都非常谦虚，无论是神仙、罗摩或者猴王，还是普通猴子，甚至阿修罗，都以谦逊态度对待。举几个例子，比如：猴子们遇到商婆底以后，才知道悉多的下落，罗波那把她隐藏在距离地图一百由旬的南海的北岸。猴子们协商选择能够跨越大海的最杰出的猴子，于是有许多猴子都夸奖自己的本领，有的说能跳六十由旬，有的说一下子就能跳九十由旬，有些猴子的本领能跳到一百由旬，但对是否能够回来，却没有信心。最后大猴子阇婆梵督促了哈奴曼，他才挺身而出。①

另外，当哈奴曼跳越大海探寻到悉多的踪迹时，神仙们想考验一下哈奴曼的力量，就派众蛇之母须罗婆来到这里，变成罗刹的样子，制造困难。哈奴曼先是诚恳地请求对方帮助罗摩，放他过去。请求未果，哈奴曼就施展出自己的机智和神通制服了她，然后说道："我已经钻到你的嘴里，达刹的后裔！向你致敬！我要到悉多那里去，希望你把诺言守定。"②

不仅哈奴曼有这样的德行，故事中还叙述其他猴子也有谦虚的美德。在寻找悉多的路途中，猴子们路过幻术金林碰见婆严钵罗婆，她给猴兵提供食宿，猴子们都感激地说："我们都饿得快死了，这时你拯救了我们；告诉我们这些猴子，做什么事才能报恩？"③

泰国哈奴曼有时也谦虚，不过他的谦虚仅针对拉玛和猴王，对普通猴子却时有争执，更谈不上对阿修罗了。而且他还善于花言巧语、讨好卖乖，与印度神猴相比少了些偶像型的完美，更多地带有大众性的寻常人特点。

中国孙悟空则无谦逊可言。自持、自豪、自满是他性格的一大特点。比如：

> 猴王听说，心中大怒道："泼毛神，休夸大口，少弄长舌！我本待一棒打死你，恐无人去报信；且留你性命，快早回天，对玉皇说：他甚不用贤！老孙有无穷的本事，为何教我替他养马？你看我这旌旗上

① 季羡林：《罗摩衍那·美妙篇》，人民文学出版社，1984，5.1.131~156。
② 季羡林：《罗摩衍那·美妙篇》，人民文学出版社，1984，5.1.131~156。
③ 季羡林：《罗摩衍那·猴国篇》，人民文学出版社，1984，4.51.17。

字号。若依此字号升官，我就不动刀兵，自然的天地清泰；如若不依时间，就打上灵霄宝殿，教他龙床定坐不成！"（第4回）

行者闻言，沉吟不答。八戒道："哥哥，怎么不言语？"行者道："兄弟，实不瞒你说。若是踢天弄井，搅海翻江，担山赶月，换斗移星，诸般巧事，我都干得；就是砍头剁脑，剖腹剜心，异样腾那，却也不怕。"（第46回）

在镇海禅林寺里，当孙悟空对唐僧说寺里有妖精，他要去捉时，见过他真实手段的唐僧说："倘那怪有神通，你拿他不住啊，却又不是害我？"行者道："你好灭人威风！老孙到处降妖，你见我弱与谁的？只是不动手，动手就要赢。"（第81回）

孙悟空常常自称"俺老孙"，又在制服妖怪的过程中，逼迫妖怪喊一声"孙外公"之类的。还有，他对猪八戒和唐僧百般捉弄，从派八戒去"五谷轮回之所"（实指茅坑）藏"三清"像，到哄八戒下井背乌鸡国国王的尸体，甚至于骗唐僧对国王尸体大哭，在白骨精和女儿国等段落则三番两次拿女色取笑唐僧，都体现了他以"强者"地位拿"弱者"开涮的自负性格。

三　神猴的英勇

哈奴曼是须羯哩婆最信任的将军。在集结军队并安排群猴去寻找悉多的时候，须羯哩婆对罗摩表示他对哈奴曼的信任远胜于其他猴军将领。他说："在地球上，在天空里，在天上和阴间，在水里，猴子头领！我没有看到有谁走路能比得上你。"[1] "大猴子啊！你的步伐，你的速度、威力和轻巧，除了你的父亲，那个风神，英雄呀！谁也比不了。没有什么人在大地上，能在威猛方面比得上你；你要把事情都安排妥当，好把那悉多去寻觅。你有力量，哈奴曼！你有智慧和勇敢，精通韬略者！你有韬略，你了解地点和时间。"[2] 须羯哩婆这番话使罗摩对哈奴曼更加信任，罗摩才把信物托哈奴曼交递悉多。

在撰写故事情节时，《罗摩衍那》有些片段描写得更夸张，尤其在

---

① 季羡林:《罗摩衍那·猴国篇》，人民文学出版社，1984，4.43.2。

② 季羡林:《罗摩衍那·猴国篇》，人民文学出版社，1984，4.43.4~6。

《猴国篇》中描绘猴王须羯哩婆在招会群猴头领时，大地突然震动起来，猴子头领各有成百随从维护，他们已经把大地遮住了，至于哈奴曼有一千亿猴子卫兵围拥着他，样子都像吉罗莎山峰，个个都是勇猛可敬。[1]

鸯伽陀和其他猴兵向南方寻找悉多时超过了猴王须羯哩婆约定的在钵罗舌婆诺山集合的时间，当时他们的任务没有完成，疲倦至极，精神衰落，但是还探索不到悉多的行踪，哈奴曼鼓励他们说，"要有自信，有技巧，精神上决不要示弱：人们说这是成功之母"[2]，可是各猴兵都不敢回去见猴王，害怕受惩罚，打算绝食至死，哈奴曼却鼓励他们往前奋斗。这里表现出来虽然鸯伽陀是领导，但是他不如哈奴曼坚强。

泰国哈奴曼和中国孙悟空相比也毫不逊色，危难时挺身护主，或路见不平，拔刀相助。如他们都曾与比自己身体大许多的阿修罗或妖怪战斗，泰国哈奴曼为了救帕拉什，勇敢地与有 30 个头的大象搏斗，跳上大象的脖子，一手抓住象牙，一手将象的头颅一一拧断；孙悟空也为了救唐僧，在狮驼国与二魔化身的大象大战，当身体被大象鼻子卷住后，双手仍在大象鼻头舞金箍棒，将金箍棒往大象鼻孔里插，制服了大象。

四　神猴的智慧

印度哈奴曼被着重强调的是忠贞、正直、谦虚、勇猛等特性，智慧方面着墨不多。无论是他跨海寻找悉多的艰险历程，还是在与魔军鏖战时的勇往直前、坚韧不拔，展现在读者面前的更多的是忠于主公、屡挫屡战、穿山越海的神武英雄形象。当然这并非说他不够机智，哈奴曼也有以智斗敌的时候。最明显的例子就是火烧楞伽城一段：他假装求死，骗罗波那在他尾巴上点火游街，却借机将楞伽城烧个通红。只不过，这样的情节并不太多，但给人的印象十分深刻，可以说是点睛之笔。

泰国哈奴曼的战斗智慧基本上与印度祖宗相差不多，勇猛胜过谋略。不过有一点大不相同，那就是他善于用甜言蜜语来打动诸如菩斯玛丽等仙女、女阿修罗，令其不战而降，进而帮助他完成任务，甚至直捣魔王托斯甘的妻子。所以，美人计对他不起作用，美人一出现倒是反被他将计就

---

[1]　季羡林：《罗摩衍那·猴国篇》，人民文学出版社，1984，4.38.30。

[2]　季羡林：《罗摩衍那·猴国篇》，人民文学出版社，1984，4.48.6。

计，这显然比印度哈奴曼更胜一筹。

孙悟空是个机灵鬼，这似乎是先天注定的，他的绝世神通与其超人的机灵和智慧是相匹配的。小说中自始至终都展现着他的这一特性。从他拜须菩提祖师学艺开始，他的聪明就让祖师另眼相看，很快便把七十二变与十万八千里的筋斗云等神通教给他。西天取经路上，孙悟空与各类妖怪斗智斗勇。他的对手多是天上佛道两界神仙的"宠物"，神通广大，看家宝贝多；与此同时，他还提防魔王鬼怪，保护唐僧的安全，这就决定了他必须运用谋略，以巧制敌，以谋制胜。孙悟空的智慧主要体现在：不硬冲，斗智勇，常巧取。比如化身为魔头手下的小妖打入敌方心脏，借用观音菩萨等神仙的力量，假装答应对方再将计就计，故布迷阵再声东击西，巧言令色骗取对方宝物以图智取，等等。这些招数在"黑风山怪窃袈裟"、"法性西来逢女国"、"孙行者三调芭蕉扇"和"朱紫国唐僧论前世"等情节中均有精彩的描绘。

五　神猴的情感

感情生活是人生旅途中不可缺少的重要部分，这不仅攸关人类自身的繁衍，还涉及人类能否保持完美的精神世界这一重大问题，它是文明化程度的重要体现。

三国神猴都遇到过感情问题，只不过泰国哈奴曼是直接面对、主动投入，而印度哈奴曼和中国孙悟空则是以旁观者的身份看待他们的主人和伙伴面临的感情纠葛。

印度哈奴曼自身没有任何感情上的"烦恼"，他的情感世界是空白的，这也符合他高大完美的英雄形象。他碰到的无外乎都是为了夺妻之恨，弟杀兄或驱使千军万马血战雪耻，布满天地的血腥为的只是一个女人，换来却是尸横遍野、血流成河。终于消灭敌人、夫妻团聚了，还伴随着猜疑、自尽以求清白等难以置信的苦涩。看到这些场景，想必哈奴曼即使有心，也不敢涉足其间。

泰国哈奴曼则幸福得多，可以说是"艳福不浅"。他先后有六个妻子和情人，其中有仙女也有女阿修罗，大概分为三种类型。

咒语与姻缘：菩斯玛丽与瓦娜琳。哈奴曼与翁空等去寻找悉达的时候，遇到了受依雄神诅咒而独自守护玛然城的仙女菩斯玛丽。这个诅咒只有当她遇到拉玛最优秀的将军哈奴曼时才能解除。双方一见倾心，哈奴曼帮她解了咒，菩斯玛丽告诉他隆伽城的位置，哈奴曼让她回到天国。另一个是瓦娜琳，巨人威龙占邦逃窜到瓦娜琳处，被藏在海绵里。追杀他的哈奴曼前去询问瓦娜琳，才知道她因弄坏了天庭

图 4-13　哈奴曼追求素潘玛查
玉佛寺壁画，作者摄　2009

的金灯而被依雄神诅咒，只有哈奴曼才能解除咒语。哈奴曼为她解了咒，双方结为夫妻，瓦娜琳就将威龙占邦藏身之处供出，哈奴曼杀掉了威龙占邦。

战斗中生情：苯伽陔与素潘玛查。苯伽陔是托斯甘的侄女，其父披佩投奔拉玛。托斯甘为报复披佩，让苯伽陔装扮成悉达的"尸首"，随河飘至拉玛处。哈奴曼识破诡计，抓住了欲逃的苯伽陔。拉玛令哈奴曼将苯伽陔送回隆伽城，在回城的路上，双方因景生情，后来还生了个儿子阿素拉帕。素潘玛查是托斯甘的女儿，人身鱼尾。当哈奴曼运石填海、建造跨海大堤时，素潘玛查受命破坏。哈奴曼发现后，潜入海中欲除掉她，但一见她的美貌，就无法下手，双方互相爱慕，素潘玛查反帮哈奴曼运回石头。后来生了一个儿子玛查奴。

执行任务的需要：梦托与素万干玉玛。托斯甘的妻子梦托熬一种"神水"以使死去的魔将死而复生，哈奴曼前去破局，装成托斯甘与梦托就寝，使"神水"失去效力。另一个是素万干玉玛。托斯甘的心脏藏在别处，哈奴曼为了找到他的心脏，就做卧底潜入敌方，受到托斯甘的赏识，被收为义子，托斯甘还将死去的儿子因陀罗者的妻子素万干玉玛许配给他。

尽管泰国哈奴曼妻子甚多，但都是在协助拉玛救回悉达的过程中顺势而得，可谓娶之有道，与托斯甘抢夺别人的妻子不可相提并论，这也是为了反衬托斯甘的无道。同时，六个女人中竟有四个是托斯甘的亲人，从另一方面也反映了恶有恶报、夺人妻必将使自己的妻女子媳被人夺的因果报

应思想。

中国《西游记》中没有涉及孙悟空的感情问题。但他身边的猪八戒、唐僧都有面对感情的机会。猪八戒在天庭就调戏了嫦娥，在高老庄还有逼亲经历，后又因迷恋女色被挂于树上，这都从反面告诫人们婚姻的烦恼。唐僧面对感情问题多是被动的，女儿国被逼成亲，蝎子精挟三藏婚配等都烘托出唐僧取经的坚定意志，从正面告诫人们要远离婚姻的烦恼。孙悟空没有情感的体验，因为他是本领高强、不畏强暴的英雄。英雄有超常之功，能够看透常人看不透的烦恼。所以他对于男女之情有一种似乎源于看破红尘的旁观姿态与调侃心态，而调侃的对象，就是他的师父避之不及的尴尬和师弟急不可耐的滑稽。置身事外，好不洒脱！

六 "神"猴的"妖"性

印度哈奴曼被描绘得特别完美，连罗摩都自叹弗如，所以要从他身上找出缺点很难。泰国哈奴曼则更人性化些，比如他与仙女的风流，他对敌人的蒙骗——当然是为了完成任务。有时他很任性，修建通往隆伽城的大堤时与尼拉帕斗气，以致拳脚相向；有时又很顽皮，经常超出拉玛指示的任务范围，擅自行事——除了他把隆伽城烧毁使拉玛生气以外，还有一次他为了帮帕拉什找解药，到了隆伽城，潜进托斯甘的寝室，找到药并偷出来，在离开之前突然想要玩弄十头魔王一番，便把魔王和他妻子的头发绑起来，并念个咒不让魔王的头发与他的妻子的头发解开。

说到这一点，让我们想到孙悟空也有同样的玩性，有一段玩弄头发的故事可以一提。《西游记》第84回，灭法国国王许下一

图 4-14 淘气的哈奴曼捆住托斯甘和梦托的头发

玉佛寺壁画，作者摄 2009

个罗天大愿，要杀一万个和尚，已经杀了九千九百九十六个，还差四个。孙悟空师徒四人正好经过，孙悟空玩性大发，夜晚跑到皇宫，将皇宫内院、五府六郡、各衙门内，凡有品职的都剃了头发，"宫娥彩女，天不亮起来梳洗，一个个都没了头发。宫里的大小太监，也都没了头发。一拥齐来，列于寝宫外，奏乐惊寝，个个嚶泪，不敢传言"。

　　孙悟空的"另一面"远不止这一点。他的前身是妖怪，在水帘洞也干过吃人肉的勾当。后来强索金箍棒、逼封齐天大圣、搅翻蟠桃会、大闹天宫等，无不是向正统的社会秩序挑战，在主流社会固有的伦理道德看来，这些离经叛道的作为淋漓尽致地展现了他的"妖性"。皈依佛门后，他被纳入统治秩序之中，洗心革面，但当年的一些"孽性"依然难改，只不过被运用到降妖除魔的技巧之中，戏谑化了他的"妖性"。比如第51～52回写道，独角兕大王有个武器"金刚琢"，很厉害，能"套"一切武器。孙悟空奈何不了他，金箍棒也被套走了。悟空只好请来托塔李天王，哪吒，邓化、张蕃二雷公，火德星君与水德星君相助，但都没用，所有的武器也全被套走了。对付"套"武器这招，"偷"是唯一的办法。而偷也只能由如妖怪所说的"偷天的大贼"孙悟空来执行，而且邓、张二公也肯定了悟空的偷技，"若要行偷礼，除大圣再无能者"。悟空对此也深感得意，自己说道："暗闯瑶池偷玉液，私行宝阁饮琼浆；龙肝凤髓曾偷吃，百味珍馐我窃尝；千载蟠桃随受用，万年丹药任充肠；天宫异物般般取，圣府奇珍件件藏。"马上他就当仁不让地去偷宝了。孙悟空贪武器的名声天下皆知，在第42回中悟空请观音来帮忙收服红孩儿，观音对他都不信任。"你见我这龙女貌美，净瓶又是个宝物，你假若骗了去，却那有工夫又来寻你？"第71回中，观音帮忙收服金毛犼，悟空偷走她的三个金铃，被发觉后悟空抵赖，观音喝道："你这贼猴！若不是你偷了这铃，莫说一个悟空，就是十个，也不敢近身！"悟空这才承认。

第四节　神猴的禀赋和本领

　　各神猴有他们独特的本领，不过也可分成两种表现，即先天禀赋和后天本领（主要指神通法术等），以下将这两方面做比较。

一 神猴的禀赋

在三位不同国籍的神猴中，提到禀赋方面，受到最高推崇的应该仍是中、泰神猴的祖宗——印度哈奴曼，作品中讲述哈奴曼有智慧、有远见，分辨是非能力强（到中国变为火眼金睛能看透妖魔的真相）。

无论如何，印度哈奴曼被描述的出色之处主要是他原有的禀赋——力量，无论作品中经常强调哈奴曼的个子高大如山峰一般、个子高大像须弥山一样，还是"他在地上摔自己的尾巴，发出轰声巨大震天"[①]，这种描述主要说明哈奴曼的力量。

他能跳远、跳高、速度快：他跳跃本领像风神一样（一亿由旬）、绕高山峰顶转一千次、大腿能快速跑近太阳、跳得很高能超越星辰、在云中跳上跳下；说他的速度是"像罗摩射出一支箭，飞起来疾风一般"。[②]

说他力量无人比：大海掀动搅翻，力量巨大能打碎大地、冲碎雨云、摇动山峰，双臂搅荡海水洗涤山川。

在印度有些研究哈奴曼神威的专著，其中一文专对哈奴曼的力量与其他神的力量做了比较（见表4-2）。

表4-2 印度哈奴曼与诸神的力量比较分析

印地文诸神名称	诸神力量所占百分比	诸神战斗力所占百分比
1. Vishnu, Narayan Vasudev	100%	10%
2. Ardhalakshmihari Shrihari	100%	50%
3. Narad, Tubaru	70%	10%
4. Hanuman	70%	70%
5. Viththal	50%	50%
6. Vyankatesh (Balaji)	50%	50%
7. Garud	20%	10%
8. Jay-ViJay	20%	10%
9. Vishnudut	10%	10%

资料来源：Dr. Jayant Balaji Athavalee, Dr.(Smt.) Kunda Jayant Athavale, Maruti, Sanatan Sanstha, Sukhsagar, Opp. Muncipal Garden, 2000, pp.14-15。

[①] 季羡林：《罗摩衍那·美妙篇》，人民文学出版社，1984，5.40.28。
[②] 季羡林：《罗摩衍那·美妙篇》，人民文学出版社，1984，5.1.36。

如表 4-2 所示，虽有些印度神力量比哈奴曼大，不过，哈奴曼的战斗力却是惊人，所占百分比最高，不像其他神仙要么力量大可是只得到部分展现，要么全部展现了可是力量却不大。

泰国哈奴曼一出生就有与印度哈奴曼一样的禀赋，《西游记》中国孙悟空则基本没有提到先天的禀赋。

二 神猴的本领

（一）三位神猴本领的来源

首先，应该重复以下印、中、泰神猴本领的来源。

印度哈奴曼并没有被专门指出他的威力来源，只是因为他是"风神之子"即能跳跃高山，声如洪钟，并且如以上所提到的，印度哈奴曼亦无任何专用的神奇武器，他在本领上完全以他的天赋为主。

泰国哈奴曼的本领在作品中被详细叙述，文中写道：风神将自己的威力传递给哈奴曼。后来风神带哈奴曼拜见依雄神，依雄神看哈奴曼很适合做那罗神的大将，就赐予他一些法术，使他会变化，能够隐身，身体强硬，刀枪不入。另外，依雄神赠予哈奴曼三件武器：一件叫钻石卡塔，形成哈奴曼的脊柱，它使哈奴曼能够御空飞行；一件叫钻石三股叉，形成哈奴曼的手和脚；一件叫水晶转轮，形成哈奴曼的头部。

中国孙悟空的本领来源并非神命或者天生，而要通过辛苦奋斗而来，自己独自跨山渡海寻找师傅——菩提祖师。祖师第一眼还看不到他有学法术的灵魂和天赋，不怎么待见，而后发现他颇有灵性，就教悟空长生之道，后来又教他七十二变，传给他筋斗云，使他能变身，能腾云驾雾，全身毫毛也都随他使用、变化（第 2 回）。悟空头戴凤翅紫金冠，身穿黄金甲，脚穿藕丝步云履，手中拿的是东海龙宫的定海神珍铁如意金箍棒，重一万三千五百斤，能伸能缩（第 3 回）。孙悟空在天上时吃了太上老君许多的金丹，还在八卦炉中烤过，炼成了火眼金睛，刀枪不入。观世音为让他安心保唐僧取经，送给他三根救命的毫毛（第 15 回）。

（二）神猴的神通法术

1. 泰国哈奴曼

泰国哈奴曼的神通如印度哈奴曼一样，他能跳远、跳高、速度极快，力量无人能比，法术高强，刀枪不入，不仅如此，当他受了伤或者被敌人打倒并杀死也毫无紧要，因为风一吹他就能再复活。帕拉什被矛刺中，倒在地上，哈奴曼去帮他拔矛，却怎么也拔不出来。哈奴曼就双手合十，放在额前，念了七次咒，吹在帕拉什被矛刺中的地方，矛就掉下来了。矛一掉，帕拉什恼羞成怒，准备再去追杀阿修罗。哈奴曼告诉他，他们没有带战车，而阿修罗们都有战车，难以匹敌，他要帕拉什站在他的肩上，这样才能与之抗衡。于是，哈奴曼将自己的身体变大，变得与阿修罗的战车一般高，他们一起去追杀阿修罗。

哈奴曼念个咒语，自己的身体就变大了，成了高如山、大如城的堡垒，自己的尾巴绕了一圈变成城墙，猴兵在周围保护。他的嘴巴张开，变成城门；舌头伸出，变成护城河的吊桥。披佩和拉玛的弟弟帕拉什在门内拉玛的身边守护着，素克里扑在门外守护着，不让外面的假冒的猴兵混进来。另外十八个猴兵打着火把、敲着锣在外边巡逻。他刀枪不入，金刚杵不能打伤他；他法术无边，能化身三头六臂，还会念咒语。

对于变化法术的能力，泰国哈奴曼的本领比祖先印度哈奴曼还要高些，文中叙述哈奴曼曾变化为小猴子、阿修罗、藕丝、鹰、女妖、美人、

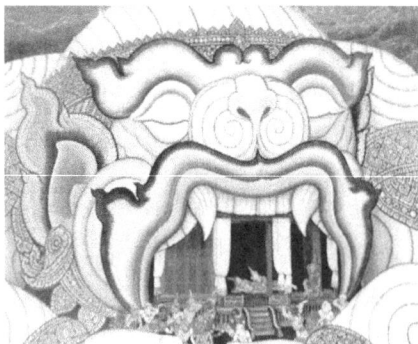

图 4-15　著名的哈奴曼与麦亚拉普之战　图 4-16　泰、印神猴哈奴曼变出携带武器
　　　　　中的哈奴曼神威故事　　　　　　　　的六臂

玉佛寺壁画，作者摄　2009

图 4-17 泰、中神猴棒变的本领

左 :https://th.wikipedia.org/wiki；右 :《大闹天宫》邮票，中国邮政 2014 年发行

腐烂的犬尸。他的变化虽
然没有孙悟空"千变万化"
那样神通，不过，如果细
致研究他的法术，可以发
现他能变成比孙悟空所变
的任何东西还要小的物质，
那就是在麦亚拉普之战中
哈奴曼曾变身为藕丝等。

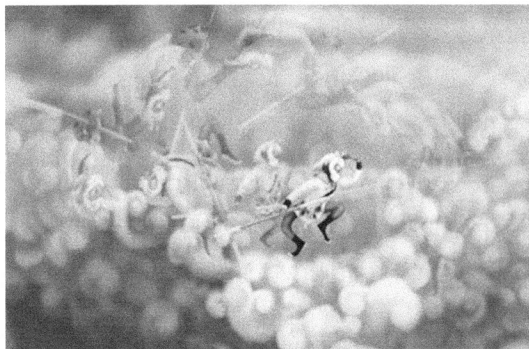

图 4-18 孙悟空用猴毛变的法术

2. 中国孙悟空

中国神猴一个跟头十万八千里，会隐身法、缩地法、安身法、分身
法，拔一根毫毛吹出三万六千个小猴。还能看破妖魔鬼怪的本来面目。比
如白骨精要吃唐僧肉，想骗走唐僧师徒，先后变成少女、老太婆和老头，
均被孙悟空火眼金睛识破，最后将白骨精打死（第 27 回）。红孩儿变成小
童，挡住唐僧师徒的去路，也被孙悟空看破（第 40 回）。

神猴孙悟空最让人印象深刻的是会变身法术，变化多端，具有七十二变的本领。可变长、变短、变阴、变阳、变童、变老、变道士、变长老、变有、变无、变人、变物、变大、变小。最大的变成三头六臂，小的变成小虫类，他又能变吃的、变用的。中文文献资料所指的七十二变其实与故事中孙悟空的变形数量无关，《三遂平妖传》文献中，对七十二变的描述为：上可梯云，下能缩地。手指处，山开壁裂；气呵时，石走沙飞。匿形换貌，尽叫当面糊涂；摄鬼招魂，任意虚空役使。豆人草马，战阵下添来八面威风。纸虎带蛇，患难时弄出一桩灵怪。风云雷雨随时用，水火刀枪不敢伤。开山仙姥神通大，混世魔王法术高。[①] 另外，在清代徐道编撰的《历代神仙演义》[②] 第六节中描写的七十二变分别为：幽通、驱神、担山、禁水、借风、布雾、祈晴、祷雨、坐火、入水、掩日、御风、煮石、吐焰、吞刀、壶天、神行、履水、杖解、分身、隐形、续头、定身、斩妖、请仙、追魂、摄魄、招云、取月、搬运、嫁梦、支离、寄杖、断流、禳灾、解厄、黄白、剑术、射覆、土行、星数、布阵、假形、喷化、指化、尸解、移景、招来、迩去、聚兽、调禽、气禁、大力、透石、生光、障服、导引、服食、开壁、跃岩、萌头、登抄、喝水、卧雪、暴日、弄丸、符水、医药、知时、识地、辟谷、魇祷。

《三遂平妖传》和《历代神仙演义》文献中，可以说除魔降妖法术该有的都记录下来了，这显示出中国思想文化中有趣的另一面。

其实直接论述故事中孙悟空变形种类也并非毫无意义，无论他的变法是“身变”、“毛变”、“棒变”甚至“血变”，古老的巫术已经出现在孙悟空身上了。在他各种变化中又能发现明代作者吴承恩对动物颇为细致的关注，如海东青、丹凤、狻猊等动物，都不是常见的动物类型，作者也能在故事里介绍。更让人佩服的就是各种各样的小昆虫也都出现在故事中，这点让《西游记》在被翻译成其他语言版本时，对翻译家而言是一大难关。为与印、泰神猴的神通法术相比，笔者将《西游记》百回中孙悟空所依不同“法术”变化的各种样子分类如下（各变化所出现的章回数在括号中备注）。

① 罗贯中：《三遂平妖传》，中华书局，2004。

② 徐道、程毓奇：《历代神仙演义》，辽宁古籍出版社，1995。

表 4-3　孙悟空"身、棒、毛、血"四类变身法术

1. 身变：

二郎、麻雀、大鹚老、鱼儿、水蛇、花鸨、土地庙、二郎爸爸（第 6 回）

蜜蜂（第 16、55、56、78、94 回）

仙丹（第 17 回）

一条三股麻绳（第 19 回）

百十个行者、花脚蚊虫（第 21 回）

红蜻蜓儿（第 23 回）

两条熟铁腿（第 25 回）

公主、三头六臂（第 31、40、81 回）

讳讦虫（第 32、34、46、59、75、76、78、82 回）

啄木虫儿（第 32 回）

老真人（第 33 回）

苍蝇（第 34、41、82 回），痴苍蝇（第 70 回），麻苍蝇（第 72、74 回），黑苍蝇（第 77 回）

小妖儿（第 34、74、77 回）

白兔儿（第 35 回）

二寸长短的小和尚（第 37、56 回）

小和尚（第 74、81 回）

锁金包袱（第 41 回）

牛魔王（第 42 回）

游方的云水全真（第 44 回）

老道人（第 46 回）

关保儿（第 47 回）

麻苍蝇儿（第 51 回）

促织儿（第 53 回）

黄皮蛤蚤（第 53 回）

清风（第 60 回）

螃蟹（第 60、63 回）

牛王（第 60 回）

海东青、乌凤、丹凤、饿虎、金眼狻猊、赖象（第 62 回）

怪象（第 63 回）

芥菜子（第 65 回）

仙鼠（第 65 回）、老鼠（第 84 回）、水老鼠（第 86 回）

续表

大熟瓜（第 66 回）

道童、有来有去（第 70 回）

饿老鹰（第 72、82 回）

穿山甲（第 73 回）

小钻风（第 74 回）

竹片（第 75 回）

棉绳（第 75 回）

唐僧（第 78 回）

红桃（第 82 回）

扑灯蟻（第 84 回）

蝼蚁（第 84、86 回）

蝴蝶（第 89 回）

火焰虫（第 92 回）

眚虫（第 97 回）

2. 棒变：
吹棒、纯纲的锉儿（第 34 回）

猪虱子（第 49 回）

长脚虾婆（第 49 回）

千百条铁棒（第 50 回）

翻竿（第 65 回）

钢钻儿（第 65 回）

七十个双角叉儿棒（第 73 回）

枣核钉（第 83 回）

三尖头的钻儿（第 84 回）

3. 毛变：
假行者（第 25、45、84、85、94 回）

三个行者（第 27 回）、百十个小行者（第 90 回）、千百个小行者（第 90 回）

一尺七寸长的大紫金红葫芦、铜铁（第 33 回）

巴山虎、倚海龙、大烧饼、老奶奶、一个假身（第 34、49 回）

假幌金绳、半截的身子（第 34 回）

续表

红金漆匣儿（第 35 回）

包袱（第 41 回）

小妖（第 42 回）

假象（第 46 回）

一条黄犬（第 46 回）

三五十个小猴（第 51、53 回）

铜钱（第 59 回）

斑斓猛虎（第 64 回）

梅花头（第 65 回）

瞌睡虫（第 71、84、86 回）

三个铃儿（第 71 回）

黄麻（第 72 回）

黄、麻、妥、白、雕、鱼、鹞、七十个小行者（第 73 回）

金刚钻（第 75 回）

绳儿（第 76 回）、三十条绳索（第 97 回）

4. 血变：
用血喷在树上变成长老、自身、沙僧、八戒（第 25 回）

注：其中还有观音菩萨赐予他藏在脑后的三根毫毛（第 15 回），叫作"三根救命毫毛"。孙悟空在第 74 回里使用。

孙悟空能用他的毛和棒吹成多种多样的变化，不过他使用较多的法术还是"身变"，而血变仅出现在第 25 回和第 46 回。另外，从表 4-3 中还发现其他有趣的地方，在孙悟空四种变形法术中，变成动物类最多，有陆栖动物、水栖动物、昆虫以及鸟类，大概 34 种。孙悟空还爱变人形（大概发现 18 种），变物类大概发现 24 种，其他还有变成自然现象（风）以及建筑等。而所谓"孙悟空七十二变"，如果把他变形的类别分得更细一些，孙悟空的变化也许不仅限于七十二类，以下笔者将各种接近的变形种类大略归类了一下，发现多于七十二类（见表 4-4）。

表 4-4　孙悟空的各种变形

1. 变人形：

（1）二郎，（2）二郎爸爸，（3）百十个行者、假行者、三个行者、百十个小行者、千百个小行者、一个假身、半截的身子、七十个小行者、自身，（4）公主，（5）老真人、老道人、道童，（6）小妖，（7）二寸长短的小和尚、小和尚、长老，（8）牛魔王，（9）游方的云水全真，（10）关保儿，（11）有来有去，（12）唐僧，（13）长脚虾婆，（14）老奶奶，（15）沙僧，（16）八戒，（17）巴山虎，（18）倚海龙（大概 18 种）

2. 变物：

（19）破烂流丢，（20）绳儿、绳索、假幌金绳、一条三股的麻绳、棉绳，（21）金刚钻、三尖头的钻儿、钢钻儿，（22）黄麻，（23）铃儿，（24）梅花头，（25）铜钱，（26）铜铁，（27）红金漆匣儿，（28）大紫金红葫芦，（29）大烧饼，（30）包袱、锁金包袱，（31）纯钢的锉儿，（32）双角叉儿棒、铁棒，（33）翻竿，（34）枣核钉，（35）竹片，（36）红桃，（37）扑灯缬，（38）仙丹，（39）大熟瓜，（40）芥菜子，（41）白雕，（42）两条熟铁腿（大概 24 种）

3. 变鸟类：

（43）麻雀，（44）大鹚老，（45）花鸨，（46）海东青，（47）老鹰，（48）鹚（共 6 种）

4. 变建筑：

（49）土地庙（共 1 种）

5. 变风：

（50）清风、乌风（共 1 种）

6. 变陆栖动物：

（51）白兔儿，（52）仙鼠、老鼠、水老鼠，（53）牛王，（54）穿山甲，（55）黄犬，（56）斑斓猛虎、饿虎，（57）小猴，（58）金眼狻猊，（59）水蛇，（60）怪象、假象、赖象（最少 10 种）

7. 变水栖动物：

（61）鱼儿、鱼、丹凤（一种鱼名），（62）螃蟹（大概 2 种）

8. 变昆虫：

（63）蝴蝶，（64）蟭蚁，（65）蜜蜂，（66）红蜻蜓儿，（67）苍蝇、痴苍蝇、麻苍蝇、黑苍蝇，（68）促织儿，（69）黄皮蛤蚤、猪虱子，（70）眢虫，（71）火焰虫，（72）讳讦虫，（73）瞌睡虫，（74）啄木虫儿（大概 12 种）

（三）降妖的功劳

　　三国神猴故事中神猴与妖魔作战的场面都写得非常精彩生动，降妖的情节部分似后浪推前浪般愈发玄妙精彩。据统计，《罗摩衍那》中叙述罗摩与魔王战争共有 15 次，其中由哈奴曼直接降伏共 8 次。《拉玛坚》中，拉玛与托斯甘作战共有 21 次，其中由哈奴曼参与将妖魔打败有 15 次。另外，《西游记》中孙悟空与妖魔相战共 30 次，其中凭自身力量战胜了 7 次，其他则要通过各路神仙的协助或者要经历许多障碍才能得胜。三个神猴降魔次数与被降妖魔的功劳与统计见表 4-5。

表 4-5　三个神猴降伏妖魔次数统计

神猴国籍	交战方	被神猴击毙妖魔
印度	1. 猴兵攻击楞伽城（无哈奴曼的内容成分） 2. 罗摩与因陀罗耆第一战（无哈奴曼的内容成分） 3. 哈奴曼首战图牟罗刹告捷（哈奴曼作为主要战斗者） 4. 哈奴曼再战阿甘波那告捷（哈奴曼作为主要战斗者） 5. 钵罗诃私陀战败（无哈奴曼的内容成分） 6. 罗摩与罗波那第一战（哈奴曼作为次要战斗者） 7. 力战鸠槃羯叻拿（哈奴曼作为次要战斗者） 8. 迎战王子、王弟（哈奴曼作为主要战斗者之一） 9. 罗摩与因陀罗耆第二战（哈奴曼的经典之战） 10. 猴军纵火焚烧楞伽（哈奴曼作为主要战斗者之一） 11. 摩迦罗刹战败（无哈奴曼的内容成分） 12. 罗摩与因陀罗耆第三战（哈奴曼作为次要战斗者） 13. 罗摩与因陀罗耆第四战（无哈奴曼的内容成分） 14. 罗摩与罗波那第二战（无哈奴曼的内容成分） 15. 罗摩与罗波那第三战（总决战，无哈奴曼的内容成分）	哈奴曼作为主要战斗者共有2次，作为次要战斗者共有6次。在15次战争中哈奴曼占的比例是8/15。
泰国	1. 哈奴曼与麦亚拉普（哈奴曼作为主要战斗者） 2. 哈奴曼与功帕甘（哈奴曼作为主要战斗者之一） 3. 帕拉什与因陀罗期第一战（哈奴曼作为主要战斗者之一） 4. 拉玛与蒙功甘（无哈奴曼的内容成分） 5. 帕拉什与因陀罗期第二战（无哈奴曼的内容成分） 6. 帕拉什、哈奴曼与甘牟班（哈奴曼作为主要战斗者之一） 7. 帕拉什与因陀罗期第三战（哈奴曼作为主要战斗者） 8. 拉玛与因陀罗期第四战（哈奴曼作为主要战斗者之一） 9. 帕拉什与因陀罗期第五战（哈奴曼作为主要战斗者之一） 10. 拉玛与托斯甘第一战（哈奴曼作为主要战斗者之一） 11. 帕拉什与穆拉帕兰、萨哈迪查（哈奴曼作为主要战斗者） 12. 拉玛、翁空与桑昂阿提（无哈奴曼的内容成分） 13. 拉玛与托斯甘第二战（无哈奴曼的内容成分） 14. 拉玛、素克里扑、哈奴曼与萨塔隆、底美克（哈奴曼作为主要战斗者之一） 15. 拉玛与托斯甘第三战（哈奴曼作为主要战斗者） 16. 哈奴曼、翁空与萨塔孙、威龙占邦（哈奴曼作为主要战斗者） 17. 拉玛与托斯甘第四战（哈奴曼作为主要战斗者之一） 18. 拉玛、素克里扑与塔扑那孙（无哈奴曼的内容成分） 19. 帕拉什与托齐里万、托齐里通（无哈奴曼的内容成分） 20. 哈奴曼与梦托（哈奴曼作为主要战斗者） 21. 拉玛与托斯甘第五战（哈奴曼作为主要战斗者之一）	哈奴曼作为主要战斗者共有6次，作为次要战斗者共有9次。在21次战争中哈奴曼占的比例是15/21。

续表

神猴国籍	交战方	被神猴击毙妖魔
中国	1. 寅将军、处士者、山君者（第15～16回）（主要降妖者：西天太白星） 2. 黑风怪（第17回）（主要降妖者：南海观音） 3. 黄风大王（第21回）（主要降妖者：灵吉菩萨） 4. 白骨夫人（第27回）（主要降妖者：孙悟空） 5. 黄袍老怪（第28回）（主要降妖者：玉帝） 6. 金角大王和银角大王（第32回）（主要降妖者：孙悟空） 7. 狐阿七大王、乌鸡国魔王（第37回）（主要降妖者：猪八戒） 8. 红孩儿（第40回）（主要降妖者：南海观音） 9. 鼍怪（第43回）（主要降妖者：摩昂太子） 10. 虎力大仙、鹿力大仙、羊力大仙（第44回）（主要降妖者：孙悟空） 11. 灵感大王（第48回）（主要降妖者：南海观音） 12. 独角兕大王（第50回）（主要降妖者：太上老君） 13. 如意真仙、女怪（第55回）（主要降妖者：孙悟空） 14. 假孙悟空（第57回）（主要降妖者：如来佛） 15. 铁扇公主和大力牛魔王（第59～60回）（主要降妖者：托塔李天王和哪吒太子） 16. 玉面公主（第60回）（主要降妖者：猪八戒） 17. 九头驸马（第63回）（主要降妖者：二郎显圣） 18. 十八公、孤直公、凌公子、拂云叟、赤身鬼使、杏仙、女童（第64回）（主要降妖者：猪八戒） 19. 黄眉老佛（第65回）（主要降妖者：弥勒佛） 20. 怪物（第67回）（主要降妖者：孙悟空） 21. 赛太岁（第69回）（主要降妖者：观音） 22. 七个蜘蛛精和多目怪（第72～73回）（主要降妖者：毗蓝婆菩萨） 23. 老魔（青狮）、二魔（白象）以及三魔（云程万里鹏）（第75回）（主要降妖者：文殊菩萨、普贤菩萨及如来佛） 24. 老怪（第78回）（主要降妖者：南极老人星） 25. 地涌夫人（第80回）（主要降妖者：哪吒太子） 26. 南山大王（第85回）（主要降妖者：孙悟空） 27. 黄狮精（第88回）（主要降妖者：孙悟空） 28. 九灵元圣（第89回）（主要降妖者：太乙救苦天尊） 29. 辟寒大王、辟大暑王、辟尘大王（第91回）（主要降妖者：井木犴斗木獬、角木蛟奎木狼、孙悟空、龙太子敖摩昂） 30. 假公主（第95回）（主要降妖者：太阴星君）	在降服妖魔30难中，孙悟空是主要降伏妖怪者有7次，其他都是请神仙、救兵除魔。

第五节　小结

三国神猴都是风神之子，象征了浮躁的想法、动荡不安的心态和不坚定的欲念，这些必须依靠天神来控制以克服自我。他们通过自己的人生之路来展示生命之不朽，他们拼搏的过程就是追求心灵的主宰与自我实现的过程，以摆脱物欲达到不朽，实现涅槃这个人类生命的最大意义。

从性格、称呼等方面来看，三者的不同也与民族和时代的双重因素有关。印度和泰国虽同为佛教国家，但泰国哈奴曼身上少了一些庄严，多了一些滑稽和市侩，更接近孙悟空，这与产生的年代有关，中、泰神猴产生于近世，俗文化气息抬头，自然不同于作为远古史诗的《罗摩衍那》。

三国神猴的性格同中有异。他们都忠心耿耿，但印、泰神猴忠字当头，孙悟空更偏重于孝，忠只是通过对唐僧的深厚情感体现出来；印、泰神猴谦逊有加，孙悟空则自满自大；印、泰神猴勇猛胜过谋略，孙悟空则天生是个机灵鬼；对于情感，印度哈奴曼和中国孙悟空"无情无义"，而泰国哈奴曼则情义兼有；印、泰神猴以降妖为天职，孙悟空则前生是个妖怪，他也经历了被降伏的过程。

从三国神猴的禀赋和本领的比较来看，很难说哪一个神猴更厉害，因为不同的作者有不同的出发点和价值判断，但他们各有千秋的本领很好地体现了不同民族的文化环境和文化取向。比如从亲手降伏妖魔的比例来看，孙悟空似乎不如印度和泰国的神猴，他常常是搬来救兵解决问题。这体现出中国古代哲学中相生相克的思想。再厉害的人物也有克服他的高手或是宝物，而看似级别不高的神仙，也往往能起到重大的作用。和以勇力取胜的哈奴曼相比，孙悟空更讲究谋略，虽然他也亲自上阵，但取胜的契机往往在于寻找妖魔的来源或主人。

从变化的种类和使用的武器来看，孙悟空要比印、泰两国的哈奴曼丰富得多，而泰国的哈奴曼又比印度哈奴曼多些。原因之一是三国文本产生年代的不同。印度《罗摩衍那》诞生之日，印度想必还没有那么多花里胡哨的东西可供变化和使用，而《西游记》和《拉玛坚》产生的年代则晚得多，器物和社会生活也就丰富得多。

第五章
印、中神猴故事在泰国流传新论

印度哈奴曼和中国孙悟空故事在泰国的流传，无论从外部（主要是他们在泰国社会流传的背景、环境及各方面的表现）入手研究探讨，还是深入文本内部（两部作品本身的故事内容）与《拉玛坚》做比较研究，都发现印、中神猴故事与泰国神猴故事关系非常密切，三个神猴形象之间具有千丝万缕的联系。随着研究的一步步深入，我们越来越发现他们之间的关系并不仅仅是中、泰神猴故事受印度神猴故事影响那么简单。一些新的发现和大胆的假设主要是从两个矛盾的显现进行考察的，其一是印、中神猴在泰国社会流传后出现了反差，其二是三国神猴故事文本的交叉与独立显示出复杂的源流关系。下面从这两点集中探讨问题并做出总结。

第一节　印、中神猴在泰国的角色和地位倒置论

一　哈奴曼与孙悟空在泰国的地位倒置论

从第一章和第三章的介绍可以看出，哈奴曼在泰国社会的角色非常重要，对泰国文化的影响非常深远，在文学、语言、风俗或表演艺术等各个方面均有表现（影响）。一般百姓对他印象深刻之处主要有：第一，哈奴曼的外在形象。在"孔剧"表演中我们很容易看出以全白身体造型出现的哈奴曼形象比其他任何人物都更加突出、更加光彩夺目，另外在民间语言名物中出现的"哈奴曼獠牙""哈奴曼铜钱疮""哈奴曼打滚""哈奴曼

跳越隆伽城"等都显露出民间对神猴的偏爱。第二，哈奴曼是那罗神的士兵，泰国传统观念认为国王是那罗神下降，称为拉玛（更接近泰语发音的译名应为"帕拉牟"），这与印度的观念相同，因此哈奴曼是国王的士兵。哈奴曼精通法术，聪明伶俐，其坚强、勇敢的性格，也使他适合作为泰国国王的士兵。泰国皇家及军队均用哈奴曼图像作为标志，比如皇家用来举行仪式的龙舟舟头刻成哈奴曼的形象，志愿军用哈奴曼图像作为军旗上的图腾，这就保留了古代的传统观念。在部队里，哈奴曼被视为模范的战士，利于鼓励军人们勇敢作战。

这种形象的英雄人物，同时也给民间带来娱乐与滑稽的感受。在民间故事里，哈奴曼是最受百姓喜欢的人物。泰国的民间故事中有专门讲述哈奴曼并把他作为主题的，如北部喃奔府、南部那空是贪玛叻府、中部华富里府或东北部沙功那空府都出现了不同口头和民间版本"哈奴曼故事"。中部地区的华富里府生活着许多猴子，被认为是哈奴曼的猴国，华富里府人民爱听、爱讲他的故事。可以说他是泰国百姓一个熟悉的朋友，他给民间百姓的生活增添了许多极具艺术性的乐趣。

中国猴王孙行者来到泰国的时间比哈奴曼晚，尽管他的形象也同样受民间百姓喜爱，给予百姓幸福愉快，但他不能融入泰国文学语言或文化艺术中，主要因为这方面的影响几乎被早来的哈奴曼全面占领了（第一章曾提过，因为泰国民间已有他们的神猴哈奴曼就不会再寻找其他哈奴曼了）。因此，孙行者仅能体现出他是代表"中国"的外来品，或许仅能在哈奴曼缺乏的其他方面表现自己，那就是被民间摆在庙宇中祭拜为神。虽然在泰国民间信仰中也能发现信仰哈奴曼的活动，如某些泰国人流行在身上刺各种哈奴曼的图案表明自己英勇、敏捷、战无不胜等，有不少泰国人喜爱收集或身上挂带着猴神哈奴曼佛牌，认为挂上佛牌可保平安、刀枪不入，不过，我们很难找到泰国庙宇中有专门供奉哈奴曼的神坛。这样的情形反倒使孙行者的地位比哈奴曼的地位还要高。哈奴曼在泰国并未达到"神"的地位，仅仅是兵士。哈奴曼故事的结局，拉玛封他"帕亚阿奴奇扎格里披帕彭萨"（พระยาอนุชิตจักริศพิพัทธพงศา）的官职，并赐予诺富里城（นพบุรี）给哈奴曼，哈奴曼才拥有猴王的地位。孙行者在中国是猴王，到泰国以后，泰国没有把他当作泰国的众猴之王，泰国某些群体把他抬到宗教活动上甚高的地位，相当于菩萨，他被民间信徒们称为"大圣佛祖"，比任何动物神的地位都高得多，换句话说他已经不被视为动物神而高于此甚或比肩人神的地位了。

印、中神猴这样的表现或在不同范围产生影响是否正常呢？笔者认为上述现象中确实存在一些矛盾。我们知道，哈奴曼是从《罗摩衍那》脱胎过来的，而他来泰国的时间很早，大概比《西游记》泰文译本的出现早几百年。哈奴曼形象原先在印度盛行时，与印度民间的神猴崇拜有很大关系。这不仅是普通的崇拜，甚至在印度许多神仙里面，哈奴曼也是最受欢迎的一个。更何况他在印度文化的其他方面也影响甚深，印度人名、地名及各种活动中常常有他的名字存在，印度百姓最敬重的是他的端庄、明理、富远见、谦虚，英勇等性格。他与百姓的这些广泛联系是很难在其他神仙那里看到的。哈奴曼威猛、英勇的名声远扬，他在泰国地区流传的初始阶段不可能不受到神猴崇拜的影响。但是泰国民间百姓为何没有继续把他当作神猴崇拜，一如印度百姓对他的精神崇拜或泰国华人对孙悟空"大圣爷"的祭拜呢？哈奴曼既然来得比"行者爷"早，为何泰国民间却不敬拜他呢？其原因值得我们探讨。

首先，《拉玛坚》在泰国成书时，哈奴曼的形象已经被作者塑造定型，或者可以说哈奴曼是"皇命在身"，而孙行者则是"民间选择"。关于《拉玛坚》的成书目的，曼谷王朝拉玛一世王曾在作品中的序言中解释道，撰写《拉玛坚》的主要目的是庆祝曼谷王朝开国、整理历史文献之需，才指定该文学作品为宫廷戏剧的剧本。除了拉玛一世王在第一章介绍的编书目的以外，书中尚有以下强调的一段：

อันพระราชนิพนธ์รามเกียรติ์   ทรงเพียรตามเรื่องนิยายไสย

ใช่จะเป็นแก่นสารสิ่งใด   ดั่งพระทัยสมโภชบูชา

ใครฟังอย่าได้ไหลหลง   จงปลงอนิจจังสังขาร์

ซึ่งอักษรกลอนกล่าวลำดับมา   โดยราชปรีดาก็บริบูรณ์ [1]

---

① 曼谷王朝拉玛一世王：《拉玛坚》第四册，泰国艺术局，1997，第582页。

（《拉玛坚》这本书，是一般小说故事，非任何重要思想要人民尊崇。读者不要沉迷故事中的情节内容，若能如此，愿已足矣！）

综上所述，创作《拉玛坚》这部文学作品一是为演戏之用，二是劝导百姓不要沉迷于故事之中。据说，拉玛一世王这样要求可能是为了防止当时印度等国外的其他宗教传至泰国，而要稳固泰国的传统信仰宗教——佛教的地位，将佛教作为国家宗教的基石。由于皇家的这种暗示，哈奴曼崇拜或者印度其他的神仙崇拜被视为印度教的一种信仰，必须加以控制。

其次，即便哈奴曼不被定型，从故事中描述其形象看，他还是不会被人们崇拜的，与印度哈奴曼的"雅"相比，泰国哈奴曼更"俗"一些。《拉玛坚》中哈奴曼的形象经过多次塑造已与其印度祖先相去甚远，印度哈奴曼个性比较坚定，可以控制自己，可以分辨达摩，是典型的英雄形象；然而泰国哈奴曼则更多地带有"邪面"，比如蒙骗武器、蒙骗情人等，好比赋予孙悟空"邪"的一面，又含有猪八戒"色"的部分。所以尽管泰国哈奴曼神力无边，但他"凡人化"的性格注定与完美英雄有一定差距。

最后，由于《拉玛坚》是一般小说故事，用于表演，所以在作品中，哈奴曼尽管神通广大，法术神奇莫测，却偏偏被阿修罗们瞧不起，说他个子渺小如苍蝇，比如文中叙述："เมื่อนั้น บรรลัยกัลป์สิทธิศักดิ์ยักษี ได้ฟังลิงน้อยพาที โกรธดั่งอัคคีบรรลัยกัลป์ เหม่เหม่ดูดูไอ้เดียรัจฉาน อหังการหยาบช้าโมหันต์ ตัวมึงสักเท่าแมลงวัน กูจะหั่นมึงให้แค้นคอกา"（当时阿修罗巴利干被小猴挡道，气如火喷："看看这个畜生，生性恶毒，微如苍蝇，我将把你大卸八块发泄心中愤恨）。[1] 在人类的眼中哈奴曼远远不成才（达不到人类的形象），永远是森林里出生的猴子，如文中有叙述："กูเป็นกษัตริย์สุริย์วงศ์ จะรณรงค์กับลิงหาควรไม่"（朕生为崇高的国王，不屑于跟猴子说话）[2]。在这里，泰国哈奴曼已经失去了祖先印度哈奴曼被描绘得"像座金山"，或"高大如山峰一般"，或"个子高大像须弥山一样"等形象。他有时不讲道理，又拥有色、财、地位，享受一般的人间生活，不像孙大圣那样超越世间凡人。所以泰国哈奴曼没有受到尊崇，仅是故事中滑稽逗乐的人物。

---

① 曼谷王朝拉玛一世王：《拉玛坚》第三册，泰国艺术局，1997，第 471 页。

② 曼谷王朝拉玛一世王：《拉玛坚》第四册，泰国艺术局，1997，第 12 页。

二 "孙行者"与"行者爷"在泰国的流传倒置论

孙行者受泰国民间的崇拜渊源本身也有矛盾的地方。我们已经知道《西游记》与孙悟空的故事在 19 世纪末叶（拉玛五世王时期）传到泰国，那时才出现《西游记》的泰译本。但问题在于《西游记》的几种泰译本都不如《三国演义》泰译本来得成功，由于译文的词句较枯燥，许多专有名词用潮州语代替，并且还漏掉原文许多文言部分，使泰国读者无法领略《西游记》原本的内涵和意味。所以，《西游记》泰译本应该不可能较深地影响民间并达到崇拜孙行者的程度。那么，"行者爷"崇拜如何能在泰国出现，甚至影响广泛，又能代代相传的呢？本书第二章已证明，孙大圣的崇拜可能不是与《西游记》故事同时、沿同一条线路流传到泰国的；即使一起传入泰国，在传入泰国之后也发生了分化，流传于不同的圈子之中。从泰国各地田野调查和对许多孙行者信徒的采访，包括有关问卷调查的结果中 ①，发现崇拜孙行者的信徒和阅读孙悟空故事的读者（包括从其他方面得知行者的形象，比如影视媒体或连环画本《西游记》）并非完全是同一群人。但"行者的故事"和"行者爷崇拜"谁先流传到泰国也无明确证明。只能判断"行者爷崇拜"来泰国的时间不比"行者的故事"晚，因为泰国各个地方的"大圣佛祖"庙宇的大圣塑像，大都有百年以上的悠久历史，这应比《西游记》泰译本流传得更早。

在这里再补充一点，为何目前在中国本土"行者爷崇拜"不像海外包括泰国那样深受欢迎和广泛流传？

首先，依照泰国古代的移民法规（两百年前拉玛一世王时制定），当时泰国国王只允许大量华人和缅甸孟族移民到泰国，其他国家的人没有受到如此宽容的欢迎。这为华人带来"行者爷崇拜"提供了方便。其次，"行者爷崇拜"的流行是基于佛教以及原住民信仰活动的流传，行者崇拜活动形式与泰国原有的民间信仰差别不太大，所以才能在泰国社会站稳脚跟，流传至今，并由华人圈向更广泛的泰国社会扩散。最后，"行者爷崇

① 〔泰〕谢玉冰：《〈西游记〉在泰国的研究》附录三："一般泰国人对中国文学的看法问卷调查与问卷调查数据统计"，台湾"中国文化大学"中国古代文学专业硕士论文，1995，第 214~231 页。

拜”并不是墙里开花墙外香，“行者爷崇拜”在中国南方闽粤一带一度兴盛，只是后来因为政治、文化等各种原因渐渐衰亡了，而流传到海外（包括泰国、新加坡、中国台湾等国家和地区）的一支却保留至今，依然兴盛直至发扬光大。

第二节　印、中神猴故事与《拉玛坚》关系的新发现

比较文学学科基于研究对象民族的民情、语言、风俗文化范围，研究对象国文学并将之与本国文学比较，不但有利于体会和理解对象国民族、民情和思想，了解对象国如何看待自己和他人民族，还有助于更深一层理解自己。因为有了跨语言的译者译出了《罗摩衍那》的中文版本，又有了跨文化的诸位中国学者，关于孙悟空形象来源追索已不再仅限于传统保守思维或仅限于本土范围内探讨争论。跨文学研究也有利于为学者们带来更有远见、更广泛的比较，渴望更真实的研究成果，追寻曾经存在现在已消失的真相，并寻求再次复活生存的机会。泰国《拉玛坚》故事流传的时间长、版本多，各个版本的故事梗概有的雷同，有的却完全脱离主要版本而变得无关紧要，极其复杂。因为它属泰国“国家文学”，它象征泰国文化国宝，除了主题内容，创作时间、创作者和故事渊源免不了受到考察研究的学者们的重视。所谓寻本溯源，理所当然就需找寻《拉玛坚》的印度渊源。本书的研究跨越《拉玛坚》根源途径，另辟蹊径，从“必然可行”的影响进行比较研究，到“应该不可行”的平行比较研究，发现从未被泰国学者关心过的论点，值得我们观察、探讨。

泰、印、中三个神猴的文本呈现复杂的交叉关系，值得注意的是中、泰神猴的文本有很多交叉（共有）之处是印度神猴所没有的，这与中国神猴的文本很晚才在泰国出现构成矛盾，与中、泰神猴同源（都来自印度）也构成矛盾，其在社会文化中的表现不同（见图5-1、图5-2）。

从图5-1可以看出印度哈奴曼和中国孙悟空在泰国文化社会圈的表现，它们之间并无任何关系，对社会各有不同的影响，履行不同的任务。而将印、中神猴故事分别与泰国哈奴曼故事比较分析，是因为它们之间有明显的相同之处。

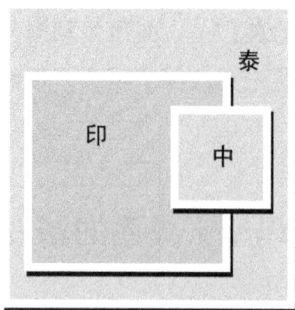

图5-1 印、中神猴在泰国 图5-2 印、中神猴故事在泰国文学作品中
社会地位中的表现 的表现

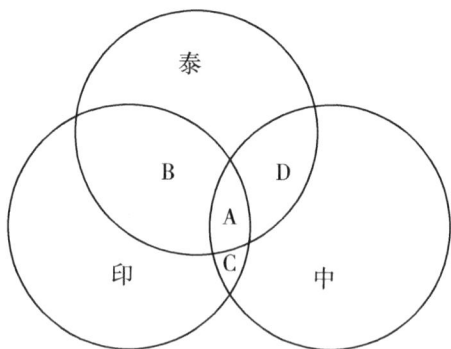

从图 5-2 看，三个神猴故事有共同点（指 A 部分）；印、泰哈奴曼故事均来源于印度哈奴曼故事，因此相同的地方较多，而这些部分中国没有（即 B 部分）；在比较分析的同时发现印、中"有"但是泰"无"的部分（C 部分）。这三种情况应该不足为奇，因为众所周知无论中国或泰国的神猴都与印度哈奴曼有关联，甚至可以说泰国哈奴曼是直接从印度哈奴曼演变过来的，受其影响故事内容中多少会有些相同之处。可最离奇的就是，中、泰的神猴形象源于不同的人物类型，两者的故事应该是毫不相干的，却出现了不少类似的情节单元和细节，这一令人惊奇的部分，我们将在下面做出解释。

泰、印、中三国神猴出现共同交叉在一定程度上说明了其同源的关系，即都来自印度，但莫名其妙的是泰、中共"有"而印"无"（D 部分），又说明了泰、中神猴共有一个与印度神猴不同的源头。这个相交点出现后应该怎么理解呢？是中、泰恰好共同接受瓦尔米基版本以外的某种版本？还是《西游记》中的孙悟空是个"混血"产物，有中国自己创作的那个部分，而泰国恰好受它的影响？或者《西游记》作者也吸收了东南亚流传的哈奴曼民间口头版本内容？我们可以初步推测，《拉玛坚》中的 D 部分有可能是：①来自早期在东南亚地区流传的"罗摩故事"的其他民间口头文学版本，与《西游记》故事没有任何关系；②来自早期在泰国流传的孙悟空护送唐三藏取经故事。关于第一点推测，曾经有泰国学者研究《拉玛坚》的源头，普遍认为《拉玛坚》来自许多版本，其中主要是由印度南方传入东南亚的版本。所以

D 部分也有可能来源于《罗摩衍那》其他的版本。不过，目前尚未有足够的证据能够证明这一点，再说，笔者也还没有将流传东南亚的"罗摩故事"的各版本做实际比较研究，要予以证实为时尚早。

对于第二点的可能性，笔者能肯定，如果说源头与唐三藏取经故事有关，这个源头也并非指的是《西游记》在泰国流传的版本（泰译本），《西游记》完整的泰译本有据可考的于拉玛五世王时期出现，出炉的时间比《拉玛坚》一世王版本晚了一百多年。那么，它们是否与西游记故事的说唱文学、戏剧或口头讲述的流传方式有关，这一点也与第一点的推测同样，目前为止仍缺乏文献证明。

无论如何，从目前我们对《西游记》与《拉玛坚》中的细节或单元做比较的结果来看，实际上最有力的证据也就是 D 部分。而 D 部分体现在以下几个方面：一是故事情节或细节雷同；二是故事描写的结构相似；三是描绘事件的方法特别接近，尤其是讲述神猴故事和有关其形象的部分。

这里再让我们回头探讨近百年来泰国《拉玛坚》渊源的研究，在有些部分可以发现相关源头，也有前人研究留下的一些问题，或者留下"空白"的部分。这些"空白"的部分恰是与神猴形象及其神通法术和机灵、诡计多端的性格有关。前人主要是从印度各种版本的《罗摩衍那》中寻找来源，却没找到。不过当我们跨越"可行"的途径，反而能隐约地发现它们的影子。《拉玛坚》来源的最初研究者和奠基者拉玛六世王曾经留下一些"无法寻找来源之处的'八部哈奴曼'"（แปดชุดหนุมาน）问题。如果我们把 D 部分故事结构和细节加以分析和整理即会发现，这些相同的地方不正是"八部哈奴曼"的情节吗？比如哈奴曼到楞伽城给悉达献戒指，途遇那落仙人并与其比试各种变身神力，跟孙悟空与二郎神斗法的情节很相似。又如泰国孔剧常上演"漂浮的女尸"情节，哈奴曼也具有孙大圣一般的火眼金睛，一眼看出悉达尸首实为苯伽陔装扮，抓住她并欲火烧，苯伽陔像白骨精一般化成一缕轻烟飘走。而真假孙悟空一段在哈奴曼那里也有类似情节，哈奴曼与尼拉帕虽然长相不同，但法术相当，大战多回也无法定输赢，最后由拉玛出面处罚两位猴将，将此做一了断。为了便于大家理解，我们将中、泰神猴故事比较明显相同的情节与"八部哈奴曼"比较分析如下（见表 5-1）。

表 5-1 "八部哈奴曼"情节与《西游记》类似情节比较

"八部哈奴曼"名称	与《西游记》类似情节部分	相同或相似之处
献戒指 ชุดถวายแหวน （哈奴曼到楞伽城给悉达献拉玛戒指，路上遇到那落仙人并与他比试神力）	斗法二郎神（第6回） 大战牛魔王（第61回）	比试变身法力的本领
漂浮的女尸 ชุดนางลอย （全部情节）	三打白骨精（第27回）	妖精被打之后化成轻烟逃走
跨海大堤 ชุดจองถนน （哈奴曼与尼拉帕争执、与人鱼素潘玛查作战）	真假孙悟空（第57回）	其中发现哈奴曼与尼拉帕争执，描述两个长相本领都相似的猴将或猴王比试，不分高低
莫卡萨箭 ชุดโมกขศักดิ์ （哈奴曼和翁空分别化身成死犬、死鸟的腐尸以破坏仪式）	破坏妖怪仪式的情节	无完全相同的故事，但有穿插在许多章回中的破坏妖怪仪式的情节
婆马斯箭 ชุดพรหมาสตร์（因陀罗期化身为假因陀罗神骗拉玛和哈奴曼拧断大象艾拉万的头两段）	有妖怪化身为假佛祖骗唐僧及其徒弟（第65回）	妖精化身为对方敬拜的神仙，欺骗成功
三队魔军 ชุดสามทัพ （有关与穆拉帕兰、萨哈迪查作战之情节）	巧骗金角大王和银角大王的紫金红葫芦与羊脂玉净瓶（第33回）	花言巧语骗取敌人的武器
烧圣水 ชุดหุงน้ำทิพย์ （全部情节）	三借芭蕉扇（第59回）	蒙骗敌人的妻子或情人
献猴 ชุดถวายลิง （哈奴曼和翁空骗取托斯甘师父的信任，把他们引见给托斯甘并假装投靠托斯甘，终于找到托斯甘心脏藏匿之处）	无完全相同的故事情节	孙悟空蒙骗妖怪并获得信任，进入妖怪巢穴夺得宝物并救出唐僧的情节比比皆是

从表 5-1 可以看出，"八部哈奴曼"与《西游记》中孙悟空故事大都有相似性，而这些地方刚好是无法在《罗摩衍那》的哈奴曼故事中找到来源的。那么我们有理由提出这样一个大胆的假设：中、泰神猴故事之间可能有一种直接的关系，它们的相似可能并非完全因为都受了印度哈奴曼故事的影响，而是还有可能存在一条属于它们二者之间的创作与传承的线索。或产于泰国，或产于中国，或产于周边东南亚国家，或产于印度其他版本的神猴故事，并相互影响。图 5-2 中 D 部分并非与拉玛六世王所提到的"八部哈奴曼"完全一致，这是因为它还有可能受到其他

版本的影响。

从两部文学作品产生的时间看,《西游记》成书年代比《拉玛坚》大概早两百余年,所以说《拉玛坚》中的神猴故事受到《西游记》中孙悟空故事的影响是有可能的。但是这两部书在成书之前都经过长期的民间积累,所以情况复杂,不能一概而论。

从历史背景来看,拉玛一世王时期是中、泰交流最密切的时期,无论是贸易往来还是文化、文学、表演艺术方面的交流,都是如此。那时很多中国南方人移民到泰国。曼谷王朝开国初期,拉玛一世王为了庆祝皇朝开国,收集和整理了大量文献。除了《拉玛坚》以外,另外还有孟族文学作品《拉查提腊》以及中国著名文学作品《三国演义》和史传小说《西汉通俗演义》。当时拉玛一世王挑选这三部外国作品是力图以此作为强军备战的参考书籍。这四部著作当中,除了由拉玛一世王亲自写作的《拉玛坚》外,其他外国文学作品都是由宫里达官学者们合作翻译的。以《三国演义》的翻译过程为例,当时宫廷先请有泰文基础的华人(或中国人)将《三国演义》文本粗略翻译成泰文,再请当时泰国宫里的文学大臣(类似中国的大学士)帕耶帕康宏 ① 组织泰国文人加以润饰。由于这种翻译方法和翻译者的文采,这一版本的《三国演义》至今仍然广受欢迎。从当时的情形和环境来看,编译上述四部作品的应该是"同一组工作人员"。他们中的中、泰学者和工作人员应该会交流意见或者沟通一些想法,甚至有可能也交换了自己本国的传统故事。笔者认为在当时编书的这种环境和状况下,有可能泰国学者"不小心"自然而然吸收了《西游记》的行者故事。这是一种可能性,其他的可能性还有说唱艺术和戏剧。据说,当时有宫廷里的高官贵族邀请华人进宫专门给他们讲故事。除此之外,还有一些出现在拉玛一世王《拉玛坚》剧本中的中文词汇也可以作为旁证。该剧本用诗体来讲述整个故事,文辞里特别讲究词句用法。尤其拉玛一世王编《拉玛坚》剧本的一个原因是让该著作象征国家文化,却可以在其中偶尔发现中文专有名词,如"老板""筷子"等,这很明显地说明当时泰文已经受到中

---

① 有些中国学者认为此人是中国人,实际上是个误会,此人为当时最为著名的泰国文学家。

文或者中国文化的影响。①

笔者认为当我们考察一部作品的形成时，不能忽略故事或作品的形成和创作条件。除了叙述的方式方法、诗律、文法、题材选择、故事选择、叙述结构外，叙述者或传播者的本身因素或当时身处的环境也是非常重要的。依照笔者的看法，假设泰国哈奴曼有部分故事及形象受到中国孙行者故事的影响，这应当与撰写《拉玛坚》的出发点及当时编译作品的环境有关。

以往泰国学者都从《罗摩衍那》各种版本和各种流传方式来考察《拉玛坚》的源头，而忽略了《西游记》这条线索。尽管笔者对泰国《拉玛坚》可能受到中国《西游记》影响（尤其是其中的神猴故事）的推测到目前为止只是提出了一种可能性，有待进一步考察，但是从上面的分析推测中可以看出，这种可能性也并不能轻易排除，应当引起足够的重视。

第三节　结语

自从将中、泰神猴拉上关系以后，笔者就日渐产生一种道不尽、说不清的感觉。本书仅仅可以说是笔者对中、泰神猴关系和缘由的基本推测。对于这个论题，时至今日才找到一条研究的线索，可以说，这项漫长而艰苦的工作才刚刚开始。

中国的《西游记》和泰国的《拉玛坚》都是古典文学名著，而《罗摩衍那》更是古典中的古典。既然称为古典文学，当然有其特点。"古"指创作和流传的年代久远，"典"则指它本身是优秀的作品，包含深厚的文化底蕴，影响力巨大，具有"原典"的意义。而这三部作品又同为历代累

---

① 列举两段《拉玛坚》中出现的"老板"文字：托斯甘掠走悉达后，一天晚上看见月亮，思念悉达，心里一直想去见她，向她求婚，" คิดแล้วจึงเรียกเถ้าแก่ ชาวแม่ท้าวนางซ้ายขวา จงออกไปสั่งเสนาว่ากูจะไปอุทยานฯ"。（译文：想马上叫老板，于是吩咐随侍左右的宫女，你即去叫侍卫，带我赶快去花园。）参见曼谷王朝拉一世王《拉玛坚》第二册，泰国艺术局，1997，第115页。另，哈奴曼把隆伽城烧了之后，文中叙述如下："เมื่อนั้น ทศเสียรสุริย์วงศ์ยักษี เห็นเพลิงพลุ่งรุ่งโรจน์รูจี รัศมีร้อนกล้า ยิ่งไพกัลปิติดไหม้ปราสาทราชฐาน พญามารตกใจตัวสั่น เรียกสองมเหสีไลวรรณ สุริย์วงศ์พงศ์พันธุ์ภุ่งวายแล้วอุ้มมณฑาโททเวี ทั้งนางอัคคีโฉมฉาย ลงจากปราสาทแก้วแพรวพราย เจ้าขรัวนายเถ้าแก่ก็ตามมา"（译文：当时阿修罗托斯甘看到火光冲天，将城阙烧毁，吓得浑身战栗，就让两个皇后逃走，宫女、老板跟随而去。）（文中"老板"应该就是媒婆。）参见曼谷王朝拉一世王《拉玛坚》第二册，泰国艺术局，1997，第148页。

计型的作品，经历了长期的口头流传、多样的文学形式才最后定型的，而在定型以后又以灵活多样的方式在世界范围内流传，因此，以这种对象作为研究课题，所要进行的工作是非常复杂的。

除了这些文学因素，它们的流传还与宗教传播有关。比如说印度人的传统观念是认为《罗摩衍那》好似《圣经》，只要听到后转述给别人就能达成自己的愿望，无子得子，无财得财。婆罗门教一度规定给别人讲罗摩故事，则会得到大量金子或一头母牛，可以养活自己很长时间。甚至认为念叨罗摩的名字也可以让自己升入极乐世界。有了这样的精神和物质的双重诱惑，差不多所有的信徒都会非常自觉地传播这个故事，在历史上与印度往来频繁的中国怎能没有这个故事的流传并受其影响呢？

关于孙悟空形象来源也是谈不清、说不尽的一个问题。无论如何，笔者认为其受到印度哈奴曼的影响是无可置疑的，只是这种影响可能并不是唯一的，也不是单线的，而应该以开放的多角度的思维来看待这个问题。至少有三点不应该忽略。

首先是传播路线的多样性。以往中国学者对《罗摩衍那》在中国的流传路线的研究都以陆路为主，其中又以西北丝绸之路为主，往往从中国翻译的佛经以及从中国古代有关猴子形象的文献考察。这好像已经限定在原有范围，寻找孙悟空的形象往往出不去这个圈子。其实古代丝绸之路多种多样，不仅有陆路，更有海路，陆路也不只一条。需要特别提出的是，海上丝绸之路对中、印、泰神猴故事的流传和相互影响发挥着不可忽视的作用。尤其是在比较中、泰神猴故事以后，笔者认为中国和泰国神猴的关系是考察孙悟空形象形成原因的一条万万不能忽略的线索。泰国神猴有可能受到中国神猴乃至《西游记》故事的影响，同时孙悟空为何不能受到泰国哈奴曼的影响呢？

其次，民间创作和流传也有其不可忽视的特点。民间的长期积累意味着大量的不同版本的民间故事的存在，而这些故事可能与书面版本同时流传并对其他国家的文学产生影响，甚至民间口头文学产生的影响更早更广泛。中国学者对《罗摩衍那》与《西游记》的影响研究常常抓住一个书面文本不放，却往往忽略了在印度本身就有很多不同的民间口头文学版本同期流传，在宗教传播的过程中，被口耳相传带到中国来的是不是也有这些故事？研究印、中神猴关系则更要注意，印度神猴故事更是有着史诗《罗摩衍那》以外的民间版本，它们对孙悟空的影响也不可不察。

最后，综合前两点来说，东南亚一带民间口头流传的多种"罗摩故事"和"哈奴曼故事"的版本也是一条不可忽略的线索。考察这条线索既要考虑到民间版本的复杂多样性，又要考虑到民间流传方式的特殊性，还要顾及东南亚地区在古代交通史和文化交流史上的特殊地位。中国孙悟空故事和泰国哈奴曼故事的关系可能是交互的，从一方流到另一方，又有所回流，互为传播者和接受者，而影响的时间也是长期存在的，不仅限于一个时代或者一个特定的时间段，很难考察确切时间，但是都有可能性。

附　录

1923～2013年中国学者对孙悟空和哈奴曼渊源的论证统计表

序号	写作时间	作者及文章标题	观点	举例	本土说或进口说	资料来源
1	1923	胡适：《西游记考证》	1. 假定哈奴曼是孙悟空的根本，乃是一件从印度影响而仿造的，也许连无支祁的神话也是受了印度影响而仿造的。 2. 中国同印度有了一千多年的文化上的密切交流，这样一桩伟大的印度人来中国的不计其数，印度人来中国不传进中国来的故事是不会不传进中国来的。所以我假定哈奴曼是猴行者的根本的。	A. 陶生在他的《印度古学词典》里说："哈奴曼的神通广大，印度人民从少至老都爱说爱听的，到处都有。" B. 除了《拉麻传》之外，10-11世纪另有一部《哈奴曼奇传》出现，是一部专记哈奴曼奇迹的戏剧，风行民间。	进口说	《胡适古典文学研究论集》，上海古籍出版社，1923
2	1958	吴晓铃："西游记"和"罗摩延书"》	1. 受何人影响：鲁迅 在古代，中国人民是知道"罗摩延书"的，但是知道的内容并不很多，而且，对于"罗摩延书"的了解是很不够的。 西游故事是中国土生土长的，是我们祖先从反映自己的现实生活中创造出来的，是我们祖先从歌颂自己的优良品质的愿望中创造出来的。	A. 《取经诗话》里说猴行者是"花果山紫云洞八万四千铜头铁额猕猴王"，与哈奴曼身份相近。 B. 《拉麻传》里说哈奴曼不但神通广大，并且学问渊深，他是一个"文法大家"，"人道哈奴曼是第九位文法作者"。 《取经诗话》里的猴行者初见时乃是一个白衣秀才，也许是这位文法学位大家堕落的变相呢！	本土说	《文学研究》1958年第1期

续表

序号	写作时间	作者及文章标题	观点	举例	本土说或进口说	资料来源
			2. 书名远在南北朝时就传入中国。	A. 后秦鸠摩罗什译的《大庄严论经》。B. 陈真谛译的《婆薮盘豆传》。		
			3. 释典文学中所能找到的三个罗摩，都和"罗摩延书"没有关系。	A. 晋竺律炎、支谦共译的《摩登伽经》上卷的《明往缘品第二》。B. 元魏吉迦夜、昙曜共译的《杂宝藏经》卷九《恶生王得五百钵缘》。C. 阇那崛多译的《佛本行集经》卷二十一《王使往还品》。		
2	1958	吴晓铃《"西游记"和"罗摩延书"》	4. 关于罗婆那或罗婆拿的材料都是不应该和"罗摩延书"联系在一起的。	A. 元魏菩提流支译的《入楞伽经》。B. 宋法贤译的《罗婆拿说救疗小儿疾病经》。	本土说	《文学研究》1958年第1期
			5. 释典里面真正触到"罗摩延书"的故事内容的也有。	A. 唐玄奘在《大唐西域记》中有商黄迦菩萨的故事。B. 后秦鸠摩罗什译的《六度集经》卷五的《忍》。C.《降度无极章第三》的故事。D. 元魏吉迦夜、昙曜共译的《杂宝藏经》卷一"十奢王缘"的故事。		
			总结 1. 释典翻译文学的确是给我们介绍过"罗摩延书"的名字及其他重要人物，但太简单，且有佛教色彩，借此不能窥知"罗"的全部面貌和来面目。 2. 释典文学曾剽窃过"罗"的"十奢王缘"太简单，改变了许多叙述，与《六度集经》并在一起叙述的毕竟是少数，不能要求中国广大群众通过此法去了解欣赏"罗"。			

续表

序号	写作时间	作者及文章标题	观点	举例	本土说或进口说	资料来源
3	1961	苏兴：《〈西游记〉的地方色彩》	受何人影响：鲁迅、吴晓铃 1. 孙悟空的原型是淮扬一带流传的无支祁，而不是从印度来的。	A. 鲁迅在《中国小说史略》第九篇曾据《太平广记》四百六十七引《古岳渎经》有关无支祁的一段。 B. 宋代当过泗州录事参军的大画家李公麟曾画过无支祁的连环画《变相种种》，吴承恩的朋友朱日藩曾看到过，作《跋姚氏所藏大圣降水母图》。 C. 清初刘献廷《广阳杂记》卷三也载有无支祁传说。	本土说	《江海学刊》1961年第1~12期
			2. 孙悟空使用的金箍棒是大禹治水时定江海深浅的定子。	《广阳杂记》卷二。		
4	1981	朱采秫：《孙悟空与印度猴王的亲缘关系》	这位猴王不是先从中国去印度的，倒是万里迢迢从印度传到中国的，可说是青出于蓝而胜于蓝，存在着亲缘关系。	A. 早在一千多年前，在唐代和尚澄观所写《华严疏抄》一书中，就提到过《罗摩延那》《摩诃婆罗多》，关于印度猴王的故事已在中国流传。 B. 印度史诗在古代虽无中译本，但在这以前就已传入中国。印度佛经和印度神话，而后者即见于佛经。	进口说	《文化娱乐》1981年第4期
5	1981	季羡林：《〈西游记〉与〈罗摩衍那〉》	中国的牛魔王是印度罗刹王罗波那在中国的化身。	A. 印度：《罗摩衍那》第六篇《战斗篇》中的几首诗。 B. 中国：《西游记》六十一回"猪八戒助力败魔王，孙行者三调芭蕉扇"。	进口说	《文学遗产》1981年第3期

续表

序号	写作时间	作者及文章标题	观点	举例	本土说或进口说	资料来源
6	1981	刘毓忱《关于孙悟空"国籍"问题的争论和辨析》	孙悟空的"国籍"不是印度，他与哈奴曼没有什么关联。 驳："进口论"说：（1）"可疑"说；（2）"相似"说；（3）考察背景者都没有找到把孙悟空定为印度国籍的根据。 受何人影响：鲁迅、冯沅君、吴晓铃、金克木 立：（1）汉译佛经里连哈奴曼的名字都没有提到；（2）《罗摩衍那》至今没有译成我国语言；（3）玄奘取经回国后记载了那么多的奇闻逸事，证明玄奘没有把他从印度带回我国来；（4）吴承恩在他的作品中也从来没有提到过哈奴曼，以上材料证明哈奴曼并没有"万里迢迢"从印度传到中国来。 我国神话对吴创作《西游记》的影响很大。			
			1. "石中生人"的神话故事：孙悟空的出生是从仙台产英雄的神话而来的。	《淮南子》有关启的出生，明初年马欢的《瀛涯胜览》，费信的《星蹉胜记》、《三宝太监下西洋》。		
			2. "形若猿猴"的外貌。	无支祁 《唐传奇》中的《补江总白猿传》、《清平山堂话本》中的《陈巡检梅岭失妻记》、《取经诗话》、《西游记平话》、《西游记杂剧》。		
			3. "与帝争位"的战斗精神。	A. 《西游记杂剧》； B. 《西游记平话》； C. 自称齐天大圣。	本土说	《作品与争鸣》1981年第8期

续表

序号	写作时间	作者及文章标题	观点	举例	本土说或进口说	资料来源
7	1982	萧兵:《无支祁哈奴曼孙悟空通考》	1. 孙悟空既是一个综合的典型，又是一个独立的形象；在这个典型形象身上，既有传统的、继承的、移植的、外来的因素，又有创造的、本土的成分。	《古岳渎经》、《国史补》、《西游记》，宋朱熹的《楚辞辩证》，杂剧、《清平山堂话本》，清焦周东生的《扬州梦》、冯梦龙的《陈巡检梅岭失妻记》、《三遂平妖传》等。	综合	《文学评论》1982年第5期
			2. 大禹治水传说里派生出来的无支祁故事起着决定性的作用。			
			3. 由佛经人物衍化出来的听经猿、大目犍连、华光等，也曾经程度不同地介入其形象的构建。			
			4. 《罗摩衍那》和《西游记》确实有大情节，大关目上的类似之处，二者之间存在直接间接的传递、影响关系。	A. 哈奴曼：帮助罗摩救妻，经历艰危。孙悟空：帮助唐僧取经，经历八十一难。B. 哈奴曼：猴国大将。孙悟空：美猴王、齐天大圣。C. 哈奴曼：火烧罗刹宫殿、城池。孙悟空：大闹天宫。D. 哈奴曼：文法作者，剧作家。孙悟空：能谈禅说偈。E. 哈奴曼：风神之子，善跳远，能从空中跨海。孙悟空：筋斗云十万八千里。F. 哈奴曼：背起药草山救众。孙悟空：背起须弥、峨眉、泰山三山，自管曾祖山赶太阳。G. 哈奴曼：曾被老母怪苏拉萨吞入腹中，从其耳中跳出。		

续表

序号	写作时间	作者及文章标题	观点	举例	本土说或进口说	资料来源
7	1982	萧兵：《无支祁哈奴曼孙悟空通考》	4.《罗摩衍那》和《西游记》确实有大情节、大夫目上的类似之处，二者之间存在直接间接的传递、影响关系。 5. 民间传说和前人作品的影响。	孙悟空：曾被狮驼山老魔、无底洞女妖、铁扇公主、黄眉大王、红鳞巨蟒等吞入腹中，却借以杀败魔怪，从青狮鼻孔中出。 H. 哈奴曼：曾助罗摩救援恶多。 孙悟空：曾助金紫国王救援金圣娘娘。 A. 宋欧阳修《于役志》中有所反映，北宋时还有同世宗（954年）以前"玄奘取经，一壁独往"的壁画。 B. 宋代话本已提到"齐天大圣"。 C.《永乐大典》第13139卷送韵"梦"条有吴承恩斩经河龙，内容和部分文字与吴承恩《西游记》颇为相似。 D. 元初吴昌龄有《唐三藏西天取经》杂剧等。	综合	《文学评论》1982年第5期
8	1983	萧相恺：《为有源头活水来——〈西游记〉的孙悟空形象探源》	孙悟空这一形象是在我国神话传说的基础上，加上许多民间艺人及吴承恩努力得来，与僧伽降水母传说及某些大禹故事关系密切。 1. 选猿猴做主人公的良苦用心。	A. 与大禹、僧伽关系 （a）汉时有水母传说。 汉王褒《九怀思忠》、李公佐《古岳渎经》、苏轼《濠州涂山图》、元高文秀《淹水母》杂剧和《大圣降水母》小说。 （b）大禹冷水的定子与金箍棒。 《汉书·郊祀志》、《史记奉本纪正义》、吴承恩《禹鼎志》。	本土说	《贵州文史丛刊》1983年第2期

续表

序号	写作时间	作者及文章标题	观点	举例	本土说或进口说	资料来源
8	1983	萧相恺:《为有源头活水来——〈西游记〉的孙悟空形象探源》	2. 神话传说中猴魔起源。	吴晓铃《二郎搜山图歌》。A.《吕氏春秋·博志篇》的白猿故事,《淮南子·说山》、干宝《搜神记》卷十一、《韩非子》、《论衡·儒增》、王子年《拾遗记》卷八"周群"条、《吴越春秋》中越女与袁公比剑事、《平妖传》、张读所撰《宣室志》。B.汉焦延寿的《易林》、晋张华《博物志·异兽》、《太平广记畜兽类》、《唐传奇》中的《补江总白猿传》、南唐徐铉所撰《稽神录》中的《老猿窃妇》、宋话本《陈巡检梅岭失妻记》。C.二流合一。《大唐三藏取经诗话》、杨景贤《西游记》杂剧。	本土说	《贵州文史丛刊》1983 年第 2 期
9	1983	刘毓忱:《孙悟空人物考》	孙悟空与唐人传奇,尤其是《古岳渎经》中无支祁有嫡亲血缘关系;受何人影响:鲁迅,吴晓铃	A.民间有关神猴传说。B.孙悟空是从无支祁衍变来的。(a)《古岳渎经》中的人物,在宋话本《陈巡检梅岭失妻记》、元末明初的《西游记杂剧》、明初无名氏《二郎神锁齐天大圣》杂剧和吴承恩《西游记》中均提到过,而且是与孙悟空有关的人物。(b)性状、生活环境及神通上亦多相似。(c)在早期的孙悟空遗痕《补江总白猿传》中神猴盗欧阳纥之妻,《陈巡检梅岭失妻记》《西游记杂剧》《西游记平话》中均有类似故事。	本土说	《文学评论丛刊》第十辑,中国社会科学出版社,1983

续表

序号	写作时间	作者及文章标题	观点	举例	本土说或进口说	资料来源
9	1983	刘毓忱：《孙悟空人物考》	孙悟空与唐末传奇，尤其是《古岳渎经》中无支祁有嫡亲血缘关系。受闰人影响：鲁迅、吴晓铃	（d）从《古岳渎经》无支祁传说的渊源与流变中也能找到彼此的血缘关系。汉王褒《九怀思忠》、李公佐《古岳渎经》、苏轼《漳州七绝涤山》、未人王象之《舆地纪胜》、元南文秀《锁水母》杂剧、未人王象之《泗州大圣渰水母》杂剧、杨景贤《西游记》杂剧。（e）孙悟空的金箍棒是大禹治水时定江海深浅的"神珍铁"。（f）据鲁迅先生和郑振铎先生从西游记中论及佛经的许多处情况，进行研究核实，确知吴并未看过佛经。影响他从事创作的主要是唐末传奇。小说旧闻抄》中辑录清人杨文会《等不等观杂录·一藏数目辨》后之案语，郑振铎《西游记的演化》，吴承恩《禹鼎志序》。C. 汉焦延寿的《易林》，赵晔《吴氏春秋》，《广义记张鷟、《续玄怪录习俊朝》、《集异记汪凤》、《朴江总白猿传》，李公佐《古岳渎经》。	本土说	《文学评论丛刊》第十八辑，中国社会科学出版社，1983
10	1984	刘毓忱：《孙悟空形象的演化——再评"化身"论》	孙悟空是我国的特产。从三个阶段来讨论孙悟空形象的发展和演化过程。1. 神话阶段。（1）"石中生人"的出身。（2）"形若猿猴"的外貌。（3）"铜头铁额"的特征。	《淮南子》，马欢《瀛涯胜览》。《国语》中的夔。《古岳渎经》，《朴江总白猿传》，《陈巡检梅岭失妻记》。蚩尤的兄弟，《大唐三藏取经诗话》。	本土说	《文学遗产》1984年第3期

续表

序号	写作时间	作者及文章标题	观点	举例	本土说或进口说	资料来源
10	1984	刘毓忱:《孙悟空形象的演化——再评"化身论"》	(4)"与帝争位"的战斗精神。 2. 诗话阶段。 3. 平话阶段。	陶渊明《读山海经》中赞颂刑天、《西游记杂剧》中孙悟空的战斗精神。 《大唐三藏取经诗话》已具备吴承恩《西游记》的雏形。 《西游记平话》、元明杂剧《西游记》、《二郎神锁齐天大圣》,反对天宫,变化无穷,救人之难成为吴承恩创作孙悟空形象的基础。	本土说	《文学遗产》1984年第3期
11	1984	巴人:《印度神话对〈西游记〉的影响》	《西游记》若干神奇的幻想和想象是受印度神话传说的影响的,但它依然是在中国的社会斗争——农民反抗地主阶级的斗争的基础上产生的。印度神话在中国早有流传。	A. 罗刹王罗凡那和牛魔王像。 B. 罗刹王之子印陀罗跋和牛魔王之子红孩儿像。 C. 哈奴曼与孙悟空形象相近。	进口说	《晋阳学刊》1984年第3期
12	1985	杨桂森、贾锡信:《论孙悟空的国籍》	孙悟空的国籍是中国。 1. 诞生 2. 学艺(情节渊源)	A. 天启年间《淮安府志》十六人物志近代文苑。 B. 吴承恩《禹鼎志自序》。 C. 《汉书·武帝纪》颜师古引注《淮南子》。 D. 《陷河神》《太平广记三一二王氏见闻》、《戎幕闲谈李汤》(吴曾棋《旧小说卷四六七》)。 A. 《六祖大师法宝坛经》中惠能学艺与孙悟空学艺的继承关系。 B. 大闹天宫也有缩本。《太平广记卷三五七博异记醉渴。猴王被压在五行山下,以铁丸子充饥,以铜计消渴。《括遗名山记昆吾山》(《旧小说》甲集)	本土说	《河北大学学报》1985年第2期

233

续表

序号	写作时间	作者及文章标题	观点	举例	本土说或进口说	资料来源
12	1985	杨栓森、贾锡信：《论孙悟空的国籍》	3. 本领出处	A. 变昆虫、探敌情（《太平广记卷四七三》"古今无行记绳救"）。 B. 钻敌人肚皮（《太平广记卷三三三述异记陶继之》）。 C. 爱吃桃、人参果（《神异经西北荒经》，葛洪著《抱朴子仙药篇》）。 D. 用酒灭火（《方术列传郭宪》《大平广记卷八十高僧传佛图澄》）。 E. 医家圣手（《后汉书方术列传》《旧小说神仙传董奉》等）。	本土说	《河北大学学报》1985年第2期
13	1986	赵国华：《论孙悟空神猴形象的来历——〈西游记〉与印度文学比较研究之一》	《大唐三藏取经诗话》中的猴行者与《六度集经》中的几个弥猴，有明显的对应关系。《西游记》中孙悟空的神猴形象，直接继承了《大唐三藏取经诗话》的神猴行者。猴行者的神猴形象是来源于中国古代神话和中国古代的猿猴故事；猴行者的神猴形象出自佛典，它一方面吸收了日本学者矶部彰指出的密宗中的因素，更多的是综合了《六度集经》中几个印度神猴形象的基本要素，以《国王本身》中小弥猴为其主要借鉴而创造出来的。《西游记》中孙悟空的神猴形象和《国王本身》的小弥猴存在渊源关系。所以，《罗摩衍那》中孙悟空的神猴形象和《罗摩衍那》的渊源关系。关于哈奴曼和中国其他的古文献，也不能证明猴行者或孙悟空和哈奴曼之间存在神猴形象上的渊源关系。至于和哈奴曼同存在哈奴曼与中国少数民族语言的古文献，史诗，它既然没有在原始猴形象还是孙悟空直接类比，都是论将哈奴曼和孙悟空相对译入中国，无不恰当的，只能发生失误。	A. 弥猴王的身份。《弥猴王本身》《国王本身》《佛说师子月佛本生经》。 B. 主动助人的品行。《大唐三藏取经诗话》。 C. 降伏恶龙的情节。《大唐三藏取经诗话》中《入九龙池处九》。 D. 盗果仿身的经历。《大唐三藏取经诗话》中《入王母池之处第十一》。 E. 料事应变的睿智不凡。《大唐三藏取经诗话》中《弥猴王本生》《六度集经》。 F. 降魔除怪的神通。 G. 皈依佛门而得正果的思想。 H. 树人国猴行者对变护同伴的援救。《大正新修大藏经》第四卷《本缘部》下，第六九一页；印度古代诗《摩诃婆罗多》中《森林篇》的插曲的故事。 I. 猴行者水次白虎岭的战斗。《大正藏》卷第十五《利养品》《出眼经》。《过长游猕猴经》第四卷，《本缘部》下，第五一四页；印度古代诗《摩诃婆罗多》中《森林篇》的插画《投山仙人传》。	进口说	《南亚研究》1986年第3期

续表

序号	写作时间	作者及文章标题	观点	举例	本土说或进口说	资料来源
14	1986	李谷鸣：《〈西游记〉中孙悟空原型新论》	吴承恩的孙悟空原型既非哈奴曼，也非哈奴曼《穆天子传》中的由君子化身的猴猴。	鲁迅认为孙悟空这一艺术形象是取自唐李公佐传奇《古岳渎经》中的淮河水怪无支祁。《中国小说史略》、《吕览》、《史记·项羽本纪》、《礼乐记倰杂子女注》、赵晔《吴越春秋》、《太平广记·李汤》、宋话本《陈巡检梅岭失妻记》、汉焦延寿《易林》、《二郎搜山图歌》，李公佐《古岳渎经》，《宋高僧传》	本土说	《安徽教育学院学报》（社会科学版）1986年第3期
15	1986	陈昭群、连文光：《试论两个神猴的渊源关系》	《西游记》的作者吴承恩和他的先驱者们，显然不是照搬《罗摩衍那》的思想内容和艺术形式，而是大有发展，大有创新。我们不能把这种哈奴曼与中国神猴孙悟空有渊源关系的根据，正是各民族文学互相影响的应有之义。	鲁迅：《中国小说的历史的变迁》《〈鲁迅全集〉第八卷，第330页》北京大学中文系：《中国小说史》第七章 "西游记"	混血说	《暨南学报》（哲学社会科学版）1986年第1期
16	1990	黄健：《哈奴曼与孙悟空——历史渊源、性格对比宗教差异》	孙悟空并不是哈奴曼在中国的化身，它是我国历史上众多猴形象的基础上创造出来的一个独特的艺术形象。 1. 历史渊源 （1）中国 （2）《罗摩衍那》 《罗摩衍那》的故事早在魏晋时代便已传入中国。建于宋元期间泉州婆罗门教寺门柱上的哈奴曼浮雕，哈奴曼只能作为一种可能的来源而存在。	《淮南子说山》、《搜神记》、《山海经》、《朴江白猿传》、张华《博物志》、《陈巡检梅岭失妻记》、《西游记》杂剧、《西游记平话》。《杂宝藏经》第一篇《十奢王》（吉迦夜译）《六度集经》第四十六《猴王》（吴康僧会译）《大瓻猴本生》	本土说	《国外文学》1990年第2期

续表

序号	写作时间	作者及文章标题	观点	举例	本土说或进口说	资料来源
16	1990	黄健：《哈奴曼与孙悟空——历史渊源性格宗教对比》	2. 性格对比哈奴曼性格简单，通过对猴性的描写来展开；而孙悟空性格猴性、魔性、神性和人性得到有机统一，体现一种社会人的本质。3. 宗教差异《罗摩衍那》宣传印度教；《西游记》佛、释、道三教合一。		本土说	《国外文学》1990年第2期
17	1990	吴全韬：《孙悟空形象的原型研究——对哈奴曼说与密教大神说的思考与否定》	孙悟空的原型来自《诗话》中民俗传说的仙猿。驳"哈奴曼说"。1. "哈说"理论并无立论价值（1）我国封建正统佛排斥异己文化。（2）古代没有《罗摩衍那》汉译文。（3）《罗摩衍那》非佛经、佛门不宣扬《罗摩衍那》。2. 哈奴曼具体细节论据不充分。		本土说	《宁波师院学报》1990年第3期
18	1991	蔡铁鹰：《猴行者与罗摩之路上"罗摩衍那"的创始之波》	我认为如果《罗摩衍那》真的影响了《取经诗话》，那么最有可能是通过麝香之路这条通道以密宗媒介的两端的密切联系，又反过来证明影响的可能是存在的	《宗教辞典》，上海辞书出版社，1981中野美代子：《孙悟空的诞生》	进口说	《淮阴师专学报》（哲学社会版）1991年第2期

序号	写作时间	作者及文章标题	观点	举例	本土说或进口说	资料来源
19	1992	李达三、刘介民主编《中外比较文学研究》	《西游记》中有印度的成分，中国神猴孙悟空渊源于印度神猴哈奴曼。 1. 两个神猴有着惊人的相似之处。 （1）两个神猴都有神通广大的本领。	哈奴曼：搬山，腾云驾雾，变身。 孙悟空：七十二般变化，筋斗云，一个筋斗十万八千里，腾云驾雾，变大变小。	进口说	台湾学生书局，1992
			（2）故事情节相似。	A.《罗摩衍那》中的故事美妙绝篇》中，哈奴曼钻进女罗刹肚子里，置地于死地的巧妙手法。《西游记》第五十九回"孙行者一调芭蕉扇"的情节。 B.《美丽篇》中哈奴曼去甘果林偷摘甘果。《西游记》第五回"乱蟠桃大圣偷丹"中孙悟空看蟠桃园偷吃仙桃，搅乱蟠池盛会。		
			（3）两个神猴的性格相似。	孙悟空：敢于蔑视权贵，勇于反抗，坚决向一切邪恶势力做斗争，救人危难，扶人困厄，民群众同情，喜爱和赞扬。 哈奴曼：敢于蔑视权贵，勇于反抗，救人危难的英雄。		
			2. 根据赵国华先生的考证，汉译佛经中的有关文献表明，至迟从公元三世纪起，中国人就知道了《罗摩衍那》，了解到《罗摩衍那》的主要故事及详细内容。			

序号	写作时间	作者及文章标题	观点	举例	本土说或进口说	资料来源
20	1992	唐卉《西游话古今》	孙悟空并非炎黄传种，他身上附有哈奴曼的影子，血液里杂有印度佛教文化的染色体。在《西游记》《封神演义》之类神魔小说出现以前，我们传统文学作品中涉及"变"的神话，情节都很简单，难与此超人的乖违编造的神话比拟，即使不是直接以哈奴曼为原型，也是从以印度佛典和经源于印度的神话里牵取了养分，而不是凭白从黄土地里冒出来。	A. 须弥庐山与花果山水帘洞相似。B. 哈奴曼跳上天空任意翱翔，变大变小、偷甘果。C. 孙悟空变大变小、偷桃、人参果。哈奴曼变刀枪不入、利剑不伤，力能拔山移树。孙悟空大闹天宫。D. 哈奴曼利孙悟空一样嗜杀。E.《罗摩衍那》里，哈奴曼能变，猴王和他的臣民也能变，罗刹更不例外。《西游记》里，孙悟空能变、猪八戒和众多神佛妖魔也能变。	进口说	远流出版公司，1992
21	1994	季羡林《〈西游记〉与〈罗摩衍那〉》《〈罗摩衍那〉对〈西游记〉的影响》	哈奴曼是孙悟空的原型；《罗摩衍那》中的故事在中译佛经中的出现，在中国的流传。1. 佛经中提到《罗摩衍那》2. 佛经中提到罗摩的名字 3. 佛经中提到《罗摩衍那》中的故事 4. 佛经故事同《罗摩衍那》里的故事同源于印度劳动人民的口头传播。	后秦鸠摩罗什译的《大庄严论经》陈真谛译的《婆薮盘豆传》唐玄奘译《大毗婆抄》北凉昙无讖译《佛所行赞》十年王放逐儿子的前话，射死修道人儿子的故事，吴康僧会译《六度集经》卷五里的《闪道士本生》等。	进口说	《文学遗产》1981年第3期，《中国比较》文学1986~1987年第3期
22	1995	柳存仁《神话与中国神话接受外来因素的限度和理由》	受向人影响：胡适 孙悟空有哈奴曼的影子。1.《西游记》关键之处渗透之一股《罗摩衍那》的精神。	A. 玄奘离家十四年，罗摩放逐十四年。B. 不坏教法，苦心求佛，相似。C. 罗刹与妖魔相似。D. 罗波那与牛魔王相似。E. 法力相似。	进口说	

续表

序号	写作时间	作者及文章标题	观点	举例	本土说或进口说	资料来源
22	1995	柳存仁：《神话与中国神话接受外来因素的限度和理由》	2. 细节相似。 3. 神似。	A. 罗波那与牛魔王砍下头都能复生。 B. 许多角色会变形。 C. 哈奴曼与悟空背山相似。 D. 哈奴曼与孙悟空空都使裙。 中国：真假猴王。 印度：波林和妙项不分。 中国：悟空管和群猴大闹蜜林园偷桃。 印度：哈奴曼和群猴大闹蜜林园。 有关女子贞操问题 中国：朱紫国皇后。 印度：悉多。	进口说	台北汉学研究中心，1996
23	1997	张锦池：《西游记考论》	孙悟空孕育于道教徒猿猴故事的凝聚，发展了释道二教思想的争雄，定型于个性解放思想的崛起，是典型的"国"猴。孙悟空的原型当是个既汇集了这三种猴精之神通，又汇集了这三种猴精之恶行的猴王。 1. 孕育于道教猿猴故事的凝聚 （1）打着宗教思想印记的猿猴故事的居多数，这在我国，佛教的居少数，道教的居多数。佛教成精的猿是"听经猿"，道教成精的猿是"修炼猿"。 （2）佛教猿猴故事中的猴精形象，绝大多数都是正面的，而道教的相反。	《传奇孙恪》、《太平广记》卷四四四引《宣室志杨迤》所写之胡僧、卷四四六引《潇湘录焦封》所写之孙氏女都是"听经猿"。《古岳渎经》《补江总白猿传》《陈巡检梅岭失妻记》里的猿都是"修炼猿"。 《取经诗话》、《二郎神锁齐天大圣》、《西游记》杂剧《西游记平话》里的孙行者，齐天大圣都是"修炼猿"。 《焦封》里的孙氏是个优美的女性形象，《杨迤》中的猴精是个既幽默而又练达人情的形象，而在打着道教思想印记的猴故事中，有性善的人的猴精，如《灵保集薛放曾祖》里的白猿；有荒淫成性的猴精，如《补江总白猿传》里的申阳公；有偷窃仙品的猴精，如《陈巡检梅岭失妻记》所记的猴精，如《国史补》所记猩猩好酒的传说。	本土说	黑龙江教育出版社，1997

239

续表

序号	写作时间	作者及文章标题	观点	举例	本土说或进口说	资料来源
23	1997	张锦池：《西游记考论》	（3）先有个独立的唐僧玄奘类西天取经故事，那是一个弘扬佛法的故事；同时又有一个孙猴王为非作歹的故事，那是一个阐释“金丹妙诀”的故事，两个故事一旦合流，便产生了孙悟空保唐僧西天取经的故事。 2. 发展于释道二教思想的争雄 佛法高于道法，道法高于魔法，这是当时的一种思潮。猴行者身为“修炼猿”所以“由道入释”，其“入释”前的性情所以越演化越恣肆，那是由这一社会思潮所决定的。 3. 定型于个性解放思潮的崛起 （1）孙悟空由元代宗教传说中的恶魔，脱胎为神话传说中的英雄。 （2）皈依佛门后的孙悟空要求自由平等的天性显得更内在了。 孙悟空的形象定型人了明代中叶以后由于资本主义萌芽的出现而产生的个性解放思潮，其血管里注入了资本主义思想的血液；这种血液在孙悟空血管里则是作为儒释道的对立物而新生的，却未能将它们踢之殆尽，所以朝气蓬勃在那个时代的个性解放思潮与斜晖夕照的儒释道三教理想的对立统一，便成了我们的美猴王的最后血型。	无支祁形象演化的思想轨迹是“由道入释”，孙悟空形象演化的思想轨迹也是“由道入释”，二者如出一辙。	本土说	黑龙江教育出版社，1997

续表

序号	写作时间	作者及文章标题	观点	举例	本土说或进口说	资料来源
24	1998	蔡铁鹰编著《西游记之迷》	孙悟空的祖籍还可能是在印度。他的老祖宗从喜马拉雅山那边爬进青藏高原，在中国生出了一个猴子。《西游记》中的孙悟空来源于最早期取经故事。	《大唐三藏取经诗话》中的猴行者则受了印度史诗《罗摩衍那》中神猴哈奴曼的启发。	进口说	中州古籍出版社，1998
			1. 古藏文化受印度文化，特别是印度宗教的影响很大。	在西藏，比较完整的《罗摩衍那》的古代译本有两个；至今，罗摩故事已成了藏族人的口头传说，民间故事甚至成了姓名的来源。		
			2. 在长安、西藏，印度之间确实存在着一条古已有之的交通道——麝香之路，这条路上处处留下宗教痕迹。			
			3. 印度密宗渗透最成功的地方是西藏，首先出现猴子的《大唐三藏取经诗话》在佛教教义方面属于密宗。			
25	1998	陈应祥：《孙悟空形象的系统思考》	孙悟空形象牢牢植根于民间，具有极大的自组织自消化功能。那些不适合中国文化传统的，不适合老百姓口味的特质将不可逆地耗散，而能够引发老百姓积极肯定情感的特质必然会扎下根来，发扬光大。		本土说	《明清小说研究》1988年第3期
26	1999	张皎玲、张战锋：《孙悟空与哈奴曼》	中印两国人民的文化交流已经有近两千年的历史。我国古典名著《西游记》中孙悟空这一人物形象就曾受印度神猴哈奴曼的影响，不同时代、不同文化背景下的艺术典型对孙悟空与神猴之间的关系、影响及其个性特质和文化意蕴。	《西游记考证》《大唐西域记》《鲁迅全集》《中国章回小说考证》《中国文学研究》《罗摩衍那初探》《学林漫录》	进口说	《河东学刊》1999年10月30日

241

续表

序号	写作时间	作者及文章标题	观点	举例	本土说或进口说	资料来源
27	2000	马维光：《哈奴曼与孙悟空的差异》	哈奴曼与孙悟空都是猴子，除了这一点相似之外，神似是根本谈不上的。	胡适《〈西游记〉考证》 哈奴曼："心中唯有罗摩，为其而生、为其而死，是罗摩的虔诚信徒和奴仆。 孙悟空：行为性格截然相反，完全是一个现存世界的叛逆者。	本土说	《文学园地》2000
28	2006	杜贵晨：《孙悟空"籍贯"、"故里"考佐》	《西游记》写孙悟空的"三界"的"籍贯"、"故里"及其所大闹环境即背景，这一背景是"五岳独尊"的东岳泰山，西游故事最后形成的"齐天大圣"是一只"泰山猴"。	宋陈元靓撰《事林广记》 《岱史》、查志隆撰卷四《山水表》 宋铜《游泰山纪略》 宋元话本《陈巡检梅岭失妻记》 宋张伯端《悟真篇》卷六十 三国吴支谦译《维摩诘所说经》	本土说	《东岳论丛》2006年第3期
29	2013	钟声：《孙悟空是中国度印猴?》	孙悟空很可能是中印文化结合的产物，吴承恩将印度神话与中国上古神话融合到一起，塑造了孙悟空这一崭新的形象。	《山海经》关于无支祁的神话传说 《西游记》大闹天宫被压五指山 孙悟空：如意金箍棒 哈奴曼：虎头如意金棍 孙悟空：偷吃蟠桃、盗取仙丹、大闹天宫 哈奴曼：偷吃甘果，捣毁甘果林，打死看守	融合说	《百科新说》2013年第9期

参考文献

一 有关《罗摩衍那》和《拉玛坚》的文献

（一）中国文献

1.论著

〔印〕玛朱姆达改写《罗摩衍那的故事》，冯金辛、齐光秀译，中国青年出版社，1962

〔印〕蚁垤:《〈罗摩衍那〉选》，人民文学出版社，1994

季羡林:《比较文学与民间文学》，北京大学出版社，1991

季羡林:《罗摩衍那初探》，外国文学出版社，1979

季羡林、刘安武编《印度两大史诗评论汇编》，中国社会科学出版社，1984

季羡林:《罗摩衍那》（第1~7册），人民文学出版社，1980~1984

季羡林:《印度文学研究集刊》（第4辑），上海译文出版社，1999

季羡林:《中印文化关系史论文集》，生活·读书·新知三联书店，1972

刘安武:《印度两大史诗研究》，北京大学出版社，2001

李达川、刘介民主编《中外比较文学研究》（第1册·下），台湾学生书局，1990

李达川、刘介民主编《中外比较文学研究》（第2册），台湾学生书局，1990

刘乾坤:《印度神话故事》，四川美术出版社，2002

糜文开:《印度两大史诗》，台湾商务印书馆股份有限公司，1967

〔印〕蚁垤:《腊玛延那·玛哈帕腊达》（节译本），孙用译，人民文学

243

出版社，1962

    王树英：《印度神话传说》，北京大学出版社，1987

    吴永年：《印度神话故事》，上海译文出版社，2001

    吴永年编译《印度神话故事"神猴哈奴曼"》，上海译文出版社，2001

    郁龙余编《中印关系源流》，湖南文艺出版社，1987

    中国社会科学院外国文学研究所编《外国文学研究集刊》（第 10 辑），中国社会科学出版社，1985

    2. 论文

    白子：《从印度的〈罗摩衍那〉到泰国的〈拉玛坚〉和傣族的〈拉戛西贺〉》，《外国文学研究》1981 年第 4 期

    陈明：《〈摩诃婆罗多〉插话的审美意义》，《广西师范大学：东方丛刊》1997 年第 1~2 辑

    高登智：《〈罗摩衍那〉在东南亚的流传》，《东南亚》1990 年第 2 期

    金克木：《印度文学与世界文学》，《外国文学研究》1981 年第 2 期

    张德福：《〈罗摩衍那〉和罗摩崇拜——试析印度文学与宗教的高度结合》，《东南亚研究季刊》1999 年第 2 期

    赵国华：《关于〈罗摩衍那〉的中国文献及其价值》，《社会科学战线》1981 年第 4 期

（二）泰国文献

    1. 论著

    帕亚（侯爵）阿里押努瓦：《帕拉什·帕拉牟》，泰国东北部文学传播中心，1974

    本四利：《永恒的泰国文学——散文〈拉玛坚〉》，综合信息出版公司，2000

    比查·弄俗：《〈罗摩衍那〉在东南亚的影响》，国家文化委员会办公室，1981

    比查·弄俗：《拉玛坚与南方文学》，诗纳卡琳威洛大学，1979

    灿南·落黑拍：《拉玛坚研究》，暹罗出版公司，1979

    曼谷王朝拉玛一世王：《拉玛坚》（第 1~4 册），泰国艺术局，1997

    曼谷王朝拉玛二世王和拉玛六世王：《〈拉玛坚〉剧本和〈拉玛坚之渊

源〉》，帕那空出版公司，出版时间不详

曼谷王朝拉玛六世王：《拉玛坚之渊源》，月亮出版社，1941

帕杂·陪批踏押功：《基础文学与泰国杰出文学》，诗纳卡琳威洛大学，1991

公蒙（郡王）毗塔亚腊陪地亚功：《拉玛故事》（为玛尼·有纱摆的葬礼而印），1963

沙田沟谁：《拉玛坚的器材》，班纳刊出版公司，1972

沙田沟谁：《〈拉玛坚〉的故事及其文学观》，帕那空出版公司，2000

沙田沟谁编著《拉玛与文学思考会谈》，帕那空出版公司，1973

席素朗·素曼：《拉玛坚人物评论》，塔纳出版公司，1982

席素朗·彭洒扑：《拉玛坚中的人物：〈拉玛坚〉与〈罗摩衍那〉的人物典型及其来历的比较》，欧店出版社，1982

诗利朋：《〈拉玛坚〉的人物介绍及图片资料》，泰国文学与艺术教科书编委会，1982

苏季·翁替主编《哈奴曼剧本汇编——〈精灵哈奴曼〉》，公认出版公司，1999

素蓬·彭齐温：《瓦尔米基仙人的〈罗摩衍那〉》（拉玛九世王为塔伟翁的葬礼而印），1971

素拉棚·维纶腊：《曼谷王朝的泰国歌舞之演变——1782~1934》，朱拉隆功大学出版社，2000

达腊修订与译著、苏季主编《阿优塔雅话剧〈拉玛坚〉"校场点兵　翁空出使"》，碧卡内出版社，1998

温友·本永：《〈拉玛坚〉中的猿猴》，东偶出版公司，1997

卧拉瓦利·翁萨伽编译《罗摩衍那》，古城出版社，2008

2. 论文

巴委娜·拉乐昂：《拉玛坚：文学与美学的关系》，朱拉隆功大学文学研究所比较文学专业博士论文，1996

聪纳·素杂龙：《华富里府城的故事：民间历史的见解》，法政大学博士论文，1988

马她尼·拉达恁：《罗摩衍那：文学方面的比较》，《法政大学》，1973

马她尼·拉达恁：《第一届〈罗摩衍那〉国际研讨会》，《法政大学》，1976

〔美〕迈克·莱：《蚁垤所不认识的罗摩衍那》，《文化与艺术》2000年第7期

帕凑：《拉玛坚：神话故事还是真实历史》，《艺术》1980年第1期

拍步万：《曼谷王朝初期文学中主角对配角的补助之分析》，诗纳卡琳大学泰文研究所博士论文，1997

披玛拉达·占塔拉抽替坤：《哈奴曼在泰国当代卡通书籍的传播》，朱拉隆功大学文学研究所硕士论文，2010

撒旺翁·基卜：《哈奴曼》，《超功》1964年第14期

森仁：《解析〈拉玛坚〉》，《教育系学刊》（东方大学）1998年第1期

丝素壤·斑古爱：《〈拉玛坚〉和泰国皇室》，《泰国方案研究》1995年第12期

丝拉蓬·替达弹：《拉玛坚：故事传播方式的研究》，朱拉隆功大学文学研究所泰文专业博士论文，1979

珊·素万巴替扑：《〈拉玛坚〉的影响》，《文化与艺术》1982年第1期

宋坡·行多：《瓦尔米基的〈罗摩衍那〉和拉玛一世王的〈拉玛坚〉的关系研究》，朱拉隆功大学文学研究所博士论文，1977

（三）印度文献

1.论著

Catherine Ludvik, *Hanuman in the Ramayana of Valmigi and The Ramacaritamanasa of Tulsi Dasa*, Delhi : Jainendra Prakash Jain at Shri Jainendra Press,1994

Devduff Pattanaik, *Hanuman An Introduction*, Mumbai : Arun K. Mehta at Vakil&Sons Private Ltd. , 2001

Jayant Balaji Athavalee, (Smt.) Kunda Jayant Athavale, *Maruti*, Sanatan Sanstha, Sukhsagar, Opp. Muncipal Garden, 2000

Mishr Dr. D.K. Sundd, Dr. Sheo Nandan *Pandey, Sri Sankat Mochan-Hanuman Charit Manas*, News Delhi :Aravali Books International, 1998

Mishr Dr. D.K. Sundd, Dr. Sheo Nandan Pandey, *Sri Ramacaritamanasa or -The Manasa Lake Brimming over with the Exploits of Sri Rama with Hindi Text and English Translation*, Gorakhpur：Gita Press, 2001

Victor. H. Mair, *Sunwukong = Hanuman?*, Waranasi：Tara Book Agency, 1991

2. 论文

BJK Institute of Buddhist & Asian Studies, *The Indian Journal of Asian Studies*，Volume 3，1991, Varansi：Tara Book Agency

二　有关《西游记》的文献

（一）中国文献

1. 论著

蔡铁鹰编著《西游记之谜》，中州古籍出版社，1998

陈文新、阎东平：《佛门俗影：〈西游记〉与民俗文化》，黑龙江人民出版社，2003

冯雅静：《漫话〈西游记〉》，河北人民出版社，2000

胡光舟：《吴承恩和西游记》，三民书局股份有限公司，1993

胡适：《西游记考证》，远流出版事业股份有限公司，1986

胡适著，易竹贤辑录《胡适论中国古典小说》，长江文艺出版社，1987

胡适：《胡适古典文学研究论集》（下），上海古籍出版社，1988

江苏省社会科学院文学研究所编《西游记研究——首届〈西游记〉学术讨论会论文选》，江苏古籍出版社，1984

李安纲：《西游记文化学刊》，东方出版社，1998

李安纲：《西游记奥义书 1：美猴王的家世》，中国社会科学出版社，2002

李安纲：《西游记奥义书 3：孙悟空的斗战》，中国社会科学出版社，2002

刘荫柏：《西游记研究资料》，上海古籍出版社，1990

刘勇强：《西游记论要》，文津出版社，1990

唐　遨：《西游话古今》，远东出版公司，1986

吴承恩：《西游记》（上、下册），三民书局股份有限公司，1972

吴承恩：《西游记》，大众书局，1975

吴承恩：《西游记》，人民文学出版社，1994

王寒枫：《泉州东西塔》，福建人民出版社，1992

萧兵编《太阳英雄神话的奇迹：灵智英雄篇（五）》，桂冠图书股份有限公司，1992

余世谦：《〈西游记〉：作者对我说》，上海人民出版社，2003

张锦池：《西游记考论》，黑龙江教育出版社，1997

张静二：《西游记人物研究》，台湾学生书局，1983

郑明娳：《西游记探源》，文开出版事业股份有限公司，1981

〔日〕中野美代子：《孙悟空的原像》，泉州历史研究会，1986

〔日〕中野美代子：《〈西游记〉的秘密》，中华书局，2002

2. 论文

阿丁：《西游记的内容及其比较》，《天地人》1936 年第 7 期

巴人：《印度神话对〈西游记〉的影响》，《晋阳学刊》1984 年第 3 期

蔡铁鹰：《猴行者与麝香之路上"罗摩衍那"的传播》，《淮阴师范学院学报》（哲学社会科学版）1991 年第 2 期

陈慧文：《西游记》，台湾大学中国研究所硕士论文，1979

陈澈：《论〈西游记〉中神佛与妖魔的对立》，《文史哲》1981 年第 5 期

陈辽：《〈西游记〉究竟是怎样的一部小说？》，《安徽大学学报》1983 年第 1 期

陈忆村：《中国文学在泰国》，《人民日报》1981 年 5 月 11 日

陈应祥：《孙悟空形象的系统思考》，《明清小说研究》1988 年第 3 期

曹仕邦：《〈西游记〉若干情节的本源三探》，《集萃》1981 年第 5 期

曹仕邦：《〈西游记〉若干情节的本源七探》，《书目季刊》第 19 卷第 1 期

杜贵晨：《泰山周边孙悟空崇祀遗迹述论——〈西游记〉对泰山文化的影响一例》，《山东师范大学学报》2014 年第 4 期

杜贵晨：《孙悟空"籍贯"、"故里"考论》，《东岳论丛》2006 年第 3 期

傅继俊:《我对〈西游记〉的一些看法》,《文史哲》1982 年第 6 期

高明阁:《〈西游记〉里的神魔问题》,《文学遗产》1981 年第 2 期

顾农:《鲁迅与胡适关于〈西游记〉的通信及争论》,《晋阳学刊》1981 年第 3 期

黄健:《哈奴曼与孙悟空:历史渊源、性格对比、宗教差异》,《国外文学》1990 年第 2 期

黄庆萱:《〈西游记〉的象征世界》,《幼狮月刊》第 46 卷第 3 期

季羡林:《〈西游记〉与〈罗摩衍那〉》,《文学遗产》1981 年第 3 期

季羡林:《〈罗摩衍那〉在中国》,《中国比较文学》1986 年第 3 期

季羡林:《印度神话对〈西游记〉的影响》,《中国比较文学》1986 ~ 1987 年第 3 期

金国藩:《〈西游记〉的源流、版本、史诗与寓言》(上),《中外文学》第 17 卷第 6 期

孔令平:《评介季羡林先生的〈罗摩衍那初探〉》,《南亚研究》1982 年第 3 期

李谷鸣:《〈西游记〉中孙悟空原型新论》,《安徽教育学院学报》1986 年第 3 期

李希凡:《漫谈〈西游记〉的主题与孙悟空的形象》,《人民文学》1959 年第 7 期

陈昭群、连文光:《试论两个神猴的渊源关系》,《暨南学报》(哲学社会科学版)1986 年第 1 期

刘荫柏:《孙悟空人物考》,《文学评论丛刊》第 18 辑,中国社会科学出版社,1983

刘士昀:《也谈〈西游记〉中的孙悟空形象——兼评研究〈西游记〉的方法》,《思想战线》1982 年第 5 期

刘毓忱:《关于孙悟空"国籍"问题的争论和辨析》,《作品与争鸣》1981 年第 8 期

刘毓忱:《孙悟空形象的演化——再评"化身论"》,《文学遗产》1984 年第 3 期

刘勇强:《西游记论要》,出版地点和时间不详

马维光：《哈奴曼与孙悟空的差异》，《南亚研究》2000年第2期

〔日〕美口美幸：《〈西游记〉在现代日本的接受与创造——以中国作为比较对象》，北京大学比较文学与世界文学专业硕士论文，2002

倪长康：《关于孙悟空形象的艺术渊源问题争论的回顾》，《上海大学学报》1986年第4期

彭荣生：《关于〈西游记〉的思想倾向》，《思想战线》1982年第5期

苏兴：《吴承恩〈西游记〉第九回问题》，《北方论丛》1981年第4期

苏兴：《〈西游记〉的地方色彩》，《江海学刊》1961年第1~12期

王国祥：《〈兰戛西贺〉、〈拉玛坚〉和〈罗摩衍那〉》，《中国比较文学》1988年第3期

吴金韬：《孙悟空形象的原型研究：对哈奴曼说与宗教大神说的思考与否定》，《宁波师范学院学报》1990年第3期

吴晓铃：《〈西游记〉和〈罗摩延书〉》，《文学研究》1958年第1期

萧兵：《无支祁哈奴曼孙悟空通考》，《文学评论》1982年第5期

萧相恺：《为有源头活水来——〈西游记〉孙悟空形象探源》，《贵州文史丛刊》1983年第2期

向明：《孙悟空不是印度侨民——与朱采荻同志商榷》，《文化娱乐》1981年第8期

〔泰〕谢玉冰：《〈西游记〉在泰国的研究》，台湾文化大学中国文学研究所硕士论文，1995

杨桂森：《论孙悟空的"国籍"》，《河北大学学报》1985年第2期

张链伯：《〈西游记〉的寓意》，《狮子吼》第2卷第12期

张皎玲、张战锋：《孙悟空与哈奴曼》，《运城高等专科学校学报》1999年第5期

张朝柯：《从中印文化交流谈起》，《外国文学研究》1982年第4期

赵聪撰：《说西游记》，《文学世界》第8卷第3期

赵国华：《〈罗摩衍那〉和中国之关系的研究综述》，《思想战线》1982年第6期

赵国华：《论孙悟空神猴形象的来历：〈西游记〉与印度文学比较研究之一》，《南亚研究》1986年第1~2期

钟声:《孙悟空是印度猴?》,《百科新说》2013 年第 9 期

〔日〕中野美代子:《福建省与〈西游记〉》,厦门大学讲稿,1983

周中明:《应该怎样看待孙悟空》,《文史哲》1982 年第 6 期

朱采获:《孙悟空与印度猴王的亲缘关系》,《文化娱乐》1981 年第 4 期

朱彤:《论〈西游记〉的宗教批判》,《北方论丛》1982 年第 5 期

（二）泰国文献

1. 论著

摆迈译《西游》(第 1 ~ 32 册),南美出版公司,出版时间不详

海峰:《〈西游〉美猴王专集》(第 1 ~ 17 册),南美出版公司,1985

卡内译《蔡志忠漫画〈西游〉》,阴阳出版公司,1989

开玛南达:《〈西游记〉远途之旅》,法会出版公司,1975

良·撒田拉俗:《唐三藏图书故事》,伯眉库那拉图书馆,1980

乃鼎译《西游》(第 1 ~ 8 册),库陆撒巴出版公司,1969

傍辟改编《西游》(第 1 ~ 2 册),欧店出版社,1968

丘帝财译《蔡志忠漫画〈西游〉》,阴阳出版公司,1988

谢玉冰:《行者——齐天大圣:从文学形象走向神坛的猴子》,文化艺术出版社,2004

2. 论文

寿·博达普墨盎:《〈西游记〉向西天取经》,《材雅铺》1960 第 7 期

三　相关"大圣爷"崇拜的文献

（一）中国文献

1. 论著

蔡相辉:《台湾的祠祀与宗教》,承峰彩色印刷公司,1990

范胜雄:《府城多奇庙》,台南市政府,2002

姜义镇:《台湾的乡土神明》,台原出版社,1995

林过屏、彭文宇:《福建民间信仰》,福建人民出版社,1993

刘还月:《台湾岁时小百科》,台原出版社,1989

〔泰〕刘丽芳、〔新〕麦留芳:《民族学研究所资料汇编——曼谷与新加坡华人庙宇及宗教习俗的调查》,"中央研究院"民族学研究所,1994

刘志文：《中国民间信仰》，广东旅游出版社，1991

梁玉绳：《瞥记》（卷六），大华史丛书（原版 1845 年）

周生选《扬州梦》，《中国笔记小说》卷四，世界书局，1959

褚人获选《坚瓠余集·卷二齐天大圣庙》，《笔记小说大观》，1978

蒲松龄：《聊斋志异》（卷四），里仁书局，1991

台湾银行经济研究室：《台湾南部碑文集成》（第 6 册），台湾省政府，1966

台湾总督府：《台湾宗教调查报告书》，捷幼出版社，1993

王国璠：《台北市岁时纪》，台北市文献委员会，1968

王诗琅、王国潘主修《台北市志》（五），成文出版社有限公司，1957~1980 年排印本

张逸堂：《拜出好运来·好运旺旺来》，福峰彩色印刷有限公司，2000

郑志明：《台湾神明的由来》，中华大道文化事业股份有限公司，2001

2. 论文

刘惠萍：《中国南方猴神崇拜与齐天大圣信仰》，《东方工商学报》1955 年 3 月

王寒枫：《再说〈西游记〉和孙悟空》，《泉州历史研究会通讯》1984 年第 5 期

〔泰〕温英英：《〈西游记〉泰译本的变译研究——以乃鼎译本为例》，北京外国语大学亚非学院翻译理论与实践方向硕士论文，2014

赵煖苹：《〈西游记〉内幕首次大揭秘》，《京华时报》2003 年 12 月 6 日

《齐天大圣 生日快乐》，《中国时报》1991 年 11 月 17 日

《"寻车传奇"齐天大圣显神通》，《中国时报》1994 年 12 月 8 日

《齐天大圣传奇 信不信由你 老孙坐镇佑安宫 地气难动》，《中国时报》1996 年 4 月 21 日

《齐天大圣 幼儿保护神》，《中国时报》1996 年 9 月 7 日

《齐天大圣庙有请孙悟空？》，《中国时报》1997 年 10 月 17 日

《天龙神香一炷可燃十昼夜》，《中国时报》1997 年 10 月 17 日

《孙悟空圣诞 万福庵做寿》，《中国时报》1997 年 11 月 12 日

《美猴王昨天过大寿》,《中国时报》1997 年 11 月 12 日

《齐天大圣庙禁谈猴子》,《中国时报》1998 年 9 月 16 日

《大圣爷寿诞武当山庙门庭若市》,《中华日报》2001 年 9 月 13 日

（二）泰国文献

1. 论著

段立生:《泰国的中式寺庙》,泰国大同社会出版有限公司,1996

2. 论文

〔泰〕谢玉冰:《"齐天大圣"在泰国》,《世界日报》1987 年 3 月 15 日

四 有关比较文学理论、中国古典小说及中、印、泰历史文化的文献

（一）中国文献

安明德、杨利慧:《金猴献瑞》,社会科学文献出版社,1998

北京大学比较文学研究所编《中国比较文学研究资料 1919 ~ 1949 年》,北京大学出版社,1989

北京大学东方文化研究所编《东方研究》,天地出版社,1995

陈惇、刘象愚:《比较文学概论》,北京师范大学出版社,2000

陈惇、孙景尧、谢天振主编《比较文学》,高等教育出版社,2000

蔡德贵:《季羡林传》,山西古籍出版社,1998

季羡林:《季羡林文集——中印文化关系》,江西教育出版社,1994

江苏省社会科学院文学研究所编《明清小说研究》(第 3 辑),中国文联出版公司,1986

胡邦炜主编《中国古典文学名著悬案系列——〈西游记〉中的悬案》,四川人民出版社,1994

华惠伦、吴焱煌、朱仲岳编《猴》,上海科学技术出版社,1991

黄霖:《明代小说》,安徽教育出版社,2001

孔令境:《中国小说史料》,台湾中华书局股份有限公司,1982

李玉昆:《泉州海外交通史略》,厦门大学出版社,1995

梁立基、李谋主编《世界四大文化与东南亚文学》,经济日报出版社,2000

刘守华：《比较故事学论考》，黑龙江人民出版社，2003

栾文华：《泰国文学史》，社会科学文献出版社，1998

戚盛中：《泰国》，世界知识出版社，1999

齐裕琨：《明代小说史》，浙江古籍出版社，1997

齐裕焜主编《中国古代小说演变史》，敦煌文艺出版社，1994

王向远：《比较文学学科新论》，江西教育出版社，2002

王赓武：《中国与海外华人》，台湾商务印书馆股份有限公司，1994

韦勒克、沃伦：《文学理论》，刘象愚、邢培明译，生活·读书·新知三联书店，1984

徐扬尚：《中国比较文学源流》，中州古籍出版社，1998

饶芃子：《中国文学在东南亚》，暨南大学出版社，1999

袁行霈主编《中国文学史》（第4卷），高等教育出版社，1999

张俊：《中国文学史》（第4册），北京师范大学出版社，1999

张国风：《中国古代的小说》，台湾商务印书馆股份有限公司，1996

郑振铎：《中国文学研究》（上），人民文学出版社，2000

朱维之、梁立基主编《外国文学简编》（亚洲部分），中国人民大学出版社，1983

（二）泰国文献

公帕亚（郡王）丹隆拉查奴帕：《传说三国演义》，康育他牙出版社，1963

参育·咖谁西里：《受泰人统治下200年的华人》，经济趋势主编，1983

卡陆那编《印度和泰国文化》，暹罗出版社，2000

〔印〕莱玛尼·绸丝：《印度教、佛教、婆罗门教》，卡陆那译，美刊旁出版社，1981

帕杂·陪批踏押功：《基础文学与泰国杰出文学》，诗纳卡琳威洛大学，1991

扑录昂：《泰民的信仰》，古城出版社，2003

塔玉：《宗教文学》，南刊恒大学出版社，1992

日利泰·洒扎潘：《比较文学》，南刊恒大学出版社，1992

日利泰·洒扎潘:《外国文学在泰国之影响》,南刊恒大学出版社,1992

莎尼:《文学与宗教》,欧店出版社,1987

宋潘:《曼谷早期文学》,宗教出版社,1975

素提翁:《文学分析》,泰瓦他那帕逆出版公司,1982

吴东:《现代泰国文学概况》,清迈大学出版社,1979

〔印〕谣瓦哈兰·内鲁:《发现印度》,卡陆那译,棵台公司,1994

五　词典

（一）中国文献

广州外国语学院主编《泰汉词典》,泰国南美有限公司、香港商务印书馆,1987

朱瑞椁:《佛教成语》,汉语大词典出版社,2003

（二）泰国文献

比丘、黄谨良、松育编辑《泰巴汉对照南传佛学词典》,谷壮普门报恩寺图书馆,1978

维·替踏:《泰文词典》,泰国基督教基金会,1993

杨汉川编译《现代汉泰词典》,罗车萨出版社,1986

六　电子文献

http://www.guoxue.com/magzine/xyji/xyj015.htm

http://isubculture.com.hk/N/N001/N001_001.html

http://www.edn.com.tw/daily/1997/08/25/text/860825f3.htm

http://ms2.nyes.ylc.edu.tw/~fla9113/new_page_3htm

http://netcity2.web.hinet/UserData/wass9527/ShenFoTang.html

http://www.tainews.com.tw/draft/2003/9204/0404-4.htm

http://140.111.1.53/87/endshow/4/kaohsiung1/religion/8-12.htm

http://www.frontier.org.tw/culture/tainan/view3.html

http://www.kaoh.com.tw/KaohTravel/travel_introduce/001129111953.asp

http://www.easytravel.com.tw/taiwan/scenic.asp?psn=1149

http://content.edu.tw/local/taidon/fuhin/tem/p141.htm

http://content.edu.tw/local/taidon/fuhin/tem/tdc14.htm

http://www.wise.com.tw/WISE/04-2/s042-1htm

http://www.junghe.tpc.gov.tw/tour1c2.php

http://home.kimo.com.tw/hsinyu53/bike02.htm

http://news.sina.com.tw/sinaNews/ttv/others/2002/1101/10763135.html

http://news.sina.com.tw/sinaNews/ftv/twliving/2002/1105/10770683.html

http://rb-memory.blogspot.jp/2011/06/6.html

http://www.thaitambon.com/travel/

http://travel.kapook.com/photo/travel_12905.html

http://www.baanjomyut.com/library_2/king_ramkhamhaeng_inscription

http://th.knowledgefromtextbooks.wikia.com/wiki/

http://www.vcharkarn.com/vcafe/61124

http://topicstock.pantip.com/camera/topicstock/2009/12/O8656161/
O8656161.html

http://pantip.com/topic/32093671

http://www.rakbankerd.com

http://frynn.com

http://www.oocities.org/tvphp/newpage_17.htm

http://laythai-huahin.blogspot.jp/2012/05/blog-post_18.html

http://www.oknation.net/blog/phaen/2007/09/13/entry-1

http://sathitbook.tarad.com/

http://mono29.mthai.com/

http://softwareconstructor.com/Auction/AuctionDetail.aspx?auction=29056

http://movie.mthai.com/movie-news/39297.html

http://www.bloggang.com/mainblog.php?id=zero&month=17-01-
2009&group=6&gblog

http://www.vcharkarn.com/forum/view?id=202779&section=forum

http://www.saisawankhayanying.com

http://suvarnabhumiairport.com/th/popular-destinations/8/khon-maskeddance-at-sala-chalermkrung-theatre

http://www.thaifilm.com/

http://oktvb2.lnwshop.com/

http://www.xn--72c0aar3grb5a4a.com/

http://movie.mthai.com/tag/

http://writer.dek-d.com/galaxysuppernova/story/view.p

http://thaipromotiontoday.com/）

https://th.wikipedia.org/wiki

http://www.horoguide.com/?

http://www.oknation.net/blog/feedomhiphop/2007/11/20/entry-2

http://news.hexun.com/2015-12-23/181352037.html

http://www.kaweeclub.com/b28/t2587/

http://image.baidu.com/search/detail?tn=baiduimagedetail&word

后 记

　　本书的出版首先得感谢台湾"中国文化大学"董事金荣华教授（原中文研究所所长）。当我在台湾读硕士研究生、钻研中国古典文学时，金老师在四大名著中单给我挑出《西游记》，让我仔细研读。在讲授中国文学的精髓的同时，指导我研究课题和撰写论文的思路。因为《西游记》的故事内容最有趣，可以说每一个年龄、每一个阶层的读者都很喜欢，能很快融入情节之中。一开始接触觉得很难，但是一旦深入进去，就能找到许多乐趣，于是我选择《西游记》在泰国的研究"做了硕士论文题目。

　　我自那时开始探究《西游记》与泰国的关系，对这个课题产生了浓厚兴趣。基于泰国人的角度，耳濡目染中国神猴在当地的广泛影响，我自然而然要将中泰神猴故事联系起来。由于我的中国古典文学基础与对《西游记》的研究分不开，逐渐就把它作为一生的研究方向。这也是选择神猴作为本书主题的主要原因。

　　后来我到泰国华侨崇圣大学任教。承蒙"报德善堂"原董事长郑午楼博士和华侨崇圣大学原校长、现泰国枢密院大臣陈国光教授 (Prof. Kaseam Wattanachai) 的栽培，我的中文教学经验日渐丰富。在诸位先生的支持下，我有幸来到北京师范大学攻读博士学位，这为我继续深入研究中国文学创造了良好的条件。

　　读博士时受到北京师范大学外国语言文学学院原院长刘象愚教授的教导，传授给我文学理论知识和研究方法。在他的指导下，作为异国留学生的我能很快了解如何进行跨国比较研究，即把不同国家、不同文化的"宝藏"结合起来，找出共同之处。不仅如此，刘老师还将严谨的学风带给我，论据讲求实证，不浮夸、不粗糙，立论力求准确、完整，这些将对我一生的学术研究产生巨大影响。

北师大中文系各专业的老师，如比较文学专业的陈惇教授、中国古代文学专业的陈慧琴老师、民间文学专业的杨利慧老师以及浙江大学文学院的张德明教授都给我讲授了各方面的文学知识，有助于本书的思路清晰和相关研究方法的科学准确。

北京大学外国语学院的季羡林教授、金鼎汉教授、王树英教授、裴晓瑞教授以及北京外国语大学泰语教研室的白湻教授都给我提供了许多有关《罗摩衍那》研究和印、中文学关系的研究思路。除了以上学者，笔者还有幸采访了不少从事印度文学研究和中国文学泰译流传的学者，如 A. Karuna Gusalasai, A. Taworn Sikkagosol, Prof. Manee Dilokvanich, Prof. Pagorn Limpnusorn, Prof. Wilai Limtavoranan 等，从他们那里所得使我受益匪浅。

我的原单位泰国华侨崇圣大学各专业的好友和同事们，如 A. Attsit Sunato, A. Seang-arun Kanokpongchai, A. Atiwat Prmhmasa, A. Teerachot Kerdkaew, A. Areeluck Harnmontree, A. Naris Wasinanon, A. Nathiya Boonapatjalern 等人，其中不乏中泰文化专家、泰国佛教哲学家，好似"精灵知识库"一般，在我撰写本书遇到问题时，随时为我释疑解惑。

从在台湾开始研究"神猴文化"到在北京初步完成这一研究课题，一直以来我一边工作，一边靠微薄的收入开展调研活动。我最大的收获是能够在采访中了解民风民情、收集资料。其间一直有许多贵人帮助，使整个采风活动比较顺利。本书可以说跟神猴特别有缘。二十余年来，每当到泰国或国外（印度和中国）的任何地区采集资料时，采访工作一向非常顺利，所得的收获比原计划多得多。这是因为采访途中遇到许多朋友和"陌生贵人"的帮助。他们有的崇拜神猴，有的尽管没听说过神猴的威名，但都伸手协助。久而久之，使我这个从来不崇拜神猴，甚至认为神猴仅是抽象的文学形象的人，开始感到自己与神猴有一种特殊的缘分，或许这些"陌生贵人"就是由神猴安排的。

在中国大陆、台湾和印度各地的"一万八千里"的田野调查路途中，要特别感谢台湾好友陈丽华及其家人、黄芬娟老师及台湾"中国文化大学"的同学们给我灌输了很多中国传统文化及民俗知识，还有台湾的民风民情，他们还协助寻找了许多台湾"行者爷崇拜"的途径，至今无法忘怀。感谢台湾"内政部民政局"的罗元信先生，尽管从来没有见过面，但他主动从台湾寄来大量有关台湾齐天大圣崇拜的资料，使我开阔了这方面的思路。感谢台湾彰化工业会的负责人及当时跟我学泰语的台湾学生、福建省泉州历史研究会的王寒枫教授、泉州海外交通史博物馆的李玉昆研究员、福建师范大学外语学院的黄伟教授、泉州师范学院的林晓虹老师以及闽台两地和泰国各个齐天大圣寺庙的管理人员在我调查当中给予的极大帮助。

特别感谢印度守护管理恒河家族的第八代传人 Veerbhadra Mirhra 老先生百忙之中接受采访，并热情地解答了我对印度民情与哈奴曼崇拜的不解之处。在印度采访过程当中，我受到了瓦拉那西"中国寺庙"（Chinese Buddhist Temple）的泰国主持 P. Vichien 的款待并安排住宿，同时还安排了精通英、梵及印地语的留学印度的泰国和尚 P. Maha Samrit Piesinui, P. Maha Chaichan 带我到采访之地。Banaras Hindu University 当时的中文系主任、语言学院主任、印地语言学主任（Prof. Kamalsheel，Dr. RB Misra, Prof. Shriniwas Pandey，Prof. Kamalesh Datt Tripathi 等）以及印度好友 Sushil Kumar Donwal 也都鼎力相助，在此一并感谢。

每部作品出版之前都要经历很多的困难，有时还是很大的困难，比如找不到与自己同研究方向的人或了解自己作品的内容、可以商量并提出意见的人。有这样的对话者，可以拓展思路，协商解决问题，这对撰写本书非常重要。我有较好的运气，当年能遇到一位同室的中国人张戬。她给我输入了许多中国文学的观念，给了我许多新点子，真是良师益友。我在中国的益友和同门们——曾艳兵教授、范圣宇、黄凌、郝岚、李元、刘媛、韩梅、黄霞兰等，给我增添了各方面的知识并带来了中国的精彩与深邃，对此不胜感激。

本书出版之前委托了范军教授（原中国华侨大学教授、现泰国华侨崇圣大学中国语言文化学院教师）重新过目。北京外国语大学蒋昕辰、陈倩慈、谢文馨及张颖等同学帮忙粗略校对，对此一并致谢。

另外，不得不提的是我的先生、北京大学图书馆的张明东教授，他陪伴我的人生，为我提供了许多珍贵的中国参考资料，并不断地鼓励与支持我的论著。

　　最后感谢我父母，在本科二年级选修专业时，如果没有你们两位帮我决定选择学习中文，我就不会与那么多的中国人结缘，也不会用上我的中文名字，这本书也不会呈现给世人。

　　望今后的时光能继续为中泰学术交流多做贡献。

谢玉冰

2016 年 3 月 30 日　于北京

（猴年）

กิตติกรรมประกาศ

หนังสือ " 'เทพวานร'---การแพร่กระจายตำนาน "หนุมาน" อินเดีย และ "ซุนหงอคง" จีน ในประเทศไทย" ปรากฏโฉมเป็นรูปเล่มในวันนี้ได้ ลำดับแรกต้องกราบขอบพระคุณ ศาสตราจารย์จินหรงหัว ประธานสภามหาวิทยาลัยวัฒนธรรมจีน (ไต้หวัน) (Chinese Culture University) (อดีตคณบดีคณะการศึกษาวิจัยภาษาจีนขั้นสูง ประจำมหาวิทยาลัยวัฒนธรรมจีน (ไต้หวัน)) ขณะที่ข้าพเจ้าเป็นนักศึกษาปริญญาโทกำลังศึกษากระบวนวิชาวรรณคดีจีนโบราณใน ไต้หวัน ท่านได้กรุณาแนะนำให้ข้าพเจ้าศึกษาวรรณคดีไซอิ๋วซึ่งเป็น 1 ใน 4 ยอดวรรณคดีจีนอัน ลือชื่อทั่วโลก ศาสตราจารย์จินหรงหัวมิเพียงถ่ายทอดเคล็ดวิชาอันล้ำค่าทางด้านวรรณคดีจีนแก่ ข้าพเจ้าซ้ำยังได้แนะนำแนวทางการเขียนวิทยานิพนธ์และช่วยตรวจแก้ไขอย่างละเอียดถี่ถ้วน เนื่องจากวรรณคดีไซอิ๋วมีเนื้อเรื่องที่ดึงดูดใจผู้อ่านเป็นอันมาก กล่าวได้ไม่ว่าว่าผู้อ่านจะอยู่ในชน ชั้น สถานภาพหรือรุ่นราวคราวใด ต่างชื่นชอบและดื่มด่ำกับรสวรรณคดีไซอิ๋วได้โดยง่าย สำหรับ สัมผัสแรกของข้าพเจ้าที่มีต่อวรรณคดีไซอิ๋ว จำได้ว่าเป็นความขมขื่นที่ต้องผ่านกาลบ่มเพาะในการ ทำความเข้าใจเนื้อเรื่องทีละน้อย ๆ กระทั่งกลายมาเป็นความอิ่มเอมกับอรรถรสอันอุดมที่บรรจุ อยู่ในวรรณกรรมไซอิ๋วแบบทศนิยมไม่รู้จบ และแล้ว...ในที่สุดข้าพเจ้าจึงตกลงใจ เลือกหัวข้อ ศึกษาวิจัย "การแพร่หลายวรรณคดีไซอิ๋วในประเทศไทย" เป็นหัวข้อวิทยานิพนธ์ระดับปริญญาโท

พอเริ่มศึกษาวิจัยลงลึกเกี่ยวกับการแพร่กระจายวรรณคดีไซอิ๋วในประเทศไทย นับวัน... ข้าพเจ้าก็ยิ่งรู้สึกถูกโฉลกกับหัวข้อนี้ การลงพื้นที่ศึกษาในวงกว้างทำให้ทราบว่าแท้จริงแล้ว เทพวานรจีนองอิทธิพลในประเทศไทยไม่น้อยทีเดียว เนื่องด้วยพื้นเพเป็นคนไทยโดยกำเนิด จึงมี ส่วนทำให้ข้าพเจ้าสามารถเชื่อมโยงความสัมพันธ์ระหว่างตำนานเทพวานรจีนและไทยได้โดยง่าย และเนื่องจากความรู้วรรณคดีไซอิ๋วเป็นความรู้ทางด้านวรรณคดีจีนที่ยืนพื้นมาตั้งแต่ต้น การวิจัย หัวข้อที่สัมพันธ์กับวรรณคดีไซอิ๋วจึงได้กลายมาเป็นส่วนสำคัญในเส้นทางชีวิตวิชาการตลอดครึ่ง ค่อนอายุของข้าพเจ้า

ภายหลังสำเร็จการศึกษาระดับปริญญาโท สาขาวรรณคดีจีนโบราณจากไต้หวัน ไม่นาน ข้าพเจ้าได้มาบรรจุเป็นอาจารย์ประจำมหาวิทยาลัยหัวเฉียวเฉลิมพระเกียรติ ดร.อุเทน เตชะ ไพบูลย์ อดีตประธานคณะกรรมการ "มูลนิธิป่อเต็กตึ้ง" และศาสตราจารย์เกษม วัฒนชัย อดีต อธิการบดีมหาวิทยาลัยหัวเฉียวเฉลิมพระเกียรติ ปัจจุบันดำรงตำแหน่งอยู่ในคณะองคมนตรีของ ไทย ล้วนเป็นบุคคลสำคัญที่ได้ส่งเสริมให้ข้าพเจ้ามีโอกาสฝึกปรือประสบการณ์ทางด้านการเรียน การสอนภาษาจีนจนคร่ำหวอด และภายใต้การสนับสนุนของผู้บริหารมหาวิทยาลัยหัวเฉียวเฉลิม พระเกียรติหลาย ๆ ท่าน ต่อมาข้าพเจ้าจึงได้มีโอกาสเดินทางไปศึกษาต่อระดับปริญญาเอก ณ มหาวิทยาลัยครุศาสตร์ปักกิ่ง (Beijing Normal University) และโอกาสอันดีนี้เองที่ได้ส่งเสริม และเอื้อประโยชน์ให้ข้าพเจ้าสามารถศึกษาต่อยอดวรรณคดีจีนในลำดับที่สูงขึ้น

262

ศาสตราจารย์หลิวเชี่ยงอวี๋ อดีตคณบดีคณะภาษาและวรรณกรรมต่างประเทศประจำ
มหาวิทยาลัยครุศาสตร์ปักกิ่งเป็นอาจารย์ที่ปรึกษาวิทยานิพนธ์ปริญญาเอกของข้าพเจ้า ท่านได้
ถ่ายทอดกระบวนศาสตร์วรรณคดีเปรียบเทียบและระเบียบวิธีศึกษาวิจัยหลากด้าน ส่งผลให้
ข้าพเจ้าซึ่งเป็นนักศึกษาชาวต่างประเทศผู้อ่อนหัดในกระบวนวิชานี้ สามารถเรียนรู้และเข้าใจถึง
หลักการเจียรนัยและผสมผสาน "หยกล้ำค่า" กับ "เพชรเม็ดงาม" แห่งอารยประเทศภายใต้
วัฒนธรรมต่างด้าวอย่างรวดเร็ว ไม่เพียงเช่นนั้น ศาสตราจารย์หลิวเชี่ยงอวี๋ยังได้บ่มเพาะคณานุ
ศิษย์ให้ทำงานวิจัยด้วยความยั่งคิด ตระหนักรู้ ไม่วิจัยแบบฉาบฉวย พร่ำเพรื่อ ปราศจากหลักฐาน
อ้างอิง ให้รังสรรค์งานวิจัยภายใต้ตรรกะ ความเที่ยงตรงและสมบูรณ์ เคล็ดวิชาที่ท่านอาจารย์ได้
ปลูกฝังอยู่ในมโนสำนึกของศิษย์ ยังประโยชน์ต่องานศึกษาวิจัยของข้าพเจ้ากระทั่งทุกวันนี้

คณาจารย์คณะภาษาจีน มหาวิทยาลัยครุศาสตร์ปักกิ่ง ได้แก่ ศาสตราจารย์เฉินตุน อาจารย์
ประจำวิชาวรรณคดีเปรียบเทียบและวรรณคดีสากล ศาสตราจารย์เฉินหุ้ยฉิน อาจารย์ประจำ
ภาควิชาวรรณคดีจีนโบราณ ศาสตราจารย์หยางลี่หุ้ย อาจารย์ประจำภาควิชาวรรณกรรมพื้นบ้าน
ศาสตราจารย์จางเต๋อหมิง อาจารย์ประจำคณะศิลปศาสตร์ มหาวิทยาลัยเจ้อเจียง เป็นต้น ทุกท่าน
ได้กรุณาถ่ายทอดวิชาความรู้ทางด้านวรรณคดีแขนงต่าง ๆ แก่ข้าพเจ้าซึ่งมีส่วนสนับสนุนผลักดัน
ให้เค้าโครงและเนื้อหาหนังสือเล่มนี้เกิดขึ้นภายใต้หลักวิธีวิจัยอันแยบยลและเฉียบคมยิ่งขึ้น

คณาจารย์มหาวิทยาลัยปักกิ่งที่มีชื่อเสียงหลายท่าน ได้แก่ ศาสตราจารย์จี้เสี้ยนหลิน
ศาสตราจารย์จินติ่งฮั่น ศาสตราจารย์หวังซู่อิง ศาสตราจารย์เผยเสี่ยวรุ่ย รวมถึงอาจารย์ประจำ
ภาควิชาภาษาไทย มหาวิทยาลัยภาษาต่างประเทศปักกิ่ง ศาสตราจารย์ไป๋ฉุน ท่านทั้งหลายเหล่านี้
ล้วนมีส่วนชี้นำแนวทางการศึกษา "มหากาพย์รามายณะ" และความสัมพันธ์ระหว่างวรรณคดี
อินเดียและจีนอันเป็นคุณูปการแก่ข้าพเจ้าอย่างสูงสุด นอกเหนือจากนักวิชาการหลาย ๆ ท่าน
ดังที่ได้กล่าวถึงแล้วนั้น ข้าพเจ้ายังมีโอกาสได้สัมภาษณ์และขอความรู้จากนักอุษาคเนย์วิทยาชาว
ไทยทั้งที่เป็นผู้เชี่ยวชาญด้านวรรณคดีอินเดีย และผู้เชี่ยวชาญทางด้านการแพร่กระจาย
วรรณกรรมจีนสำนวนภาษาไทยหลายท่าน ท่านเหล่านี้ประกอบด้วย อาจารย์กรุณา กุศลาสัย
ผู้ช่วยศาสตราจารย์ถาวร สิกขโกศล รองศาสตราจารย์ ดร.มาลินี ดิลกวณิช รองศาสตราจารย์
ดร.ปกรณ์ ลิมปนุสรณ์ ผู้ช่วยศาสตราจารย์ ดร.วีไล ลิ่มถาวรนันท์ เป็นต้น

เพื่อนร่วมงานและเพื่อนคณาจารย์คณะศิลปศาสตร์ มหาวิทยาลัยหัวเฉียวเฉลิมพระเกียรติ
ได้แก่ อาจารย์อรรถสิทธิ์ สุนาโท รองศาสตราจารย์แสงอรุณ กนกพงศ์ชัย อาจารย์อดิวัฒน์
พรหมมาสา อาจารย์ธีรโชติ เกิดแก้ว ผู้ช่วยศาสตราจารย์ ดร.นริศ วศินานนท์ ผู้ช่วยศาสตราจารย์
อารีลักษณ์ หาญมนตรี อาจารย์นัฐิยา บุญอาพัทธิ์เจริญ ทุกท่านเสมือน "คลังความรู้เคลื่อนที่"
ในยามที่ข้าพเจ้าเกิดข้อข้องใจทางวิชาการทั้งด้านวัฒนธรรมไทย-จีน ปรัชญาศาสนาไทย-จีน
ระเบียบวิธีวิจัย เป็นต้น ท่านเหล่านี้ได้ช่วยไขความกระจ่างแก่ข้าพเจ้าได้เป็นอย่างดี

จาก "วัฒนธรรมเทพวานร" ในไต้หวัน กระทั่งมาเป็นเค้าโครงวิทยานิพนธ์ปริญญาเอกใน
ปักกิ่ง ช่วงระยะเวลาที่ผ่านมาข้าพเจ้าผันรายได้จากการทำงานมาหนุนนำการสำรวจข้อมูลวิจัย
ตามท้องที่ต่าง ๆ ผลพวงอันยิ่งใหญ่ คือโอกาสในการเรียนรู้ขนบประเพณีและข้อมูลสนับสนุน

263

งานวิจัยอันล้ำค่า ระหว่างการลงพื้นที่สำรวจ มักจะพบกับผู้มีจิตเอื้ออารีให้การอุปถัมภ์เสมอ การ
เดินทางสำรวจแต่ละท้องที่ส่วนใหญ่เป็นไปด้วยความราบรื่น... จะว่าไป... ข้าพเจ้าคงสั่งสมบุญ
วาสนากับเทพวานรมาเป็นสมควร ตลอดระยะเวลา 20 กว่าปีที่ผ่านมานี้ ทุกครั้งที่ได้เดินทาง
สำรวจข้อมูลไม่ว่าจะเป็นในประเทศไทยหรือในต่างประเทศ (อินเดียและจีน) การเดินทางมักจะ
ราบรื่นด้วยดีเสมอ ผลที่ได้รับมักมีปริมาณเกินความคาดหมาย ทั้งมิตรที่รู้จักมักคุ้นและ "สหาย
แปลกหน้า" ทุกท่านเหล่านั้นมีทั้งที่ศรัทธาเทพวานร และทั้งที่ไม่เคยรับรู้เรื่องราวอภินิหารของ
เทพวานรเลยแต่ก็ยังหยิบยื่นความช่วยเหลือด้วยไมตรีอันเต็มเปี่ยม ส่งผลให้ข้าพเจ้าซึ่งเดิมไม่ได้
เลื่อมใสศรัทธาเทพวานรแต่อย่างใด ซ้ำยังเคยคิดเสมอว่าเทพวานรเป็นเพียงตัวละครนามธรรมที่
ได้ "ลิงโลด" ในวรรณคดีเท่านั้น นานวันเข้า...กลับมีความคิดว่าตนนั้นคงมีวาสนาผูกพันกับเทพ
วานรเป็นแท้ บางที "สหายแปลกหน้า" ที่คอยหยิบยื่นให้ความช่วยเหลืออาจเป็นสหายที่ "วานร
เทพประทาน" เสียกระมัง

การเดินทางสำรวจข้อมูลที่ประเทศจีนแผ่นดินใหญ่ ไต้หวัน และอินเดีย ภายใต้เส้นทาง
"หนึ่งหมื่นแปดพันโยชน์" ที่ผ่านมา ยังต้องกราบขอบคุณมิตรแท้ตระกูลเฉิน อาจารย์หวังเฟิน
เจวี้ยน เพื่อน ๆ นักศึกษา มหาวิทยาลัยวัฒนธรรมจีน (ไต้หวัน) ที่ช่วยแนะนำความรู้ทางด้าน
ขนบวัฒนธรรมจีน ขนบประเพณีของไต้หวัน ซ้ำยังช่วยกันสืบเสาะเส้นทางศรัทธาเทพวานรใน
ไต้หวันให้อีกด้วย น้ำใจไมตรีของทุกท่านเป็นสิ่งที่ควรค่าแก่การจดจารยิ่ง กราบขอบพระคุณ คุณ
หลัวเหยียนชิ่น เจ้าหน้าที่กรมมหาดไทยของไต้หวัน แม้ว่ายังไม่เคยพบหน้าค่าตากันมาก่อน ท่าน
ก็ยังให้ความอนุเคราะห์ส่งข้อมูลด้านการกราบไหว้บูชาเห้งเจียในไต้หวันทางไปรษณีย์จากไต้หวัน
ถึงไทยมาให้เป็นจำนวนมาก ขอบพระคุณเจ้าหน้าที่สมาคมอุตสาหกรรมจังฮว้าและนักเรียนชั้น
ภาษาไทยในไต้หวัน ขอบพระคุณศาสตราจารย์หวังหานเฟิง นักวิจัยประวัติศาสตร์เมืองเฉวียนโจว
มณฑลฮกเกี้ยน นักวิจัยประจำพิพิธภัณฑ์เส้นทางสายไหมเมืองเฉวียนโจว คุณหลื่อวู้คุน
ศาสตราจารย์หวงเหว่ย อาจารย์คณะภาษาต่างประเทศ มหาวิทยาลัยครุศาสตร์
ฝูเจี้ยน อาจารย์หลินเสี่ยวหงจากวิทยาลัยครุศาสตร์เฉวียนโจวและเจ้าหน้าที่ดูแลศาลเจ้าเห้งเจีย
จีน ไต้หวันและไทยที่ได้ให้ความเป็นกันเองและเกื้อกูลข้อมูลต่าง ๆ กันอย่างกระตือรือร้น

ทั้งนี้...จำต้องกราบขอบพระคุณ ผู้แทนตระกูลอนุรักษ์แม่น้ำคงคาแห่งกรุงพาราณสีรุ่นที่ 8
ของประเทศอินเดีย ท่าน Veerbhadra Mirhra เป็นอย่างสูงมา ณ ที่นี้พร้อมกันด้วย ความ
เมตตากรุณา รวมถึงขนม-ชาอินเดียรสเลิศที่ท่านนำมาเลี้ยงต้อนรับ ยังเป็นภาพที่ประทับอยู่ใน
ความทรงจำของข้าพเจ้ากระทั่งทุกวันนี้ เส้นทางสำรวจเทพวานรอินเดียประสบความสำเร็จ
ราบรื่นได้ ขอน้อมนมัสการท่านเจ้าอาวาสวัดจีนเมืองพาราณสี คือพระมหาวิเชียร ที่ได้กรุณา
เอื้อเฟื้อที่พักซ้ำยังได้จัดเตรียมไกด์กิตติมศักดิ์ ได้แก่ พระมหาสัมฤทธิ์ พระมหาชัยชาญซึ่ง
เชี่ยวชาญทั้งภาษาอังกฤษ สันสกฤตและภาษาอินดีเป็นอย่างดี ช่วยเป็นไกด์นำทางสำรวจเส้นทาง
ศรัทธาเทพวานรตามสถานที่ต่าง ๆ ในพาราณสี ท่านหัวหน้าสาขาวิชาภาษาจีน หัวหน้า
สาขาวิชาภาษาศาสตร์ หัวหน้าสาขาวิชาภาษาฮินดี ได้แก่ Prof.Kamalsheel, Dr.RB Misra,
Prof.Shriniwas Pandey, Prof.Kamalesh Datt Tripathi คณาจารย์ประจำมหาวิทยาลัย

บานารัส ฮินดู (Banaras Hindu University) ตลอดจนภารตะมิตรทุกท่าน รวมถึงคุณ Sushil Kumar Donwal เป็นบุคคลที่ข้าพเจ้าจะไม่กล่าวขอบคุณในที่นี้เป็นมิได้

เชื่อว่าผลงานแต่ละชิ้นก่อนที่จะได้รับการตีพิมพ์เผยแพร่ เจ้าของผลงานน่าจะประสบปัญหาความยุ่งยากต่าง ๆ ยกตัวอย่างปัญหาสำคัญประการหนึ่ง คือ ขาดแคลนมิตรที่สามารถให้คำปรึกษาหรือระบายทุกข์-สุขในงานวิจัยสายเดียวกัน นับเป็นวาสนาของข้าพเจ้าที่ได้รู้จักกับเพื่อนชาวจีนเช่น จางเจี๋ยน เธอเป็นเพื่อนคู่ใจสายวรรณคดีจีนโบราณ การมีคู่สนทนาถูกคอในสายวิจัยเดียวกันไม่เพียงสามารถให้คำปรึกษาหารือกันได้ กัลยาณมิตรเช่นนี้ยังสามารถกระตุ้นต่อมความรู้ ช่วยผลักดันให้เกิดสติปัญญาอันบรรเจิดแพรวพราว ปลุกเร้างานเขียนให้กระเตื้องและราบรื่น เพื่อนร่วมชั้น รุ่นพี่ รุ่นน้องสมัยเรียนปริญญาเอก เช่น ศาสตราจารย์เจิงเยี่ยนปิง ฟ่านเสิ้งอวี่ หวงหลิง ห่าวหลาน หลี่หยวน หลิวหยวน หานเหมย หวงเซียหลาน เป็นต้น ต่างเป็นกำลังใจและจุดประกายปัญญาวัฒนธรรมจีนให้ได้ซาบซึ้ง ขอบคุณทุกท่าน ณ ที่นี้

ช่วงปรับแก้ไขต้นร่างหนังสือก่อนที่จะส่งไปยังสำนักพิมพ์ ข้าพเจ้าได้ขอความช่วยเหลือจากศาสตราจารย์ฟ่านจวิน (อดีตอาจารย์ประจำมหาวิทยาลัยหัวเฉียว สาธารณรัฐประชาชนจีน) ได้กรุณาช่วยอ่านทบทวนและพิสูจน์อักษร ผู้ที่ให้ความช่วยเหลือในการพิสูจน์อักษรขั้นต้นยังประกอบไปด้วยนักศึกษาชาวจีนภาควิชาภาษาไทย มหาวิทยาลัยภาษาต่างประเทศปักกิ่ง ได้แก่ ปานวาด นิดา เนตรนรี มุกดา ขอขอบคุณมา ณ โอกาสนี้

นอกจากนี้ บุคคลที่ขาดเสียมิได้คือ ศาสตราจารย์จางหมิงตง บรรณารักษ์และนักวิจัยบรรณารักษ์ประจำมหาวิทยาลัยปักกิ่ง คู่ชีวิตที่ได้ช่วยอนุเคราะห์หยิบยืมหนังสือและเอกสารที่ใช้ในการวิจัยต่าง ๆ ผู้เป็นเบื้องหลังกำลังใจและความสำเร็จของหนังสือเล่มนี้เสมอมา

สุดท้าย ขอกราบเท้าบุพการีทั้งสอง ขณะที่ข้าพเจ้ากำลังสับสนและลังเลกับเส้นทางการศึกษาในอนาคต ท่านได้ช่วยกันชี้นำช่องทางความรุ่งโรจน์แห่งชีวิตด้วยการสนับสนุนให้ข้าพเจ้าเลือกศึกษาภาษาจีนเป็นวิชาเอกในระดับอุดมศึกษา

.....หากไม่ใช่ในวันนั้น ข้าพเจ้าก็คงไร้วาสนากับชาวจีนจำนวนมากเช่นในวันนี้

....หากไม่ใช่ในวันนั้น ข้าพเจ้าก็คงจะไม่มีโอกาสได้ใช้ชื่อภาษาจีนในวันนี้

และหากไม่ใช่ในวันนั้น แน่นอนหนังสือเล่มนี้ก็คงจะไม่มีโอกาสปรากฏเป็นรูปเล่มในมือของท่านผู้อ่านในวันนี้

หวังเป็นอย่างยิ่งว่า จะมีโอกาสรังสรรค์งานวิชาการไทย-จีนเช่นนี้ได้ต่อไปในอนาคต

ด้วยลักษณาการและศรัทธาอันบริสุทธิ์

จรัสศรี จิรภาส

9 กันยายน พุทธศักราช 2559 (ปีวอก)

图书在版编目(CIP)数据

神猴：印度"哈奴曼"和中国"孙悟空"的故事在
泰国的传播 /（泰）谢玉冰著. -- 北京：社会科学文献
出版社，2017.1（2025.3重印）
　（亚洲研究丛书. 北京外国语大学世界亚洲研究信息
中心系列）
　ISBN 978-7-5097-9877-5

　Ⅰ. ①神⋯　Ⅱ. ①谢⋯　Ⅲ. ①史诗－诗歌研究－印度
－古代 ②《西游记》研究　Ⅳ. ①I351.072 ②I207.414

　中国版本图书馆CIP数据核字（2016）第254831号

亚洲研究丛书·北京外国语大学世界亚洲研究信息中心系列
神猴：印度"哈奴曼"和中国"孙悟空"的故事在泰国的传播

著　　者 /　〔泰〕谢玉冰（จรัสศรี จิรภาส）

出 版 人 /　冀祥德
项目统筹 /　祝得彬
责任编辑 /　仇　扬
责任印制 /　王京美

出　　版 /　社会科学文献出版社·文化传媒分社（010）59367156
　　　　　　地址：北京市北三环中路甲29号院华龙大厦　邮编：100029
　　　　　　网址：www.ssap.com.cn
发　　行 /　社会科学文献出版社（010）59367028
印　　装 /　唐山玺诚印务有限公司

规　　格 /　开　本：787mm×1092mm 1/16
　　　　　　印　张：18.75　插　页：0.75　字　数：291千字
版　　次 /　2017年1月第1版　2025年3月第5次印刷
书　　号 /　ISBN 978-7-5097-9877-5
定　　价 /　79.00元

读者服务电话：4008918866